ROCKY MOUNTAIN LION

Band 9 der Rocky Mountain-Serie

von

Virginia Fox

Dragonbooks

ISBN 978-3-906882-22-2

DIE AUTORIN

Virginia Fox, geboren 1978, war bereits im Alter von vier Jahren mit ihren zwei Hauptleidenschaften infiziert: mit der Liebe zu Büchern und Texten in jeglicher Form und der Liebe zu den Pferden. Nach dem Lesen zahlreicher Bücher und dem Schreiben verschiedener Kurzgeschichten und Essays startete sie ihr bis her größtes Projekt: Die Drachenschwestern-Trilogie. Nach der Fertigstellung der Trilogie musste sie feststellen, dass sich der Schreibvirus nicht abschütteln lässt. Im Dezember 2014 veröffentlichte sie Band 1 der neuen Rocky Mountain Serie: Rocky Mountain Yoga. Weitere Bände folgen in regelmäßigen Abständen.
Die Autorin lebt zusammen mit ihrer Tochter, ihrem Australian Cattle Dog und einem launischen Kater in Zürich. Wenn sie nicht gerade am Schreiben ist, widmet sie sich ihrer zweiten Leidenschaft, den Pferden.

Mehr über die Autorin auf Facebook
facebook.com/authorvirginiafox, Twitter @fox_virginia oder
virginiafox.com.

Bei Dragonbooks von Virginia Fox auch erhältlich:

Die Rocky Mountain Serie:

(Genre: Liebesroman/Spannung)

Band 1 – Rocky Mountain Yoga
Band 2 – Rocky Mountain Star
Band 3 – Rocky Mountain Dogs
Band 4 – Rocky Mountain Kid
Band 5 – Rocky Mountain Secrets
Band 6 – Rocky Mountain Fire
Band 7 – Rocky Mountain Life
Band 8 – Rocky Mountain Race
Band 9 – Rocky Mountain Lion
Band 10 - Rocky Mountain Gold
Band 11 - Rocky Mountain Crime
Band 12 - Rocky Mountain Heat
Band 13 - Rocky Mountain Snow
Band 14 - Rocky Mountain Horses
Band 15 – Rocky Mountain Kiss (Juni 2018)
Band 16 – Rocky Mountain Games (September 2018)
Band 17 – Rocky Mountain Love (Dezember 2018)

Drachenromane:

Die Drachenschwestern Trilogie

(Genre: Frauenromane mit einem Hauch Fantasy)

Band 1 - Die Drachenschwestern
Band 2 - Das Drachenkind
Band 3 - Das Drachenpferd

Das Drachenmädchen

(Genre: Jugend-/Fantasy)

Band 4 - Das Zeichen des Drachen
Band 5 - Die Drachen der Neuen Welt

Alle Neuerscheinungen und Preisaktionen werden unter virginiafox.com oder auf FB (authorvirginiafox) angekündigt.

1

„Und? Gewinnst du das Rennen?"

Der frisch gefallene Schnee knirschte unter ihren Füßen, als Quinn Davies um halb sieben Uhr morgens die Auffahrt der Stones hinaufstapfte. Vor einer Stunde hatte sie einen aufgeregten Anruf erhalten. Anscheinend hatte sich einer der Schwarzbären der Region Anabelle Stones Auto als Schlafplatz ausgesucht. Als die Vierundzwanzigjährige, die für die Weihnachtstage von der Universität in Denver nach Hause gekommen war, den blinden Passagier in ihrem Wagen entdeckt hatte, war sie ziemlich erschrocken. Sehr vernünftig hatte sie sich entschieden, dass ihr Besuch bei ihrer Großmutter wohl auch noch ein paar Stunden warten kann, und die Wildtierstation angerufen, die Lara auf der Lone Wolf Ranch ins Leben gerufen hatte. Quinn, die im Begriff gewesen war, im Schnee auf Spurensuche zu gehen, hatte den Anruf automatisch entgegen genommen. Schnell war ihr klar geworden, was geschehen war. Anabelle hatte gestern Abend bereits einige Essensvorräte in ihr Auto geladen. Eine sprichwörtliche Einladung für den herumirrenden Bären. Sie hatte Anabelle für ihr besonnenes Verhalten gelobt und sich versprechen lassen, dass sie vorerst im Haus bleiben würde. Anschließend hatte sie sich auf den Weg gemacht. So kam es, dass sie sich gleich mit einem schlecht gelaunten Schwarzbären rumschlagen durfte, anstatt nach den Spuren des ansässigen Pumaweibchens zu suchen.

Nach Wochen erzwungenen Nichtstuns, in denen es zwar bitterkalt, aber trocken gewesen war, hatte sie gestern fast gejubelt, als sie den Wetterbericht studiert hatte. Endlich Schnee und somit eine Chance auf frische Wildspuren. Auf gefrorenem und somit steinhartem Boden war es fast unmöglich, irgendwelche Spuren zu entdecken. Sie warf einen Blick zum bleiernen Himmel. Wenigstens sah es so aus, als würde es bald wieder schneien. Wurde auch Zeit. Schließlich war in gut zehn Tagen Weihnachten.

Sie zog sich den Schal gegen die beißende Kälte enger ums Gesicht. Voll motiviert hatte sie sich gestern Abend den Wecker extra früh gestellt, um den ersten Schnee für die Spurensuche auszunutzen. Seit mehreren Monaten versuchte sie, einer Gruppe Wilderern auf die Spur zu kommen. Doch bis jetzt hatten alle ihre Nachforschungen ins Leere geführt. Entweder hatten die Verbrecher sich auf zu neuen Jagdgründen gemacht oder sie war einfach eine schlechte Ermittlerin. Immerhin hatte sie auch keine neuen Fallen oder Teile von Tierkadavern gefunden. Quinn schnaubte ungeduldig. Sah ganz so aus, als würde sie das Rätsel auch heute nicht lösen. Vielleicht hätte sie besser Kriminalistik als Verhaltensforschung studieren sollen.

Endlich kamen das Haus und die davor geparkten Autos in Sicht. Natürlich suchte sich ihr Telefon genau diesen Moment aus, um zu klingeln. Mit den Zähnen zog sie sich den rechten Handschuh aus und zog ihr Handy aus der Tasche. Als sie die Anzeige auf dem Display sah, verdrehte sie die Augen. Ausgerechnet Archer, der zweite Biologe im Team, der für die Wildtierstation arbeitete. Von Anfang an waren sie aneinandergeraten. Es verging kein Tag, ohne dass sie sich stritten. Gleichzeitig begann jedes Mal das Blut in ihren Adern zu singen, wenn er in der Nähe war. Offenbar interessierte es ihre verrücktspielenden Hormone überhaupt nicht, dass sie ihm nicht weiter traute, als sie spucken konnte. Sehr ärgerlich.

„Archer. Brauchst du Hilfe beim Anziehen?“, fragte sie spöttisch ins Telefon. Archer war groß und schlaksig und stolperte mit schöner Regelmäßigkeit über seine Füße. Alles in allem gab es nichts an ihm, was auf den ersten Blick bedrohlich wirkte. Nur der scharfe Blick seiner dunklen Augen erinnerte sie an ein Raubtier und stand in krassem Gegensatz zu seinem restlichen Verhalten. Sie wurde einfach nicht schlau aus ihm.

Am anderen Ende der Leitung biss Archer Miller auf die Zähne und zählte innerlich bis zehn. Als er bei zehn angelangt war, weitete er die Übung sicherheitshalber auf zwanzig aus. Ein weiterer Ausrutscher würde seine Coverstory ernsthaft in Gefahr bringen. Inzwischen hasste er die Rolle des tollpatschigen, zerstreuen Wissenschaftlers, die er sich als Tarnung für den wirklichen Grund seiner Anwesenheit ausgesucht hatte. Schon einmal hatte er sich in Gegenwart von Quinn vergessen, als es vor ein paar Monaten darum gegangen war, einen gewalttätigen Tierschützer dingfest zu machen. Bevor seine Partnerin irgendwelche Einwände erheben konnte, hatte er ihn überwältigt gehabt. Noch tagelang hatte er gewartet, dass sie ihn auf die offensichtliche Diskrepanz zwischen seinem üblichen Verhalten und dem in der besagten Nacht ansprechen würde. Als sie nichts dergleichen tat, sondern ihm einfach mit ihrem üblichen Misstrauen begegnete, hatte er begonnen, aufzuatmen. Die Stelle an der Wildtierstation bot ihm die ideale Deckung, um endlich dem großen Wilderer- und Schmugglerring auf die Spur zu kommen. Die Tiere und nicht zuletzt das FBI zählten auf seine Mitarbeit. Die Agency war vor einem halben Jahr auf ihn zugekommen. Sein Abschluss in Wildtierbiologie und seine Erfahrung, die er während seiner vier Jahre bei der Armeepolizei gesammelt hatte, machten ihn zum idealen Kandidaten. Zumindest auf dem Papier. In echt hatte er noch nichts vorzuweisen, außer einer äußerst unpraktischen, stetig wachsenden Anziehung für Quinn. Die große, selbstbewusste Frau mit den kurzen blonden Haaren und den Augen in der Farbe eines Eisvogels, faszinierte ihn. Eigentlich verrückt, dachte er irritiert. Immerhin verdächtigte er sie immer noch so halb, mit den Wilderern unter einer Decke zu stecken.

„Archer?", fragte Quinn irritiert. „Bist du noch da? Ich wäre dir sehr verbunden, wenn du auf den Punkt kommen könntest. Ich friere mir hier meine Finger ab."

„Wo steckst du denn?", wollte er verwundert wissen.

„Nicht dass es dich etwas anginge, aber ich bin gerade auf dem Weg zu einem Rendezvous mit einem Schwarzbären."

„Schwarzbären? Wieso ist denn der nicht brav in seinem Winterschlaf?"

Quinn seufzte. „Ich verspreche dir, ihn zu fragen, wenn ich ihn sehe", antwortete sie trocken. „Sonst noch was?"

„Ja. Nimm mich das nächste Mal mit."

Irritiert beäugte Quinn ihr Telefon, als könnte sie darin wie in einem Zauberspiegel Archers Gesicht sehen. „Du gibst mir also gerade die Erlaubnis, dich jederzeit um sechs Uhr früh aus dem Bett zu werfen, um zu einem Bärentreffen zu gehen?"

Archer konnte sich zwar eine Menge anderer Dinge vorstellen, die er gerne mit Quinn um sechs Uhr morgens anstellen würde, doch ein Mann musste nehmen, was er kriegen konnte.

„Klar. Du darfst mich jederzeit wecken", antwortete er und verlieh seiner Stimme einen anzüglichen Klang. Das würde sie hoffentlich so ärgern, dass sie nicht noch einmal nachfragen würde, weshalb er angerufen hatte. Wenn sie drauf kam, dass er nur wissen wollte, wo sie steckte und was sie machte, wäre sie gar nicht erfreut. Noch weniger, wenn sie je herausfinden sollte, dass er einen Alarm in der Wildtierstation installiert hatte, der ihm jedes Mal, wenn sich die Tür öffnete, ein Signal aufs Handy schickte. Das hatte ihn nämlich heute Morgen aus seinen Träumen gerissen. Unverzüglich war er aufgestanden und hatte sich auf den Weg zur Lone Wolf Ranch gemacht. Als er dort ankam, war sie allerdings schon wieder weg gewesen. Deshalb der Anruf.

„In deinen Träumen“, fauchte sie und beendete das Gespräch. Dieser unmögliche, arrogante Mistkerl! Dass seine Worte unerwünschte Bilder von nackten Gliedern, fliegenden Bettdecken und heißen Küssen hervorriefen, ignorierte sie genauso wie das ungewohnte Flattern in ihrem Bauch. Unmöglicher Kerl. Resolut schob sie alle Gedanken an Archer in den hintersten und dunkelsten Winkel ihres Gehirns. Schließlich hatte sie gleich ein Date mit einem Bären.

*

Schließlich stand sie neben Anabelles knallrotem Kleinwagen. Ihr Atem bildete frostige Wölkchen vor ihrem Gesicht, als sie sich näher zum Auto beugte und ins Innere spähte. Anabelle hatte offenbar bereits angefangen, den Schnee und das Eis vom Auto zu kratzen, als sie ihren unerwünschten Besucher erspäht hatte. Mit dem Ärmel ihrer Jacke wischte sie die dünne neue Eisschicht, die sich in der Zwischenzeit gebildet hatte, weg. O je. Der Bär hatte ganze Arbeit geleistet. Das gesamte Interieur war zerfetzt. Die Verkleidung hing in einzelnen Streifen hinunter. Jetzt lag er eng zusammengerollt auf der Rückbank und schlief offensichtlich.

„Ist alles in Ordnung?“, rief Anabelle besorgt.

Die junge Frau stand in eine gestrickte Wolljacke gehüllt auf der Veranda. Mit ihren langen rotblonden Locken sah sie aus wie eine Märchenprinzessin, dachte Quinn anerkennend. Sie ging zu ihr auf die Veranda, um den Bären nicht unnötig durch lautes Rufen zu stören.

„Mit dem Bären ist alles in Ordnung. Leider kann man dasselbe nicht über dein Auto sagen.“

Anabelle rümpfte die Nase. „Das hatte ich befürchtet. Schwarzbären sind bekannt dafür, dass sie alles auseinandernehmen. Ich hatte gehofft, dass dieser hier eine Ausnahme ist.“

Quinn verzog ihren Mund zu einem mitfühlenden Lächeln. „Leider nein. Das hier ist ein ganz typischer Vertreter der Familie. Ist das Auto abgeschlossen?“

„Nein, eben nicht. Deshalb ist er ja überhaupt erst reingekommen.“

„Stimmt. Wie hat er es überhaupt geschafft reinzukommen? Und wieso sind jetzt alle Türen wieder zu? Ich kann mir kaum vorstellen, dass er die Tür sorgfältig hinter sich zugezogen hat.“

Die junge Frau hob hilflos die Hände. „Keine Ahnung. Entweder habe ich gestern die Tür nicht richtig zugeschlossen. Oder er hat, angelockt vom Essensgeruch, so lange am Türgriff rumgespielt, bis sie aufgegangen ist. Die Tatsache, dass jetzt alle Türen zu sind, kann ich mir nur so erklären, dass sie hinter ihm zugefallen ist.“

„Möglich. Lässt sich die Heckklappe via Fernbedienung öffnen?“

„Du meinst, ob sie dann automatisch hochklappt?“

„Genau. Es würde meinen Job sehr vereinfachen.“

„Schön wär's. Aber leider ist mein Wagen über zehn Jahre alt und besitzt keine solchen ausgeklügelten Spielereien.“

Quinn kaute auf ihrer Unterlippe. „Wäre auch zu schön gewesen. Tust du mir einen Gefallen?“

„Klar, was denn?“

„Geh hinein und lass die Tür offen. Ich werde in einigen Sekunden einen Sprint ins Haus machen, gleich, nachdem ich den Kofferraum geöffnet habe.“

„Willst du ihn nicht mit so einem Spezialgewehr betäuben?“

Überrascht sah Quinn zu ihr hoch. „Und dann?“

Anabelle zuckte etwas hilflos mit den Schultern. „Ich weiß nicht, ihn wegtragen oder so.“

„Da bräuchte ich einen Kran. Schwarzbären wiegen an die hundert Kilogramm. Besser er läuft auf seinen eigenen vier Pfoten.“

„Im Fernsehen machen sie das immer so“, verteidigte Anabelle ihre Idee.

Quinn rollte innerlich mit den Augen. Laut sagte sie: „Glaub nicht alles, was du auf dem Discovery Channel siehst.“

Sobald Anabelle ins Haus verschwunden war, kehrte sie zum Auto zurück. Wie sie befürchtet hatte, war der Bär von ihren Stimmen aufgeschreckt worden und versuchte nun hektisch, einen Ausweg aus seinem Gefängnis zu finden. Sie ging zum Kofferraum und beobachtete die Silhouette im Inneren. Sollte sie es wagen, die Heckscheibe frei zu kratzen? Besser nicht. Der Bär war so schon nervös genug. Die Chance, dass ihm das Geräusch des Eisschabers noch mehr Angst einjagen und er es als Bedrohung ansehen würde, war groß. Besser, er konzentrierte sich auf seine Fluchtpläne, entschied sie. Das würde ihr wertvolle Sekunden schenken, in denen sie zum Haus flüchten konnte. Immerhin war das Anwesen der Familie Stone so weit außerhalb von Independence, dass sie sich keine Sorgen machen musste, dass der Bär aus Versehen in der Innenstadt landete. In weiser Voraussicht stellte sie sich seitlich vom Auto hin. Dann holte sie tief Luft, bevor sie sich vorbeugte und mit ausgestrecktem Arm den Kofferraum öffnete. Für einen Moment trafen sich ihre Blicke. Ein Stromstoß jagte durch ihre Adern, wie immer, wenn sie einem Wildtier Auge in Auge gegenüberstand. Die Empfindung war nicht Angst. Zumindest nicht nur. Eher Ehrfurcht und ein tiefes Gefühl der Verbundenheit. Der Augenkontakt währte nur für den Bruchteil einer Sekunde. Schließlich war sie nicht so dumm, zu glauben, dass sich der Schwarzbär wegen eines wohlig-warmen Gefühls auf ihrer Seite in einen Teddybären verwandeln würde. Sobald die Klappe auf halbem Weg nach oben war, rannte sie los in Richtung Haus.

Zwei Stufen auf einmal nehmend, sprintete sie die Treppe hoch, stieß die Tür auf, stürmte hindurch und schlug sie hinter sich zu. Atemlos nahm sie neben Anabelle am Fenster Platz.

„Und? Ist er draußen?“

Anabelle, die die ganze Szene mit dem Handy filmte, nickte. „Sieht ganz so aus. Schau selbst.“

Blinzelnd streckte der Bär den Kopf aus dem Kofferraum und schaute sich um. Fehlte nur noch, dass er sich den Schlaf aus den Augen rieb, dachte Quinn amüsiert.

Schließlich sprang er aus dem Kofferraum. Dort blieb er kurz stehen und schnupperte in alle Richtungen, bevor er sich in Richtung des angrenzenden Waldes trollte.

„Der ist gar nicht so groß, wie ich gedacht hatte.“

„Wahrscheinlich ist es ein Jungtier. Zwei Jahre alt oder so. Sein erster Winter ohne Mama.“

„Ich dachte, Meister Petz macht Winterschlaf?“, fragte Anabelle verwundert und senkte ihr Handy, als der Hintern des Bären zwischen den Bäumen verschwand.

„Zumindest so was Ähnliches. Es gilt nicht als richtiger Winterschlaf, weil sie eben ab und zu tatsächlich wach sind. Meistens, weil sie gestört werden.“

Anabelle runzelte die Stirn. „Wer ist denn so blöd, ein Wildtier dieser Größe zu stören?“

„Du wärst erstaunt, wie dumm manche Leute sind. Bei den Bären ist es allerdings so, dass es den Leuten meistens gar nicht bewusst ist, wenn sie einen stören. Bei all den verschiedenen Wintersportaktivitäten, auch abseits der offiziellen Pisten, herrscht Hochbetrieb im Wald.“

„Meinst du, er findet einen neuen Platz zum Schlafen?“

Quinn grinste. „Wird ihm wohl nichts anderes übrig bleiben, nachdem du ihm dein Auto nicht bis zum Frühling zur Verfügung stellen wolltest.“

„Nein, ich meinte überhaupt. Kann er seinen Pseudo-Winterschlaf fortsetzen?“

„Ich denke schon. Dank dir ist er satt und zufrieden. Solange er nicht erneut gestört wird, schläft er bis zum Frühling in einer Felsspalte oder einer Höhle.“

„Immerhin. Meinst du, es ist jetzt sicher, rauszugehen?“

„Warten wir noch fünf Minuten. Vielleicht nutzt du die Zeit und überlegst, ob du das Auto herrichten willst oder ob du dir gleich ein neues kaufst.“

Anabelle stöhnte. „Richtig. Das Auto. Meinst du, es ist fahrtüchtig?“

„Keine Ahnung. Solange er keine Kabel herausgerissen hat, vermutlich schon. Aber vielleicht rufst du besser Donovan vom Gas & Go an und fragst ihn, ob er Zeit hat, sich den Wagen anzusehen.“

„Gute Idee. Mach ich. In der Zwischenzeit informiere ich am besten meine Großmutter, dass sie ihren versprochenen Kuchen und das Speck- und Zwiebelbrot heute leider nicht bekommt.“

„Ofenfrisches Speck- und Zwiebelbrot. Kein Wunder, dass du Bärenbesuch hattest.“

*

In der einen Hand einen Donut, in der anderen einen Karton mit drei dampfenden Kaffeebechern, stieß Quinn mit der Schulter die Tür zum Hauptgebäude der neu errichteten Wildtierstation auf. Sofort schlug ihr wohlige Wärme entgegen. Es schien, als hätte Archer bereits Feuer im Kamin angemacht, dachte sie zufrieden. Dann hatte er den Kaffee, den sie ihm widerwillig mitgebracht hatte, wenigstens halbwegs verdient. Sie stellte ihre Mitbringsel auf die nächste verfügbare glatte Oberfläche und schälte sich aus ihren diversen Schichten.

„Hallo, Frau Bärenflüsterin.“

Quinn rollte mit den Augen, als sie Archers Kommentar hörte, und beschloss, den für ihn gedachten Kaffee selber zu trinken. „Nicht du auch noch. Das musste ich mir im Diner schon von den Disney Sisters anhören. Was haben die jungen Leuten von heute nur, dass sie alles auf der Stelle auf Facebook teilen müssen?“

„Ach, ich weiß nicht“, antwortete er, ohne den Blick von seinem Tablet zu heben. „Sieht ganz schön sportlich aus, wie du da die Stufen hochflitzt.“ Seine Mundwinkel zuckten.

Sie beschloss, eine neue Taktik anzuwenden, und ignorierte ihn. „War Lara schon da?“, erkundigte sie sich, nachdem sie ihre Mailbox gecheckt hatte.

„Sie ist hinten, bei dem verletzten Harris-Falken. Sie meint, wenn der Flügel weiterhin so schlecht heilt, muss er wohl bei uns überwintern.“

„Darüber werden weder er noch Lara besonders unglücklich sein“, murmelte Quinn.

Lara, selber Biologin, hatte überraschend die Hälfte der Lone Wolf Ranch geerbt. Nachdem sie sich in Hank, den anderen Besitzer der Ranch, verliebt hatte, war sie auf die Idee gekommen, auf ihrem Teil des Landes mit Quinns Hilfe eine Wildtierstation zu errichten. Die Zusammenarbeit war für beide Frauen eine Win-win-Situation. Quinn war von einem längeren Aufenthalt in Alaska, wo sie als Wildhüterin und Parkranger gearbeitet hatte, zurückgekommen, um sich um ihre in die Jahre gekommenen Eltern zu kümmern. Eigentlich hatte sie ihnen nur einen kurzen Besuch abstatten wollen. Das Verhältnis zwischen ihnen war alles andere als herzlich. Doch bereits nach wenigen Tagen war klar geworden, dass ein kurzer Pflichtbesuch nicht reichen würde. Dafür ging es den beiden gesundheitlich einfach zu schlecht. Deshalb hatte sie begeistert zugesagt, als Lara mit der Idee an sie herangetreten war.

Lara ihrerseits hatte eigentlich schon mit der Ranch alle Hände voll zu tun. Umso mehr, als dass sie schwanger war und im Frühling ihr erstes Kind bekommen würde. Das hielt sie jedoch nicht davon ab, sich unermüdlich um die erforderlichen Genehmigungen und neue Forschungsprojekte zu kümmern. Ihr einziges Problem war, dass sie sich in alle Sorgenkinder, die sie vorübergehend aufnahmen, verliebte. Es war jedes Mal ein kleines Drama, wenn sie einen Pflegling wieder auswilderten.

Quinn erging es auch nicht anders, nur hatte sie bereits mehr Übung im wieder loslassen. Sie nahm an, dass sich Eltern ähnlich fühlten, wenn sie ihre Kinder irgendwann in die weite Welt schickten. Gutes Training für später also. Wenn sie überhaupt je eigenen Nachwuchs haben sollte. Bis jetzt sah es nicht so aus, als würde das in näherer Zukunft ein Thema werden. Zwischen der Pflege ihrer Eltern und ihrem Job hatte sie praktisch keine freie Zeit für ein Privatleben. Noch dazu war die Zahl der verfügbaren Singlemänner in Independence nicht gerade berauschend.

Sie hob den Kopf. Ihr Blick fiel auf Archer. Sofort sprangen ihre unausgelasteten Hormone in Aktion und versuchten sie davon zu überzeugen, dass ihr Kollege die ideale Wahl für eine heiße Affäre wäre. Oberflächlich betrachtet konnte sie dieser Idee durchaus etwas abgewinnen. Wenn sie nur wüsste, was sie von ihm halten sollte. Archer saß über seinen Schreibtisch gebeugt da und studierte konzentriert verschiedene Papiere. Ab und zu blickte er auf und tippte etwas in seinen Computer. Wenn er so dasaß, mit seiner Brille auf der Nase und den etwas zu langen, dunkelblonden Haaren, verkörperte er perfekt das Bild des zerstreuten Wissenschaftlers. Wenn da nur nicht seine Augen wären. Augen voller Untiefen und scharfer Intelligenz. Er hatte definitiv Dinge gesehen, denen der durchschnittliche Wissenschaftler nie begegnete. Wieso sie sich da so sicher war, wusste sie nicht. Sie wusste einfach, dass es so war. Und es passte nicht zum Rest des Bildes. Das beunruhigte sie.

Archer schaute auf und begegnete ihrem Blick, ein wissendes Lächeln im Gesicht. Quinns Herzschlag setzte für einen Moment aus, nur um danach hektisch davon zu galoppieren. Sie errötete unter seinem Blick. Beim Starren ertappt. Na toll. Entschlossen, der unangenehmen Situation zu entkommen, klappte sie ihren Laptop zu und begann ihre Kleider wieder einzusammeln, die sie vorher im ganzen Büro verteilt hatte. Schal, Mütze, Handschuhe und die dicke Winterjacke.

„Bis später“, murmelte sie und verschwand durch die Hintertür.

Zufrieden lehnte sich Archer in seinem Bürostuhl zurück und grinste breit. Sieh an, sieh an, dachte er. Anscheinend war die Anziehungskraft, die er jedes Mal spürte, wenn Quinn in seiner Nähe war, nicht einseitig. Das waren großartige Aussichten. Gesetzt den Fall, dass sie nichts mit den Wilderern zu tun hatte. Dieser Gedanke ernüchterte ihn schlagartig. Erstaunt merkte er, wie sehr er sich wünschte, dass sie unschuldig war. Unbehaglich rieb er seinen Nacken. Er musste aufpassen, dass er nicht sein Ziel aus den Augen verlor.

Apropos Ziel. Wo wollte Quinn überhaupt hin? Hastig sprang er auf, sammelte seine eigenen Siebensachen ein, die in der winterlichen Kälte der Rockies unabdingbar waren, und stürzte Quinn hinterher. Als er an dem Unterstand vorbei eilte, der als Garage diente, sah er aus den Augenwinkeln etwas Orangefarbenes aufblitzen. Unvermittelt änderte er seinen Kurs. Dabei rutschte er auf einer eisigen Stelle aus und fiel der Länge nach hin. Direkt vor Quinns Füße. Sie beugte sich über ihn und musterte ihn interessiert.

„Meinst du nicht, dass du es langsam etwas übertreibst mit der Darbietung des ungeschickten Wissenschaftlers?“

Sie reichte ihm eine Hand. Widerwillig langte er hoch und ergriff sie.

„Das nennt man dann ausgleichende Gerechtigkeit“, bekannte er reumütig, entschlossen, ihren kryptischen Kommentar zu ignorieren.

Quinn warf ihm einen prüfenden Blick zu und zuckte dann mit den Schultern. Wenn er gerne den tollpatschigen Dussel spielte, sollte es ihr recht sein. Sie wusste zwar nicht, was er damit bezweckte, aber im Prinzip konnte es ihr egal sein. Ein Bündel in der Hand, drehte sie sich zu einem der Quads um, die da standen.

„Wohin gehst du?“, fragte Archer, schärfer als beabsichtigt.

Überrascht drehte sie sich zu ihm um. „Auf Spurensuche. Und zu unseren Futterplätzen. Salz und Mais ausbringen."

„Ich komme mit."

„Du?"

„Ja, ich. Was dagegen?"

Klar hatte sie was dagegen. Doch das konnte sie kaum sagen. Oder? Sie entschloss sich zu einer etwas subtileren Taktik. „Wenn du so durch den Wald trampelst, wie du es für gewöhnlich machst, kann ich gleich zu Hause bleiben. Da werde ich kein einziges Tier sehen."

Zähneknirschend unterdrückte er den plötzlichen Drang, sich zu verteidigen und ihr zu erklären, dass er große Erfahrung in der Spurensuche von Zwei- und Vierbeinern hatte.

„Ich werde mich bewegen wie ein Geist", versprach er so ernsthaft wie möglich. „Du wirst gar nicht merken, dass ich dabei bin."

Das bezweifelte Quinn stark. Trotz ihrer vielschichtigen Winterkleidung war sie sich seiner Nähe fast schmerzhaft bewusst. Das änderte nichts an der Tatsache, dass sie ihm das Mitkommen schlecht verbieten konnte.

Sie griff nach ihrem Betäubungsgewehr und hängte sie sich über die Schulter. „Na dann, steig auf. Aber ich fahre."

„Etwas anderes hätte ich auch nicht erwartet", murmelte Archer, gerade so laut, dass Quinn es noch hören konnte.

Quinn verdrehte die Augen. Das schien sie in seiner Nähe oft zu machen. Zu oft.

Sie schwang ihr Bein über den Sattel des vierrädrigen Fahrzeugs und setzte sich vor ihn hin.

Archer stöhnte unhörbar und debattierte innerlich über die Weisheit seiner Entscheidung. Das Gefühl von Quinns rundem Po an seinem Schwanz würde ihn in Kürze in den Wahnsinn treiben. Als er merkte, dass sie mit ihm sprach, lehnte er sich erwartungsvoll vor, um sie besser zu verstehen.

„Ich warne dich. Wenn du die Tiere verscheuchst, bist du zum letzten Mal mitgekommen.“

Quinn hatte dieses Problem anscheinend nicht, stellte er schlecht gelaunt fest.

„Yes, Ma’am.“

2

Der kalte Wind und der in der Sonne glitzernde, frisch gefallene Pulverschnee ließen Quinns schlechte Laune verfliegen. Selbst dass Archer uneingeladen mitgekommen war, störte sie nicht mehr. Immerhin habe ich so einen warmen Rücken, dachte sie und grinste. Das warme Gefühl in ihrem Bauch hingegen nahm sie nicht so genau unter die Lupe. Das hätte nur unangenehme Fragen aufgeworfen. Lieber wollte sie den Augenblick genießen. Sie nahm die lange Strecke über die höher liegenden Weiden ins angrenzende Tal. Hier und da entdeckte sie die zu erwartenden Rotwildspuren. Alles sah sehr friedlich aus, doch Quinn wusste nur zu gut, dass der Eindruck täuschte. Die Natur war, was sie war. Genauso schön und voller Wunder, wie sie unerbittlich und brutal sein konnte. Ein Blick zum Himmel verriet ihr, dass es wenigstens das Wetter gut mit ihnen meinte. Die dunklen Schneewolken türmten sich zwar immer noch am Himmel. Für den Moment hatten sie sich jedoch an den Rand der Berge zurückgezogen und der Wintersonne Platz gemacht.

Ausnahmsweise löcherte Archer Quinn nicht mit Fragen, wo sie hin wollte. Ihre vage Antwort bezüglich der Futterstellen ließ ein breites Spektrum von Möglichkeiten offen. Im Augenblick genügte ihm das Wissen, dass sie zusammen unterwegs waren. Aus rein ermittlungstechnischen Gründen natürlich. Mit dem unerbittlichen Pulsieren gewisser Körperteile hatte das nichts zu tun. Er hatte beide Arme um Quinns Taille geschlungen und den Kopf zum Schutz vor dem Wind und dem aufwirbelnden

Schnee an ihren Rücken gelehnt. Als er merkte, dass sie das Quad gut im Griff hatte, entspannte er sich und genoss die holprige Fahrt. Wenn er ehrlich war, deuteten alle seine Beobachtungen darauf hin, dass sie nicht zu den Wilderern gehörte. Dafür lagen ihr die Wildtiere viel zu sehr am Herzen. Nur stellte sich dann die Frage, was sie sonst für ein Geheimnis hütete? Ihr Misstrauen ihm gegenüber und ihr heimlichtuerisches Verhalten waren für ihn offensichtlich.

Schließlich brachte Quinn das Quad am Waldrand zum Stehen. Interessiert schaute Archer sich um. Zufälligerweise hatte sie ihn genau in diese Region geführt, die er schon seit Längerem genauer unter die Lupe nehmen wollte. Das traf sich ja sehr gut. Jetzt durfte er sich nur nicht von der Euphorie mitreißen lassen, die durch seine Adern strömte, und musste darauf achten, in seiner Rolle als schussliger Mitarbeiter zu bleiben. Flüchtig dachte er daran, wie viel einfacher seine Aufgabe wäre, wenn er sich Quinn anvertrauen könnte. Aber das war vorerst Wunschdenken. Vielleicht sogar für immer.

„Wo sind wir hier?", fragte er und schaute sich um.

Quinn löste das Bündel vom Gepäckträger, das sich als alter Rucksack und eine Decke entpuppte, und schlang es sich über die Schulter.

„Am Rande der Lone Wolf Ranch. Ein paar hundert Meter weiter fängt der National Forest an. Da gehen wir jetzt hin."

Zufrieden mit der Antwort, langte er nach ihrem Gepäck. „Lass mich das tragen", sagte er und nahm es ihr aus der Hand.

„He! Ich bin durchaus in der Lage, mich selbst um meine Ausrüstung zu kümmern!", protestierte sie.

Archer zog eine Augenbraue hoch. „Das weiß ich natürlich. Aber wieso, um Himmels willen, solltest du das tun und deine Energie verschwenden, wenn du jemanden dabei hast, der stärker ist als du und offenbar willens, es dir abzunehmen?", wollte er verdutzt wissen.

Quinn schnaubte ungnädig, sah aber davon ab, nach dem Rucksack zu greifen. Nachdem er eine solch logische Begründung geliefert hatte, hätte es nur kleinlich gewirkt.

„Außerdem würde mir meine Mutter den Kopf abreißen, wenn ich eine Lady etwas tragen lasse, während ich zwei funktionstüchtige, freie Hände habe."

„Deine Eltern und meine haben wohl nicht viel gemeinsam", murmelte sie irritiert. Keiner von beiden kam dem anderen auch nur einen Millimeter entgegen. Seit sie denken konnte, befanden sich ihre Eltern in einem ständigen Kampf miteinander. Sie nahm an, dass es ihnen inzwischen zur zweiten Natur geworden war. Vermutlich würde die Ehe sofort auseinanderbrechen, sollte jemand versuchen, an der althergebrachten Dynamik etwas zu ändern. Sie hatte längst eingesehen, dass es nichts brachte, auf eine Veränderung zu hoffen. Sie wusste nur, dass sie einmal eine andere Partnerschaft haben wollte, basierend auf gegenseitiger Zuneigung und Respekt. Immerhin etwas: zu wissen, was man wollte und was nicht, dachte sie selbstironisch. Ob sie es auch finden würde, war eine andere Frage.

Ihr Blick schweifte über ihre Schulter zu Archer, der ihr mühelos folgte. Anscheinend hatte er einen besseren familiären Background als sie. So wie er von seiner Mutter gesprochen hatte, empfand er eine große Zuneigung für sie. Vielleicht sollte sie aufhören, all die elektrischen Funken zwischen ihnen zu ignorieren und ihn auf Beziehungspotenzial prüfen. Obwohl sie ihren Blick inzwischen wieder nach vorn gerichtet hatte, hatte sie seinen Anblick klar vor Augen. Irgendetwas passte nicht an dem Bild. Nach ein paar Sekunden kam sie drauf. Anstatt von einer Wurzel zur nächsten zu stolpern, bewegte er sich genauso lautlos wie sie. Bis auf das Knirschen ihrer Schuhe und das leise Keuchen ihrer Atemgeräusche war nichts zu hören. Erstaunlich, dass seine Koordination so viel besser funktionierte, wenn er sich unbeobachtet fühlte, stellte sie fest. Vielleicht vertagte sie seine Eignung als Vater ihrer zukünftigen Kinder besser auf einen Zeitpunkt, wo sie all seine Geheimnisse kannte. Archer führte ganz offensichtlich etwas im Schilde. Wenn sie nur wüsste, was?

Sie studierte immer noch an dieser Frage herum, als ihr eine Anomalie in der Schneedecke auffiel. Als sie genauer hinsah, erkannte sie eine Spur. Pfotenabdrücke führten unter den Kiefern den Hang hinunter und verschwanden weiter vorn hinter einer Kurve. Die großen runden Fußabdrücke waren ihr sehr vertraut. Ein Puma. Abrupt hielt sie inne und lauschte.

Archer, der mehr auf Quinns Hintern als auf seine Umgebung geachtet hatte, konnte nur im letzten Moment eine Kollision vermeiden. Dabei fiel er beinahe in den Schnee.

„Jetzt ist ein denkbar schlechter Zeitpunkt, in deinen Schussel-Modus zurückzufallen“, fauchte sie leise.

„Wie meinst du das?“, erwiderte er so entspannt wie möglich, während seine Gedanken rasten. Hatte er sich etwa schon wieder verraten?

Sie hob eine Hand, um ihn zum Verstummen zu bringen. „Schhhh!“

Als sie sicher war, dass er den Mund halten würde, deutete sie nach vorn.

Archer folgte der Linie ihrer ausgestreckten Hand und erstarrte. Er erkannte die Spur sofort.

„Ein Berglöwe“, flüsterte er ehrfürchtig, einen anderen der unzähligen Namen des Pumas verwendend. Entschlossen schob er sich an Quinn vorbei und war in wenigen Schritten bei der Spur. Dort angekommen, kniete er sich vorsichtig daneben nieder und betrachtete den Pfotenabdruck aus allen Winkeln.

Immerhin kannte er sich mit Spuren aus, stellte Quinn erleichtert fest. Sich mit ihm über korrekte Verhaltensweisen bei einem Spurenfund zu streiten war das Letzte, was sie wollte. Dafür war sie viel zu aufgeregt. Mit wenigen Schritten war sie bei ihm und kauerte sich neben die Spur.

„Toll, nicht?“, sagte Archer und strahlte sie an.

Fast wäre sie zurückgewichen, so viel Power lag hinter seiner aufrichtigen Freude. Da ihr gerade angemessene Worte zu fehlen schienen, nickte sie nur und erwiderte sein Lächeln. Ähnlich wie beim Bären von heute Morgen verlor sie sich einen Moment in seinen dunklen Augen. Nur mühsam riss sie sich los. Verlegen zog sie sich einen ihrer Handschuhe von den Fingern und zog aus der Innentasche ihres Parkas ein zerfleddertes Notizbuch hervor.

Archer zog fragend die Augenbrauen hoch. „Sehr modern, dein Notizbuch", bemerkte er, als sie von sich aus nichts dazu sagte.

„Glaub mir, modern hilft dir überhaupt nicht weiter, wenn das Tablet wegen der Kälte zum vierten Mal stirbt und keinen Mucks mehr von sich gibt."

„Auch wieder wahr. Ich gebe zu, dass ich mich das erste Mal in so kalten Temperaturzonen bewege. Meine bisherigen Erfahrungen habe ich in deutlich wärmeren Gebieten gesammelt."

Quinn sog dieses kleine Puzzleteil an persönlicher Information gierig auf und verstaute es in ihrem Hinterkopf. Laut erwiderte sie: „Glaub mir, ich weiß, wovon ich spreche. Ein paar Monate in Alaska, und du kennst alle Tipps und Tricks zum Thema eisige Kälte." Sie schlug das Notizbuch auf und legte es auf ihren Oberschenkel. Einen Bleistift gezückt, fragte sie: „Welche Pfote?"

„Linke Vorderpfote. Vermutlich ein Weibchen", antwortete er und begann mit seinem Handy Fotos zu schießen.

„Maße?"

„Länge 10,2 Zentimeter. Breite 9,8 Zentimeter. Sie war ziemlich zügig unterwegs."

Quinn schaute auf, als er auf die Spur deutete. Die Abdrücke der Hinterpfoten übergriffen die Spur der Vorderpfoten mehr als zwanzig Zentimeter. Wenn sie langsam gingen, überdeckten die Abdrücke der Hinterpfoten die der Vorderpfoten teilweise.

„Sieht ganz so aus. Ob sie wohl etwas aufgeschreckt hat?“ Sie bückte sich, um den Schnee genauer in Augenschein zu nehmen.

Archer zuckte mit den Schultern und fotografierte die anderen Abdrücke. „Beunruhigt ist wohl das passendere Wort. Sonst wäre sie sicher gerannt.“

„Du hast recht. Dann wäre die Schneedecke ringsum mehr durcheinander.“ Sie studierte den frisch gefallenen Schnee in den Spuren. „Vermutlich ist sie vor ein paar Stunden hier durch gekommen. Gerade bevor es aufgehört hat zu schneien.“

„Schnee scheint sich ganz ähnlich zu verhalten wie Sand“, stellte Archer fest.

„Gut möglich. Von Sand habe ich nicht viel Ahnung“, gab sie zu. „Lass uns schauen, wohin sie uns führt. Wenn wir Glück haben, erhaschen wir vielleicht sogar einen Blick auf sie.“

Pumas suchten sich oft einen Baum aus, um dort ihr Mittagsschläfchen zu verbringen. Im Sommer war es fast unmöglich, sie zwischen den Blättern zu entdecken. Doch jetzt war Winter. Vielleicht hatten sie somit Glück.

Archer ließ Quinn den Vortritt. Während sie der Spur folgten, hing jeder seinen Gedanken nach. Plötzlich endeten die Pfotenabdrücke. Ringsum nur unberührter Schnee. Kratzspuren am nächsten Baum zeugten davon, dass das Berglöwen-Weibchen hier vorbeigekommen war. Quinn legte den Kopf in den Nacken und blinzelte gegen das Sonnenlicht an, das sich im Schnee spiegelte.

„Verflixt. Ich weiß, dass sie da oben irgendwo sein muss, doch ich kann sie nirgendwo entdecken.“

Selbst Archer, der sein Fernglas zu Hilfe nahm, hatte nicht mehr Glück.

„Egal“, sagte sie schließlich. „Immerhin bin ich jetzt beruhigt, dass sie nicht irgendwelchen Wilderern zum Opfer gefallen ist.“

Sofort hellwach hakte Archer nach: „Wilderer? Welche Wilderer?“

Quinn überlegte sich, wie sie die Frage beantworten sollte, ohne komplett paranoid zu wirken. Schließlich hatte sie außer ein paar Blutspuren und zwei illegalen Fallen nicht viel vorzuweisen. Sie bezweifelte, dass Archer ihr Glauben schenken würde, sollte sie ihre Intuition ins Feld führen.

Ein Schuss hallte durch den stillen Wald. Sofort befand sich Archer wieder in der Wüste. Seine fein geschulten Reflexe übernahmen das Kommando. Reflexartig warf er sich auf Quinn und drückte sie zu Boden. Mit seinem Oberkörper deckte er die lebenswichtigen Organe von ihr ab. Die Kälte, die durch seine Kleidung drang, nahm er gar nicht wahr. In seinem Kopf ging ein wahrer Kugelhagel nieder, Feuer loderte auf, Menschen schrien. Nur langsam tauchte er aus dem Flashback wieder auf und wurde sich seiner Umgebung bewusst. Quinn lag bewegungslos unter ihm. Ihre weichen Kurven waren selbst durch die vielen Schichten Winterkleidung spürbar. Ihre Brust hob und senkte sich regelmäßig. Erleichtert sah er, dass ihre Augen offen waren. Bis auf die Tatsache, dass ihre Pupillen so geweitet waren, dass das Schwarz die blaue Iris beinahe verdrängte. Schock oder Lust? Konzentrier dich!, rief er sich streng zur Ordnung. Sie hatten weiß Gott gerade andere Probleme als seine galoppierende Libido.

„Alles gut?“, flüsterte er.

Quinn starrte ihn an. Endlich nickte sie langsam. „Mir geht’s gut. Die Frage ist vielmehr, wie es dir geht. Erst bewegst du dich so schnell wie Batman und dann warst du auf einmal weg.“

„Weg? Ich lag doch die ganze Zeit auf dir“, versuchte er sie abzulenken.

Quinn errötete. „Echt jetzt? Hatte ich gar nicht bemerkt. Aber im Ernst …“

Bevor sie den Satz zu Ende führen und ihn zu seinem mentalen Aussetzer befragen konnte, fuhr er fort: „Und überhaupt.

Batman. Ein ganz normaler Sterblicher in Strumpfhosen mit einem Haufen Technik-Spielzeug. Wenn schon, möchte ich echte Superkräfte. Wie Superman zum Beispiel."

Sie schnaubte und antwortete trocken. „Stimmt. Supermans Strumpfhosen haben eine schönere Farbe. Wolverine hätte ich ja noch verstehen können."

Archer lachte und entspannte sich. Es war ihm offensichtlich gelungen, sie vom Thema abzulenken und somit die Situation zu entschärfen. Puh. Da hatte er ja noch einmal Glück gehabt. Das war knapp gewesen. Er hatte weder das Bedürfnis, über seine inzwischen nur noch selten auftretende posttraumatische Belastungsstörung noch über seinen plötzlichen Wandel vom Wissenschaftler zum Krieger zu diskutieren. Allerdings ließ sich Letzteres nicht mehr lange aufschieben. Sie hatte in der letzten Zeit zu viele spitze Bemerkungen diesbezüglich gemacht, als dass er sie noch länger ignorieren konnte. Sonst war die Gefahr groß, dass sie ihn aus lauter Frustration irgendwann outete. Je nach Situation konnte das desaströse Folgen haben. Zumindest, wenn er in nächster Zeit eine vielversprechende Spur in seinem Fall entdeckte. So wie es aussah, war dies soeben geschehen.

„Wir haben ein viel dringenderes Problem als die Frage, wer der beste Superheld ist", meinte er schließlich.

Sie studierte ihn eindringlich. So gern sie sich von der angenehmen Wärme hätte ablenken lassen, war sie klug genug, um zu erkennen, dass jetzt weder die richtige Zeit noch der richtige Ort war, diese Gedanken weiterzuverfolgen.

„Der Schuss?", fragte sie schließlich.

„Genau. Wer zum Teufel hat geschossen?"

„Du weißt so gut wie ich, dass aktuell Jagdsaison ist. Spezifischer, Jagdsaison für den Puma." Sie versuchte, sich hochzurappeln. Leider erwies sich Archer als unverrückbares Objekt.

„Lass mich hoch. Ich werde nicht zulassen, dass meinem Pumaweibchen etwas geschieht. Unser Jagdbezirk hat seine diesjährige Jagdquote von drei Pumas bereits erfüllt."

„Deinem Pumaweibchen, hm?“

Sie nickte. Entschlossenheit blitzte in ihren Augen.

„Ich kann dich beruhigen. Für den Moment ist dein Pumaweibchen sicher.“

„Wem sonst hat der Schuss gegolten?“, bohrte sie verwundert nach.

Er wies mit dem Kinn auf den Baum hinter ihr. Sie folgte der Geste mit ihrem Blick. Am Baum hinter ihr war die Rinde zerfetzt. Genau auf Kopfhöhe. Wenn Archer sie nicht blitzschnell zu Boden gerissen hätte …

„Vielleicht hat uns jemand mit einem Tier verwechselt?“, schlug sie vor, nicht bereit, den Tatsachen ins Auge zu sehen. Aber selbst in ihren Ohren klang die Begründung dünn.

„Das glaube ich kaum. Bären in orangefarbenen Warnwesten sind doch eher selten anzutreffen.“

„Aber warum …?“ Sie brachte den Satz nicht zu Ende. Es war eine Sache, sich vorzunehmen, Wilderer aufzuspüren, eine ganz andere, dabei plötzlich ins Kreuzfeuer zu geraten.

„Keine Ahnung. Aber ich habe fest vor, das herauszufinden“, antwortete er grimmig.

Quinn erschauderte, als sie seine Entschlossenheit spürte. Nichts deutete mehr auf den gutmütigen und etwas schusseligen Wissenschaftler hin. Jetzt waren es eher die Worte gefährlich und tödlich, die ihr zu Archer in den Sinn kamen. Andererseits nicht die schlechtesten Attribute bei einem Partner, in einer Situation, in der auf einen geschossen wurde. Die Vorstellung war immer noch so abstrakt, dass sie es kaum glauben konnte. Doch die Splitter im Holz sprachen eine deutliche Sprache.

*

Es dauerte eine gefühlte Ewigkeit, bis Archer sich endlich von der Stelle rührte.

„Lass uns gehen. Ich denke, wer auch immer es war, hat die Gelegenheit ergriffen, um abzuhauen.“

Mühsam rappelte sich Quinn hoch und klopfte sich den Schnee von der Kleidung. Mit sicheren Handgriffen kontrollierte sie ihr Betäubungsgewehr. Sie bezweifelte zwar, dass es ihr im Ernstfall viel nützen würde. Trotzdem vermittelte es ihr ein gutes Gefühl.

„Wieso er wohl überhaupt auf uns geschossen hat?“, wunderte sie sich laut.

„Keine Ahnung. Aber das werden wir gleich herausfinden.“ Er brauchte Antworten und die würde er kriegen, schwor er sich.

Er schulterte erneut den Rucksack und stiefelte los. Diesmal übernahm er die Führung. Quinn protestierte nicht. Sie hatte grundsätzlich kein Problem mit Schusswaffen oder der Jagd. Sie war selber Jägerin. Auch wenn sie in den letzten Jahren ausschließlich mit dem Betäubungsgewehr geschossen hatte, kannte sie sich mit Schusswaffen aus und war eine gute Schützin. Auf die Erfahrung, selber ins Visier zu geraten, konnte sie jedoch gut verzichten. Da Archer sich nach wie vor im Superhelden-Modus befand, überließ sie ihm gerne den Vortritt. Anscheinend wusste er, was er tat. Ganz im Gegensatz zu ihr.

Immer wieder blieb er stehen und studierte die möglichen Schusswinkel. Nach dem dritten Stopp schien er zu einer definitiven Schlussfolgerung zu kommen und rannte leichtfüßig in eine bestimmte Richtung. Quinn folgte ihm mit ein wenig Abstand.

„O Shit!“ Ein paar weitere, farbige Flüche folgten.

Mit einem Sprint schloss Quinn zu ihm auf. „Was?!“ Ein Blick über seine Schulter verriet ihr den Grund für seine Aufregung.

Hinter einer kleinen Senke lag ein Tier, eine Pfote in einer illegalen Schnappfalle gefangen. Blut hatte den umliegenden Schnee rot gefärbt. Rundum war der Schnee aufgewühlt und mit Erde vermischt. Eine leere Patronenhülse lag am Boden.

„Auf den ersten Blick sieht es aus wie ein Kojote“, bemerkte sie, „doch es ist eine Art Husky-Mischling.“

„Ich hasse Fallensteller“, erwiderte Archer mit Abscheu in der Stimme.

„Ich auch“, stimmte sie ihm zu. Vorsichtig näherte sie sich dem Hund. Misstrauisch beobachtete er sie. Sobald sie näherkam, begann er abwechselnd zu knurren und an seiner Pfote zu nagen.

„Ich frage mich, weshalb er den Hund nicht einfach erschossen hat.“ Sie runzelte die Stirn.

„Er war anscheinend damit beschäftigt, auf uns zu schießen. Vermutlich haben wir ihn beim Kontrollieren der Fallen gestört.“

„Verdammt. Dabei hatte ich gehofft, das Problem hätte sich von selbst gelöst.“

Archer horchte auf. „Welches Problem?“, fragte er scharf.

„Na, die Wilderer. Nachdem ich in den letzten Wochen keine neuen Fallen oder kopflose Tierkadaver mehr gefunden habe, hatte ich gehofft, dass sie weitergezogen sind.“

„Sieht nicht so aus.“

„Ja, leider.“ Sie bewegte sich ein wenig von dem gefangenen Hund weg. Dieser beäugte sie misstrauisch.

Archer trat einen Schritt beiseite, als sie ihr Gewehr mit einer fließenden Bewegung vom Rücken zog. Aus ihrer Jackentasche zog sie eine der Spezialpatronen und hielt sie sich vors Gesicht. Zufrieden, die richtige Dosierung ausgewählt zu haben, legte sie sie ein und nahm das Gewehr in Anschlag. Ein lautes Plopp ertönte. Der Hund zuckte zusammen und versuchte vergeblich, sich hochzurappeln. Dann blinzelte er verwundert, bevor er langsam zur Seite kippte.

„Los, worauf wartest du noch“, wies sie Archer an. „Es wartet eine Menge Arbeit auf uns.“

3

Quinn wollte sich gerade auf den Heimweg machen, als Archer ins Büro gestürmt kam.

„Wir müssen reden“, ließ er sie brüsk wissen.

Müde und etwas misstrauisch musterte sie ihn. Es war ein anstrengender Tag gewesen. Mit dem Erste-Hilfe-Set in ihrem Rucksack hatte sie den Husky notdürftig verarztet, während er friedlich schlummerte. Anschließend hatten sie ihn in die Decke gewickelt und so gemeinsam durch den Wald zum Quad getragen.

Endlich in der Wildtierstation angekommen, hatten sie den Tierarzt Nate Bale gerufen, der die Pfote so gut, wie es bei solchen hässlichen Verletzungen möglich war, wieder zusammengeflickt hatte. Lara war außer sich gewesen, als sie von der Falle erfahren hatte. Sie hatte sich sofort ans Telefon gehängt und Kat angerufen, um herauszufinden, wem der Hund gehörte. Kat war die Leiterin des örtlichen Tierheims namens Safe Haven. Sie nahm regelmäßig ausgesetzte oder verwahrloste Hunde und andere Tiere auf. Zudem war sie mit Sam Carter, dem berühmten Eishockeyspieler, zusammen, der bis vor Kurzem für die Colorado Avalanche gespielt hatte. Seine Familie war in Independence sehr gut vernetzt. Sollte irgendjemand den Hund vermissen, wäre es nur eine Frage der Zeit, bis sie davon hören würden. Quinn bezweifelte allerdings, dass sich jemand melden würde. Das Fell des Hundes war an mehreren Stellen verfilzt, als wäre er schon länger allein unterwegs. Anschließend hatten sie den Fall dem Sheriff gemeldet. Jake Carter, ein weiterer Vertreter der Carter-Familie, hatte allerdings seine Zweifel angemeldet, dass die Polizei etwas gegen den Wilderer ausrichten konnte.

„Dafür ist das Gebiet einfach zu groß. Keine Chance, das zu überwachen."

Das war zwar enttäuschend, aber auch nicht wirklich eine Überraschung gewesen. Seltsamerweise waren sie und Archer stillschweigend übereingekommen, den Angriff auf ihr Leben fürs Erste Jake gegenüber nicht zu erwähnen.

Doch jetzt wollte sie eigentlich nur noch nach Hause, auch wenn dort nichts Weiteres auf sie wartete als eine einsame Mikrowellenmahlzeit, während ihre Eltern stumpf in den Fernseher starrten. Aber es war trotzdem ihr Zuhause und lockte mit der Aussicht auf eine heiße Dusche und der Chance, ihre müden Glieder auszuruhen. Entsprechend wenig enthusiastisch meinte sie: „Reden? Kann das nicht bis morgen warten?"

„Kann es nicht", antwortete er mürrisch. Mit einer Hand griff er nach ihrer Jacke, die andere schloss sich fest um ihren Oberarm. „Los geht's."

„Okay, okay. Ich komme ja schon", murmelte Quinn und griff sich ihre Tasche. Himmel, was war ihm denn nun über die Leber gekrochen? Er war schon den ganzen Nachmittag nicht ansprechbar gewesen, während er vor sich hin gebrütet hatte. Oder war das etwa seine Art, sie auf ein Date einzuladen? Sofort verwarf sie die absurde Idee wieder. Reines Wunschdenken ihrer Hormone. Die waren seit dem unvermittelten Körperkontakt mit Archers muskulösem Körper am Vormittag nicht mehr zur Ruhe gekommen.

„Wo fahren wir hin?", fragte sie nach einer Weile vorsichtig.

„In die neue Spielhalle, die vor zwei Wochen neben dem Yogastudio aufgemacht hat."

„Aha." Sie verstand überhaupt nichts mehr. Aber zumindest beantwortete es die Frage, ob das ein Date war oder nicht. Zumindest hoffte sie, dass er das Spielen von Videospielen nicht als erfolgreiche Werbestrategie betrachtete. Sonst müsste sie ihre Schwärmerei für ihn tatsächlich noch einmal überdenken.

„Und was machen wir dort?“, hakte sie hartnäckig nach. „Herrje. Das ist ja schlimmer als beim Zahnarzt.“

„Ich sagte doch, wir müssen reden. In der Arkade herrscht viel Betrieb, es ist laut und es gibt Pizza und Bier.“

„Das Argument mit Pizza und Bier leuchtet mir ein. Die Lautstärke und die Anzahl der Besucher weniger, wenn du reden willst.“

Er warf ihr aus dem Augenwinkel einen Blick zu, bevor er sich wieder auf die dunkle Straße konzentrierte.

„Das Diner ist doch die offizielle Klatschzentrale in Independence. Glaub mir, wenn wir nur zusammen dort zu Abend essen, laufen den ganzen Abend die Drähte heiß. Ganz zu schweigen von dem berühmt-berüchtigten schwarzen Wettbüchlein. Du kannst sicher sein, dass wir auf der Stelle dort Einzug halten.“

„Stimmt. Die Wetten hatte ich ganz vergessen.“

Das Diner mit dem dazugehörigen Bed & Breakfast wurde von zwei Schwestern geführt, die beide in ihren Sechzigern waren. Miss Minnie kümmerte sich um die Gäste, während Miss Daisy das Bed & Breakfast führte und kochte. Die Disney Sisters, wie sie aufgrund ihrer lustigen Namen praktisch ausschließlich genannt wurden, waren bis vor Kurzem das einzige Restaurant im Ort gewesen. Durch ihren engen Kontakt zu den Gästen waren sie immer hervorragend über das Geschehen im Ort informiert. Manchmal war es fast unheimlich, wie schnell sich Neuigkeiten in der Kleinstadt verbreiteten.

Vor ein paar Jahren waren die beiden auf die Idee gekommen, das natürliche Bedürfnis ihrer Gäste nach Klatsch und Tratsch zu wohltätigen Zwecken auszunutzen. Meist wurde auf harmlose Dinge gewettet, wie den Geburtstermin eines Kindes oder das Resultat eines sportlichen Anlasses. Der Gewinner bekam seinen Einsatz zurück und ein Abendessen aufs Haus.

Der Rest der Wetteinsätze wanderte in einen Fonds, der vom Bürgermeister verwaltet wurde. Dieser wurde ausschließlich für soziale Zwecke verwendet. Stipendien für junge, vielversprechende Erwachsene oder lebensnotwendige medizinische Behandlungen, die nicht durch die Krankenversicherung der Betroffenen gedeckt waren, neue Schulräume, solche Dinge eben. Eigentlich eine coole Sache – solange man nicht selbst Gegenstand der Wetten war.

„Das Café Sweets ist nicht viel besser", fuhr er mit seiner Begründung fort.

Das Café wurde von Aileen, einer Quasi-Nichte oder Cousine – den genauen Verwandtschaftsgrad kannte niemand so genau – der Disney Sisters geführt. Aus ihrer Lehrzeit in Paris, zuerst bei einem Koch und anschließend bei einem Patissier, hatte sie viele wunderbare Rezepte mitgebracht, mit denen sie jetzt die Bewohner von Independence verwöhnte. Einige Stammgäste des Diners waren zuerst empört gewesen, dass Aileen es wagte, ein Konkurrenzunternehmen zu eröffnen, und hatten sie absichtlich geschnitten, obwohl die Disney Sisters von Anfang an klargemacht hatten, dass sie Aileen bei ihren Plänen unterstützten. Inzwischen hatten sich die Gemüter beruhigt. Die meisten frequentierten das schicke Café regelmäßig.

„Kein Wunder", brummte Quinn. „Das ist sicher genetisch bedingt."

Archers Mundwinkel zuckte bei ihrem trockenen Kommentar.

„Kann gut sein. Die Gäste mögen vielleicht ein wenig subtiler in ihrer Herangehensweise sein, das Resultat ist jedoch das Gleiche." Er warf einen Blick auf die Uhr am Armaturenbrett. „Zudem schließt das Café gleich. Die Arkade ist noch so neu, dass sie in sich eine Sensation ist."

„Stimmt. Wer hätte das vor einem Jahr gedacht, dass wir bald mehrere Restaurants zur Auswahl haben würden", sinnierte sie.

„Ja. Eine verlässliche Pizzaquelle in der Nähe zu haben ist immer gut", stimmte er zu. „Auf jeden Fall sind die Leute dort beschäftigt. Entweder mit dem Spielen von Videospielen oder damit, ihre Kinder in Zaum zu halten."

„Das hoffst du zumindest", murmelte Quinn und starrte aus dem Fenster.

„Wir können auch zu mir nach Hause gehen", provozierte er sie.

Quinn fühlte sich nicht provoziert. Wenn, dann war sie eher neugierig. Wieder einmal fiel ihr auf, wie wenig sie eigentlich über ihn wusste.

„Tatsächlich? Was hat denn dein Kühlschrank so zu bieten?"

„Bier ohne Pizza", antwortete er mit todernster Miene.

Quinn versuchte vergeblich herauszufinden, ob er sie auf den Arm nahm oder ob seine Aussage den Tatsachen entsprach. Schließlich gab sie es auf.

„Bier mit Pizza klingt besser."

„Dachte ich es mir doch." Flüchtig überlegte er, weshalb er ein wenig Enttäuschung darüber verspürte, dass sie nicht zu ihm nach Hause kommen würde. Seine Einladung war ja nicht einmal ernst gemeint gewesen. Besser er konzentrierte sich auf das bevorstehende Gespräch. Das war viel wichtiger als irgendwelche idiotischen Gefühlsempfindungen.

Als Archer nichts mehr sagte, zuckte Quinn mit den Schultern und lehnte sich im Sitz zurück. Offenbar wollte er das, was er besprechen wollte, nicht im Auto zur Sprache bringen. Ihr sollte es recht sein. Sie hatte nichts dagegen, erst ihren grummelnden Magen zu füttern, bevor sie sich in eine Diskussion stürzte. Wenn Archers Laune ein Hinweis auf das kommende Gespräch war, würde sie die Stärkung brauchen.

*

Ein wenig später saßen sie in einer Nische am hinteren Ende des neuen Restaurants. Die Wände waren mit rot-weißen Lichtern und Tannengrün weihnachtlich dekoriert. Der unvermeidliche Barry White sang über White Christmas. Siedend heiß fiel Quinn ein, dass sie noch kein einziges Weihnachtsgeschenk hatte. Und nur noch zehn Tage Zeit. Zum Glück brachte die Kellnerin in diesem Moment das Essen und die Getränke, bevor sie in Panik ausbrechen konnte. Mit einer dampfenden Pizza und einem kühlen Bier vor sich sah die Welt gleich anders aus.

Hungrig machten sie sich darüber her. Schließlich waren sie fertig. Archer lehnte sich zurück und streckte sich.

Quinn rutschte unruhig auf ihrem Stuhl herum. Sie hasste es, wenn jemand ein wichtiges Gespräch ankündigte und dann nicht mit der Sprache rausrückte.

„Wieso können die Leute nicht einfach sagen, was sie denken“, murmelte sie zu sich selbst. Eigentlich waren ihre Worte nicht für Archer gedacht gewesen. Er hörte sie trotzdem.

„Spannend, dass du das sagst.“

„Wie meinst du das?“ Und wieso fühlte sie sich, als wäre sie auf der Anklagebank?

„Fangen wir mal damit an, dass du mir etwas verheimlichst.“

Quinn machte große Augen. Das war ja wohl die Höhe! „Das sagt der Richtige“, schnaubte sie erbost.

Archer musterte sie eindringlich. „Also gut. Wie wär's denn mit ‚ich zeig dir meins und du zeigst mir deins'?“

Quinn schoss das Blut ins Gesicht. Was zum Teufel …?

Diesmal war es Archer, der mit den Augen rollte. „Was du immer gleich denkst. Ts, ts.“

„Dann drück dich klarer aus“, antwortete sie genervt und verlegen, dass er sie dabei ertappt hatte, wie ihre Gedanken in eine völlig unprofessionelle Richtung drifteten.

„Ich meinte mehr, du verrätst mir dein Geheimnis und ich erzähl dir meins.“ Oder zumindest Teile davon, fügte er im Stillen hinzu.

Misstrauisch beäugte sie ihn. „Woher soll ich wissen, dass du mir die Wahrheit erzählst?“

Er zuckte mit den Schultern. „Das weißt du natürlich nicht. Aber auf der anderen Seite gilt das auch für mich, nicht wahr?"

Quinn schloss ihren Mund wieder und überdachte seine Aussage. Eigentlich hatte sie ihm gerade irgendeine Geschichte auftischen wollen. Vielleicht keine so gute Idee. Er schien sie sehr genau zu durchschauen. Nur schade, dass das umgekehrt so gar nicht der Fall war. Ein sehr beunruhigender Gedanke. Er hatte seine Rolle als zerstreuter Wissenschaftler so überzeugend gespielt, dass sie Mühe hatte, mit der überragenden Intelligenz und seiner raschen Auffassungsgabe klarzukommen. Sie passte besser auf, wenn sie nicht wollte, dass er vollständig die Oberhand gewann.

„Na dann, fang an", forderte sie ihn heraus.

Archer grinste. Zu seiner Überraschung fing der Schlagabtausch mit Quinn an, ihm Spaß zu machen. Es geschah nicht jeden Tag, dass er eine Frau traf, die sich nicht scheute, es mit ihm aufzunehmen.

„Ladys first", konterte er großzügig.

Auch Quinn konnte nicht verhindern, dass ihre Mundwinkel zuckten. Es ging doch nichts über einen ebenbürtigen Sparringpartner. Langsam fand sie Gefallen an der Sache. „Papperlapapp. Alter vor Schönheit."

Archer gab sich geschlagen. „Also gut. Lass es uns so machen. Ich erzähle dir, was ich vermute und du sagst mir anschließend, ob ich richtig liege."

„Und umgekehrt", antwortete sie prompt.

Zustimmend neigte er den Kopf. „Und umgekehrt. Fair ist fair."

Obwohl sie nicht vollends überzeugt war, dass er seinen Teil des Deals einhalten würde, gab sie ihre Zustimmung.

„Ich war sehr überrascht, dass du dich von Anfang an mir gegenüber so feindselig verhalten hast. Erst dachte ich, es sei etwas Persönliches, doch das war es nie, oder?"

Sie biss sich auf die Lippen und schüttelte den Kopf. „Nein. Zumindest nicht am Anfang. Ich hatte nur Sorge, dass du mir bei meinen Plänen dazwischen kommen würdest. Das konnte ich nicht gebrauchen."

Archer zögerte nicht, sofort nachzuhaken. „Deinen Plänen?"

„Nein, nein. Jetzt bin ich dran. Wieso musst du so tun, als wärst du nichts weiter als ein zerstreuter Wissenschaftler, der dauernd über seine eigenen zwei Füße stolpert? Und versuch mir nicht zu erzählen, dass du das bist. Das war es nämlich unter anderem, was meinen anfänglichen Unwillen, mit dir zusammenzuarbeiten, in Misstrauen umschlagen ließ."

Überrascht schaute er sie an. „Was?"

„Na, deine Augen. Du hast den Blick eines Raubtiers. Deine Augen haben nie zum Rest gepasst."

„Ich fasse es nicht. Echt jetzt? Meine Augen? Ein Raubtier?" Insgeheim war er erfreut über ihre Beschreibung, was natürlich völlig unpassend war, nachdem es dazu geführt hatte, seine Deckung auffliegen zu lassen. Trotzdem. Jeder Mann hörte gerne von einer Frau, dass er sie an ein Raubtier erinnerte.

„Ja", bestätigte sie ihm geduldig. „Zudem hast du die Tendenz, dich wenn nötig völlig überraschend in ein Bewegungstalent zu verwandeln, bevor du wieder über deine eigenen Füße stolperst."

Bewundernd und ein wenig ungläubig schüttelte er leicht den Kopf. Entweder war sie sehr, sehr gut oder er viel schlechter, als er gedacht hatte.

„Keine Sorge", sagte sie schließlich, als sie seinen Stimmungsumschwung bemerkte. „Ich glaube nicht, dass die Diskrepanz sonst jemandem aufgefallen ist."

„Schlimm genug, dass du darauf gekommen bist. Aber irgendwie scheine ich Mühe zu haben, in meiner Rolle zu bleiben, wenn du in der Nähe bist." Er lachte selbstironisch. „Wahrscheinlich ein männliches Ego-Ding."

„Wieso hattest du überhaupt das Gefühl, dass eine Tarnung nötig sei? Herrgott noch mal, wir sind doch nur eine kleine Wildtierstation. Hattest du Sorge, dass du sonst den Job nicht kriegst?“

„Keine Angst. Meine Qualifikationen sind alle echt“, erwiderte er trocken.

Verlegen errötete sie. „Sorry. Aber bei all den Geheimnissen weiß ich nicht mehr, was ich glauben soll.“

„Verständlich. Aber jetzt bin ich wieder dran. Was hattest du damit gemeint, als du heute im Wald sagtest, du hättest gehofft, die Wilderer wären weitergezogen? Welche Wilderer?“

Quinn holte tief Luft. „Also gut. Als ich vor einem halben Jahr aus Alaska zurückkam, habe ich viel Zeit damit verbracht, durch die Wälder zu streifen. Ich wollte herausfinden, inwiefern sich meine alte Heimat verändert hat. Zudem war meine private Situation sehr anstrengend. Die langen Wanderungen halfen mir, in dieser Zeit nicht den Verstand zu verlieren. Bereits nach Kurzem stolperte ich über Dinge, die mich stutzig werden ließen.“

Angespannt beugte sich Archer vor. Quinn konnte die streng kontrollierte Energie, die von ihm ausging, deutlich spüren. Wie es wohl wäre, in einer gänzlich anderen Situation Empfänger seines totalen Fokus zu sein?

„Nämlich?“, riss seine Frage sie aus ihren Gedanken.

„Kadaver ohne Kopf.“

„Trophäenjagd.“ Er klang angewidert.

„Richtig. Ich habe selber einen Jagdschein und kein Problem damit, wenn jemand im Rahmen unserer Gesetze auf die Jagd geht und anschließend das gesamte Tier verwertet. Fleisch, Horn, Fell, du weißt schon.“

Archer nickte zustimmend.

„Aber das war einfach nur makaber.“ Mit einer bewussten Willensanstrengung schob sie die grauenhaften Bilder zur Seite. „Was war noch? Ach ja. Richtige Abfallspuren, wie von einer großen Jagdpartie, außerhalb der Jagdsaison wohlgemerkt. Und die Fallen. Vor allem Tellereisen, aber auch Conibear-Fallen."

Eine rasende Wut erfasste Archer. Tiere mit einem sauberen Schuss zu erschießen, war eine Sache. Sie durch die Verwendung von Fallen grausamen Qualen auszusetzen, eine ganz andere. Er war selber kein Jäger. Doch wie Quinn konnte er eine verantwortungsvolle Jagd akzeptieren. Wenn er allerdings daran dachte, dass Quinn versucht hatte, dem Wilderer-Ring auf die Spur zu kommen … Nicht auszudenken, was ihr hätte passieren können. Nacktes Grauen breitete sich in seinem Inneren aus, als ihm die verschiedensten Szenarien durch den Kopf gingen, eines schrecklicher als das andere. Er wusste nur zu gut, wozu solche Typen fähig waren, wenn sie ihre Operation bedroht sahen. Nicht ohne Grund beschäftigte sich das FBI mit dem Fall.

„Und da dachtest du, du könntest auf eigene Faust Nachforschungen anstellen?", fragte er mit gefährlich ruhiger Stimme.

Überrascht drehte sich Quinn zu ihm um. Sie hatte gerade ihren letzten Schluck Bier getrunken und versuchte, die Aufmerksamkeit einer der Kellnerinnen zu erregen. Bei dem Betrieb und der lauten Geräuschkulisse der vielen Spielautomaten, die im vorderen Teil des Gebäudes untergebracht waren, war es fast unmöglich, sich bemerkbar zu machen.

„Klar. Wer sonst sollte sich darum kümmern? Du hast Jake ja heute gehört. Seine Priorität sind die Menschen." Sie zuckte mit den Schultern. „Das kann ich sogar verstehen. Die Aufgabe der Polizei ist der Schutz der Bevölkerung. Aber dann bist du aufgetaucht und ich konnte mir meine Zeit nicht mehr frei einteilen."

„Ich verstehe. Die Idee, dich mir anzuvertrauen und um Hilfe zu bitten, kam dir nicht? Himmel, eine solche Ermittlung ist doch mindestens drei Nummern zu groß für dich, siehst du denn das nicht?"

„Ach so? Und da hätte ich ausgerechnet den schussligen Forscher um Hilfe bitten sollen? Sehr vertrauenserweckend, diese Angewohnheit, immer in Möbel zu rennen und über die eigenen Füße zu stolpern. Zudem hattest du deine eigenen Geheimnisse."

Widerwillig musste Archer zugeben, dass sie recht hatte. Aus diesem Blickwinkel betrachtet, war seine Tarnung eine äußerst schlechte Wahl gewesen.

„Aber jetzt zu dir", forderte Quinn ihn auf. „Zeit, mir ein paar Fragen zu beantworten."

„Also gut. In Anbetracht der Tatsache, dass wir beide dasselbe Ziel haben, schadet es nichts, dich einzuweihen."

„Herrje, danke für das Vertrauensvotum!"

Archer ignorierte ihren Sarkasmus. „Ich bin so etwas wie ein freier Mitarbeiter des FBI."

„Freier Mitarbeiter? Ich habe nicht gedacht, dass es so etwas gibt."

„Die korrekte Bezeichnung wäre Berater."

„Was ist deine Aufgabe? Die Wildtiere zu beraten? Oder die Wilderer?", fragte sie schnippisch. Vielleicht war es kindisch. Aber seine Unterstellung, dass sie mit der ganzen Sache überfordert war, wurmte sie.

Ohne auf ihre Frage einzugehen, fuhr er fort: „In den letzten zwölf Monaten hat der Zoll mehrere Ladungen auf dem Weg nach Europa und China abgefangen. Pelze, Krallen, ganze Schädel, getrocknete Penisse, das ganze Programm. Bis jetzt ist nicht klar, woher die Waren stammen und wie sie an ihre Bestimmungsorte kommen. Aufgrund der Größe der Sendungen geht das FBI aber davon aus, dass es sich um organisiertes Verbrechen handelt."

„Und wo kommst du ins Spiel?"

„Ich bin nur einer von einer Vielzahl Spezialisten, die an dem Fall arbeiten. Mir wurde diese Region zugeteilt. Mit meinem

Abschluss in Wildtierbiologie und meiner Erfahrung als Spurensucher bin ich perfekt geeignet für diesen Job."

Quinn runzelte die Stirn. „All diese Qualifikationen habe ich auch. Weshalb also du und nicht ich? Oder wir?", schlug sie mutig vor.

„Ich war an der Front. Vier Jahre Militär, unterwegs als Spurensucher und Teil der Militärpolizei."

Gegen ihren Willen fasziniert von den Einblicken in Archers Leben lehnte sich Quinn nach vorn.

„Meine Aufgabe ist, Informationen zu sammeln. Den Rest übernimmt dann das FBI. Als die Stelle bei euch frei geworden ist, habe ich die Gelegenheit ergriffen und mich beworben."

„Okay. Gut. Dann bist du vielleicht tatsächlich ein kleines bisschen besser vorbereitet für die Aufgabe. Trotzdem finde ich, wir sollten unsere Kräfte kombinieren und zusammen Jagd auf die Wilderer machen."

„Und wenn ich ablehne?"

Quinn verschränkte die Arme vor der Brust. „Das ist ja wohl klar. Dann mache ich allein weiter."

4

Quinn war gerade dabei, den Verband des Hundes zu erneuern, als sie draußen Stimmen hörte. Die Wunde sah schon viel besser aus als gestern, doch er hatte noch einen ziemlich langen Weg vor sich, bis er wieder mit dem Wind um die Wette rennen konnte. Falls er das überhaupt je wieder schaffen würde. Aber sie war zuversichtlich, dass er lernen würde, sich mit seinen drei gesunden Pfoten so zu organisieren, dass er die vierte nicht wirklich belasten musste. Sie strich ihm über den grauweißen Pelz. Er lag bewegungslos da. Nur das Zucken seiner Ohren und der unablässige Blick seiner gelben Augen, der auf sie gerichtet war, verrieten, dass ihm nicht viel entging.

„Ich schau besser mal nach, wer da draußen ist, bevor du dich noch aufregst."

Als sie zur Tür ging, hob er mühsam den Kopf von seiner Decke.

„Ich komm gleich wieder. Warte hier."

Er schien ihre Worte abzuwägen. Schließlich ließ er seinen Kopf wieder auf das weiche Material sinken.

„Kluger Hund", murmelte sie und schlüpfte durch die Tür in den Flur, der nach draußen führte. Sie wollte ihm gerne einen Namen geben. Es störte sie, ihn immer nur mit Hund anzureden. Auf der anderen Seite wollte sie lieber erst abwarten, ob sich der Besitzer ausfindig machen ließ. Vielleicht war er ja auch einfach davongelaufen und jemand suchte ihn verzweifelt. Es war leichter, einen namenlosen Hund zurückzugeben.

Neugierig öffnete sie die Tür der Pflegestation und streckte den Kopf hinaus.

„Was macht ihr denn alle hier?", fragte sie erstaunt. Auf dem Hof standen Jaz, Paula, Kat, Paige, Tyler und Avery. Der deutsche Schäferhund, ein ausgedienter Polizeihund mit ausgezeichneten Manieren, saß geduldig zu Tylers Füßen. Der schwarze Königspudel von Jaz war ein wenig anders gestrickt. Er untersuchte mit großem Eifer jeden Winkel seiner Umgebung. Kat, die sich nie entscheiden konnte, welchen ihrer Hunde sie diesmal mitnehmen wollte, hatte offenbar alle zu Hause gelassen.

„Wir wollten Lara und Becca überreden, heute Abend zu Jaz zu kommen. Dort findet so was wie eine Vorweihnachtsfeier statt."

Bis vor Kurzem hatte Hanks Schwester Becca, die ehemalige Barrel-Racing-Queen, auf der Ranch gewohnt. Inzwischen war sie mit ihrem Verlobten Adrian und seinem Sohn Jonas zusammengezogen, verbrachte aber nach wie vor viel Zeit auf der Ranch. Zum einen war ihr Pferd Roxie auf der Ranch untergebracht, und zum anderen entwickelte sich Jonas gerade zu einem waschechten Cowboy und saß jede freie Minute auf dem Pferd. Wollte Adrian seine Familie sehen, musste er sie für gewöhnlich hier suchen.

„Und? Haben sie zugesagt?"

„Als Hank und Adrian wie zwei hungrige Bären zur Tür hineingekommen sind, haben wir das Vorhaben aufgegeben. Männer sind heute Abend nämlich nicht erwünscht", erklärte Paula.

„Da haben wir gedacht, wir versuchen unser Glück bei dir. Außer natürlich, du hast deinen Abend auch bereits verplant. Zum Beispiel mit Archer?", fischte Jaz nach Informationen.

Amüsiert schüttelte Quinn den Kopf. „Natürlich nicht. Weshalb sollte ich Pläne mit Archer haben? Wir sind nicht gerade beste Kumpel."

„Das sah aber gestern anders aus", bemerkte Tyler frech.

„Gestern?", fragte Quinn überrascht. „Ach, gestern." Klar. Pizza in der Videoarkade.

„Genau. Gestern", stichelte Avery. „Ich dachte, ihr könnt einander nicht ausstehen?"

Quinn verspürte leichte Gewissensbisse, als sie daran dachte, wie sie immer über Archer hergezogen war. Andererseits hatte sie ja nicht wissen können, dass alles nur eine Show war.

„Ach, er ist gar nicht so übel. Wir mussten noch etwas besprechen und hatten beide Hunger. Ende der Geschichte." Sie warf einen warnenden Blick in die Runde. „Ihr solltet doch inzwischen wissen, dass ihr nicht alles für bare Münze nehmen dürft, was ihr in der Gerüchteküche hört."

„Na ja, ich weiß nicht", meinte Paula gedehnt. „Meiner Erfahrung nach zeigt sich mit der Zeit meistens, dass an den ersten Gerüchten durchaus etwas dran war."

Quinn verdrehte die Augen. „Diesmal nicht, das kannst du mir glauben." Auch wenn sie von Archer fasziniert war, war sie doch schlau genug zu wissen, dass es wahrscheinlich keine gute Idee wäre, mit ihm etwas anzufangen. Schließlich mussten sie miteinander arbeiten. Außerdem kreuzten sie bei jeder passenden und unpassenden Gelegenheit die Klingen. Keine guten Vorzeichen für eine Beziehung. Den Einwand ihrer Hormone, dass das nur ein Anzeichen für das Vorhandensein großer Leidenschaft war, ignorierte sie. „Wieso wisst ihr überhaupt schon wieder davon?"

Jaz lachte lauthals. „Was für eine Frage! Du wohnst weiß Gott schon lange genug hier, um zu wissen, wie das funktioniert. Ihr wart das Thema in meiner Yogastunde für Hausfrauen", meinte sie vergnügt.

„Das glaub ich nicht", stöhnte Quinn. „Man könnte meinen, all die Mütter hätten genug mit ihrem eigenen Nachwuchs zu tun."

„Glaub mir, Kinder haben und tratschen gehen Hand in Hand", antwortete Jaz trocken.

„Gehen wir jetzt endlich essen, oder was?“, ließ sich Paige vernehmen. „Ace hat Dienst bis Mitternacht. Dann wäre ich gerne wieder zu Hause.“

Tyler hob ungläubig ihre Augenbrauen. „Du lässt uns genau zur Hexenstunde sitzen? Für einen Mann?“

Paige grinste. „Ja. Aber für was für einen Mann! Wir reden hier schließlich von Ace.“ Ihrer Stimme war deutlich anzuhören, dass sie sich auf später freute.

„Das ist noch lange kein Grund“, grummelte Tyler.

Paula versetzte ihrer Schwester einen Schubs. „Jetzt komm schon. Wenn Pat bereits heute Abend nach Hause kommen würde, bezweifle ich, dass du deine Zeit mit uns verbringen würdest“, meinte sie. Tylers Partner war Spezialist für die Restauration alter Häuser und reiste oft sehr weit für seine Projekte. Manchmal ging Tyler mit ihm mit. Andere Male, wie diesmal, blieb sie in Independence.

Tyler errötete. Alle lachten.

„Also gut, ihr habt mich überredet. Ich bin dabei heute Abend“, sagte Quinn. Zuerst musste sie allerdings nach Hause, nach ihren Eltern schauen. Dass sie gestern erst so spät, nach zehn Uhr, nach Hause gekommen war, hatten ihre Eltern gar nicht gut geheißen. Auf eine erneute Strafpredigt konnte sie gut und gern verzichten. Sie war fast dreißig, verdammt noch mal. Alt genug, einmal spontan auszugehen, ohne dass ihre Eltern eine Krise schoben. Aber anscheinend war das nicht möglich. Sie seufzte unhörbar. „Was steht denn auf dem Plan heute Abend? Abendessen im Diner und Billard oder Darts?“, erkundigte sie sich.

„Nein, nein, wo denkst du hin. Wir treffen uns alle bei Jaz, Weihnachtsgeschenke basteln, Karten schreiben, so was halt.“ Paula klang angewidert.

„Basteln?“, antwortete Quinn verblüfft. „Wie im Kindergarten?“

„Ich hoffe schon, dass sich eure feinmotorischen Fähigkeiten seit der Kindergartenzeit verbessert haben, sodass wir uns an ausgefallenere Dinge machen können." Jaz warf den anderen einen herausfordernden Blick zu. „Oder hast du etwa schon alle deine Weihnachtsgeschenke?", fragte sie Quinn.

„Uh, nein. Allerdings bezweifle ich, dass irgendjemand etwas Selbstgebasteltes von mir haben möchte. Das landet vermutlich unverzüglich im Müll."

„Sag ich doch", brummte Paula. Avery, Tyler und Kat hielten sich wohlweislich aus der Diskussion raus.

„Und was ist mit Abendessen?", fragte Quinn vorsichtig. Wie immer nach einem Tag in der Kälte war sie extrem hungrig. Leider hatte sich keine Gelegenheit ergeben, noch einmal zur selben Stelle rauszufahren. Lara hatte Archer mit Bürokram eingedeckt. Sie selber hatte Lara geholfen, die Gehege zu säubern und die verschiedenen Patienten zu pflegen. Normalerweise eine ihrer Lieblingsbeschäftigungen. Aber heute hatte sie eine innere Dringlichkeit verspürt, die erste heiße Spur in Bezug auf die Wilderer zu verfolgen. Sie hoffte, dass sie wenigstens morgen die Zeit finden würde, sich darum zu kümmern. Falls Archer keine Zeit hatte, würde sie sich halt allein auf den Weg machen und sich umsehen.

„Jaz kocht etwas Vegetarisches und Paula und ich grillen Hamburger. Irgendwelche spezifischen Wünsche?", klärte Avery sie auf.

„Viel von allem", antwortete Quinn entschieden. „Ansonsten bin ich völlig unkompliziert."

„Das lässt sich machen", versicherte Paula ihr grinsend.

*

Quinn stampfte mit den Füßen auf den Boden, um den Schnee von ihren Schuhen abzuschütteln, bevor sie sie auszog. Dann stieß sie die Tür auf und trat in den Flur. Stille begrüßte sie.

„Mom? Dad?"

Keine Antwort. Das einzige Geräusch war das Gemurmel des Fernsehers im Wohnzimmer. Wie jeden Abend drückte sie unverzüglich den Lichtschalter, um die dunklen Schatten zu vertreiben, die mit der Dämmerung in dem kleinen Haus Einzug hielten. Wem wollte sie eigentlich etwas vormachen?, fragte sie sich, während sie über den abgetretenen Teppich in Richtung Wohnzimmer ging. Ihr Vater schnarchte leise in seinem Lehnsessel. Neben ihm auf dem Couchtisch standen drei Bierdosen.

Ihre Mutter begrüßte sie mit einem missbilligenden Blick.

„Hallo, ihr beiden. Habt ihr schon gegessen?"

„Klar. Was denkst du denn? Dass wir auf dich warten? Da hätten wir gestern lange warten können, nicht wahr?"

Quinn seufzte. Während ihr Vater immer mehr in seiner Demenz versank, war ihre Mutter genauso scharfzüngig und bitter wie eh und je. Das Frustrierende war, dass ihre Eltern noch gar nicht so alt waren. Ihr Vater war gerade mal fünfundsechzig.

„Nein, natürlich nicht. Ich frage nur, sonst hätte ich euch etwas gekocht."

„Ha! Du und für uns kochen! Du weißt ja gar nicht, was das heißt, eine anständige Mahlzeit zu kochen. Dein Bruder hingegen war ein hervorragender Koch. Sehr engagiert. Bestimmt hätte er schon lange eine nette Frau geheiratet und mir Enkelkinder geschenkt, wenn er länger gelebt hätte."

Quinn biss sich auf die Innenseite ihrer Wange, um die scharfe Erwiderung, die ihr auf der Zunge lag, zurückzuhalten. Sie hatte längst begriffen, dass nichts, was sie tat, je genug sein würde. Seit ihr Bruder vor ein paar Jahren bei einem Unfall ums Leben gekommen war, verging kein Tag, ohne dass ihre Mutter ihr zu verstehen gab, dass es besser gewesen wäre, wenn sie an seiner statt gestorben wäre. Ihr Vater verarbeitete den Schmerz anders. In den Phasen, in denen sein Geist klar war und er sich an alles erinnerte, versuchte er die Erinnerung im Alkohol zu ertränken. Wenn ihn die Demenz übermannte, fragte er ständig nach Eric. Wenn Quinn es nicht schaffte, ihn gleich am Anfang abzulenken, regte er sich immer mehr auf, bis es ihrer Mutter zu blöd wurde.

„Eric ist tot. Merk dir das endlich“, teilte sie ihm jeweils ganz unverblümt mit. Worauf ihr Vater in Tränen ausbrach und erneut in einer akuten Trauer versank.

Quinn verstand nicht, wie ihre Mutter nur so herzlos sein konnte. Natürlich ließ sich an der Tatsache, dass ihr Bruder nicht mehr da war, nichts ändern. Aber musste sie es ihm so gefühllos mitteilen? Für ihren Vater starb Eric jeden Tag aufs Neue. Quinn konnte sich nichts Schrecklicheres vorstellen. Die Psychotherapeutin, die sie in ihrer Verzweiflung zweimal aufgesucht hatte, war der Meinung, dass ihre Mutter den Gedanken nicht ertrug, dass ihr Vater die traurige Tatsache wenigstens zeitweise ausblenden konnte. Als ob er eine Wahl hätte, dachte sie erbost. Nachdem die Therapeutin ihrer Meinung nach nur eine Ausrede nach der anderen für das unmögliche Verhalten ihrer Mutter erfand, hörte sie auf, hinzugehen. Reine Zeit- und Geldverschwendung.

Wohl wissend, dass ihre Mutter es ihr nicht danken würde, setzte sie Teewasser auf und hängte Teebeutel in die Tassen. Als er fertig aufgebrüht war, trug sie den Tee zusammen mit einem Paket Kekse ins Wohnzimmer.

„Hier“, sagte sie und stellte eine Tasse mit dem dampfenden Gebräu vor ihre Mutter hin.

„Hmpf“, murmelte diese nur und griff nach einem der Kekse.

Ihr Vater war inzwischen aufgewacht und setzte sich mühsam in seinem Sessel auf. Quinn brachte ihm seine Tasse.

Angewidert betrachtete er die dampfende Flüssigkeit. „Tee? Was soll ich mit dem Tee? Bring mir ein Bier.“

„Für Bier ist es zu spät“, antwortete Quinn leichthin und wandte sich ab. „Ich gehe noch mal weg. Jaz, die Frau des Sheriffs, hat mich eingeladen.“

„Ich weiß selber, wer Jaz ist“, giftete ihre Mutter. „Im Gegensatz zu dir kann Jaz kochen.“

„Vielleicht sollte ich Jaz fragen, ob sie ein paar Mal in der Woche für euch kocht?“, sinnierte Quinn laut. „Vegetarische Kost soll ja sehr gesund sein.“

„Vegetarisch? Was soll denn der Unsinn? Ein Mann, der hart arbeitet, braucht ein Stück Fleisch!“, donnerte ihr Vater, und auch ihre Mutter hielt sich mit einer weiteren Lobrede auf Jaz’ Kochkünste zurück. Anscheinend hatte schon die Androhung einer fleischlosen Ernährung gewirkt.

Quinn verzichtete auf eine Erwiderung. Stattdessen beugte sie sich über ihren Vater und drückte ihm einen Kuss auf die rapide alternde Haut. Ungeduldig wedelte er mit seiner Hand, als wollte er ein Insekt verscheuchen. An der Art, wie sich sein Blick auf einmal nach innen kehrte, konnte sie buchstäblich erkennen, wie er den Realitätsbezug verlor. Kalter Schweiß brach auf Quinns Stirn aus. Bitte nicht jetzt, bat sie im Stillen. Wenn er jetzt in eine seiner Episoden abglitt, würde es Stunden dauern, bis sie sich traute, ihn allein zu lassen. Ihre Mutter hatte zur Genüge bewiesen, dass auf sie in solchen Situationen kein Verlass war.

„Lass den Unsinn. Hol lieber deinen Bruder her. Ich will etwas mit ihm besprechen.“

„Eric ist heute Abend nicht hier“, antwortete sie schnell und ging zu ihrer Mutter.

Impulsiv frage sie: „Willst du vielleicht mitkommen? Dann frage ich Sonja, ob sie sich für ein paar Stunden zu Dad setzt.“ Vermutlich würde sie ihr Angebot spätestens im Auto bereuen. Ihre Mutter schaffte es zuverlässig, jegliche Freude im Ansatz zu ersticken. Aber sie tat ihr leid. Vielleicht wäre sie nicht ganz so miesepetrig, wenn sie ab und zu raus käme?

Sonja war die Nachbarin ihrer Eltern. Sie war eine resolute Frau Ende Fünfzig. Durch ihre langjährige Erfahrung, die sie als Krankenschwester gesammelt hatte, ging sie mit ihren Eltern sehr kompetent um. Quinn wusste nicht, was sie im letzten halben Jahr ohne die Hilfe der patenten Frau gemacht hätte.

„Was soll ich denn dort?“, fragte ihre Mutter entsetzt. Sie klang richtiggehend geschockt.

„Reden, lachen, noch etwas essen? Weihnachtsgeschenke basteln?“ Quinn zuckte mit den Schultern. „Keine Ahnung. Es wird bestimmt lustig.“

„Ich brauche keine Weihnachtsgeschenke. Sentimentaler Quatsch“, schnaubte sie.

„Wie du willst.“ Sie redete sich ein, dass sie unmöglich enttäuscht sein konnte. „Wartet nicht auf mich. Es wird bestimmt spät.“

Ihre Mutter drehte den Ton am Fernseher lauter. Quinn gab auf. Ohne ein weiteres Wort verließ sie das Wohnzimmer und ging nach oben, um sich umzuziehen. Immerhin hatte ihr Vater heute widerspruchslos akzeptiert, dass Eric nicht hier war. Sie hoffte nur, dass das anhielt, bis sie wieder zurück war.

*

„Hallo“, rief Quinn und drückte vorsichtig die Tür zu dem Haus auf, das Jaz mit ihrer Familie bewohnte. Jaz hatte das große Ranchhaus von ihrer Großmutter Rose geerbt. Es hatte so viele Zimmer, dass Rose eine Zeit lang gehofft hatte, Jaz würde ein Yoga-Retreat-Center daraus machen. Doch Quinn nahm an, dass Jaz' Alternativplan, das Haus mit einem Haufen Kinder zu füllen, Rose noch mehr recht war. Im Inneren roch es bereits köstlich nach einer exotischen Currysoße und dem unverkennbaren Duft von gebratenem Fleisch. Jaz, die von Seattle nach Independence gezogen war, ernährte sich ausschließlich vegetarisch. Doch auch wenn sie all ihre Freunde ständig mit irgendwelchen fleischlosen Köstlichkeiten überraschte, war sie keine Fanatikerin. Leben und leben lassen, war Jaz' Motto. Quinn grinste in sich hinein, als sie sich vorstellte, wie es wohl wäre, wenn der Sheriff plötzlich auf sein Steak verzichten müsste.

„Komm einfach rein“, rief von drinnen eine Stimme. Ein Hund bellte, doch keiner ließ sich blicken.

Vermutlich lagen die alle in der Küche und warteten darauf, dass für sie ein Happen abfiel, vermutete Quinn. Sie stellte ihre Schuhe auf die Veranda und ging hinein. Cammie, die einjährige Tochter von Jaz und Jake, kam ihr entgegen, eine schwarzweiße Katze auf dem Arm. Blonde Locken umrahmten ein rundes Gesicht mit grünblauen Augen.

„Hey, meine Kleine. Bringst du mir ein Geschenk?“, fragte sie sie mit einem Augenzwinkern.

Cammie riss die Augen auf und versuchte die Katze hinter ihrem Rücken in Sicherheit zu bringen.

Der behagte diese Behandlung offenbar nicht. Sie ließ ein klägliches Miauen hören, wehrte sich ansonsten aber nicht.

„Cammie, lass Jimmy in Ruhe“, rief Jaz aus der Küche.

Die Frau musste Ohren haben wie ein Luchs, stellte Quinn fest.

Sichtlich hin- und hergerissen, schaute Cammie von Quinn in Richtung Küche und wieder zurück.

„Keine Angst. Ich nehme dir den Kater nicht weg“, beruhigte Quinn das Mädchen.

Erleichtert ließ Cammie den Kater fallen. Jimmy landete lautlos auf seinen Pfoten. Katze halt. Zu Quinns Überraschung brachte er sich nicht in Sicherheit vor den Kinderhänden, wie sie es erwartet hatte, sondern strich um die Beine seiner kleinen Freundin. Das Mädchen streichelte geistesabwesend seine Schwanzspitze, während sie ihre Augen nicht von Quinn ließ. Amüsiert wollte die ihr über den Kopf streichen, als sie an ihr vorbeiging, doch das Mädchen wich ihr aus. Wenn sie ehrlich war, konnte sie das verstehen. Von wildfremden Leuten an den Kopf gefasst zu werden, war sicher nicht angenehm.

„Sorry“, murmelte sie und zog ihre Hand zurück.

Cammie schenkte ihr ein scheues Lächeln, als hätte sie eben einen Test bestanden.

In der Küche wurde Quinn mit großem Hallo begrüßt. Tyler drückte ihr einen Drink in die Hand.

„Hier, meine neueste Kreation."

Quinn starrte auf das Glas in ihrer Hand, das mit einer gelbgrünen Flüssigkeit gefüllt war. „Ich wusste gar nicht, dass du Ambitionen zum Bartender hast?"

„Ach, das ist nur ein Hobby von mir. Meine Kochkünste sind hoffnungslos, aber farbige Drinks mixen ist leicht."

„Und was ist da drin?"

„Momentan nur Gurkensaft, Limette und Sprudel. Ich kann dir aber auch Gin oder Wodka da rein machen."

„U-hu, ich glaube nicht. Ich habe heute praktisch noch nichts gegessen. Wenn du mir jetzt harten Alkohol verabreichst, fange ich noch vor dem Abendessen an zu singen."

Vorsichtig nippte sie an dem ungewöhnlich gefärbten Getränk. „Mmm … lecker!"

Tyler strahlte.

„Das ist alles Teil unseres hinterhältigen Plans, dich zum Reden zu bringen", ließ Avery sie wissen, die mit ihrer Ratte auf dem Schoß am Küchentisch saß.

„Haha. Zum letzten Mal. Da gibt's nichts zu erzählen. Lass mich lieber Miss Marple begrüßen." Sie streckte die Hand nach der Wanderratte aus, die Avery überallhin begleitete. Miss Marple war ein Überbleibsel aus der Zeit, als Avery fürs Drogendezernat gearbeitet hatte. Der Nager war dazu ausgebildet, Drogen und andere Dinge aufzuspüren. Als Avery vor einem Jahr ihren Job aufgegeben hatte, um zusammen mit ihrem Mann Cole, auch ein Mitglied der Carter-Familie und ehemaliger FBI-Agent, ein Sicherheitsunternehmen auf die Beine zu stellen, hatte sie Miss Marple mitgenommen.

Vorsichtig reichte Avery ihr die Ratte zusammen mit einer Handvoll Haferflocken.

„Hier. Schau mal, ob sie etwas frisst."

Quinn runzelte die Stirn. „Wieso? Geht es ihr nicht gut?"

Avery seufzte. „Ich weiß es nicht. Vielleicht hat sie nur etwas Falsches gegessen. Sie verweigert ihr Futter und ist insgesamt sehr … ich weiß auch nicht. Einfach nicht so munter wie sonst."

Tatsächlich rollte sich Miss Marple einfach in Quinns Händen zusammen, anstatt mit ihrer üblichen Neugier den neuen Menschen auf seine Eignung als Futterquelle zu untersuchen. Die Haferflocken, die sie ihr hinhielt, ignorierte sie völlig.

„Wie alt ist sie denn jetzt?"

„Sozusagen ein Methusalem unter den Ratten. Sie ist vor Kurzem drei Jahre alt geworden." Avery schluckte. „Deshalb mache ich mir ja Sorgen. Mir ist schon klar, dass sie bereits extrem alt ist für eine Ratte."

„Dann behalt sie lieber ganz nah bei dir. Bei dir fühlt sie sich sicher am wohlsten."

Avery nahm ihren kleinen Liebling wieder in Empfang. Behutsam legte sie Miss Marple in die Känguru-Tasche ihres Pullovers. Mit dem Zeigefinger wischte sie eine Träne weg, die ihr über die Wange lief.

„Sorry. Ich bin sonst nicht so sentimental."

„Alles gut", beruhigte Quinn sie und strich ihr mitfühlend über den Rücken. „Ist doch verständlich, dass dir das nahe geht."

„Kann irgendjemand mal den Hunden hier erklären, dass mir der Burger vorhin aus Versehen runtergefallen ist und es keinen Sinn hat, zu meinen Füßen darauf zu warten, dass das nochmals geschieht?" Paula klang leicht entnervt.

„Nachdem du meinen vorbildlichen Hund korrumpiert und zum Betteln erzogen hast, wirst du ihn selber davon überzeugen müssen", rief Tyler über die Schulter, während sie den Tisch deckte.

„Kat? Kannst du nicht deine Hundeflüsterer-Talente zum Einsatz bringen?"

Kat erbarmte sich und stand auf. „Klar." Sie ging zu Rambo und Ranger, packte die beiden am Halsband und verfrachtete sie ohne Flüstern, dafür mit einem festen Griff am Halsband nach draußen.

„Frieren sich die beiden nicht die Pfoten ab?" Quinn schaute nach draußen. Es schneite wieder.

„Ich habe sie in Jaz' neuen Zwinger gesperrt. Dort haben sie eine mit Stroh ausgelegte Hütte. Und wir können sie ja nach dem Essen wieder reinholen."

„Das hätte ich schon vor Jahren bauen sollen", ließ sich Jaz vom Herd vernehmen. „Hund, Kind, Katze, alles kommt dort hinein und ist zufrieden."

Kein Wunder, dachte Quinn. Zwinger war auch nicht das richtige Wort dafür. Das Ding war mehr ein Abenteuerspielplatz als sonst was.

„Also dann, lasst uns essen, solange die Raubtiere noch draußen sind", meinte Paula.

Mit lautem Geheul stürzte Cammie ins Zimmer und schmiss sich gegen Jaz' Beine. Jimmy folgte etwas langsamer, ein berechnender Blick in seinen Augen. Er hatte schnell gelernt, dass für ihn in schöner Regelmäßigkeit Leckerbissen abfielen, solange er still und unauffällig unter Cammies Stuhl saß.

„Du bist natürlich nicht gemeint, kleiner Tiger! Tante Paula setzt dich in deinen Kinderstuhl."

Quinn brach in lautes Lachen aus. „Tante Paula! So hatte ich mir das noch nie überlegt."

Das Lätzchen in der Hand, deutete Paula mit dem Zeigefinger auf Quinn.

„Cammie, und solange Cammie noch nicht richtig sprechen kann meinetwegen Jaz, sind die einzigen, die mich so nennen und lange genug leben, um davon zu erzählen", drohte sie.

5

Das sollte ich viel öfter machen, dachte Quinn, als sie langsam durch den Schnee nach Hause fuhr. Der Abend mit ihren Freundinnen war schön gewesen. Einfach mal alle Sorgen um ihre Eltern zu vergessen, hatte ihr gut getan. Obwohl es schon recht spät war, fühlte sie sich so energiegeladen wie schon lange nicht mehr. Vielleicht lag das aber auch daran, dass sie jetzt praktisch alle Weihnachtskarten geschrieben und die meisten Geschenke zusammen hatte. Ihre Sorge, dass sie tatsächlich würde basteln müssen, hatte sich als unbegründet erwiesen. Jaz hatte in der Scheune große Töpfe mit verschiedenfarbigem, flüssigem Kerzenwachs aufgestellt gehabt. Das Kerzenziehen war ganz amüsant gewesen. Gleichzeitig hatten sie und Paula in einer alten Feldküche eingefrorene Früchte vom Sommer zu Marmelade verkocht, sodass die ganze Scheune herrlich süß nach Früchten, Vanille und Zimt geduftet hatte. Obwohl ihr dieses Jahr die Feiertage nicht schnell genug vorbei gehen konnten, musste sie zugeben, dass der Abend gelungen war. So gelungen, dass sie selbst ein wenig in Weihnachtsstimmung geraten war. Wie wohl Archer den Abend verbracht hatte? Ihr fiel auf, wie wenig sie immer noch über ihn wusste. Hatte er schon Freunde gefunden? Oder verbrachte er den Abend hinter seinen Büchern? Sie verzog das Gesicht, als ihr auffiel, dass die Assoziation mit dem Bücherwurm wahrscheinlich völlig unzutreffend war. Sehr viel wahrscheinlicher war, dass er … ja was eigentlich? Sein Schießtraining absolviert hatte? Sie musste wirklich lernen, die richtigen Fragen zu stellen.

Solchermaßen in Gedanken versunken sah sie den Hirsch, der vor ihr auf die Straße sprang, erst im letzten Moment. Reflexartig trat sie auf die Bremse und geriet prompt ins Schleudern. Hastig nahm sie den Fuß von der Bremse und steuerte mit dem Drift des Autos. Vergeblich. Am Ende landete sie trotzdem im Straßengraben. Lauthals fluchend schaute sie dem Schatten des Hirsches nach, der mit langen Sätzen im Wald verschwand. Immerhin hatte sie ihn nicht getroffen. Das hätte ihre schöne Stimmung auf einen Schlag zerstört. Nachdem sie den Warnblinker aktiviert hatte, beugte sie sich hinüber zum Beifahrersitz und holte ihre starke Taschenlampe aus dem Handschuhfach. Eingemummelt wie ein Nordpolfahrer stieg sie aus dem Auto und stemmte sich dem Wind und Schnee entgegen, um die Lage ihres Autos zu inspizieren.

Erleichtert stellte sie fest, dass es nicht allzu schlimm aussah. Ihr Heck hing im Graben, ein Rad in der Luft, das andere am Boden. Die beiden Vorderräder waren noch auf der Straße. Rein theoretisch sollte das für den Allradantrieb ihres Trucks kein Problem sein. Sie stieg wieder ins Auto und startete den Motor. Vorsichtig trat sie aufs Gas. Nach einer oder zwei Sekunden, die ihr wie eine Ewigkeit vorkamen, griffen die Reifen. Erleichtert stieß sie den Atem aus, den sie unbewusst angehalten hatte. Mit großer Sorgfalt steuerte sie ihren Truck wieder zurück auf die Straße. Sicher dort angekommen, hielt sie noch einmal an. Sie war zu aufgewühlt, um nach Hause zu gehen. Dort wartete nur ein lebloses Haus auf sie. Ihre Eltern waren bestimmt schon lange schlafen gegangen, und sei es auch nur vor dem Fernseher. Entschlossen wendete sie den Wagen und fuhr ein Stück zurück, bis sie zur Abzweigung zur Lone Wolf Ranch kam. Nach ein paar Meilen kam die Auffahrt zum Ranchhaus in Sicht. Sie passierte sie und setzte ihren Weg fort in Richtung Wildtierstation. In den letzten Monaten waren die neuen hellen

Gebäude mit ihren vierbeinigen Bewohnern mehr als nur ein Arbeitsplatz für sie geworden. Hier fühlte sie sich zu Hause, reflektierte sie, als sie den Wagen vor dem Bürogebäude zum Halten brachte. Wieso auch nicht, dachte sie. Hier freuten sich alle, wenn sie auftauchte. Sie zog eine Grimasse, als sie an Archer dachte. Na ja. Vielleicht nicht alle gleichermaßen. Aber vielleicht würde sich das ja jetzt ändern, wenn sie zusammen auf dasselbe Ziel hinarbeiteten.

Wenig später hatte sie die Tür aufgeschlossen und sich an der kleinen Küchenzeile einen Tee gekocht. Wahrscheinlich würde sie nachher überhaupt nicht mehr schlafen können, aber egal. Das Adrenalin, das von dem Beinahe-Zusammenstoß mit dem Hirsch immer noch in ihren Blutbahnen kreiste, würde das sowieso für einige Stunden verhindern. Vorsichtig blies sie auf die Oberfläche des dampfenden Tees, während ihre Augen umherschweiften. Plötzlich stutzte sie. Weshalb zum Teufel brannte bei den Wildtiergehegen Licht? Hatte sie es etwa nicht ausgemacht, als sie gegangen war? Sie stellte den Tee beiseite. Den konnte sie auch später noch trinken. Erst einmal musste sie herausfinden, was dort drüben vor sich ging. Abermals schlüpfte sie in ihre Jacke und wand sich ihren Schal ums Gesicht. Es war einfach zu kalt, um ohne vor die Tür zu gehen, auch wenn die Entfernung bis zum nächsten Gebäude nur fünfzig Meter betrug. Kurz bevor sie hinausging, griff sie sich noch die große Taschenlampe, die auf dem Fensterbrett stand.

Auf dem Hof angekommen blieb sie erst einmal stehen und horchte in die Nacht hinein. Ringsherum herrschte Stille. Einzig im Gehege, wo die beiden Jungfüchse wohnten, die sie aufgenommen hatten, raschelte es. Der Mond ließ den frisch gefallenen Schnee glitzern und verwandelte alles in eine Märchenlandschaft. Die Frage war nur, ob sie auf eine gute Fee oder den bösen Zauberer stoßen würde, dachte sie grimmig. Sie umfasste die Taschenlampe fester und ging entschlossen auf das Nebengebäude zu. Der Schnee knirschte unter ihren Stiefeln, doch dagegen ließ sich nichts machen. So leise wie möglich schlich sie zur Tür und lauschte. Kein Laut drang nach draußen. Vielleicht war ja tatsächlich niemand hier?

Diese Hoffnung wurde allerdings schnell zerstört, als sie vorsichtig die Klinke hinunterdrückte und die Tür sich widerstandslos öffnen ließ. Dass sie abgeschlossen hatte, bevor sie gegangen war, wusste sie ganz genau. Irgendjemand war hier, verdammt.

Das Herz klopfte ihr bis zum Hals, als sie so lautlos wie möglich in den Gang trat. Kein Schatten sprang ihr entgegen. Ihre Hand schwebte über dem Lichtschalter. Sollte sie Licht machen? Oder lieber nicht? Irgendwie hatte sie das dumpfe Gefühl, dass sie nicht wirklich zur Detektivin geeignet war. Schlussendlich ließ sie die Hand fallen. Das Mondlicht, das durch die Fenster fiel, erlaubte es ihr, sich ohne zusätzlichem Licht zurechtzufinden. Sie schloss die Augen und versuchte sich zu erinnern, in welchem Fenster sie das Licht gesehen hatte. Schließlich hatte sie es. Das dritte von links. Dort, wo der verletzte Hund lag. Wieder störte sie sich daran, dass sie keinen Namen für ihn hatte. Reiß dich zusammen!, ermahnte sie sich streng. Sein Name war momentan das geringste Problem. Viel schlimmer war die Vorstellung, dass der Wilderer zurückgekommen war, um seine Arbeit zu beenden. Oder seinen Hund zu holen. Rasch ging sie an den Türen der dunklen Zimmer vorbei. Leider hatte sie vergessen, den großen Sack Hundefutter wegzuräumen, den sie heute gekauft hatte. Prompt stolperte sie in ihrer Eile drüber und schlug der Länge nach hin. Der Sack kam mit ihr zu Fall und platzte auf. Trockenfutter verteilte sich um und über sie. Autsch. So viel zum Versuch, sich unbemerkt anzuschleichen, dachte sie, als sie wieder wusste, wo oben und unten war. Tatsächlich öffnete sich Tür Nummer drei unverzüglich. Ein Schatten erschien.

„Nanu? Hast du jetzt meinen Job übernommen?“ Archer klang belustigt.

Quinn schloss die Augen. Archer. War ja klar. Für eine Sekunde wünschte sie sich, sie hätte tatsächlich einen Einbrecher überrascht. Irgendwen halt. Jeden außer Archer. Doch dann schaltete sich ihr gesunder Menschenverstand wieder ein und vertrieb die lächerlichen Überlegungen. Sie ignorierte seine hilfreich ausgestreckte Hand und rappelte sich auf.

„Sehr witzig. Spannender ist die Frage, was du um diese Uhrzeit hier machst!“ So. Das sollte ihn für den Moment ruhigstellen. Angriff war immer die beste Verteidigung.

Archer ließ sich jedoch nicht aus der Ruhe bringen. „Ich wollte noch kurz nach unserem Patienten sehen. Das ist alles.“

„Und wieso war sonst alles dunkel?“, forderte sie ihn heraus, obwohl ihr klar war, dass sie sich auf dünnem Eis befand. Schließlich war sie auch hier.

Das schien ihm ebenfalls aufzufallen, denn das Nächste, was er sagte, war: „Kein Grund, Strom zu verschwenden. Zudem könnte ich dich dasselbe fragen. Schleichst hier im Dunkeln rum …“

„Ich konnte nicht schlafen und wollte wie du nach dem Hund sehen. Doch dann dachte ich, es wäre ein Einbrecher hier.“

„Und den wolltest du mit Hundefutter zu Fall bringen?“, fragte er ungläubig.

„Nein, natürlich nicht. Das war ein Unfall. Ach, vergiss es doch einfach“, meinte sie ungnädig und schob sich an ihm vorbei ins Zimmer.

Dem Hund schien es besser zu gehen. Zumindest wedelte er mit seiner Schwanzspitze. Sie setzte sich neben ihn und legte ihre Hand in der Nähe seiner Nase hin.

Ein paar Sekunden später wurde sie für ihre Geduld belohnt. Zögernd schnupperte er an ihrer Hand und leckte sie anschließend ab.

Strahlend wandte sie sich zu Archer um. „Es geht ihm besser“, sagte sie leise.

Archer war für einen Moment sprachlos, als ihn die volle Wucht ihres Lächelns traf. Sie war eine attraktive Frau, ohne Zweifel. Aber wenn sie so lächelte wie gerade eben, dann raubte sie ihm den Atem. Und reduzierte sein Denkvermögen drastisch. Nicht gut, wenn er seinen Job erledigen wollte. Abrupt wandte er sich ab.

„Der Hund ist bei dir in guten Händen. Gute Nacht."

Quinn starrte die Tür an, durch die er verschwunden war. „Gute Nacht", rief sie etwas verspätet hinterher. Himmel, war der Mann launisch.

„Nicht wie du", ließ sie den Hund wissen. „Du bist brav. Und bald wieder gesund." Hoffte sie zumindest.

*

Archer stürmte über den Hof zum Bürogebäude. Quinn würde ihn noch um den Verstand bringen. Das Bild, wie sie inmitten des Hundefutters auf dem Boden gelegen hatte, schlich sich in seine Gedanken. Gegen seinen Willen zuckten seine Mundwinkel und vertrieben seine schlechte Laune. Sein Blick fiel auf die Tasse Tee. Der Gedanke, dass sie sich ohne Rücksicht auf ihre eigene Sicherheit sofort daran gemacht hatte, das unerwartete Licht im anderen Gebäude auszukundschaften, wärmte ihm das Herz. Solches Engagement war selten zu finden. Vielleicht sollte er das Problem, das sie für seinen Seelenfrieden darstellte, anders angehen?

Er nahm den inzwischen kalt gewordenen Tee und schüttete ihn weg. Anschließend setzte er neues Wasser auf. Während er darauf wartete, dass es kochte, holte er einen zweiten Becher und zwei neue Teebeutel.

Gerade als er den Tee aufgoss, öffnete sich die Tür und Quinn kam hinein. Ihre Wangen waren gerötet vom kalten Wind, der draußen um die Ecken pfiff.

„Was machst du denn noch hier?", fragte sie verwundert. Nach seinem abrupten Abgang vorhin war sie davon ausgegangen, dass er schon lange auf dem Heimweg war. Sie stutzte, als sie seinen Blick auffing. Ein raubtierhaftes Leuchten ging von seinen Augen aus, das so gar nicht zu der häuslichen Tätigkeit des Teekochens passte. Und zu dem leichten Tonfall, den er anschlug, als er ihr eine Tasse überreichte.

„Als ich den kalten Tee entdeckt habe, dachte ich, du hättest vielleicht gerne einen frischen, wenn du zurückkommst."

Skeptisch nahm sie das heiße Getränk in Empfang. „Aha."

Da ihr nicht mehr dazu einfiel, beschränkte sie sich darauf, ihn über den Rand ihrer Tasse zu beobachten, während sie auf die dampfende Oberfläche blies. Seine Augen ließen sie keine Sekunde aus den Augen. Plötzlich breitete sich eine knisternde Elektrizität im Raum zwischen ihnen aus. Quinn wurde heiß. Irgendetwas hatte sich verändert. Zwar hatte sie schon länger Gefallen an Archer gefunden. Wer hätte das nicht. Schließlich war er trotz seiner vorgetäuschten Schusseligkeit und Zerstreutheit ein 1A-Exemplar von einem Mann. Wenn, dann hatten diese Attribute höchstens zu seiner Attraktivität beigetragen. Sie hatten ihn menschlicher, erreichbarer gemacht. Doch bisher hatte sie den Eindruck gehabt, dass das eine sehr einseitige Sache war. Eine harmlose Schwärmerei, die nirgendwo hinführte.

Vorsichtig trank sie einen Schluck Tee.

Archer beobachtete sie eindringlich und versuchte zu entscheiden, ob seine Idee brillant oder der Anfang eines Desasters war. Es konnte ziemlich viel schief gehen, wenn er seiner Anziehung für Quinn nachgab. Nicht gut, wenn er auf ihre Mitarbeit bei seinem aktuellen Plan zählen wollte. Andererseits nützte es ihm auch nichts, wenn sein Hirn jedes Mal eine Pause einlegte, sobald sie in der Nähe war, argumentierte er mit sich selbst.

Quinn ahnte nichts von dem inneren Dialog. Sie wusste nur, dass sie noch nie erlebt hatte, wie jemand sie mit einer solchen Intensität ansah. Ob er dieselbe Intensität auch bei anderen

Tätigkeiten an den Tag legte?, fragte sie sich, worauf ihr gleich noch heißer wurde. Es half alles nichts. Sie musste endlich ihre dicke Daunenjacke und den Schal loswerden. Das hatte sie vergessen, als sie reingekommen war. Archer und sein Tee hatten sie völlig aus dem Konzept gebracht. Fast hätte sie laut gelacht. Richtig. Der Tee war an allem schuld. Wenn sie sich schon selbst etwas vormachte, konnte sie sich wenigstens etwas mehr Mühe geben. Sie stellte den Tee zur Seite und schälte sich aus der Jacke.

Archer entledigte sich seiner Brille und kam mit entschlossenen Schritten auf sie zu. Sein Gang erinnerte sie an einen Puma kurz vor dem Sprung. Für eine Sekunde überlegte sie, ob sie nicht besser den Rückzug antrat, solange sie noch konnte. Doch ihre natürliche Neugier und die jubelnden Hormone in ihrem Blut, die einen motivierenden Sprechgesang angestimmt hatten, der jedes Cheerleading-Team vor Neid erblassen hätte lassen, ließen sie wie angewurzelt stehen bleiben. Wie ein Häschen vor der Schlange. Dieses letzte Bild riss sie aus ihrer passiven Haltung. Ein Häschen? Nur wegen eines – zugegebenermaßen gut aussehenden – Mannes? Sicher nicht. Sie legte die Jacke zur Seite, richtete sich zu ihrer vollen Größe auf und schaute Archer herausfordernd an.

„Was willst du?“ Erstaunt nahm sie den selbstbewussten Klang ihrer Stimme wahr. Sie fühlte sich gar nicht so selbstsicher. Und sie war sich sowieso nicht sicher, dass sie die Antwort hören wollte. Flüchtige Affären waren nicht so ihr Ding.

Archer umfasste mit beiden Händen ihren Hals. Seine Daumen kamen an der sensiblen Stelle unter ihren Kieferknochen zu liegen, wo ihr Puls heftig pochte. Er ließ sich Zeit mit der Antwort.

„Dich. Ich will dich.“ Mit diesen Worten senkte er seinen Kopf und küsste sie.

Auf einen Schlag waren all ihre Gedanken wie weggeblasen. Anstatt ihn über die Tatsache zu informieren, dass sie nichts von One-Night-Stands hielt, schlang sie ihre Arme um seinen Hals.

Später, als sie aneinander gekuschelt unter der bunten Wolldecke auf dem Sofa lagen, konnte sie sich nicht mehr erinnern, wie sie genau an diesen Punkt gelangt waren. Die vergangene Stunde war ein großes Durcheinander von fliegenden Kleidern, leidenschaftlichen Küssen und zittrigen Gliedern gewesen. Über all dem lag ein tiefes Gefühl von Richtigkeit. Zum ersten Mal in ihrem Leben fühlte sie sich anschließend nicht leer oder verlegen. Sie war einfach nur, ja, was eigentlich? Zufrieden. Satt und zufrieden. Wie eine Katze. War ja ganz passend, nachdem sie gerade mit einem Puma im Bett war. Unwillkürlich verzogen sich ihre Lippen zu einem Lächeln.

Archer ließ seine Gedanken wandern. Sein toller Plan war komplett nach hinten losgegangen. Wie war er nur auf die idiotische Idee gekommen, es würde genügen, einmalig mit Quinn ins Bett zu gehen, um die lästige Anziehungskraft loszuwerden? Wenn das überhaupt möglich war, begehrte er sie jetzt mehr als vorher. Jetzt, wo er wusste, wie seidig sich ihre Haut anfühlte, welche schnurrenden Geräusche sie machte, wenn ihr etwas gefiel, wie sehr sie auf ihn reagierte. Und er auf sie. Keine Frage. Er hatte ein Problem. Doch einstweilen würde er den Moment genießen, hier auf dem Sofa, Quinns Kopf an seiner nackten Brust. Fehlten eigentlich nur noch ein prasselndes Feuer und ein Blizzard, um die Realität auszusperren, wenn auch nur für eine Weile. Leider kannte er den Wetterbericht. Keine Chance auf einen Blizzard in den nächsten Stunden. Er spürte, wie Quinn lächelte.

„Ich gehe davon aus, dass es nicht meine eben vollbrachte Leistung ist, die dich so amüsiert?“, zog er sie auf.

Sie kitzelte ihn. „Typisch Mann, gleich an so was zu denken.“

„Halt! Nicht kitzeln. Ist ja gut."

Quinn zeigte Erbarmen und ließ von ihm ab. Sie legte ihre Hände auf seine Brust und stützte ihr Kinn darauf, sodass sie ihm in die Augen schauen konnte.

„Wenn du es genau wissen willst …"

„Will ich …", brummte er und stahl einen Kuss. Jetzt war das Kind schon in den Brunnen gefallen, dann konnte er es auch genießen, solange es ging.

„Ich habe nur gerade festgestellt, dass ich es genieße. Nicht nur, du weißt schon …"

Amüsiert beobachtete Archer, wie Quinn rot wurde. „Bist du etwa um Worte verlegen?"

„Natürlich nicht. Nicht wirklich. Ich bin mir nur nicht sicher, was das eben war."

„Sex?", schlug er vor und hob fragend eine Augenbraue. Fing sie etwa gleich an, von unsterblicher Liebe zu faseln? Nein. Oder doch? Das wäre … ungünstig, beschloss er.

„Ja, klar. Sex. Als klinische Bezeichnung durchaus richtig." Ihre Stimme klang seltsam flach und hatte jegliche Begeisterung verloren. „Aber ganz ehrlich, ich hatte schon öfter Sex. Nur Sex. Und das hat sich definitiv nicht so angefühlt."

Archer zwang sich, tief durchzuatmen, und ihre Worte auf sich wirken zu lassen. Schließlich sagte er: „Du hast recht. Das war nicht nur Sex. Keine Ahnung, was es war, aber es hat sich verdammt gut angefühlt." Er machte eine Pause, bevor er seine Arme fester um sie schloss. „Tut es übrigens immer noch."

Erleichtert, dass er offenbar ähnlich empfand wie sie, legte sie ihren Kopf zur Seite.

„Eben."

6

Quinn stand im Zimmer des verletzten Hundes, das Telefon ans Ohr gepresst.

„Und wie lange wartest du jeweils, bis du davon ausgehst, dass niemand den Hund beansprucht?“

„Das kommt auf die Umstände an, in denen der Hund gefunden wurde“, erklang Kats Stimme durchs Telefon. „Wenn mitten in Independence ein Hund umherirrt, das Fell gepflegt und der Ernährungszustand gut, ist die Wahrscheinlichkeit relativ hoch, dass er einfach einer Familie bei einem Picknick abhandengekommen ist. Aber diese Leute melden sich normalerweise sehr schnell. Die meisten sind nur einen, maximal zwei Tage bei mir.“

„Hm.“ Quinn kaute auf ihrer Unterlippe und starrte zum Fenster hinaus. Es schneite wieder leicht. Klitzekleine Flocken Pulverschnee überzogen die ganze Landschaft mit Zuckerguss. „Und bei einem Hund wie meinem, der, den wir in der Falle gefunden haben?“

„Deinem Hund?“ Kat lachte. „Klingt ganz so, als hättest du dich verliebt.“

Wenn es nur der Hund wäre, dachte Quinn düster bei sich. Sie hatte seit gestern Nacht ganz andere Probleme. Doch da sie nur in Bezug auf den Hund etwas unternehmen konnte, kümmerte sie sich erst einmal um ihn.

„Das könnte man wohl so sagen. Die Wunden sehen immer noch schrecklich aus.“

„Klar. So etwas braucht Zeit.“

„Aber immerhin hat sich die Verletzung nicht infiziert und er wird jeden Tag zutraulicher. Ich würde ihm gerne wenigstens einen Namen geben. Es fühlt sich so falsch an, ihn nur Hund zu nennen.“

„Dann mach das doch“, ermunterte Kat sie.

„Aber was ist, wenn er eigentlich ganz anders heißt? Wenn ihn dann jemand abholt? Dann wird es noch viel schwieriger, ihn zurückzugeben.“

„Das stimmt natürlich. Andererseits bin ich mir ziemlich sicher, dass du dir umsonst Sorgen machst. Den vermisst keiner, so traurig es klingt.“

„Traurig für den Hund, aber gute Aussichten für mich“, antwortete Quinn, auf einmal viel besser gelaunt. „Dann kriegt er einen Namen.“

„Was hast du dir denn gedacht?“

„Braveheart.“

„Sehr passend“, pflichtete ihr Kat bei.

„Danke. Du hast mir sehr geholfen.“

„Keine Ursache. Ich habe ja gar nichts gemacht.“

„Doch. Mein Gejammer angehört und mir gute Ratschläge gegeben.“

„Dazu hat man Freunde.“

Als sie das Gespräch beendet hatte, ging sie zu ihrem Patienten hinüber. Trotz des riesigen Verbandes war er heute tatsächlich aufgestanden und zwei Schritte auf seinen drei gesunden Pfoten zu ihr gehumpelt, um sie zu begrüßen. Das und seine erste feste Mahlzeit hatten ihn allerdings so erschöpft, dass er jetzt wieder auf seiner Decke lag.

Ein Klopfen ertönte an der Tür.

„Ja?“

Becca steckte den Kopf herein.

„Ich bin’s. Princess und ich dachten, wir machen einen Krankenbesuch. Was meinst du?“

„Krankenbesuch?" Zweifelnd blickte Quinn auf Braveheart, der zwar tapfer den Kopf hob, aber insgesamt ziemlich erledigt aussah.

„Ich dachte, der Hund wäre vielleicht einsam. Mit Princess als Gesellschafterin fühlt er sich bestimmt weniger allein."

„Er heißt Braveheart. Seit fünf Minuten zumindest."

„Wie schön, du hast ihm einen Namen gegeben."

„Ging nicht mehr ohne. Meinst du nicht, dass Hundegesellschaft zu viel für ihn ist?"

„Entspann dich. Princess ist ja kein Welpe mehr. Sie weiß genau, wie sie sich benehmen muss."

„Okay, dann kommt rein."

Becca schlüpfte ins Zimmer. Princess folgte ihr dicht auf den Fersen. Becca hatte die Hündin vor ein paar Monaten von Kat übernommen. Ihr schwarzes Fell und die weißen Abzeichen verrieten den Border-Collie-Einfluss in ihrer Abstammung. Allerdings hatte sie längere Beine und ein stehendes Ohr, was vermuten ließ, dass noch allerlei andere Rassen an ihrer Entstehung beteiligt gewesen waren. Sie war schon alt, wie viele Tierheimhunde. Alte Hunde waren fast nicht zu vermitteln, leider. Doch Becca hatte bewusst einen älteren Hund gesucht. Als sie das Häufchen Elend bei Kat entdeckt hatte, war für sie sofort klar gewesen, dass sie es mit nach Hause nehmen würde. Mit viel Geduld und Zuneigung hatte sie die alte Hündin aus der tiefen Trauer gelockt, in die sie gefallen war, nachdem erst ihr Besitzer und dann noch ihr bester vierbeiniger Kumpel gestorben waren. Jetzt war sie ein munterer, neugieriger Hund, der wieder Spaß am Leben hatte.

Was sie allerdings nicht verloren hatte, war eine gewisse Besonnenheit in neuen Situationen. Als Braveheart völlig überraschend ein Knurren hören ließ, hielt sie erst einmal inne. Der Rüde verstummte und musterte die Neuankömmlinge angespannt. Als Princess merkte, dass der andere über ihre Anwesenheit gar nicht erfreut war, ließ sie sich erst einmal in der Nähe der Tür nieder und legte den Kopf flach auf den Boden.

„Hm", meinte Quinn unsicher. „Ich weiß nicht, ob das eine gute Idee ist, die beiden allein zu lassen."

„Habe ich auch nicht vor", versicherte Becca ihr. „Wir bleiben zehn Minuten hier. Anschließend gehen wir wieder. Morgen kommen wir wieder. Ende der Woche sind sie sicher beste Freunde."

„Na, dann hoffen wir mal, dass du recht hast. Danke."

„Keine Ursache."

*

Eine Stunde später saß sie im Büro und versuchte im Netz herauszufinden, wie schwierig es war, sich Tellereisen zu besorgen. Leider gar nicht schwierig, wie sie schnell feststellte. Ab fünfzig Dollar war man dabei. Zum Kotzen war das. Stirnrunzelnd warf sie einen Blick auf die Uhr in der unteren Ecke ihres Bildschirms. Wo zum Teufel steckte Archer? Hatte er etwa Skrupel, zur Arbeit zu erscheinen, nach dem, was gestern zwischen ihnen vorgefallen war? Eigentlich konnte sie sich das nicht vorstellen. Zum einen war das ja gar nicht machbar, außer er schmiss den Job und somit auch die Ermittlungen gegen den Wilderer-Ring hin. Und zum anderen hatten sie gestern anschließend noch lange geredet, bis sie sich schließlich getrennt hatten und nach Hause gegangen waren. Sie selbst hatte sich zumindest erstaunlich gut gefühlt. Sie bereute nichts. Im Gegenteil. Gut möglich, dass er nicht so verrückt war, sich gleich zu verlieben, so wie sie das idiotischerweise getan hatte, doch das war ihr Problem. Nicht seins. Das konnte sie ihm schlecht zum Vorwurf machen. Sie verstand auch nicht recht, wie ihr das passieren konnte. Bis vor Kurzem hatte sie gedacht, dass sie immun für solche romantischen Verstrickungen sei.

Wie erwartet hatten ihre Eltern bereits geschlafen. Aber offenbar war ihre Mutter aufgewacht, als sie nach Hause gekommen war. Die Stimmung war heute während des Frühstücks entsprechend frostig gewesen. Ihr Vater hatte sich monoton vor sich hin murmelnd über den Porridge hergemacht, den sie gekocht hatte, während ihre Mutter ihr einen Vortrag über ihr fehlendes Verantwortungsbewusstsein gehalten hatte.

„Nur immer Spaß, Spaß, Spaß!“, hatte sie gemeckert.

Quinn hatte auf Durchzug geschaltet und ihre Stimme ausgeblendet. Sie hatte es schon längst aufgegeben, auf die Tiraden ihrer Mutter etwas zu erwidern. Am liebsten hätte sie mit der Faust auf den Tisch gehauen und angedroht, dass sie ausziehen würde. Doch das war reines Wunschdenken. Vermutlich wäre es eine gute Idee, einmal mit jemandem über die Situation zu Hause zu sprechen. Ewig konnte das so nicht weitergehen. Wenn sie sich vorstellte, die nächsten Jahre bei ihren Eltern zu wohnen und auf die beiden aufzupassen, bekam sie sofort keine Luft mehr. Doch wem sollte sie sich anvertrauen? In Independence gab es keine Einrichtung für betagte oder pflegebedürftige Menschen. Und selbst wenn, wer sollte das bezahlen? So viele Fragen und keine Antworten. In gewissen Momenten brach sie regelrecht in Panik aus, wenn sie zu lange über ihre Zukunft nachdachte.

Frustriert klappte sie ihren Laptop zu. Für heute hatte sie genug vom Drinsitzen. Eine seltsame Rastlosigkeit erfasste sie. Sie trat ans Fenster und schaute in die weiße Märchenlandschaft hinaus. Eigentlich hatte sie gehofft, heute nochmals zu der Stelle zu fahren, wo der Unbekannte auf sie geschossen hatte. Im Zuge von Bravehearts Rettung hatten sie überhaupt keine Zeit gehabt, nach Spuren zu suchen. Natürlich hatte es inzwischen geschneit. Es war also fraglich, ob sie überhaupt noch etwas finden würde. Aber sie wollte wenigstens das Tellereisen holen. Es war zwar in seinem momentanen Zustand nicht gefährlich, doch sie wollte es trotzdem nicht einfach dort liegen lassen.

Sie schlüpfte in ihre Jacke, stellte sicher, dass sie alles Nötige in ihren Rucksack gepackt hatte und griff nach ihrem Telefon. Sie wählte Archers Nummer.

„Hallo, ich bin momentan nicht erreichbar ...“, erklang Archers Stimme auf dem Anrufbeantworter. Sie drückte die Austaste und wählte eine andere Nummer.

„Hallo Lara“, begrüßte sie ihre Freundin und Chefin.

„Hey, wie geht es dir? Hattet ihr einen schönen Abend gestern?“

„Sehr. Leckeres Essen, gute Gesellschaft und das Beste ist, ich muss kein Weihnachtsshopping mehr machen.“

„Du Glückliche“, seufzte Lara. „Aber deshalb hast du mich bestimmt nicht angerufen, oder?“

„Nein. Ich wollte dir nur sagen, dass ich nochmals zum Puma Hill rauffahre. Ich möchte mir die Stelle ansehen, wo wir Braveheart gefunden haben.“

„Soll das heißen, der Junge hat jetzt einen Namen?“

„Genau. Seit heute Morgen. Ich habe seinen namenlosen Status nicht mehr ausgehalten.“

„Ich nehme an, du behältst ihn?“

„Auf jeden Fall. Braveheart gehört zu mir“, antwortete Quinn bestimmt.

„Was sagt Archer dazu?“

„Der wird nicht gefragt“, entschied sie und unterdrückte das aufsteigende schlechte Gewissen. „Genauso wenig wie meine Eltern.“

Lara lachte. „Na dann, herzlichen Glückwunsch zum neuen Hund. Geht Archer mit dir mit auf deine Exkursion?“

„Sieht nicht so aus. Er ist noch nicht hier. Ich vermute, dass er aufgehalten wurde. Ist sonst ja nicht seine Art, so spät aufzutauchen oder ohne eine Mitteilung wegzubleiben.“

„Stimmt. Das ist ja sonst eher deine Spezialität.“

„Ich bin es eben gewohnt, allein zu arbeiten, das habe ich dir von Anfang an gesagt“, verteidigte sie sich.

„Easy, das weiß ich doch. Allerdings hatte ich den Eindruck, dass ihr beide euch besser versteht, oder?"

Quinn schnaubte. „Sehr subtil, die Frage. Wir waren zusammen essen. Das ist alles. Ein gemeinsames Erlebnis wie die Rettung des Hundes hat eine teambildende Wirkung."

„Klingt gut", antwortete Lara. Der Tonfall ihrer Stimme machte deutlich, dass sie ihr die schlauen Worte keinen Moment lang glaubte.

„Also, bis später. Vielleicht finde ich ja noch irgendeinen Hinweis auf den Fallensteller."

„Oh. Daran hatte ich gar nicht gedacht. Versprich mir, dass du vorsichtig sein wirst."

„Ja, Mom. Wie ich ohne dich und Archer Monate in der Wildnis von Alaska überlebt habe, ist mir ein Rätsel", frotzelte sie liebevoll.

„Das frage ich mich auch schon die ganze Zeit."

Quinn schnaubte und beendete das Gespräch. Ein Blick in Richtung Himmel verriet ihr, dass sie sich besser auf den Weg machte. Aus dem Westen trieben dunkle Wolken in die Richtung der Lone Wolf Ranch. Noch hielten die Rockies sie zurück, doch nicht mehr lange und sie würden mit ihrer weißen Last über die Bergwipfel ziehen.

Sie schwang sich den Rucksack auf den Rücken, setzte ihre Mütze auf, zog die Handschuhe an und verließ das gemütliche Bürogebäude. Im Schutz des Carports blieb sie stehen und studierte die Fortbewegungsmittel, die ihr zur Verfügung standen. Sollte sie wieder das Quad nehmen, wie beim letzten Mal? Oder lag genügend Schnee, um das Schneemobil zum Einsatz zu bringen? Sie war sich nicht sicher. Wenige Schritte führten sie zu dem Pfad, den sie nehmen wollte. Versuchsweise kratzte sie mit der Spitze ihres Stiefels über den Boden. Anscheinend hatte es mehr geschneit, als sie gedacht hatte. Sie stieß nur auf Schnee, Schnee und nochmals Schnee. Gut. Dann also das Schneemobil.

*

Der Mann bezahlte seine Munition, drehte sich wortlos um und ging hinaus. Zu dumm, dass er hier keine neue Falle kaufen konnte. Zwar hatten sie noch genügend andere, doch er war gerne gut vorbereitet. Online war das kein Problem. Aber im realen Leben zahlte sich das Risiko, danach zu fragen, nicht aus. Wenn er in seinem eigenen Revier gewesen wäre, hätte er genau gewusst, wo er welche Dinge bekam. Aber nein, aus irgendeinem Grund hatte der Boss ihn und seine anderen beiden Buddies von Tennessee in dieses gottverdammte Kaff geschickt. Zugegeben, hier war der Pumabestand viel höher als im Süden. Dafür war es im Süden wärmer. Auf dem Weg zum Auto pustete er in seine Hände, um sie warmzuhalten. Sein Blick fiel auf einen großen, eher schlaksigen Mann in einem sumpfgrünen Anorak. War das nicht …? Ohne den Kopf zu drehen, beobachtete er den neuen Kunden aus den Augenwinkeln. Das rote Abzeichen am Ärmel kannte er doch. Na klar. Das war der Kerl, der durch sein Auftauchen den Puma verscheucht hatte. Dabei hatte er an diesem Tag schon genug Ärger gehabt. Wieso musste der Trottel von Hund auch in die Falle treten, die er für den Puma aufgestellt hatte? Er hatte ihn gerade erschießen wollen, als er oben auf dem schmalen Grat einen grauen Schatten entdeckt hatte.

Seit Wochen verfolgte er das Biest. Fast hatte er schon geglaubt, einem Geist auf der Spur zu sein, als er vor zwei Tagen die Pfotenabdrücke im frisch gefallenen Schnee entdeckt hatte. Und dann kam dieser Idiot mit seiner Freundin daher und vermasselte ihm den perfekten Schuss. Als die Raubkatze, aufgescheucht durch die Anwesenheit der Menschen, im letzten Moment geflohen war, hatte er nicht lange überlegt und in seiner Wut auf die Eindringlinge angelegt. Das war genau das, als was er die beiden betrachtete. Das hier war sein Revier. Er konnte es sich nicht leisten, noch mehr ins Hintertreffen zu geraten. Sein Boss erwartete Resultate. Leider waren die beiden mit dem Schrecken davongekommen. Das ärgerte ihn immer noch. Schade, dass er keinen zweiten Versuch wagen konnte. Doch dass der Parkplatz nicht der geeignete Ort war, leuchtete sogar ihm ein. Viel zu viele Zeugen. Normale Bürger tendierten dazu, sich über Schießereien unnötig aufzuregen. Dabei war es die einzig wahre Art und Weise, Streitigkeiten zu schlichten. Er beobachtete, wie der Störenfried im Laden verschwand. Sein Blick glitt zurück zu dem Truck, mit dem er gekommen war. Ein fieses Lächeln breitete sich auf seinem Gesicht aus. Er konnte ihn vielleicht nicht erschießen. Das Leben schwer machen konnte er ihm hingegen schon. Anschließend würde er sich seine Falle zurückholen. Vielleicht hatte er sogar Glück und das Pumaweibchen geriet ihm noch einmal vors Visier. Um einiges besser gelaunt als noch Sekunden zuvor zog er das große Jagdmesser aus der Scheide an seinem Gürtel und machte sich an die Arbeit.

*

Archer fluchte, als er aus dem Futtermittelladen trat. Er hatte neue Batterien für seine Taschenlampe und Katzenfutter gebraucht. Vor einer Woche hatte er in der Einfahrt zu seiner Blockhütte, die er für die Zeit seines Auftrags gemietet hatte, unter einem Strauch einen Karton mit zwei Katzenbabys gefunden. Ausgerechnet Siamkatzen, wie er mit einer kurzen Google-Recherche herausgefunden hatte. Intelligent und kapriziös. Eigentlich hatte er vorgehabt, sie am nächsten Tag zu Kat zu bringen. Doch ehe er es sich versah, hatten die beiden seine ganze Wohnung in Beschlag genommen. Irgendwie hatte er es nicht übers Herz gebracht, sie schon wieder zu entwurzeln. Er konnte ebenso gut wie Kat im Diner und an anderen strategischen Orten Zettel aufhängen und für die beiden einen guten Platz suchen.

Was er allerdings nicht mit einberechnet hatte, war, dass die beiden seinen morgendlichen Zeitplan mit schöner Regelmäßigkeit durcheinanderbringen würden. Heute hatten sie in der Nacht den Papierkorb verwüstet. Der Abfall war in der ganzen Wohnung verteilt gewesen. Nach der Aufräumaktion und dem kurzen Stopp im Futtermittelladen war er wieder einmal zu spät dran. Um keine weitere Zeit zu verlieren, deponierte er die Palette mit dem Katzenfutter schwungvoll auf der Ladefläche seines Trucks. Seltsam. Irgendetwas stimmte mit dem Wagen nicht. Oder mit seiner Perspektive. Er zog sich die verhassten Brillengläser von der Nase und trat einen Schritt zurück, um den Truck besser in Augenschein nehmen zu können. Was zum Teufel … Mit einem ganzen Sammelsurium von Flüchen auf den Lippen ging er in die Knie, um den Hinterreifen zu begutachten. Platt. Und nicht einfach so. Da war jemand mit einem Messer am Werk gewesen. Fieberhaft überlegte er mögliche Gründe für den Vandalenakt, als sein Blick auf den Vorderreifen fiel. Auch platt. Langsam richtete er sich auf und ging um das Fahrzeug herum, um die anderen beiden Reifen zu inspizieren. Da war jemand gründlich gewesen. Die Frage war nur, wer?

Aber zuerst musste er Quinn anrufen. Er zog sein Handy aus der Tasche, nur um festzustellen, dass es tot war. Logisch. Ausgerechnet heute. Er erinnerte sich vage, dass er es im Büro aufladen wollte, da die beiden Kätzchen mit Vorliebe mit dem Kabel spielten. Ergeben ging er zurück zum Laden. Dort gab es bestimmt ein Telefon. Als Erstes würde er den Sheriff anrufen.

*

Quinn lag bäuchlings im Schnee, ihre Kamera in der Hand. Die Kälte, die langsam, aber stetig durch die vielen Schichten ihrer Kleidung kroch, bemerkte sie gar nicht. Dafür war sie viel zu fasziniert von dem Tier, das sie vor der Linse hatte. Das Pumaweibchen lag auf einem Felsen, die Reste seiner letzten Beute, vermutlich ein Hase, zwischen den Pfoten. Es war reines Glück, dass sie die Raubkatze entdeckt hatte. Aus einer plötzlichen Eingebung heraus hatte sie nicht die direkte Route genommen, nachdem sie das Schneemobil stehen gelassen hatte, sondern war dem Waldrand gefolgt und erst weiter oben zwischen die Bäume gestochen.

Das Pumaweibchen sah gesund und stark aus. Das Fell war dicht und glänzte im Licht der fahlen Wintersonne, die sich durch die Wolken gekämpft hatte. Es wäre noch spannend zu wissen, ob sie im Frühling einen Partner finden würde. Ein Wurf Pumawelpen wäre wunderbar. Falls sie sie überhaupt je zu sehen bekäme, was eher unwahrscheinlich war. Einem Pumaweibchen, das Junge hatte, ging man besser aus dem Weg.

Quinn rutschte ein wenig hin und her, um sich besser zu positionieren. Der Puma hielt inne und schien zu lauschen. Offenbar war sie zu laut gewesen. Oder hatte er etwas anderes wahrgenommen? Etwas, das Quinn mit ihren kümmerlichen, menschlichen Sinnen nicht wahrnehmen konnte? Unbehaglich blieb sie regungslos liegen.

Die Raubkatze, inzwischen fertig mit ihrer Mahlzeit, hob den Kopf, schnupperte in den Wind und erhob sich mit einer graziösen Bewegung von ihrem Platz. Noch einmal sah sie in Richtung Tal, bevor sie mit einem mächtigen Sprung in den Bäumen verschwand.

7

„Was meinst du mit ‚Quinn ist weg'? Wohin weg?"

Archer konnte kaum fassen, was er da hörte. Nachdem er erst eine halbe Ewigkeit mit einem von Jakes Deputies gesprochen hatte, musste er anschließend von Donovan vom Gas & Go erfahren, dass solche Reifen, wie sein Truck sie benötigte, leider erst bestellt werden mussten. Netterweise hatte ihm Pete vom Futtermittelladen seinen Kombi angeboten, was er dankend angenommen hatte. Der Wagen war nicht das Auto seiner Wahl, aber immerhin hatte er einen Vierradantrieb und brachte ihn von A nach B.

Der Vorfall mit seinen komplett zerstörten Reifen hatte ein tiefgehendes Unwohlsein in ihm ausgelöst. Er hatte das dringende Bedürfnis, Quinn zu sehen, um sicherzugehen, dass es ihr gut ging. Dass sie in Sicherheit war. Es war ihm ganz egal, ob das rational war oder nicht.

Nachdem er sowieso schon viel zu spät dran gewesen war, hatte er darauf verzichtet, Lara oder Quinn anzurufen und beschlossen, lieber direkt zur Wildtierstation zu fahren, anstatt Zeit damit zu verschwenden, ein funktionstüchtiges Telefon zu suchen.

Überrascht von der Vehemenz in der Stimme ihres sonst so entspannten Mitarbeiters, antwortete Lara: „Sie wollte die Falle aus dem Wald holen."

„Allein?"

„Ja. Ist das ein Problem?“ Seine sichtliche Anspannung griff auf sie über, auch wenn sie sich nicht erklären konnte, weshalb er so aufgeregt war.

Archer schloss die Augen und fasste sich an die Nasenwurzel, während er tief durchatmete und versuchte, seine Fassung wiederzugewinnen. Er versuche sich zu vergewissern, dass es keinen Grund zur Annahme gab, dass Quinn in Gefahr war. Leider ignorierte sein Hirn ihn und präsentierte ihm ein mögliches Horrorszenario nach dem anderen. Er hatte keine andere Wahl. Wenn er wollte, dass Lara verstand, weshalb er sich solche Sorgen machte, musste er ihr reinen Wein einschenken. So viel zu seiner Tarnung, dachte er reuevoll. Nichts als Ärger hatte sie ihm gebracht.

„Quinn hat schon länger den Verdacht, dass hier in der Region Wilderer ihr Unheil treiben. Der gleichen Meinung ist das Colorado Parks und Wildlife Department. Dieses hat das FBI eingeschaltet, welches wiederum mich angeheuert hat.“

Lara blinzelte. Seine knappen Worte enthielten einen Ausbund an Informationen und erklärten so einiges. Unter anderem das komplett ausgewechselte Verhalten ihres wissenschaftlichen Mitarbeiters. Sie wusste noch nicht, wie sie diese neuen Entwicklungen finden sollte. Doch alles zu seiner Zeit.

„Wusste Quinn davon?“

„Nein. Ich habe es ihr erst vorgestern erzählt.“

„Hm. Als ihr per Zufall über den Wilderer gestolpert seid?“

„Ja. Da erschien es mir angebracht.“

„Dieses Gefühl hat sich offensichtlich nicht auf mich erstreckt“, meinte sie spitz.

Archer wand sich ein wenig. „Du darfst mir gerne ausgiebig die Leviten lesen, mich feuern, was auch immer. Aber erst, wenn Quinn wieder sicher mit uns am Feuer sitzt.“

Lara studierte ihn prüfend. Schließlich schien sie zu einem Entschluss zu kommen. „Was beunruhigt dich denn so an der

Tatsache, dass sie allein losgezogen ist? So, wie ich das wahrgenommen habe, wart ihr die letzten Wochen nicht gerade als siamesische Zwillinge unterwegs. Es gab mehr als eine Gelegenheit, bei der einer von euch ohne den anderen unterwegs war. Was also ist heute anders?"

„Lass es mich einfach so formulieren: In Anbetracht der Tatsache, dass wir den ersten brauchbaren Hinweis seit Wochen auf die Aktivität der Wilderer gefunden haben und in der Folge heute alle vier Reifen meines Trucks aufgeschlitzt worden sind, bin ich ein wenig nervös. Das hier ist schließlich Independence und nicht irgendeine Großstadt. Die Chance, dass ich Opfer eines willkürlichen Anschlags geworden bin, erscheint mir verschwindend gering."

„Um Himmels willen. Aufgeschlitzt? Alle vier Reifen?"

Archer nickte grimmig.

„Wo denn? Hier? In Independence?"

„Auf dem Parkplatz vor dem Futtermittelhandel."

„Ach du liebe Güte." Jetzt machte auch Lara sich Sorgen. Am helllichten Tag zwischen all den Leuten so etwas durchzuziehen zeugt schon von einer gewissen Kaltblütigkeit. „Los, worauf wartest du noch?"

Archer beugte sich vor und küsste Lara impulsiv auf die Wange. „Danke. Ich wusste, du würdest die Dinge auf meine Weise sehen."

Er hängte sich sein Gewehr um, das er immer bei sich trug, wenn er im Wald unterwegs war, und eilte hinaus zu den Fahrzeugen.

*

Verwundert fasste sich Lara an die Wange, wo er ihr den kameradschaftlichen Kuss aufgedrückt hatte, und schaute ihm hinterher. Wo hatte der Kerl die letzten Monate nur all den Charme versteckt? Vermutlich hatte er die aufgesetzte

Zerstreutheit zusammen mit seiner, wie sie jetzt wusste, falschen Brille abgelegt.

Sie schaute ihm zu, wie er sich auf ein Schneemobil schwang und losdüste. Schnee stob in alle Richtungen. Der Wind zerrte an ihren Haaren und trieb den Schnee in ihre Richtung. Ihre Gedanken schweiften zurück zu dem, was er erzählt hatte. Sie hoffte, dass seine Sorge unbegründet war. Immerhin sah es ja ganz so aus, als sei der Vandale momentan in Independence und nicht im Wald, falls es zwischen den beiden Vorfällen überhaupt eine Verbindung gab. Trotzdem konnte sie ihre innere Unruhe nicht ganz abschütteln. Dafür war Archers Sorge zu greifbar gewesen. Die Tatsache, dass er fürs FBI arbeitete, ließ vermuten, dass er Erfahrung darin hatte, das Gefahrenpotenzial zu beurteilen. Kein sehr beruhigender Gedanke.

Sie hoffte, dass die beiden so bald wie möglich wohlbehalten zurückkehrten. Insbesondere Archer, aber auch Quinn waren ihr einige Erklärungen schuldig. Am besten sie versuchte, sich in der Zwischenzeit mit Arbeit abzulenken. Davon gab es auf der Ranch und der Wildtierstation zum Glück ja reichlich.

*

Pfeifend fuhr der Wilderer auf seinem Schneemobil zu der Stelle, wo er seine Falle und den Scheißköter zurückgelassen hatte. Von dem Hund würde wohl nicht mehr viel übrig sein. Dafür hatte der Puma sicher gesorgt, da war er sich sicher. Was soll's, dachte er achselzuckend. Er hatte sowieso nicht zum Jagdhund getaugt. Hunde gab es wie Sand am Meer. Er hätte ihn schon längst eintauschen sollen, wenn er so darüber nachdachte. Trotz der Bäume beschleunigte er sein Fahrzeug. Der Boss hatte eine Vorliebe für teures Spielzeug. Ein Grund mehr, endlich Resultate zu liefern. Impulsiv änderte er seinen Kurs. Zuverlässig nahm das Fahrzeug den steilen Hang in Angriff. Nur dort, wo die Wurzeln durch die Schneedecke stießen, bockte das Gerät ein wenig.

Schließlich hielt er am Fuß eines kleinen Canyons inne. Er schnappte seine Jagdflinte aus der Halterung und nahm den Aufstieg in Angriff. Vor ihm lag zwar mindestens eine Meile anstrengender Fußmarsch in tückischem Gelände. Doch von dort oben würde er einen hervorragenden Ausblick haben. Oben angekommen griff er mit der freien Hand nach seinem Fernglas und suchte die Umgebung ab. Er hatte den Auftrag nicht umsonst bekommen. Er war bekannt dafür, dass er das scheuste Wild aufspüren konnte. Das würde diesmal nicht anders sein. Immerhin würde ihm heute niemand in die Quere kommen. Er lachte leise, als er sich den Gesichtsausdruck des Wildhüters, oder was auch immer der Kerl war, vorstellte, wenn er den Schaden an seinem Auto entdeckte. Leider war er schlau genug zu wissen, dass es ein unkalkulierbares Risiko dargestellt hätte, in der Nähe zu bleiben. Aus diesem Grund hatte er sich unverzüglich auf den Weg in den Wald gemacht. Dort würde ihn niemand suchen.

Er war so in seine Gedanken versunken, dass er sie fast übersehen hätte. Das Pumaweibchen saß auf der gegenüberliegenden Seite des kleinen Canyons auf einem Felsplateau in der Sonne. Ihre Schnauze glänzte rot im Sonnenlicht. Offenbar hatte sie gerade einen kleinen Snack zu sich genommen. Eine Henkersmahlzeit, stellte er fest. Diese Gelegenheit würde er sich nicht entgehen lassen. Anscheinend hatte es sich gelohnt, die letzte Meile zu Fuß zurückzulegen. Ansonsten hätte der Motor des Schneemobils die Katze bestimmt aufgeschreckt. Mit einer fließenden Bewegung, die von viel Übung zeugte, verstaute er sein Fernglas im Inneren seines Anoraks und nahm das Gewehr in Anschlag. Durch das Teleskop seines Visiers konnte er sogar die Schnurrbarthaare des Pumas erkennen.

In diesem Moment klingelte sein Telefon. Er unterdrückte einen Fluch und fummelte mit der linken Hand unbeholfen an seiner Tasche rum, um es zum Verstummen zu verbringen.

Bevor er den entsprechenden Knopf fand, hörte das Klingeln auf. Wer auch immer das gewesen war, hatte aufgelegt.

Sofort konzentrierte er sich wieder auf seine Beute. Doch es war zu spät. Die feinen Ohren des Pumas hatten das Störgeräusch wahrgenommen. Alle Sinne hellwach, schaute er in seine Richtung und verschwand mit einem Wahnsinnssprung aus seinem Blickfeld. Gottverdammt noch mal. Ein herrlicher Schuss. Vermasselt. Diesmal konnte er niemand anderem die Schuld zuschreiben als sich selbst. Normalerweise stellte er sein Handy auf lautlos, wenn er auf die Jagd ging. Eigentlich auch sonst. Doch in letzter Zeit hatten seine Jagdkumpels sich beschwert, dass er so schwierig zu erreichen sei. Das war Absicht. Er hatte nicht vor, den Ruhm für die getöteten Trophäen mit diesen zwei Dummköpfen zu teilen. Aus Sorge, dass sich die beiden beim Boss beschweren würden, hatte er angefangen, den Klingelton zu aktivieren, wenn er nicht auf der Pirsch war. Da er heute gar nicht damit gerechnet hatte, auf lohnenswerte Beute zu stoßen, hatte er vergessen, es wieder auszustellen.

Er warf einen letzten Blick durchs Visier und stutzte. War das nicht der zweite Störenfried? Sein Finger zuckte am Abzug. Im letzten Moment hielt er inne. Die Person war aufgestanden und streckte sich. Ungläubig starrte er auf das Bild, das sich ihm bot. Der Kerl war eine Frau!, stellte er fest. Er grinste dreckig. Das war eine völlig neue Entwicklung und bot unerwartete Möglichkeiten. Lektionen konnten schließlich auf verschiedene Art und Weise erteilt werden. Die, die er für die Frau im Sinn hatte, war ein wenig persönlicher als seine Aktion heute Morgen. Aber diesmal war er sich sicher, dass sich das Risiko lohnen würde. Er war schließlich nicht umsonst ein Profi. Er hob das Gewehr und bereitete sich auf den Schuss vor. Ein Streifschuss an der Wade würde genügen, um sie außer Gefecht zu setzen. Sein Herzschlag beschleunigte sich, als er an das Blut dachte, das den Schnee rot färben würde. Das würde dem Akt einen netten Touch verleihen. Genau das Richtige für einen großartigen Jäger wie ihn. Und nachher, nachher würde er sie einfach liegen lassen. Die Kälte und die Natur würden den Rest für ihn erledigen.

*

Quinn wartete einen Moment, bevor sie sich mühsam aufrappelte und den Rücken durchstreckte. Jetzt, wo die ganze Aufregung vorbei war, merkte sie, wie kalt ihr war. Besser, sie bewegte sich, bevor ihr noch etwas abfror. Ein Schauder überlief sie, der nichts mit der frostigen Temperatur zu tun hatte. Ob sie eben dem Grund begegnet war, weswegen das Pumaweibchen ihren Platz aufgegeben hatte, ging es ihr durch den Kopf. Nur zu gut wusste sie, dass am ehesten ein Mensch die Raubkatze alarmiert hatte. Pumas hatten so gut wie keine anderen Feinde im Tierreich. Irritiert über ihre Paranoia, schüttelte sie leicht den Kopf, als wenn sie die unerwünschte Emotion so loswerden könnte. Trotzdem machte sie einen Schritt zur Seite, sodass sie hinter einem Felsen zu stehen kam. Dort fühlte sie sich weniger exponiert.

Immerhin hatte sich ihr kleiner Umweg definitiv gelohnt, stellte sie fest. Die Bilder waren sensationell. Vielleicht konnten sie sogar einen Beitrag leisten, um die für die weitere Zukunft der Wildtierstation so wichtigen Zuschüsse zu erhalten. Sie verstaute die Kamera in ihrem Rucksack und machte sich auf den Weg zur Fundstelle.

*

Verdammt und zugenäht! Irgendetwas hatte auch seine zweite Beute dazu veranlasst, in Deckung zu gehen, bevor er einen Schuss abgeben konnte. Das war ja zum Aus-der-Haut-Fahren. Angewidert darüber, dass er schon wieder zu langsam gewesen war, spuckte er in den Schnee. Durch die Bäume war ihre Silhouette durch das leuchtende Rot ihrer Jacke deutlich sichtbar. Für einen sauberen Schuss war sie jedoch schon zu weit weg. Was sie wohl im Wald machte? Er zuckte mit den

Schultern. Es würden sich andere Gelegenheiten ergeben. Wenn ein Jäger eins lernte, dann Geduld.

*

Der Rückweg erwies sich als schwieriger, als sie erwartet hatte. Mühsam kämpfte sie sich durch die Schneewehen. Der Wind und die Tatsache, dass die Kiefern in so großer Höhe nicht sehr dicht beieinanderstanden, hatten dafür gesorgt, dass das weiße Pulver sehr unregelmäßig verteilt war. Unter diesen Bedingungen war es unmöglich, die Bodenbeschaffenheit im Voraus abzuschätzen. Immer wieder sank sie unerwartet bis zu den Knien ein. Ein Hase huschte erschrocken davon, als sie fast auf ihm landete. Wenigstens war ihr nicht mehr kalt. Im Gegenteil, ein dünner Schweißfilm bedeckte ihre Stirn. Sie hatte sogar vorübergehend ihre Mütze und die dicke Jacke ausgezogen.

Quinn blieb stehen und versuchte anhand der Bäume und der partiellen Berggipfel, die sie sah, ihre Position zu bestimmen. Nachdem sie sicher war, dass sie wusste, wo sie sich befand, setzte sie ihren Weg vorsichtig fort. Die anstrengende Wanderung hielt sie jedoch nicht davon ab, immer wieder über ihre Schulter zu schauen. Einmal dachte sie, den Motor eines Schneemobils zu hören. Wieder blieb sie stehen und lauschte. Das Geräusch verklang in der Ferne. Durch die dämpfende Wirkung des Schnees war es fast unmöglich, die Richtung, aus der das Dröhnen gekommen war, genau zu bestimmen.

Ob es wohl Archer war, der ihr gefolgt war? Sie fragte sich erneut, was ihn heute Morgen aufgehalten hatte. Sie hoffte wirklich, dass es nichts mit ihr zu tun hatte. Wenn es nach ihr ging, würde es noch viele solcher Treffen wie das von gestern Abend geben. Ihr wurde immer noch heiß, wenn sie an seine Berührungen dachte. Keinem anderen Mann war es je gelungen, sie allein mit einem Kuss in eine andere Welt zu transportieren. Ein wohliger Seufzer entschlüpfte ihren Lippen. Prompt stolperte sie über eine unter dem Schnee versteckte Wurzel. Im letzten Moment konnte sie sich am zur Wurzel gehörigen Stamm festhalten. Besser, sie passte auf, wo sie hintrat. Ein verletzter Knöchel konnte sich bei dieser Witterung als tödlich erweisen. Wieder überlief sie ein seltsamer Schauer. Heute war irgendwie nicht ihr Tag. Selten hatte sie sich so unwohl gefühlt, wenn sie allein unterwegs war. Vielleicht hatte sie letzte Nacht doch ein bisschen zu wenig geschlafen.

Fünf Minuten später atmete sie erleichtert auf, als sie die Stelle wiedererkannte, wo sie beim letzten Mal die Spuren des Pumas gesehen hatte. Sie konnte sich im Normalfall auf ihren Orientierungssinn verlassen. Doch inmitten dieser weißen Wunderwelt hatten sich auf dem letzten Kilometer doch ein paar Zweifel eingeschlichen. Es sah einfach alles so gleich aus. Zudem war die Geräuschkulisse eine ganz andere. Der Schnee schluckte die meisten Geräusche des Waldes und seiner Bewohner, während die eigene Fortbewegung so viel Lärm machte wie ein Bär im Unterholz. Sie setzte ihren Rucksack ab und holte ihre Thermosflasche hervor. Der heiße Tee war köstlich. Als sie ihren Durst gestillt hatte, schraubte sie den Verschluss zu und verstaute die Flasche wieder. Dabei berührten ihre Finger eine Plastiktüte. Sie lächelte, als ihr aufging, was sie da in den Händen hielt. Geröstete Mandeln. Ein paar davon würden ihr neue Energie liefern. Die konnte sie gut gebrauchen. Ein solcher Marsch durch den Schnee war ganz schön anstrengend.

Solchermaßen gestärkt setzte sie ihren Weg fort. Jetzt war es nicht mehr weit. Sie freute sich schon auf eine heiße Dusche und eine warme Mahlzeit, wenn sie endlich wieder zu Hause war. Wer weiß, vielleicht ließ sich Archer ja überreden, ihr bei der einen oder anderen Tätigkeit Gesellschaft zu leisten. Die fantasievollen Bilder, die vor ihrem inneren Auge aufstiegen, brachten sie zum Lachen. Vielleicht sollte sie lieber erst einmal den „Morgen danach“ hinter sich bringen, sprich schauen, wie

Archer sich ihr gegenüber verhielt, bevor sie großartige Pläne schmiedete.

*

Archer wusste nicht, was ihn antrieb, als er das Letzte aus seinem Schneemobil rausholte. Er wusste nur, dass er eine unglaubliche Dringlichkeit verspürte, Quinn zu erreichen. Vermutlich würde sie ihm nicht danken, wenn er wie ein Irrer bei ihr im Wald auftauchte. Er konnte sich ihre Reaktion bildlich vorstellen. Ihm war sehr bewusst, dass ihm eine gemeinsam verbrachte Nacht keinerlei Befugnis gab, sich in ihr Leben zu mischen. Das änderte nichts an der Tatsache, dass er das untrügliche Gefühl verspürte, dass sie in großer Gefahr war. Der Gedanke, dass ihr etwas zustieß, war ihm unerträglich. Wenn es ihr nicht passte, dass er sich um sie Sorgen machte, war das ihr Problem, dachte er störrisch. Flüchtig dachte er darüber nach, dass es für ihn sehr ungewöhnlich war, so auf eine Frau zu reagieren. Noch dazu, nachdem sie sich bis vor zwei Tagen wie Katz und Hund gestritten hatten.

Erleichterung erfasste ihn, als er ihr Schneemobil am Waldrand erkannte. Sie hatte es am selben Ort zurückgelassen, wo sie vor zwei Tagen auch das Quad abgestellt hatte. Er stieg hart auf die Bremse und brachte das Fahrzeug zum Stehen. Mit einem Satz sprang er von der Maschine und rannte los. Nach ein paar Metern hielt er irritiert inne. Wo waren ihre Spuren? Wenn sie vor einer oder allerhöchstens zwei Stunden hier durchgekommen war, sollten diese deutlich zu erkennen sein. Sie konnte sich ja nicht in Luft aufgelöst haben! Frustriert drehte er um und kehrte zu den beiden Fahrzeugen zurück. So viel zum Thema Hals über Kopf losstürzen. Durch sein unbesonnenes Verhalten hatte er wertvolle Zeit verloren.

Bei ihrem Schneemobil angekommen, sah er schnell, dass sie heute dem Waldrand bergaufwärts gefolgt war. Was sie wohl dazu getrieben hatte? Doch der eisige Wind, der ihm ins Gesicht blies, hatte keine Antworten für ihn. Ein Blick auf sein Handy verriet ihm, dass sie fast zwei Stunden Vorsprung hatte. Er rollte seine Schultern, um etwas von der Spannung loszuwerden, die sich dort festgesetzt hatte. Wenn Lara recht hatte, wollte Quinn das verwaiste Tellereisen aus dem Wald holen. Auch wenn sie sich die Zeit genommen hatte, auf einem Umweg an ihr Ziel zu gelangen, war sie höchstwahrscheinlich inzwischen bei der Falle angekommen. Besser, er ging auf dem direkten Weg zur Falle und hoffte, sie dort wohlbehalten anzutreffen.

Froh, sich für eine Strategie entschieden zu haben, setzte er seinen Weg fort, halb gehend, halb rennend. So schnell es bei diesem verflixten Schnee eben ging. Er betete, dass er die richtige Entscheidung getroffen hatte. Mehr denn je hatte er das Gefühl, dass jede Sekunde zählte.

8

Quinn verlängerte ihre Schritte, während sie weiterhin Ausschau nach Spuren hielt. Tierspuren, redete sie sich ein. Doch wenn sie ehrlich war, fühlte sie sich beobachtet. Der Gedanke, nicht allein im Wald zu sein, beunruhigte sie. Es gab nicht viele gute Gründe, mitten im Winter im Wald zu sein. Dieser Teil hier gehörte zwar zum National Forest, war aber so nah an der Grenze zum Land der Lone Wolf Ranch, dass er zu ihrem Revier gehörte. Natürlich gehörte ihr das Gebiet nicht. Aber das Land und seine Tiere unterstanden ihrem Schutz. Nachdem sie diese Verantwortung sehr ernst nahm, hatte sie es sich zur Aufgabe gemacht, über die Leute, die in diesem Gebiet unterwegs waren, informiert zu sein. Manche bewirtschafteten ein Stück Wald, einige Rancher, vorwiegend Hank, ließen im Sommer ihre Rinder hier oben weiden, und dann waren da noch die Jäger. Doch die Jäger mussten sich alle bei der Wildtierstation anmelden. Eine neue Richtlinie, die Mr. Wilkinson gleich nach seiner Ernennung zum Bürgermeister erlassen hatte. Für heute waren keine Jagdgesellschaften gemeldet. Wer zum Teufel trieb sich also hier herum?

„Reiß dich zusammen“, murmelte sie halblaut und verfiel in einen leichten Trab. Weiter unten konnte sie schon die Stelle erkennen, wo sie Braveheart gefunden hatten. Unwillkürlich zog sie den Kopf ein, als sie an dem Baum vorbeikam, der die Kugel für sie aufgefangen hatte. Das war knapp gewesen. Zu knapp. Auf eine Wiederholung konnte sie gut und gern verzichten.

Noch einmal blieb sie stehen und ließ ihre Augen über das Gelände schweifen, während sie angestrengt lauschte. Doch außer ihrem eigenen Pulsschlag und ihrem keuchenden Atem hörte sie nichts.

Entschlossen, die Aufgabe endlich hinter sich zu bringen, und zwar lieber, bevor sie komplett paranoid wurde, schlitterte sie den Hang hinunter.

*

Der Wilderer konnte sein Glück kaum fassen, als er durch die Bäume hindurch einen erneuten Blick auf einen roten Anorak erhaschte. Schien, als hätte er eine zweite Chance bekommen. Diesmal würde ihm die Frau nicht entwischen. Die knorrigen Kiefern als Deckung nutzend, schlich er so leise wie möglich näher. Der Wind stand günstig und trug die Geräusche von ihr fort. Die Flinte schussbereit in der Hand, pirschte er sich langsam von hinten an sie heran.

*

Archer gefror das Blut in seinen Adern, als er auf der kleinen Anhöhe zu einem abrupten Halt kam. Er befand sich direkt oberhalb der Fundstelle. Quinn kauerte im Schnee und hantierte an der Falle rum. Offensichtlich hatte sie Mühe, das Tellereisen aus dem Schnee zu befreien. Sie war völlig auf ihre Arbeit konzentriert und schien ihre Umgebung nicht wahrzunehmen. Hinter ihr näherte sich ein Mann, das Gewehr im Anschlag. Verdammt. Das war einer der Momente, wo es ihm sehr willkommen gewesen wäre, wenn sich seine Vermutungen als falsch herausgestellt hätten. Recht zu haben, half ihm gerade auch nicht weiter.

In einem verzweifelten Versuch, die Aufmerksamkeit des Mannes von Quinn abzulenken, legte Archer die Hände an den Mund und rief: „Achtung, Quinn! Hinter dir!"

Dann überschlugen sich die Ereignisse plötzlich. Aufgeschreckt durch Archers Ruf rappelte sich Quinn auf und drehte sich um. Erschreckt stolperte sie rückwärts, als sie hinter sich einen fremden Mann entdeckte, ein Gewehr schussbereit in der Hand. Das musste einer der Wilderer sein. Vielleicht das Schwein, das Braveheart in der Falle zurückgelassen hatte. Und was machte Archer hier?

Der Wilderer hatte keine Zeit verschwendet und seinen Fokus sofort auf Archer gerichtet. Blitzschnell nahm er den unwillkommenen Besuch ins Visier.

Oben auf dem Hügel tat Archer es ihm gleich. Doch der Wilderer, der sich im Gegensatz zu Archer nicht um eine zweite Person sorgte, war schneller. Bevor Quinn realisierte, dass der Fremde überhaupt keine Skrupel besaß, drückte dieser den Abzug. Ein Schuss löste sich.

Entsetzt sah Quinn, wie Archer das Feuer erwiderte, während er sich im selben Moment zur Seite warf. Schnee stieb, als er in einer Schneesenke verschwand. Von hier unten aus war es unmöglich zu sagen, ob der Täter ihn getroffen hatte.

Archer! Quinn sah nur noch rot. Sie senkte den Kopf und stürzte sich mit einem wilden Brüllen auf den Mann. Nicht sehr elegant, aber effektiv.

Der Wilderer, abgelenkt durch Archer, sah sie nicht kommen. Quinn traf seine Körpermitte mit voller Wucht. In einem Durcheinander von Gliedern stürzten sie miteinander zu Boden. Seine Flinte flog in einem hohen Bogen zur Seite. Quinn traf hart auf dem Felsen auf. Eiskalter Schnee geriet in ihren Kragen. Sie rang verzweifelt nach Atem, während sie hektisch nach dem Mann kickte, in der Hoffnung, eine essenzielle Stelle zu treffen. Seine Eier am liebsten, dachte sie grimmig. Knochen knirschten, als sie mit ihrem Stiefel endlich sein Knie traf. Er grunzte, ließ sie aber nicht los. Trotzdem schaffte sie es, sich aufzurappeln. Sie hob den Arm und drehte sich gleichzeitig weg von ihm, sodass ihn ihr Ellenbogen am Hals traf.

Der Mann ließ los und taumelte zurück.

Behände sprang sie einen Schritt zurück. Fieberhaft tasteten ihre Finger nach dem Jagdmesser, das sie am Gürtel trug. Der Gedanke, sich mit dem Messer zu wehren, drehte ihr zwar den Magen um. Gleichzeitig wusste sie, dass sie alles tun würde, um diese Begegnung zu überleben. Auf keinen Fall würde sie kampflos aufgeben. Ihre klammen Finger gehorchten ihr nicht. Frustriert schnappte sie sich mit den Schneidezähnen die Fingerspitzen des rechten Handschuhs und zog.

Endlich hatte sie die Hand von dem dicken Handschuh befreit, als der Angreifer mit knallrotem Kopf auf sie zu stürzte. Ein ominöses Grollen entrang sich seiner Kehle.

*

Archer, der oben auf der Anhöhe auf dem Bauch lag und durch sein Visier starrte, fluchte. Zwar war er beeindruckt, wie geschickt sich Quinn gegen den Mann wehrte, doch es war nur eine Frage der Zeit, bis der Fremde die Oberhand gewinnen würde. Quinn war groß und stark. Doch der andere hatte eine Statur wie ein Holzfäller. Es war an der Zeit, die Gewinnchancen etwas gerechter zu verteilen. Aber dafür brauchte er eine freie Schusslinie.

Solange Quinn und ihr Angreifer so umeinander herumtanzten, traute er sich nicht zu schießen. Zu unvorhersehbar waren ihre Positionen. Das Risiko, aus Versehen Quinn zu treffen, war einfach zu groß. Er justierte den Winkel des Gewehrs ein wenig.

*

Im letzten Moment drehte sich Quinn weg, sodass er ins Leere griff. Darauf erpicht, möglichst viel Abstand zwischen sich und den Mann zu bringen, rannte sie rückwärts. Prompt rutschte sie auf dem Schnee aus und fiel hin. Der Mann stürzte sich auf sie und versetzte ihr einen Fausthieb. Sterne tanzten vor ihren Augen. Sie blinzelte und versuchte einen klaren Kopf zu bekommen.

Bevor sie jedoch Zeit hatte, sich zu orientieren, ließ ihr Angreifer sich neben ihr auf die Knie fallen und setzte sich mit Schwung rittlings auf ihre Hüften, dass ihr die Luft für einen Moment wegblieb.

„Du willst spielen, Schlampe? Kannst du haben.“ Seine Stimme klang bösartig und gleichzeitig seltsam erfreut, als hätte er nur auf diese Gelegenheit gewartet.

Der Kampf mit ihr machte ihm Spaß, stellte Quinn entsetzt fest, während sie ihre Bemühungen, sich von seinem Gewicht zu befreien, verdoppelte.

„Halt endlich still“, röhrte der Fremde erbost, als es ihr gelang, sein Ohr zu packen. Mordlustig hob er eine seiner Pranken und schloss sie um Quinns Kehle. Unerbittlich drückte er zu.

Verzweifelt kratzte und zerrte sie an seinen Fingern, doch vergeblich. Sie bekam immer weniger Luft. Das Jagdmesser, schoss es ihr durch den Kopf. Das könnte sie jetzt wirklich gebrauchen. So unauffällig wie möglich tastete sie danach. Endlich hatte sie es in der Hand. Sie holte aus und bohrte die Spitze mit aller Wucht in seinen Oberschenkel.

Der Mann brüllte auf vor Schmerz und richtete seinen Oberkörper hoch auf, während er mit beiden Händen nach seinem Oberschenkel griff.

Keuchend sog Quinn Luft in ihre strapazierte Lunge, während sie das Messer herauszog und erneut ausholte.

Der Wilderer sah ihre Bewegung. Hastig schob er sich rückwärts von ihr weg. Die Verletzung machte seine Bewegungen unbeholfen.

Archer sah seine Chance auf einen Schuss, zielte und drückte ab.

Ausgerechnet in diesem Moment bückte sich der Wilderer nach seiner Waffe und zog sie aus dem Schnee, sodass der Schuss ohne Schaden anzurichten über seinen Kopf hinweg pfiff.

Der Wilderer wirbelte herum. „Was zum Teufel …“ Wütend drehte er sich in Richtung des Schützen. Hatte er ihn vorher etwa nicht erwischt? Sein Bein pulsierte unangenehm. Er riskierte einen Blick auf die Stichwunde. Gottverdammte Scheiße. Mit fahriger Hand griff er in seine Jackentasche, holte Munition raus und lud fachmännisch nach.

Über die Schulter ihres Angreifers erhaschte Quinn einen Blick auf Archer. Wie ein alter Wildwestheld stand er auf der Anhöhe, sein Gewehr im Anschlag.

„Lass die Waffe fallen“, dröhnte Archers Stimme durch den Wald.

Der Mann dachte nicht daran und feuerte.

Quinn hustete, drehte sich auf den Bauch und robbte panisch auf Händen und Füßen vorwärts. Sie wusste, dass das ihre einzige Chance war, wegzukommen. Nur zu bald würde dem Wilderer aufgehen, dass er diesen Schusswechsel nicht gewinnen konnte und er würde auf die Idee kommen, sie als Geisel zu benutzen. Sie hatte vor, zu diesem Zeitpunkt möglichst weit weg oder immerhin gut versteckt zu sein. Ein weiterer Schuss dröhnte in ihren Ohren, gefolgt von einem Aufschrei. Archer! Sie riskierte einen Blick über die Schulter. Erleichtert sah sie, dass Archer hinter einem Felsen Deckung gesucht und einen weiteren Schuss abgegeben hatte. Ihr Angreifer hingegen hüpfte wie Rumpelstilzchen an Ort und Stelle und blutete. Offenbar hatte Archer ihn getroffen. Gut so, dachte sie grimmig. Nur schade, dass es nur ein Streifschuss war. Sie war sonst nicht so blutrünstig. Aber in diesem Fall war sie gerne bereit, eine Ausnahme zu machen. Sie musste unbedingt versuchen, den Hang zu erklimmen, um zu Archer zu gelangen. Erst dort war sie in Sicherheit. Entschlossen stieß sie sich vom Boden ab, rappelte sich hoch – und trat ins Leere.

„Quinn!“

Entsetzt sah Archer zu, wie Quinn taumelte und in den Canyon stürzte.

Der Wilderer ergriff die Chance, die ihm die allgemeine Verwirrung bot und beschloss, einen Abgang zu machen. Aufgeschoben war nicht aufgehoben. Das würden ihm die beiden noch büßen. Aber erst musste er diese verdammte Blutung von dem Streifschuss und der Stichverletzung, die ihm der Bastard und die Hexe verpasst hatten, zum Stillstand bringen. Methodisch schoss er in Archers Richtung und lud immer wieder sein Gewehr nach. Erst als er außer Reichweite war, drehte er sich um und rannte hinkend los, in Richtung seines Schneemobils.

Archer atmete auf, als der andere endlich zwischen den Bäumen verschwand, und schulterte seine Waffe. Zu gerne hätte er die Verfolgung aufgenommen. Doch zuerst musste er nach Quinn sehen. Er kannte das Gelände hier nicht gut und hatte keine Ahnung, wie tief sie gefallen war. Hoffentlich hatte sie sich nichts gebrochen. Die Möglichkeit, dass sie sich schlimmer verletzt hatte oder gar tot war, zog er gar nicht in Betracht. Das durfte einfach nicht sein.

So schnell es eben ging, ohne sich selbst in Gefahr zu bringen, kletterte er den Abhang hinunter. Das Gewehr behinderte ihn dabei, doch er traute sich nicht, es zurückzulassen. Dafür waren in den letzten Tagen einfach zu viele Kugeln geflogen. Als er halb rutschend, halb rennend endlich an der Stelle angekommen war, wo er Quinn zuletzt gesehen hatte, legte er sich auf den Bauch und robbte vorsichtig zum Rand der Klippe. Als er fast vorne war, bröckelte der Schneerand unter ihm weg. Erschrocken stieß er sich zurück. Jetzt war ihm klar, was geschehen war. Der Wind hatte den Schnee zu einer trügerischen Formation geformt. Durch den Schnee war nicht zu erkennen, wo der Fels darunter anfing und aufhörte. Der eisige Wind hatte den Schnee geschliffen, ihm aber nicht die nötige Stärke verliehen, um dem Gewicht eines Menschen standzuhalten. Dafür war die Schneedecke zu dünn. Nachdem er den Boden abgeklopft hatte und einigermaßen sicher war, wo sich fester Grund darunter befand und wo nicht, wagte er sich wieder ein Stück vor. Die gute Nachricht war, dass die Felswand nicht steil abfiel, sondern in einer sanften Neigung nach unten führte. Immerhin war sie nicht ungebremst ins Leere gefallen. Endlich erspähte er Quinns rote Jacke. Sie lehnte ungefähr fünfzig Meter weiter unten an einem Baumstamm und schien mit sich in ein Selbstgespräch vertieft.

„Quinn?", rief er, um sie auf sich aufmerksam zu machen.

Sie unterbrach ihre Litanei von Flüchen und schaute suchend hoch. „Archer? Gott sei Dank, dir ist nichts passiert."

„Ich wäre froh, wenn ich dasselbe von dir sagen könnte", murmelte er, während er halb rutschend, halb springend den Abhang bewältigte. Endlich stand er vor ihr. Spontan küsste er sie auf den Mund, bevor er grollte: „Mach das nie mehr, mir so einen Schrecken einzujagen!"

„Ja, ja. Spar dir die Strafpredigt für später. Hilf mir lieber hoch." Sie ergriff Archers Hand und ließ sich hochziehen. Vorsichtig machte sie einen Schritt und zuckte prompt zusammen. Den saftigen Fluch, der ihr zuvorderst auf den Lippen lag, schluckte sie hinunter.

„Was ist denn mit deinem Bein los?", fragte Archer und schaute sie scharf an.

„Nichts. Mein Knöchel hat wohl etwas abbekommen. Aber das wird schon gehen", antwortete sie und biss die Zähne zusammen.

Wenn der Knöchel das einzige Körperteil war, der verletzt war, hatte sie großes Glück gehabt, dachte Archer. Doch er glaubte nicht daran. Viel wahrscheinlicher war, dass sie den Rest dank der vollen Ladung Adrenalin, die gegenwärtig durch ihre Adern rauschte, noch gar nicht bemerkt hatte.

Quinn stützte sich schwer auf Archer, während sie sich hangaufwärts durch den Schnee kämpften. Bald stand ihr wieder der Schweiß auf der Stirn und sie hatte das Gefühl, sich gleich übergeben zu müssen, als Archer abrupt anhielt.

„So wird das nichts. Gibt es einen direkten Weg in den Canyon?“

Sie schnitt eine Grimasse. „Den gibt es. Ich habe aber keine Ahnung, wie ich dir den erklären soll. Lass uns weitergehen. Es geht schon.“

Ja, richtig. Und Schweine konnten fliegen. Schon möglich, dass sie es aus purer Dickköpfigkeit bis zum Schneemobil schaffte. Sie würden nur einfach ewig brauchen, bis sie da waren. Nachdem in ein paar Stunden bereits die Dämmerung anbrechen würde, fand er das nicht so optimal. Zudem würde der Adrenalinschub bald nachlassen. Er hatte keine Lust herauszufinden, wo es ihr überall sonst noch wehtat, während sie durch den Wald stapften. Jetzt musste er nur noch Quinn von der Weisheit seiner Entscheidung überzeugen. Er schloss für eine Sekunde die Augen. Seine Tarnung hatte einfach zu gut funktioniert. Als Resultat davon traute sie ihm gar nichts zu.

„Ich bin nicht komplett unfähig“, antwortete er gereizt. „Gib mir einfach eine Himmelsrichtung und eine ungefähre Distanzangabe.“

„Okay, okay. Herrje, ich wollte nicht auf deinem Ego rumtrampeln. Südwestliche Richtung. Ungefähr 10 Minuten mit dem Schneemobil von der Stelle aus, an der es geparkt ist. Der Eingang liegt oberhalb der Ranch.“ Erschöpft ließ sie sich in den Schnee sinken.

Ohne sie kam Archer viel schneller voran. Die vereinzelten Bäume zu Hilfe nehmend, zog er sich erstaunlich geschickt den Hang hoch. Schließlich verschwand sein Kopf hinter der Schneekante.

Quinn seufzte. Sie hoffte nur, dass er den Weg fand. Sonst würde sie hier noch länger sitzen. Sie spürte, wie die Wirkung des Adrenalins nachließ. Das Pochen in ihren misshandelten Gliedmaßen und hinter ihren Schläfen wurde stärker. Sie fröstelte. Immerhin fühlte sie sich nicht mehr beobachtet. Nachdem sich ihre Intuition als so treffsicher erwiesen hatte, wäre sie wahrscheinlich ausgeflippt, wenn dieses Gefühl sich wieder eingestellt hätte. Erst jetzt wurde ihr bewusst, in welch großer Gefahr sie sich befunden hatte. Wenn Archer nicht rechtzeitig eingetroffen wäre, hätte der Mann sie wahrscheinlich umgebracht. Oder vergewaltigt und im Wald zurückgelassen. Eigentlich war es einerlei. So oder so wäre das Resultat dasselbe gewesen.

Eine Schneeflocke kitzelte ihre Nase. Irritiert wischte sie sie weg. Natürlich. Es war noch mehr Schnee angesagt. War ja klar, dass das nicht warten konnte, bis sie zu Hause waren. Sie zog die dicke Jacke enger um sich und stellte sich auf eine längere Wartezeit ein.

*

Archer hatte keine Probleme, die Abzweigung zu finden. Wenigstens etwas, das ohne Probleme klappte. Nach dem, wie der heutige Tag bis jetzt abgelaufen war, hatte er fest damit gerechnet, sich zu verirren. Vorsichtig steuerte er das Schneemobil durch die Bäume zu der Stelle, an der er Quinn vermutete. Erleichterung durchströmte ihn, als er durch das Schneetreiben einen Blick auf ihre rote Jacke erhaschte. Er musste seine ganze Willenskraft aufbringen, um den starken Impuls, Vollgas zu geben, zu unterdrücken. Dadurch, dass der Wind den Schnee so unregelmäßig verteilt hatte, war es unmöglich, einzuschätzen, wie dicht an der Oberfläche der Schneedecke Wurzeln oder Steine versteckt lagen. Beides war sehr ungesund für die Mechanik seines Fahrzeugs. Klar, zur Not hatten sie noch das zweite Schneemobil. Doch das müsste er zuerst holen. Zu Fuß. Das würde Zeit brauchen. Zeit, die Quinn nicht hatte. Bei diesen Temperaturen zählte jede Minute. Er hatte sowieso schon wertvolle Zeit damit vergeudet, diese verdammte Falle aus dem Schnee zu befreien. Wenn es nach ihm gegangen wäre, hätte er das verdammte Teil im Wald gelassen. Doch nachdem Quinn so viel auf sich genommen hatte, um das Tellereisen zu holen und dabei fast draufgegangen wäre, würde sie es sicher schätzen, wenn er sie mitnahm. Dann war wenigstens nicht alles umsonst gewesen.

*

Quinn wandte den Kopf, als sie das Motorengeräusch hörte. Ihr erster Impuls war, sich zu verstecken. Verständlich, nach den aktuellen Ereignissen. Trotzdem nervte sie ihre Reaktion. Normalerweise schreckte sie vor keiner Konfrontation zurück. Aber der Einsatz von Schusswaffen veränderte alles. Sie zwang sich dazu, still zu sitzen und abzuwarten. Als sie Archers vertraute Silhouette erkannte, atmete sie auf. Sie war froh, dass es Archer war und sie nicht schon wieder kämpfen musste. Für heute hatte sie definitiv genug Abenteuer erlebt. Sie fröstelte.

Mit Schwung brachte Archer das Schneemobil zum Stehen und sprang ab.

Quinn schenkte ihm ein schwaches Lächeln. „Du hast den Weg gefunden", stellte sie fest.

Archer hob eine Augenbraue. „Dein Vertrauen in meine Fähigkeiten ist grenzenlos."

Quinn schmunzelte und versuchte, sich aufzurappeln. „Selber schuld. Deine Imitation eines ahnungslosen Wissenschaftlers war einfach zu gut."

Er grunzte etwas Unverständliches. Zu diesem Schluss war er bereits selber gekommen.

„Aber keine Angst", beruhigte sie ihn vergnügt. „Ich bin sicher, ich werde mich an deine neu aufgetauchten Fähigkeiten gewöhnen."

Archer kniete sich vor ihr hin. „Das macht dir Spaß, nicht wahr?"

Ihre Augen funkelten, als sie sagte: „Klar. Schließlich hast du mich mehrere Monate zum Narren gehalten. Ich bin sicher, du hast dich dabei köstlich amüsiert. Da musst du mit ein wenig Spott auf deine Kosten rechnen. Fair ist fair."

„Glaub mir, Spaß war absolut kein Teil der Aktion“, erwiderte er grimmig. Er hielt ihr vier Finger vor die Nase. „Wie viele Finger siehst du?“

Ungeduldig schlug sie seine Hand weg. „Mit meinem Kopf ist alles in Ordnung. Der Knöchel schmerzt höllisch.“ Ihre Zähne klapperten.

„Dir ist kalt“, stellte er das Offensichtliche fest.

„Schon klar. Das bringt es so mit sich, wenn man sich erst im Schnee wälzt und dann herumsitzt und nichts tut.“

Archer nahm ihr Gesicht in beide Hände und schaute ihr unverwandt in die Augen. „Jag mir nie wieder einen solchen Schrecken ein!“

Sie wollte ihm gerade eine schnippische Antwort geben, als er den Kopf senkte und sie besitzergreifend küsste. Auf der Stelle vergaß sie, was sie hatte sagen wollen. Es gab nur noch sie und ihn in dem ganz persönlichen Universum, dass sie kreierten. Auf der Stelle wurde ihr warm. Sie spürte weder die Schneeflocken auf ihrem Gesicht noch den harten Boden. Nur seine Lippen auf ihren und seine Zunge, die feurige Spuren hinterließ. Es war kein sanfter Kuss. Eher ein Ansturm auf all ihre Sinne. Erstaunt spürte sie Archers Angst, die er um sie ausgestanden hatte, und eine Entschlossenheit, sie um jeden Preis zu schützen. Diese Erkenntnis brachte in ihrem Inneren etwas zum Blühen. Eine leise, verstohlene Hoffnung, dass das zwischen ihnen auch für ihn mehr war als ein momentaner Zeitvertreib.

Archer verlor sich in dem Kuss, Quinns vertrautem Duft und der Gewissheit, dass sie in Sicherheit war. Der Gedanke, dass er sie heute fast verloren hätte, nachdem er sie gerade erst gefunden hatte, war ihm unerträglich. Gefunden?, wunderte er sich flüchtig. Hatte er sie denn gesucht? Antworten fand er keine auf diese Fragen. Doch darum konnte er sich später kümmern. Jetzt hatte er andere Prioritäten.

Widerstrebend brach er den Kuss ab und stupste mit seiner Nasenspitze ihre an. „Lass uns nach Hause gehen.“

„Ach, ich weiß nicht“, antwortete sie mit einem zufriedenen Seufzer und schmiegte ihre Wange an seine Handfläche. „So ist es hier auch ganz gemütlich. Mir ist auch gar nicht mehr kalt.“

Das konnte sich Archer gut vorstellen. Auch er fühlte sich, als wäre seine Körpertemperatur um mehrere Grad gestiegen.

„Fortsetzung folgt, versprochen. Nur nicht hier. Du bist verletzt und vermutlich setzt jeden Moment der Schock ein. Dann wird das Zittern nur noch schlimmer.“ Jetzt, wo das Adrenalin nachließ, spürte er selber, wie erschöpft er war. Er schlang einen Arm um ihren Rücken und schob den zweiten unter ihre Kniekehlen.

Quinn wollte schon protestieren, schließlich war sie mit ihren hundertachtzig Zentimetern und den zugehörigen Muskeln alles andere als ein Leichtgewicht, doch dann ließ sie es bleiben. Archer schien es wichtig zu sein, sich um sie zu kümmern. Wieso auch nicht? Sie stellte fest, dass sie das ungewohnte Gefühl, umsorgt zu werden, genoss. Zudem schmerzte ihr Knöchel höllisch.

*

Als sie bei der Ranch ankamen, wartete bereits ein ganzes Empfangskomitee auf sie. Sobald Archer das Schneemobil geparkt hatte, öffnete sich die Eingangstür und Lara kam herausgestürzt. Sie nahm die Stufen der Veranda in zwei Sätzen und eilte zu ihnen. Der Sheriff und Adrian blieben auf der Veranda stehen. Adrians Bluthunde und Leonie, Hanks große Pyrenäenberghündin, folgten Lara mit einigem Abstand.

„Ihr seid wieder da! Nachdem Archer sich so hektisch auf die Suche nach dir gemacht und mir nur ein paar kryptische Sätze als Erklärung gegeben hat, habe ich mir große Sorgen gemacht.“ Sie deutete hinter sich auf die Veranda, wo die beiden anderen Männer standen. „Ich habe Jake angerufen und Adrian gebeten, mit Smokey und Rainbow hierherzukommen. Ich wusste ja nicht, ob wir ein Suchteam brauchen würden.“

Sie unterbrach ihren Erklärungsschwall und fiel Quinn impulsiv um den Hals. Quinn zuckte zusammen. Auch wenn sie keine ernsten Verletzungen davon getragen hatte, würde sie die Nachwirkungen der Begegnung mit dem Wilderer und ihres Absturzes wohl noch für einige Tage spüren.

„Bist du verletzt?“, fragte Lara, die ihre Reaktion gespürt hatte, besorgt.

„Ein verstauchter Knöchel und ein paar blaue Flecken. Nichts Schlimmes“, spielte Quinn die Geschehnisse herunter.

„Ganz so simpel ist es nicht“, brummte Archer. „Aber vielleicht können wir das drinnen besprechen?“

„Klar. Becca sitzt auch schon drinnen und bewacht den Kuchen. Laut ihrer Aussage hat ihr Kater eine Vorliebe für ofenwarmen Kuchen entwickelt.“ Sie brach ab und wurde rot. „Sorry. Ich quassle euch die Ohren voll. Meine einzige Entschuldigung ist meine Sorge um euch.“

„Kein Problem. Kaffee und Kuchen klingt gut“, versicherte Quinn ihr und humpelte los.

„Wirst du wohl warten“, bellte Archer.

„Was …“

Schwungvoll hob er sie hoch und trug sie zum Haus.

Quinn strampelte, doch sein Griff lockerte sich nicht. Im Gegenteil. „Lass mich runter“, zischte sie.

„Klar“, erwiderte er ruhig und ging weiter.

„Jetzt!“, verlangte sie.

„Gleich.“

Frustriert knirschte sie mit den Zähnen. Es war das Eine, von ihm durch den Wald getragen zu werden, wo niemand sie sah. Aber hier mit all den Zuschauern war es einfach nur peinlich.

Archer ignorierte ihren Protest und hielt erst im Inneren des Hauses an. Dort setzte er sie behutsam auf dem Sofa ab.

„Du bist so was von stur!“, schimpfte sie.

Er hob eine Augenbraue. „Gern geschehen.“

Quinn griff nach einem Kissen und warf es in seine Richtung. Natürlich prallte es harmlos an seinem Rücken ab. Archer lachte und setzte seinen Weg in die Küche fort. Quinn ließ ihren Kopf an die Lehne fallen und schloss die Augen. Es war unglaublich, wie leicht dieser Mann sie zur Weißglut treiben konnte. Vielleicht überlegte sie sich das mit dem Verliebtsein besser noch einmal, dachte sie mürrisch. Doch wenn sie ehrlich mit sich war, war es dafür bereits viel zu spät. Sie seufzte und griff nach der Decke, die auf dem Sofa lag. Sie wollte sich nur einen Moment aufwärmen. Danach würde sie sich zu den anderen gesellen. Sie schloss wieder die Augen. Vage nahm sie wahr, wie etwas zu ihr aufs Sofa sprang. Eine Katze, dachte sie schläfrig, als sie die weichen Pfoten spürte. Sekunden später fing das Ding an, wie ein Motor zu schnurren und bestätigte so ihre Vermutung. Endlich wieder warm und in Gesellschaft eines schnurrenden Vierbeiners, übermannte sie die Erschöpfung und sie schlief ein.

9

Becca verteilte Kaffee und Kuchen. Jake lehnte neben Hank, der von draußen gekommen war, an der Küchenzeile. Lara saß am Tisch und trommelte ungeduldig mit den Fingern auf die Tischplatte. Alle Köpfe wandten sich Archer zu, als er vom Wohnzimmer in die Küche kam.

„Und?“, fragte Lara.

„Sie schläft. Ich will sie jetzt nicht wecken.“

„Es wäre hilfreich, wenn ich auch ihre Aussage hätte“, meinte Jake.

„Die wirst du auch bekommen. Entweder später, falls sie aufwacht, oder sonst morgen.“

Jake presste die Lippen zusammen. Widerwillig nickte er. Es war ihm klar anzusehen, dass er es bevorzugt hätte, sofort alle Antworten zu bekommen.

„Also“, schaltete sich Lara ein. „Was ist das für eine Story mit dem Colorado Parks und Wildlife Department? Und wie passt das FBI in die ganze Sache?“

„Seit einiger Zeit tauchen auf dem Schwarzmarkt in großen Mengen Puma- und Bärenfelle auf. Die Anzahl ist zu groß, als dass sie auf die normalen Jagdkontingente, die jede Saison freigegeben werden, zurückgeführt werden können. Nachdem das Colorado Parks und Wildlife Department mit den eigenen Ermittlungen nirgendwo hinkam, haben sie das FBI eingeschaltet. Das FBI lagert solche Fälle gerne an Externe aus. In diesem Fall an mich, einen Wildtierbiologen mit einem Hintergrund bei der Militärpolizei.“

„Und wie passt Quinn da mit rein?“, wollte Jake wissen.

„Was meinst du damit genau?“

Der Sheriff zuckte mit den Schultern. „Ich bin nur neugierig, wieso Quinn bis über beide Ohren in der Geschichte mit drinzustecken scheint.“

„Ich verstehe ja, dass du verärgert bist, dass ich dich nicht informiert habe“, antwortete Archer so neutral wie möglich. „Ich hatte meine Anweisungen.“

„Deine Anweisungen. Und doch scheinst du mehr oder weniger auf eigene Faust, also unabhängig von der Agency, zu arbeiten.“

„Das ist so“, bestätigte Archer. „Meine Aufgabe ist es auch nicht, die Wilderer festzunehmen, sondern Beweise zu sammeln und diese anschließend dem FBI zu übergeben.“

„Nicht der lokalen Polizei?“

„Oder der lokalen Polizei“, stimmte Archer freundlich zu. „Mir ist es ehrlich gesagt egal, wer die Lorbeeren einkassiert. Als Berater liegt meine Loyalität nicht zwingendermaßen beim FBI. Hauptsache, den Wilderern wird Einhalt geboten.“

Lara griff nach einem Stück Kuchen. „Was hat dich dazu veranlasst, Quinn ins Vertrauen zu ziehen?“

„Die Situation, in die wir vor zwei Tagen gestolpert sind. Dabei hat sie eine Bemerkung fallen gelassen, an der ich merkte, dass sie mehr über die Situation weiß, als ich dachte. Offenbar hatte sie selber schon einen ähnlichen Verdacht. Doch das wusste ich ja ganz lange nicht.“

„Hattest du sie im Verdacht, zu den Wilderern zu gehören?“

Archer verzog das Gesicht. „Auf den ersten Blick sprach alles dagegen. Doch ich konnte die Möglichkeit, dass sie dazugehörte, auch nicht komplett ausschließen. Deshalb auch die Maskerade als zerstreuter Wissenschaftler. Ich dachte, auf diese Weise würden mir die Leute eher Vertrauen schenken.“

„Na, das hat ja gut geklappt“, antwortete Lara trocken. Sie dachte daran, wie Quinn Archer von Anfang an misstraut hatte.

Sie hatte immer behauptet, Archers Verhalten würde nicht zu seinen Augen passen.

„Nett zu erfahren, dass ich zum Kreis der Verdächtigen gehört habe“, erklang Quinns Stimme von der Tür zum Flur.

Überrascht drehte sich Archer um.

„Du bist wach?“

„Ja, stell dir vor, ich bin wach. Gerade noch rechtzeitig, wie mir scheint, nachdem du gerade vor all meinen Freunden meinen guten Ruf zerstörst.“

Archer zuckte schuldbewusst zusammen. „So war das nicht gemeint. Ich habe nur meinen Job gemacht. Du hattest das notwendige Wissen und die Möglichkeit.“

„Und was sollte ihr Motiv sein?“ Lara klang aufrichtig verwirrt. Quinn, ein Mitglied eines Wilderer-Rings. Der Gedanke war absurd. Die Gefahr war größer, dass Quinn den Bären warme Decken brachte, damit sie während des Winterschlafs nicht froren.

„Das Motiv? Ja, das, was meistens das Motiv ist: Gier.“ Langsam wurde er wütend. Wieso befand plötzlich er sich im Kreuzverhör? Da draußen lief ein Wilderer herum und schoss auf unschuldige Leute. Man sollte meinen, das sei wichtiger als die Tatsache, dass er allen etwas vorgespielt hatte, dachte er irritiert. „Können wir uns jetzt auf unser aktuelles Problem konzentrieren?“

„Gute Idee“, pflichtete Quinn ihm zu seinem Erstaunen bei. Sie schien nicht mehr wütend zu sein, eher … enttäuscht. Archer überlief es kalt, als er ihre emotionslose Stimme hörte. Er hoffte, dass sie einfach nur müde war. Doch insgeheim befürchtete er, dass es nicht ganz so simpel war. Er knirschte mit den Zähnen. Das kam davon, wenn man Arbeit und Privates vermischte. Die involvierten Emotionen trübten das Wahrnehmungsvermögen und führten zu Komplikationen.

Trotzdem wusste er, dass er sich jederzeit wieder so entscheiden würde. Das, was sich zwischen ihm und Quinn abspielte, war einzigartig. Auch, wenn sie sich zeitweise am liebsten gegenseitig an die Kehle gehen würden. Freudig. Er konnte es gar nicht erwarten, sie möglichst bald wieder für sich allein zu haben. Er hoffte nur, dass das auch nach diesem Gespräch noch eine Option war.

„Und was ist jetzt der Plan?", wollte Lara wissen.

Jake schaltete sich ein. „Die Lage ist sehr ernst. Zu wissen, dass in Independence ein Krimineller rumläuft, der ohne mit der Wimper zu zucken Tiere rein für den Profit umbringt und wahllos auf Menschen schießt, die es wagen, sich ihm in den Weg zu stellen, behagt mir gar nicht. Leider ändert das nichts an meinem Problem. Ich habe einfach zu wenig Leute, um ein solch großes Revier zu durchkämmen. Das ist wie die Nadel im Heuhaufen. Ihr seid also auf euch allein gestellt."

„Was heißt da *ihr*?", fragte Archer scharf. „Ich bin der FBI-Agent. Nicht sie. Quinn hat mit der ganzen Sache nichts zu tun!"

„Ich habe sehr wohl mit der Sache zu tun. Herrje, ich stecke mittendrin. Der Typ hat zweimal auf mich geschossen. So etwas nehme ich persönlich", konterte Quinn.

„Eben!", erwiderte Archer frustriert. „Du wurdest heute fast erschossen!"

Verständnislos schaute sie ihn an. „Na und? Du schließlich auch!" Ihre Augen blitzten streitlustig.

Die beiden standen sich wie zwei Kampfhähne gegenüber. Die Luft war zum Schneiden dick. Energie pulsierte zwischen den beiden wie ein lebendiges Wesen.

„Will noch irgendwer Kuchen?", unterbrach Becca bemüht munter den Showdown.

„Nein", blafften beide unisono zurück, ohne ihr auch nur einen Blick zu gönnen.

„Ist ja gut!" Becca rollte mit den Augen. „Wir haben bestimmt auch ein Gästezimmer mit einem Bett für euch, wenn es denn so dringend ist."

Quinn fuhr herum. „Was?!“

Archer ignorierte Beccas Kommentar. Er konnte es sich nicht leisten, sich von der Vorstellung von Quinn in einem Bett ablenken zu lassen. Schließlich wollte er mit Quinn in der näheren Zukunft noch oft ein Bett teilen. Das war schlecht möglich, wenn sie tot war.

„Ich mein ja nur“, murmelte Becca und beschloss, ab sofort ruhig zu sein. Das erhöhte ihre Lebenserwartung vermutlich beträchtlich.

Hank hatte genug von dem fruchtlosen Hin und Her. Es war klar, dass er zum aktuellen Stand der Ermittlungen nichts beitragen konnte.

„Gebt Bescheid, wenn ich euch bei irgendetwas helfen kann. In der Zwischenzeit habe ich eine Ranch zu führen.“ Er nickte in die Runde, setzte seinen Stetson auf und verließ die Küche.

Jake klappte sein Notizbuch zu und verstaute es. „Dasselbe gilt für mich. Außerdem ist es Quinns Pflicht, an dem Fall dran zu bleiben. Sie ist schließlich unter anderem die offizielle Wildhüterin.“

Erleichtert ließ sich Quinn in ihrem Stuhl zurückfallen. Endlich eine Stimme der Vernunft.

„So wie ich das sehe“, fuhr der Sheriff fort, „hast du zwei Möglichkeiten. Entweder ihr tut euch zusammen und löst den Fall gemeinsam oder jeder ermittelt auf eigene Faust. Ich empfehle euch Ersteres. Dann könnt ihr euch gegenseitig den Rücken frei halten. Zudem sehen vier Augen mehr als zwei.“

„Ganz zu schweigen von der Tatsache, dass Quinn die Gegend wie ihre Westentasche kennt“, fügte Lara hinzu. Jake nickte zustimmend und verabschiedete sich von allen.

Als er weg war, schenkte Quinn Archer ein triumphierendes Lächeln. „Sieht so aus, als hättest du mich am Hals, Partner!“

Er machte ein finsteres Gesicht, sagte aber nichts. Was wollte er auch sagen, dachte sie. Zugeben, dass er sie brauchte, wenn er sie am liebsten weit weg von allem einsperren würde?

Nicht sehr wahrscheinlich. Unvermittelt durchfuhr ein stechender Schmerz ihre Wade.

„Autsch“, rief sie aus. Sie schielte unter den Tisch. Der Übeltäter hatte graues Fell und hing mit seinen spitzen Krallen an ihrem Hosenbein beziehungsweise in der Haut darunter.

Alarmiert beugte sich Archer vor. „Hast du Schmerzen? Geht’s dir gut?“

Sie rollte mit den Augen. „Alles gut, entspann dich.“

Geschwind bückte sie sich und griff unter dem Tisch nach Beccas kleinem Kater, der ihre Hosenbeine mit einem Klettergerüst verwechselt hatte.

„Ach so. Eine Katze.“ Puh. Seine Pulsfrequenz, die bei ihrem Aufschrei sprunghaft angestiegen war, sank nur langsam wieder auf ein normales Niveau. Vielleicht wurde er langsam alt. Für heute hatte er definitiv mehr als genug Aufregung gehabt. Er wollte nur noch nach Hause und ins Bett. Am liebsten mit Quinn neben sich, sodass er zu jeder Minute genau wusste, wo sie war. Bei ihm und in Sicherheit. Leider war er sich ziemlich sicher, dass das ein Wunschtraum bleiben würde. Vage erinnerte er sich, dass sie bei ihren Eltern wohnte und dass die Situation kompliziert war.

„Was macht Buzz eigentlich hier? Ich dachte, er sei mit dir zu Adrian gezogen?“, erkundigte sich Quinn bei Becca, während sie das weiche, graue Fell streichelte.

„Er liebt es, Auto zu fahren. So bin ich ja überhaupt zu ihm gekommen. Als ich bei Kat war, um mir einen Hund auszusuchen, hat er sich in mein Auto geschmuggelt. Auf dem Nachhauseweg habe ich ihn dann entdeckt. Da war es natürlich schon zu spät. Ich hatte keine andere Wahl, als ihn zu behalten. Seine Vorliebe für mein Auto ist geblieben. Wenn ich jetzt zur Lone Wolf Ranch fahre, nehme ich ihn jeweils mit. Nachdem er hier eine Zeit lang gelebt hat, kennt er sich aus. Sozusagen eine Art Mini-Ferien für den Kater.“

„Cool. Ein Kater mit zwei Wohnsitzen." Sie studierte seine rosa Pfotenballen, als ihr plötzlich die Fotos in den Sinn kamen, die sie geschossen hatte, bevor die ganze Aufregung ausgebrochen war.

„Das hatte ich ja ganz vergessen zu erzählen. Ich bin heute Morgen dem Pumaweibchen begegnet."

„Tatsächlich?", fragte Lara und griff nach ihrer Kaffeetasse. „Hast du Fotos gemacht?"

„Natürlich. Was denkst du denn!" Suchend schaute sie sich um. Wo war nur ihre Jacke? Hoffentlich hatte ihre Kamera den Sturz überlebt.

Archer folgte ihrem suchenden Blick. Die Kamera. Er stand auf und kehrte kurz darauf mit Quinns Jacke in der Hand zurück.

Quinn schenkte ihm ein dankbares Lächeln. Archer schien immer noch an Jakes Worten zu kauen, aber anscheinend hielt er nicht unnötig an seinem Groll fest. Sehr vielversprechend für die weitere Zusammenarbeit. Sie holte die Kamera hervor und zog die Speicherkarte raus.

„Hat jemand einen Laptop?"

„Hier." Lara schob ihr ihren alten, sichtlich abgerockten, tragbaren Computer hin.

Sie hatte bereits auf den Knopf gedrückt, um ihn zu starten, doch es dauerte trotzdem noch eine ganze Weile, bis das Gerät einsatzbereit war. Um die Zeit zu überbrücken, stellte Quinn die Frage, die sie bereits plagte, seit sie von ihrem Powernap aufgewacht war.

„Was machen wir eigentlich als Nächstes?" Sie gestikulierte mit den Händen. „Ich meine, einfach ziellos im Wald rumstolpern und hoffen, dass wir auf irgendwelche Spuren stoßen, scheint mir nicht sehr zielführend zu sein. Ich jedenfalls bin die letzten Monate mit dieser Taktik nirgends hingekommen." Sie warf Archer einen fragenden Blick zu. „Wie siehst du das? Hattest du mehr Glück?"

Sie war sich ziemlich sicher, dass dem nicht so war, in Anbetracht der Tatsache, dass der Wilderer ganz offensichtlich frei herumlief und Fallen legte, Reifen zerstach und Wildhüter überfiel. Vermutlich ein ganz normales Tageswerk für einen Kriminellen. Nicht, dass sie damit viel Erfahrung hatte. Doch nachdem Archer bereits genügend Vorbehalte gegen ihre Mitarbeit hatte, würde sie sich hüten, das laut zu äußern.

Archer hatte sich diese Frage auch schon gestellt. Dabei war tatsächlich so etwas wie ein Plan entstanden. Ein unkonventioneller Plan. Aber nichtsdestotrotz ein Plan. Was mehr war, als er die letzten Wochen gehabt hatte. Trotz seiner Erfahrung bei der Militärpolizei hatte er für seine bisherigen Ermittlungen nicht mehr vorzuweisen als Quinn. Peinlich, aber wahr.

Er setzte an, die anderen in seinen Plan einzuweihen, als endlich das erste Foto auf dem Bildschirm erschien.

„Wow!“, stieß er ehrfürchtig hervor.

„Wie schön sie ist“, meinte auch Becca.

„Nicht wahr?“ Das kam von Quinn, die stolz durch die anderen Bilder klickte.

„Sie sieht sehr gesund aus“, bemerkte Lara fachmännisch. „Glänzendes Fell, guter Ernährungszustand. Hervorragende Muskulatur. Ein erstklassiges Exemplar.“

„Ich befürchte, dass die Wilderer der gleichen Meinung sind“, äußerte sich Quinn niedergeschlagen. „Dabei wäre es so schön mitzuerleben, wie sie im nächsten Frühjahr ihre Jungen aufzieht, wenn wir Glück haben.“

„Hast du dir noch mal überlegt, ob du ihr einen Sender anhängen willst?“, erkundigte sich Lara.

„Du kennst meine Meinung zu den Sendern.“ Die Dinger waren riesig. Natürlich war ihr bewusst, dass die Sender andernorts sehr erfolgreich eingesetzt wurden. Ihr selbst widerstrebte es jedoch, solchermaßen ins Leben eines Wildtiers einzugreifen. Sie konnte sich nicht vorstellen, dass ein solches Gewicht um den Nacken wirklich angenehm war. Sehr wahrscheinlich veränderte es sogar das Jagdverhalten. Irgendwie mussten sie sich ja mit dem schweren Teil organisieren.

„Ich dachte nur, es würde deine Arbeit erleichtern. So wüsstest du jederzeit, wo sie sich aufhält. Und wenn sie von deinem Radar verschwindet …"

„… weiß ich immer noch nicht, ob nur der Sender ausgefallen ist oder ob die Wilderer sie erwischt haben", beendete Quinn den Satz.

„Wir könnten mehr Fotofallen aufstellen", überlegte Archer laut. „Nicht die gewöhnlichen, sondern die gut getarnten." Er dachte dabei mehr an die Wilderer als an die Tiere.

„Die kosten ein Vermögen", gab Lara zu bedenken, die für das Budget verantwortlich war.

„Wir könnten ja die Verkleidung", Quinn zeichnete mit den Fingern Gänsefüßchen in die Luft, „auch selber machen. Pat kennt bestimmt einen Handwerker, der Lust hat, sich etwas dazu zu verdienen. Oder ich mache es. Mit einer Motorsäge kann ich umgehen. So schwierig kann das ja nicht sein, ein Stück Holz oder einen Baumstumpf auszuhöhlen und ein Loch für die Kamera zu bohren."

„Super Idee. Ich kümmere mich gleich morgen darum. Wie viele wollt ihr?" Lara warf Quinn und Archer einen fragenden Blick zu. Die beiden schauten sich an und zuckten mit den Schultern.

„Je mehr, desto besser, oder?" Sie schaute zu Archer. Dieser nickte zustimmend. „Aber auch die normalen Kameras kosten Geld. Schau doch einfach, was möglich ist", sagte Quinn zu Lara.

„Hm. Okay. Vielleicht kann ich auch noch zusätzliche Mittel auftreiben." Sie dachte dabei an Paulas Töchter, Leslie und Shauna. Die beiden hatten immer grandiose Ideen und kannten sich in den sozialen Medien hervorragend aus. Kats Tierheim Safe Haven konnte ein Lied davon singen. Seit die beiden Mädels das Marketing in die Hand genommen hatten, sprudelten die Spenden nur so. Sie hatten allerdings Hilfe von Paige. Die ehemalige Journalistin hatte sich auf PR für kleinere und mittlere Unternehmen in der Region spezialisiert und sich einen Namen gemacht.

„Die Kameras sind ein Anfang“, sinnierte Quinn. „Aber ich bezweifle, dass es genug sein wird, um den Wilderern auf die Spur zu kommen. Zudem würde es mich wahnsinnig machen, nur rumzusitzen und darauf zu warten, dass einer von ihnen dumm genug ist, in unsere Fotofalle zu latschen.“

Auch wenn das in Archers Ohren nach einer ausgezeichneten Beschäftigung für Quinn klang, konnte er sie verstehen. Langwierige Überwachungen waren todlangweilig. Er räusperte sich.

„Eine Spur haben wir ja.“ Er warf einen Blick zum Fenster raus. „Zumindest theoretisch, wenn uns dieser verdammte Schnee nicht wieder einen Strich durch die Rechnung macht.“

Quinn starrte ihn an, als ihr plötzlich aufging, was er meinte.

„Die Spur des Schneemobils.“

„Genau. Das würde uns zumindest einen Anhaltspunkt geben.“

Adrian, der sich bis jetzt zurückgehalten und nicht an der Diskussion beteiligt hatte, bewegte sich von seinem Platz am Fenster auf den Tisch zu.

„Wenn ihr wollt, kann ich auch mit Smokey einen Versuch starten, der Spur zu folgen.“ Smokey war ein reinrassiger Bluthund und zertifiziert im Mantrailing. Rainbow, seine Nachfolgerin, war noch in der Ausbildung. Momentan lagen beide Hunde friedlich schlafend auf dem Küchenboden.

„Danke für das Angebot. Das Problem ist, dass wir im Moment nichts haben, das dem Wilderer gehört hat.“

Adrian nickte. „Nicht ideal. Aber das Angebot steht. Ein Versuch kann nicht schaden.“

Quinn studierte Archer. „Du hast doch noch ein Ass im Ärmel. Rück schon raus damit.“

Flüchtig wunderte sich Archer, wann sie gelernt hatte, ihn so gut zu lesen. „Richtig." Er überlegte einen Moment, wie er seinen Plan am besten formulierte. „Das Diner."

„Was ist damit?"

Seine Augen glitzerten boshaft, als er grinste und sagte: „Mich würde interessieren, was passiert, wenn wir bekannt geben, dass wir nach einer bestimmten Person suchen."

„Du meinst, wir setzen die berühmte Klatschmühle einmal zu unseren Konditionen ein?"

Quinn war begeistert. „Das ist brillant!"

Archer versuchte sich an einem bescheidenen Lächeln. Es misslang ihm gründlich. „Meinst du?"

Sie nickte.

„Mir gefällt die Idee auch", ließ sich Becca vernehmen.

Adrian war ein wenig langsamer damit, seine Zustimmung auszudrücken. „Ich gebe zu, dass die Idee verlockend ist. Könnte sogar klappen. Aber …"

Archer studierte den anderen Mann. Er kannte Adrian noch nicht sehr gut. Aber er wusste genug über ihn, um zu wissen, dass er besser zuhörte, wenn er Bedenken äußerte. Mit einem Nicken deutete er an, dass er fortfahren sollte.

„Ich befürchte nur, dass es schwierig sein wird, das Ergebnis zu kontrollieren."

„Das Ergebnis?" Becca runzelte die Stirn, ein klares Anzeichen, dass sie nicht verstand, worauf er hinauswollte.

„Grundsätzlich ist die Idee gut", gab er zu. „Nachdem hier sowieso jeder jeden kennt und weiß, was jeder macht, liegt die Idee nahe, dass Fremde auffallen. Über kurz oder lang erhaltet ihr sicher den einen oder anderen nützlichen Hinweis."

„Das ist doch gut, oder? Der Sinn und Zweck der Sache", stellte Lara fest.

„Schon. Aber was macht ihr, wenn sich eine Art Bürgerwehr bildet? Sind sie erst mal losgelassen …" Er brachte den Satz nicht zu Ende.

„Ich sehe, was du meinst. Wir müssen sehr vorsichtig sein, wie wir unsere Fragen formulieren“, gab Archer zu.

„Das Beste wird wohl sein, wenn wir den Zusammenhang mit den Wilderern nicht erwähnen. Die Jagd ist sowieso ein hoch emotionales Thema“, meinte Quinn.

„Was schlägst du stattdessen vor? Wie willst du den Angriff auf deine Person erklären?“, fragte Archer.

„Gar nicht. Wir suchen nur nach einem Fremden, der deine Reifen zerstochen hat. Das ist vermutlich sowieso schon allgemein bekannt. Immerhin steht dein Wagen beim Gas & Go, du hast mit Pete gesprochen und Anzeige erstattet.“

„Verdammt! Ich hatte eigentlich auf den Nebeneffekt gehofft, dass die Leute ein Auge auf dich haben würden“, grummelte Archer.

„Dazu habe ich ja dich“, erwiderte Quinn zuckersüß.

Archer warf Adrian einen nach Unterstützung suchenden Blick zu. Dieser zuckte mit den Schultern. „Sorry, Kumpel. Da kann ich dir leider auch nicht helfen.“

Die drei Frauen brachen in Lachen aus.

„Und? Abendessen im Diner?“, fragte Lara erwartungsvoll in die Runde, als sich alle wieder beruhigt hatten.

„Sicher nicht. Quinn hat einiges durchgemacht heute. Ein Abend im Diner ist das Letzte, was sie braucht.“

Typisch Archer, dachte Quinn genervt. Was dachte sich der Kerl eigentlich dabei, für sie Entscheidungen zu treffen? Sie hatte große Lust, ihm zu widersprechen. Einfach aus Prinzip. Das Dumme daran war nur, er hatte recht. Allein schon der Gedanke daran, im Diner zu sitzen und all den neugierigen Fragen ausgesetzt zu sein, erschöpfte sie. Als sie aufgewacht war, hatte sie als Erstes dem Badezimmer einen Besuch abgestattet. Abgesehen von der Schürfwunde an der Schläfe war auch ihr Hals ganz blau. Die Fingerabdrücke erinnerten sie unwillkürlich an die Panik, die sie ausgestanden hatte, als der Mann sie gewürgt hatte.

„Stimmt. Tut mir leid", beeilte sich Lara zu sagen. „Daran habe ich in meiner Begeisterung gar nicht gedacht." Sie runzelte die Stirn. „Etwas essen musst du trotzdem. Willst du zum Abendessen bleiben?"

Abendessen. Ihre Eltern. Nachdem sie schon gestern nicht gekocht hatte, sollte sie das heute unbedingt tun. Nicht auszudenken, was sie sonst aßen. Ihre Mutter war zwar nach wie vor fähig zu kochen, verzichtete aber gern darauf, wenn es irgendwie ging. Also griff sie einfach zu Crackern und Käse. Oder wärmte irgendetwas auf, das sie im Kühlschrank fand, egal wie alt es war. Sie gab sich zwar Mühe, immer alles Alte wegzuwerfen, doch irgendetwas übersah sie immer. Sie stöhnte innerlich. Alles Dinge, die sie schlecht mit den anderen teilen konnte. Sie wollte kein Mitleid von ihren Freunden. Ihre Familie war, was sie war.

Archer, dem ihr Schweigen zu lange dauerte, besonders, wenn es um ein so wichtiges Thema wie ihre nächste Mahlzeit ging, schaltete sich ein.

„Sie kommt zu mir. Morgen beschäftigen wir uns damit, wie wir unseren Plan in die Tat umsetzen."

Quinn öffnete den Mund, um zu protestieren, schloss ihn dann aber wieder. Sie würde ihm draußen, ohne Publikum, in aller Ruhe erklären, weshalb das keine Option war. Sie verspürte einen Stich der Enttäuschung und so etwas wie Ärger darüber, dass sie nicht frei war zu entscheiden, wie sie ihre Zeit verbrachte, doch sie schluckte beides hinunter. Wie gesagt. Ihr Leben war, wie es war. Es brachte nichts, sich darüber aufzuregen.

10

Anna Merck stand vor dem Spiegel in ihrem Schlafzimmer und stellte zum gefühlt dreiundsechzigsten Mal ihr Vorhaben in Frage. Ihr Leben hatte sich ganz schön verändert in den letzten Monaten. Nach unzähligen Jahren als Friseurin in einem Schönheitssalon in Breckenridge, wo eine schreckliche Chefin ihr das Leben schwer gemacht hatte, stand sie jetzt kurz davor, sich selbstständig zu machen. Und zwar nicht mit einem popeligen kleinen Friseursalon, sondern mit einem richtigen Spa, der das Angebot des Bed & Breakfast ergänzte. Das alles war nur dank der Unterstützung der Vereinigung der Geschäftsfrauen von Independence, kurz VGI genannt, möglich gewesen. Die Vereinigung hatte ihr einen Start-up-Kredit gewährt sowie eine Prämie ausbezahlt. Sie wusste bis heute nicht, wie sie so viel Glück verdient hatte. Doch sie war fest entschlossen, das Beste aus der ihr gebotenen Chance zu machen. Die Frauen, die so viel Vertrauen in sie gesetzt hatten, zu enttäuschen, war keine Option.

In wenigen Tagen war die Eröffnung. Einen Tag vor Weihnachten. Sie war sich immer noch nicht sicher, ob das Datum gut gewählt war. Doch Miss Daisy war überzeugt von ihrer Taktik. Ihr Standpunkt war, dass viele erst in letzter Sekunde ihre Weihnachtsbesorgungen erledigten. Die Möglichkeit, für ihre Ehefrauen oder Freundinnen einen Gutschein für einen Spa-Besuch zu erstehen, würde sich für viele Männer als unwiderstehlich erweisen. Damit hatte sie vermutlich recht. Doch es gab noch so viel zu tun. Staub und Bauschutt beherrschten die

Szene. Das ganze Equipment lagerte gut verpackt in der Garage und wartete darauf, endlich angeschlossen zu werden. Kurz gesagt, es herrschte Chaos.

Was um alles in der Welt machte sie dann hier vor ihrem Spiegel und warum konnte sie sich nicht entscheiden, welches Kleid sie anziehen sollte?

Doch sie wusste, warum. Donovan. Der für seine Frauengeschichten berühmt-berüchtigte Besitzer einer Tankstelle mit angegliederter Werkstatt hatte es ihr aus irgendeinem Grund angetan. Aus keinem vernünftigen Grund. Wenn sie sich ihre Faszination rational zu erklären versuchte, warnte ihr Hirn sie vehement und riet ihr, einen großen Bogen um ihn zu machen. Sie seufzte. Rationales Denken hatte mit ihren widersprüchlichen Gefühlen für diesen Mann wenig zu tun. Die einzige Erklärung, die sie hatte, war, dass er ihr gegenüber anders zu sein schien. Ja richtig, stellte sie selbstironisch fest. Das war das, was sich alle Frauen gerne einredeten, wenn sie sich in einen Bad Boy verliebten.

Sie waren sich in den letzten Monaten immer wieder mal mehr oder weniger zufällig begegnet. Einmal hatten sie sich sogar verabredet. Für ein offizielles Date. Ihr Magen flatterte wie ein junger Vogel, als sie daran zurückdachte. Mehr war nicht passiert. Okay. Er hatte sie geküsst. Mehr nicht. Auch wenn der Satz „mehr nicht" dem Kuss in keiner Art und Weise gerecht wurde.

Trotzdem schien er immer da zu sein. Eine ruhige Präsenz im Hintergrund. Seltsamerweise fühlte sie sich von ihm voll und ganz unterstützt. Er hatte das zwar nie gesagt, doch sie spürte deutlich den Respekt, den er ihr und ihrem Unternehmen zollte.

Dieses Wissen hatte ihr in den vergangenen Monaten oft geholfen. Ein so großer Umbau, wie ihn der Spa erforderte, brachte unweigerlich Probleme mit sich. Ganz zu schweigen von den unvermeidbaren Bewilligungen, die erforderlich waren. Wenn sie gewusst hätte, wie viele Formulare sie würde ausfüllen müssen, hätte sie sich nie getraut, ihr Vorhaben in Angriff zu nehmen.

Jedes Mal, wenn sie der Mut zu verlassen drohte, war Donovans Bild vor ihrem inneren Auge aufgetaucht. Oder der Mann höchstpersönlich. Mit einem Kaffee vom Diner in der Hand war er auf die Baustelle geschlendert, hatte sich nach den Fortschritten erkundigt und mit den Bauarbeitern rumgeblödelt. Nach jedem seiner kurzen Besuche waren ihr die Hindernisse weniger unüberwindbar vorgekommen, und sie hatte sich mit neuer Zuversicht in die Arbeit gestürzt.

„Und das ist genau der Grund, weshalb du jetzt endlich aufhörst, dein Vorhaben aufzuschieben", sagte sie laut zu ihrem Spiegelbild. Es war an der Zeit, sich für den stillen Support erkenntlich zu zeigen. Wieder flatterte der kleine Vogel mit seinen Flügeln. Diesmal nicht wegen Vergangenem, sondern wegen der unzähligen Möglichkeiten, die die Zukunft bereithielt.

Eine Stunde später hielt Anna ihr Auto vor dem Gas & Go an. Sie hatte sich natürlich trotzdem nicht für ein Outfit entscheiden können und sich noch drei Mal umgezogen. Jetzt trug sie enge Jeans zusammen mit hohen Stiefeln aus braunem Leder und einen weißen, flauschigen Wollpullover. Eine braune Wildlederjacke vervollständigte den Look. Ihre schulterlangen, dunkelblonden Haare hatte sie zu einem Zopf geflochten. Sehnsüchtig warf sie einen Blick auf ihr Handy, das auf dem Beifahrersitz lag. Eine Runde Tetris zu spielen erschien ihr plötzlich enorm dringend. Angewidert von ihren eigenen Verzögerungstaktiken zwang sie sich, auszusteigen und den Stier bei den Hörnern zu packen.

Sie schlenderte auf das flache Gebäude zu und stieß die Tür auf. Während das Äußere der Garage dringend einen neuen Anstrich nötig hatte, war der Empfang hell erleuchtet und sauber. Auf dem kleinen Tisch im Wartebereich lagen Autokataloge. An der Wand stand eine moderne Kaffeemaschine, zusammen mit Zucker und Sahne in Pulverform. Zu ihrer Überraschung saß eine Frau mittleren Alters hinter dem Schreibtisch. Die Frau schaute auf, begrüßte sie mit einem freundlichen Hallo und wandte sich dann wieder ihrem Computer zu.

Anna nahm sich einen Moment Zeit, ihre Gedanken zu ordnen. Oder, wenn sie ehrlich war, ihre Neugier zu stillen und die neue Angestellte zu studieren. Sie schätzte sie auf etwa Mitte Fünfzig. Hatte Donovan etwa sein Beuteschema geändert? Das würde zumindest erklären, weshalb es ihm so leicht gefallen war, sie wie eine kleine Schwester zu behandeln, dachte sie, ernüchtert von dem Gedanken.

Es war ein offenes Geheimnis, dass seine Rezeptionistinnen immer jung und hübsch und nicht besonders intelligent waren. In kürzester Zeit verliebten sich die jungen Frauen in Donovan, und eine heiße Affäre nahm ihren Lauf. Spätestens nach ein paar Monaten beendete er das Verhältnis. Dies hatte unweigerlich eine Tränenflut zur Folge. Anschließend kündigten die Empfangsdamen fristlos ihren Job. Eigentlich extrem mühsam für Donovan, sinnierte Anna. Soviel sie wusste, war er immer offen und ehrlich, was seine Absichten anging. Himmel, ganz Independence wusste darüber Bescheid. Und trotzdem folgte immer ein Drama. Vielleicht hatte er die Nase voll davon gehabt?, wunderte sie sich und konnte nicht verhindern, dass der kleine Vogel, der sich in ihrem Inneren häuslich eingenistet zu haben schien, hoffnungsvoll anfing zu zwitschern. Entschieden verbannte sie ihn und seine Ambitionen in den Bereich der Fantasie, wo er hingehörte, und näherte sich dem Schreibtisch.

Die Frau schaute schräg aufwärts hinter ihren Brillengläsern hervor und warf ihr einen fragenden Blick zu.

„Wie kann ich dir helfen, Schätzchen?“

„Ähm …“ Anna kämpfte um ihre neue, im Umgang mit Behörden und dem Baustellenleiter notwendigerweise erworbene Selbstsicherheit. Wo zum Teufel war sie, wenn man sie brauchte?

„Ja?“

„Ist Donovan hier?“

Die Empfangsdame verengte die Augen und unterzog Anna einer kritischen Musterung. Anna hob ihr Kinn einen Zentimeter. Sie würde sich nicht einschüchtern lassen. Schließlich schien die Frau zu einem Entschluss zu kommen. Mit einem knappen Nicken deutete sie auf die Tür an der Seite, die in die Werkstatt führte.

„Donovan ist hinten. Am Arbeiten“, fügte sie pointiert hinzu.

Anna konnte sich gerade noch davon abhalten, mit den Augen zu rollen. Was sollte er sonst in seiner Werkstatt machen? Siesta? Schrauben zählen?

Sie zwang sich zu einem Lächeln. „Danke.“

Sie trat durch die Tür und blieb stehen, bis sich ihre Augen an das Dämmerlicht gewöhnt hatten. Laute Rockmusik hallte aus dem Lautsprecher. Reifen stapelten sich in einer Ecke. Neben einem Traktor stand eine dunkelblau glänzende Cobra in der Garage. Ein älteres Modell, stellte sie fest. Nur von Donovan keine Spur.

Ein schwarzer Labrador lag still auf seiner Decke und hob interessiert den Kopf, als sie eintrat. Rund um seine Schnauze war das Fell bereits weiß geworden. Schon ein älterer Hund, vermutete sie. Sie ging zu ihm hin, kniete sich nieder und streichelte seinen Kopf, nachdem er an ihrer Hand geschnuppert hatte. Dann drehte sie sich um und nahm den Raum in Augenschein. Aus dieser Perspektive entdeckte sie Donovan beziehungsweise seine Beine, die unter der Karosserie des Oldtimers hervorschauten. Was jetzt? Sollte sie einfach seinen Namen rufen? Allerdings hörte er sie bei der lauten Musik wahrscheinlich sowieso nicht. Und wenn, erschrak er sich unter Umständen so, dass er sich den Kopf anschlug. Während das im Film amüsant sein mochte, wollte sie ungern für einen Unfall dieser Art verantwortlich sein. Sie stand auf und ging zu ihm hinüber. Unschlüssig trat sie von einem Bein aufs andere, bis sie sich schließlich bückte, um unters Auto zu spähen.

Donovan hatte das Klick-Geräusch der Garagentür so verinnerlicht, dass er es selbst hörte, wenn die Musik voll aufgedreht war. So wie jetzt und eigentlich immer. Guter Rock 'n' Roll verlangte nach einer gewissen Lautstärke. Er war sich sicher, dass es diesbezüglich ein ungeschriebenes Gesetz gab. Ein kurzer Blick zur Tür hatte ihm verraten, wer da in der Tür stand. Anna. Endlich. Lange genug hatte es gedauert, bis sie sich in sein Revier wagte.

Er konnte nicht verhindern, dass sich ein Großteil seines Blutes aus seinem Gehirn verabschiedete, als ihm die verschiedenen möglichen Gründe für ihre Anwesenheit in seiner Garage durch den Kopf gingen. Reiß dich zusammen, schalt er sich innerlich. Die Wahrscheinlichkeit, dass sie hierhergekommen war, um auf der Motorhaube seines Oldtimers über ihn herzufallen, war verschwindend gering. Die Frau war zielorientiert bis zum Letzten. Nicht zuletzt einer der Gründe, weshalb sie ihm so gefiel. Er konnte sich noch gut an die Anfangszeit erinnern, als er sich selbstständig gemacht hatte und es ihm ebenso ergangen war. Tag und Nacht hatte er gearbeitet. Für Dinge wie Freizeit oder ein Date hatte er keine Zeit gehabt. Das war auch der Grund gewesen, weshalb er sie in Ruhe gelassen hatte. Nur zu gut hatte er ihre innere Getriebenheit verstanden. Zudem fand er es richtig toll, was sie auf die Beine stellte. Nicht, dass er in absehbarer Zeit eine Maniküre brauchen würde, dachte er und wischte sich die ölverschmierten Hände an einem Lappen ab, aber trotzdem. Es brauchte eine zünftige Portion Mut und den richtigen Unternehmergeist, um so etwas zu schaffen.

Donovan schielte zu Annas Füßen, die in sehr schönen, hohen Lederstiefeln steckten. Ihre Beine waren eines der Dinge, die ihm speziell gut gefielen. In diesem Moment tauchte ihr Gesicht unter dem Auto auf.

„Ähm, hi."

„Hallo. Ich hoffe, du hattest nicht wieder Ärger mit deinem Auto?"

Verlegen ließ sie ihren Blick zu dem Werkzeug wandern, das neben ihm auf dem Boden lag.

„Nein. Ausnahmsweise nicht. Momentan ist es ganz brav." Sie gab sich einen Ruck und schaute ihn wieder direkt an.

Hätte ihn auch gewundert, wenn sie klein beigegeben hätte.

„Meinst du, wir könnten den Grund meiner Anwesenheit besprechen, wenn du nicht unter dem Fahrzeug liegst?" Sie war sich sicher, dass sie von der ungewohnten Haltung kopfüber schon ganz rot im Gesicht war. Es fühlte sich auf jeden Fall so an, als hätte sie sich in den letzten zehn Sekunden in eine überreife Tomate verwandelt.

Er lächelte und schob sich auf dem Rücken unter dem Auto hervor. Er drehte sich ein wenig, um nach der dort liegenden Fernbedienung zu greifen, und stellte die Musik leiser. Mit einer durch jahrelange Übung fließenden Bewegung kam er auf die Füße.

Anna machte unwillkürlich einen Schritt rückwärts, als er plötzlich so dicht vor ihr stand. Der kleine Vogel in ihrer Herzgegend flatterte aufgeregt. Ich weiß, wie du dich fühlst, murmelte sie ihm gedanklich zu.

Donovan legte Anna beiläufig seine Hände auf die Hüften. Er übte keinen Druck aus, doch er hoffte, mit der subtilen Geste zu verhindern, dass sie noch mehr zurückwich. Sie so nahe bei sich zu haben, gefiel ihm nämlich sehr. Schon viel zu lange war das nicht mehr der Fall gewesen. Ihr unverkennbarer frischer Duft stieg ihm in die Nase. Minze und noch etwas anderes.

Donovan stand so nahe, dass sie die Hitze spürte, die sein sehniger Oberkörper unter seinem Overall ausstrahlte. Sie schluckte. Um Zeit zu gewinnen, sagte sie das Erste, was ihr in den Sinn kam.

„Hast du deine Empfangsdame einem Upgrade unterzogen?“

Amüsiert zog Donovan eine Augenbraue hoch. „Einem Upgrade?“

„Na, du weißt schon. Version 2.0. Mit neuen Drachen-Qualitäten für die Vorzimmerhölle.“

Donovan lachte lauthals. „Meine Mutter wird erfreut sein, dass du ihre Anwesenheit offenbar als eine Verbesserung empfindest.“

Anna riss die Augen auf. „Deine Mutter? Oh nein! Das tut mir leid!“, stöhnte sie und hielt sich die Augen zu. „Streich bitte die letzten zwei Minuten aus dem Protokoll.“

„Keine Chance“, antwortete er und grinste. „Der Vergleich mit einem Drachen ist einfach zu gut.“

Entsetzt schielte Anna zwischen ihren Fingern hervor. „Das ist nicht dein Ernst, oder?“

„Was?“

„Na, dass du ihr erzählen willst, dass ich sie mit einem Drachen verglichen habe.“

„So wie ich sie kenne, freut sie sich darüber.“

„Dann bleibt mir nur eins übrig“, stellte Anna fest. „Auswandern. Alaska. Oder Australien. Australien klingt gut. Koalas haben mir immer schon gefallen.“

Donovan drückte seine Hände an ihren Hüften zusammen, bis sich Annas Blick wieder fokussierte und auf ihn richtete.

„Was ist?“

„Du wolltest etwas mit mir besprechen? Etwas, das, wie ich annehme, nichts mit meiner Mutter zu tun hat?“

„Ach ja. Genau. Das. Ich weiß nicht, ob das immer noch so eine gute Idee ist, nachdem ich deine Mutter beleidigt habe. Besser, ich gehe wieder.“

Donovan zog sie näher an sich heran. „Vergiss es. Bis du nicht damit rausrückst, behalte ich dich hier."

„Ach, tatsächlich?" Sie hatte sich wieder gefangen und schenkte ihm einen bösen Blick. „Vielleicht habe ich es mir inzwischen anders überlegt."

Donovan verkniff sich das Schmunzeln, das seine Mundwinkel zu heben drohte. Er liebte es, mit ihr die Klingen zu kreuzen. Er runzelte die Stirn, als ihm seine Wortwahl auffiel. Um nicht weiter darüber nachdenken zu müssen, senkte er den Kopf ein wenig und strich mit seiner Nasenspitze an ihrer Schläfe entlang.

Anna zog scharf die Luft ein. Dieser Mann war eine echte Bedrohung für ihren Seelenfrieden. Besser, sie brachte es schnell hinter sich, dann war sie im Nu wieder zu Hause. Dort war sie sicher. Und allein, protestierte der kleine Vogel in ihrer Brust. Wie denn, wenn ich dich habe?, erwiderte sie ironisch. Der gefiederte Geselle löste sich in Luft auf. Zurück blieb ein Gefühl der Leere.

Donovan merkte, dass Anna wieder einmal zu viel nachdachte. Das konnte er ändern, dachte er und biss ihr leicht in den Hals.

Überrascht fasste Anna an die prickelnde Stelle an ihrem Hals. Sofort war das nervöse Flügelschlagen wieder da.

„Was war das denn?", verlangte sie zu wissen.

„Wenn du fragen musst, muss ich definitiv an meiner Technik arbeiten."

„Nein, nein. Alles bestens", beeilte sie sich, ihm zu versichern. Irgendwie war sie völlig von ihrem Plan abgekommen. Es war höchste Zeit, das zu korrigieren. Sie holte tief Luft und legte los, bevor sie der Mut wieder verließ.

„Am 23. Dezember ist die Eröffnung des Spas. Alle sind eingeladen. Es gibt Häppchen aus dem Diner und etwas zu trinken."

„Du lädst mich zur Eröffnung ein?"

„Ja. Ich würde mich freuen."

„Als dein Date?"

Anna wand sich ein wenig. „Ähmmm … also … ja."

„Und da dachtest du, du müsstest mich mit der Aussicht auf gratis Essen und Trinken überzeugen?"

Anna studierte den Boden unter ihren Füßen. Ölflecken unterschiedlichen Alters bildeten ein interessantes Muster.

„Gratis Essen zieht immer", murmelte sie schließlich verlegen.

Donovan spürte, wie Ärger in ihm hochstieg. Nur mühsam schluckte er ihn hinunter. „Ich komme gerne. Aber wenn du noch einmal andeutest, dass der Grund dafür irgendein lächerliches Kanapee oder ein lauwarmes Bier ist, dann haben wir ein Problem."

Der Hund, der die steigende Spannung im Raum spürte, stand mühsam auf und schlenderte zu ihnen hinüber. Keiner der beiden schenkte ihm Beachtung. Nicht so leicht von seiner Aufgabe abzubringen, schob er sich zwischen die beiden.

„Horace! Nicht jetzt", wollte Donovan seinen treuen Begleiter wegschicken.

„Horace? Das ist sein Name?", fragte Anna, kurzfristig abgelenkt.

„Ja. Benannt nach Horace Elgin Dodge, dem Automobilhersteller."

Ein amüsiertes Lächeln umspielte ihre Lippen, während sie sich bückte, um die Ohren des Hundes zu streicheln.

Donovan warf Horace einen pointierten Blick zu.

„Seit er zwölf geworden ist, leidet er unter selektivem Hörverlust und einem ernsten Fall von Altersstarrsinn."

„Von wem er das wohl hat", murmelte Anna.

Er beschloss die Bemerkung zu ignorieren und kehrte wieder zum eigentlichen Thema ihrer Unterhaltung zurück. „Sind wir uns einig in Bezug auf meine Beweggründe für meine Anwesenheit an deinem großen Tag?"

Anna richtete sich auf. Der Klang seiner Stimme riet ihr zur Vorsicht. Offensichtlich hatte sie ihn ernsthaft beleidigt. „Herrje. Tut mir leid, wenn ich mich um dein leibliches Wohl gesorgt habe. Wird nicht wieder vorkommen. Du bist aber heute empfindlich“, antwortete sie deshalb schnippisch.

„Du darfst mich gerne jederzeit füttern oder abfüllen. Was auch immer der Sache mehr dient. Aber wenn ich mit dir zusammen bin, dann deshalb …“ Anstatt weiter zu erklären, griff er nach ihr und küsste sie. Gewisse Dinge verlangten nach einer praktischen Demonstration. So wie er sie bereits hatte küssen wollen, als er sie zum ersten Mal gesehen hatte. Besitzergreifend und gründlich.

Als ihr seine Absicht klar wurde, riss Anna überrascht die Augen auf. Dann spürte sie seine Lippen auf ihren. Bevor sie sich sämtliche Gründe, weshalb das keine schlaue Idee war, in Erinnerung rufen konnte, explodierte in Annas Bauch und Kopf ein Feuerwerk und ließ sie jegliche Vorsicht über Bord werfen. Dafür fühlte es sich einfach zu gut an. Das war es also, dachte sie vage, was die Heldinnen in den Liebesromanen, die sie so gerne las, erlebten. Entschlossen, den unerwarteten Sturm zu reiten und nicht unterzugehen, ließ sie sich von der überwältigenden Leidenschaft mitreißen.

Der Kuss, der als Gedankenanstoß hätte dienen sollen, verselbstständigte sich auf der Stelle. Sie war weich, wo er hart war. Ihre sanften Rundungen schmiegten sich an ihn, während sie seinen Kuss erwiderte. Wenn er vermeiden wollte, dass sie nächstens nackt auf der nächstbesten Oberfläche zu liegen kamen, brachte er es besser zu Ende, auch wenn ihm noch nie etwas schwerer gefallen war. Nicht auszudenken, wohin Anna auswandern würde, wenn seine Mutter plötzlich hereinkam. Zum Mittelpunkt der Erde wahrscheinlich.

Mit all seiner Willenskraft mobilisierte er seine Manieren, die aktuell unter einem Berg an Neandertaler-Verhalten begraben zu sein schienen, und beendete den wunderbaren Kuss.

Unregelmäßig atmend starrten sie sich gegenseitig an.

Schließlich sagte Anna: „Ich nehme mal an, das heißt, du kommst tatsächlich zur Eröffnung. Mit mir."

Donovan grinste. „Das werde ich mir auf keinen Fall entgehen lassen. In sieben Tagen. Du, ich und dein Spa."

Anna schenkte ihm ein strahlendes Lächeln. Wenn sie nicht alles täuschte, hatte sich das Federvieh in ihrem Inneren aufs Trällern verlegt. Wie passend.

„Ich freue mich", sagte sie. Ohne ihn aus den Augen zu lassen, ging sie rückwärts zur Tür. Erst dort drehte sie sich um, winkte mit der linken Hand und verschwand durch die Tür.

Er warf Horace, der in Ermangelung der Aufmerksamkeit vonseiten der Menschen wieder auf seine Decke zurückgekehrt war, einen Blick zu, ein schiefes Lächeln im Gesicht.

„Eine Einladung. Wer hätte das gedacht, was, Horace?"

Der alte Hund schaute unbeeindruckt zurück. Nur seine Augenbrauen bewegten sich.

Das Klickgeräusch der Tür ertönte. Er brauchte sich nicht umzudrehen, um zu wissen, dass seine Mutter gekommen war.

„Mom? Brauchst du was?"

Sie kam zu ihm und versetzte ihm spielerisch einen Rippenstoß.

„Du weißt genau, was ich will. Informationen."

„Informationen? Zu fehlenden Ersatzteilen?" Er liebte es, sie zu ärgern. Unvermittelt hielt er inne. Hatte er das eben nicht schon mal gedacht? Als er mit Anna geplänkelt hatte? Ob das wohl ein gutes Zeichen war oder eher ein Alarmsignal?

„Du weißt genau, was ich wissen will. Ist sie der Grund?"

Verständnislos schaute er zu ihr hinüber. „Der Grund wofür?"

Sie rollte mit den Augen. „Na, dafür, dass du mich eingestellt hast."

„Du bist eindeutig zu scharfsinnig", stellte er fest.

„Ha! Ich wusste es."

Als sie, ganz atypisch für sie, nicht mehr dazu sagte, kniff er die Augen zusammen und studierte sie kritisch.

„Keine weiteren Kommentare?"

Sie bückte sich und streichelte Horace. Der drehte sich augenblicklich auf den Rücken und streckte ihr genüsslich seinen Bauch entgegen.

„Nicht nötig. Ausnahmsweise sieht es so aus, als wüsstest du, was du tust. Wurde auch Zeit."

„Wow, Mom. Danke für dein überbordendes Vertrauen in mich."

Unbeeindruckt von seinem Sarkasmus, ein paar Jahre Übung hatten diese Wirkung, zuckte sie mit den Schultern. „Vermassele es nicht!", mahnte sie und erhob sich.

Er sah ihr nach, als sie zurück in ihre Domäne schlenderte. „Das hoffe ich", erwiderte er leise. Horace wedelte mit der Schwanzspitze.

11

Archer half Quinn in ihre Jacke. Sie schlüpfte hinein und unterdrückte ein Gähnen.

„Danke."

Anstelle einer Antwort drückte er ihr einen Kuss auf die Stirn. Ihre Haut prickelte unter der liebevollen Berührung. Er hielt ihr die Tür auf. „Komm. Es wird Zeit, dass du ins Bett kommst."

Sie schaute ihn forschend an, um herauszufinden, ob seine Bemerkung zweideutig gemeint war, doch sie konnte nur aufrichtige Sorge in seinem Gesicht entdecken. Der Mann besaß unzweifelhaft viele Facetten. Eigentlich hatte sie gedacht, dass die wahren Helden damals zusammen mit den Einhörnern ausgestorben waren. Aber anscheinend hatten einige wenige rare Exemplare überlebt. Ob das wohl auch für die Einhörner galt?, wunderte Quinn sich. Sie lachte leise über die seltsamen Wege, die ihr müdes Gehirn einschlug.

„Darf ich mitlachen?", erkundigte sich Archer, während er ihr seinen Arm als Stütze anbot.

„Ach, nichts. Ich habe nur gerade über eine seltene Spezies nachgedacht. Begleitest du mich noch zu Braveheart?"

„Braveheart?"

„Na, der Hund." Erst jetzt fiel ihr ein, dass er vermutlich noch gar nichts von der Namensgebung wusste. „Ich habe ihm den Namen verpasst. Es erschien mir einfach nicht richtig, ihn immer nur ‚Hund' zu nennen."

„Das ging mir auch so." Er probierte den Namen aus. „Braveheart. Das passt."

„Mir gefällt er auch. Ich werde ihn behalten, wenn sich niemand meldet", verkündete sie und wartete gespannt seine Antwort ab.

Erstaunt sah er sie an. „Tatsächlich?"

„Tatsächlich. Hast du was dagegen einzuwenden?", fragte sie kampfeslustig, klar bereit, um Braveheart zu kämpfen, sollte es sich als notwendig erweisen.

Er hatte auch mit dem Gedanken gespielt, den Hund zu behalten. Aber nachdem er nicht wusste, wie lange er hier bleiben oder ob er zu seinem Job an die Uni zurückkehren würde, hatte er die Idee wieder verworfen.

„Nein. Natürlich nicht", antwortete er deshalb. „Er hat es verdient, in ein gutes Zuhause zu kommen."

Quinn strahlte.

„Nichtsdestotrotz reicht es sicher, wenn du ihm morgen einen Besuch abstattest. Du hast ja heute Morgen gesehen, dass es ihm bereits besser geht. Lara wird sich gut um ihn kümmern."

Ihr Gesicht nahm einen störrischen Ausdruck an. „Geh ruhig schon nach Hause. Ich besuche erst einmal Braveheart. Er ist jetzt meine Verantwortung und die nehme ich ernst."

Archer gab auf. Nachdem er noch die Diskussion vor sich hatte, wo sie heute Nacht schlafen würde, sparte er seine Überredungskünste lieber dafür.

„Also gut. Wenn du so entschlossen bist, dann lass uns gehen." Er legte ihr den einen Arm um die Hüfte und bückte sich ein wenig, um den anderen hinter ihre Knie zu schieben. Mit Schwung hob er sie hoch.

„He …!"

Archer hob eine Augenbraue. „Willst du jetzt Braveheart sehen?"

„Schon … aber …"

„Dann schlag ich vor, dass du den Transport des Eselexpresses genießt."

Quinn grübelte über seine Worte nach, während er mit langen Schritten in Richtung Wildtierstation marschierte.

„Vom Superhelden zum Esel?", wollte sie schließlich wissen.

„Flexibilität ist alles", erwiderte er leichthin.

Belustigt schüttelte sie leicht den Kopf und beschloss, seinen Rat zu befolgen. Mit einem Seufzer ließ sie ihren Kopf an seine Schulter sinken und kuschelte sich dichter an ihn. Der Griff seiner Arme verstärkte sich. Der Schnee knirschte unter seinen Füßen. Es hatte aufgehört zu schneien. Nur der Wind blies unablässig. Sie schauderte und zog sich den Schal bis zur Nase hoch. Den Kopf in den Nacken gelegt, schaute sie in den nachtschwarzen Himmel. Unzählige Sterne blinkten am Firmament. Die Milchstraße war deutlich zu sehen. In der Ferne war der Ruf eines Sperlingskauzes zu hören. Unerwartet erfüllte sie ein Gefühl des Friedens. In Momenten wie diesem war mit ihrer Welt alles in Ordnung. Diesmal war Archer Teil dieses Gefühls. Ob das wohl von Dauer sein würde?

Viel zu bald kamen sie bei der Wildtierstation an. Nachdem sie sich entspannt hatte, war die kurze Reise sehr angenehm gewesen. Als er sie absetzte, um die Tür aufzuschließen, musste sie sich einen Moment an ihm festhalten, um ihr Gleichgewicht zu finden.

„Achtung. Noch einen Unfall brauchen wir heute Abend nicht", wies er sie an und stieß die Tür auf.

„Glaub mir, da sind wir einer Meinung", murmelte sie und hüpfte auf einem Bein in den Flur. Eine Hand an der Wand, um sich abzustützen, legte sie ihren Weg bis zu Bravehearts Patientenzimmer zurück.

Leise öffnete sie die Tür. Gehört hatte er sie bestimmt schon lange. Aber sie wollte ihn nicht erschrecken, indem sie überraschend in sein Revier platzte.

Braveheart wedelte zur Begrüßung und erhob sich mühsam auf drei Beine. Das vierte, dick bandagierte Bein hielt er unbeholfen in der Luft.

„Na, mein kleiner Kämpfer?"

Neugierig humpelte er erst zu ihr, bevor er sich dann Archer zuwandte. Pflichtschuldig kniete dieser nieder und streichelte ihn vorsichtig an der Seite. „Er sieht schon viel besser aus. Ich hätte nicht gedacht, dass er so bald wieder auf den Beinen ist."

„Zumindest auf dreien", antwortete Quinn trocken.

„Immerhin. Sind mehr als dein einzelnes", zog Archer sie auf.

„Ich erspar uns jetzt das Erlebnis von meiner Person auf drei Beinen."

„Schade", meinte Archer und wackelte vielsagend mit den Augenbrauen. „Das wäre unter den richtigen Umständen vielleicht ganz interessant."

Quinn rollte mit den Augen. Sie konnte jedoch nicht verhindern, dass ihre Mundwinkel leicht zuckten. Sie beschloss, das Thema zu wechseln.

„Braveheart hatte heute Krankenbesuch. Becca ist mit Princess vorbeigekommen."

„Und? Wie fand er das?"

„Er war alles andere als begeistert, hat sich dann aber schicksalsergeben mit ihrer Anwesenheit abgefunden. Becca meint, die beiden würden sich schnell aneinander gewöhnen."

„Auf jeden Fall bietet es eine Abwechslung für ihn."

„Darauf zähle ich. Dreimal am Tag vor die Tür gehen, um Pipi zu machen, ist nicht gerade ein tagesfüllendes Programm."

Sie strich ihrem Hund – ihr Herz platzte jedes Mal fast vor Stolz, wenn sie diese Worte dachte – ein letztes Mal über den Kopf und richtete sich langsam wieder auf.

„Lass uns gehen. Ich muss nach Hause und du bist sicher auch froh, wenn du endlich loskommst."

„Wir fahren nach Hause“, antwortete Archer bestimmt und drückte sie auf den Stuhl, der in der Ecke stand. „Zusammen. Zu mir.“

Quinn stand wieder auf. „Du fährst zu dir nach Hause und ich zu mir“, erwiderte sie ruhig, aber bestimmt.

Frustriert fuhr er sich durch die Haare. „Wieso kannst du nicht einfach akzeptieren, dass ich mir um dich Sorgen mache? Bei mir zu Hause kannst du dich mit einem Glas Wein vor den Kamin setzen, während ich etwas koche.“

„Du kochst?“, fragte sie erstaunt. Sein Plan klang sehr verlockend. Schade, dass sie unmöglich seiner Einladung Folge leisten konnte. Unmut über ihre Situation und deren Ausweglosigkeit regte sich in ihr. Geübt unterdrückte sie das wenig produktive Gefühl. Es war, wie es war, wiederholte sie ihr Mantra im Stillen.

„Natürlich koche ich. Immer nur Take-away oder Mikrowellengerichte zu essen wird mit der Zeit langweilig. Also, was ist?“

Erwartungsvoll sah er sie an. „Tut mir leid“, erwiderte sie bedauernd.

„Und warum nicht? Ist es dir tatsächlich so wichtig, immer deinen Willen zu kriegen?“

Quinn lachte blechern. „Schön wär’s …“

„Was ist dann das Problem?“, verlangte er zu wissen. Seine dunklen Augen funkelten.

Braveheart, der sich wieder hingelegt hatte, beobachtete die beiden besorgt.

Aufgebracht warf sie die Hände in die Luft. Beinahe hätte sie das Gleichgewicht verloren. Blitzschnell griff Archer nach einem ihrer wild rudernden Arme und stabilisierte sie.

„Aarrgh!“ Erschöpft ließ sie sich wieder auf den Stuhl fallen und schloss die Augen. „Was soll’s. Ich kann es dir auch erzählen.“ Normalerweise erzählte sie niemandem von ihrer familiären Situation. Sie diskutierte ihr schlechtes Verhältnis mit ihren

Eltern nicht gerne. Das ging niemanden etwas an. Ursprünglich hatte sie nicht vorgehabt, jemals wieder zurückzukehren, als sie mit achtzehn aufs College gegangen war. Vielleicht hin und wieder für einen kurzen Besuch. Mehr nicht. Daran hatte sie sich die letzten zehn Jahre gehalten. Das hatte für beide Seiten sehr gut funktioniert. Bis sie bei ihrem letzten Besuch festgestellt hatte, dass ihr Vater an Demenz erkrankt und ihre Mutter in keiner Weise in der Lage war, mit der Situation umzugehen.

„Ich wohne bei meinen Eltern."

„Ich weiß. Aber für einen Abend werden sie wohl ohne dich auskommen", erwiderte er ungeduldig.

„Du verstehst nicht. Mein Vater hat Demenz. Sein Zustand verschlechtert sich von Tag zu Tag. Meine Mutter ist selber alt und verbittert. Sie verschließt die Augen vor den Tatsachen. Sprich, sie ist ihm keine große Hilfe. Und selbst wenn, würde er sie nicht annehmen. Im Moment haben wir eine Routine entwickelt, die es mir erlaubt, tagsüber zu arbeiten. Das bedingt aber, dass ich abends da bin, um Abendessen zu kochen und sie mehr oder weniger ins Bett zu bringen. In dieser Zeit kümmere ich mich auch um den Haushalt, sortiere die Dinge, die mein Vater durcheinandergebracht hat, überrede ihn dazu, seine Medikamente zu nehmen und halte meine Mutter davon ab, ihn noch mehr durcheinanderzubringen, als sie es während des Tages bereits geschafft hat. Am Morgen kümmere ich mich um das Frühstück, sorge dafür, dass die neueste Tageszeitung bereitliegt, schärfe meiner Mutter ein, dass sie meinen Vater begleiten soll, wenn er nach draußen gehen möchte … Was er öfter will, da er der Meinung ist, dass mein toter Bruder irgendwo darauf wartet, von ihm abgeholt zu werden." Sie brach abrupt ab und ließ den Kopf sinken. Manchmal wurde ihr das einfach zu viel.

Archer schluckte, als er die offensichtliche Trauer in ihrer Stimme hörte, als sie von ihrem Bruder sprach. Fast tat es ihm leid, dass er auf einer Erklärung beharrt hatte. Aber nur fast. Denn es war für ihn völlig klar, dass Quinn so klang, als hätte sie dringend eine Pause nötig. Es war hinreichend bekannt, welche Belastung das für Angehörige war, wenn sie sich um betagte oder kranke Familienmitglieder kümmern mussten. Deshalb ließ er das Thema ihres Bruders fürs Erste unkommentiert.

„Und wenn du mal nicht da bist? Habt ihr da keinen Notfallplan?“

Sie rieb sich mit beiden Händen übers Gesicht. „Eine Nachbarin. Sonja. Sie geht wunderbar mit den beiden um. Als ehemalige Krankenschwester hat sie ausreichend Erfahrung mit schwierigen Patienten. Im Gegensatz zu mir ist sie nicht ihre Tochter und nimmt nicht alles so persönlich, wie ich das tue. Das hilft sicher auch.“

„Ich kann mir vorstellen, dass es zuweilen schwierig ist, den nötigen Abstand zu wahren.“

Quinn nickte.

„Also dann, ruf Sonja an.“

„Was?“

„Na, die heutigen Ereignisse und die daraus resultierende Verletzung deines Knöchels qualifizieren den Abend wohl als Notfall.“ Als sie nicht sofort etwas sagte, fuhr er fort: „Was willst du machen, wenn dein Vater stürzt? Oder du schnell reagieren musst?“

Sie zog eine Grimasse. „Ein schlechtes Gewissen. Nicht schlecht, deine Taktik.“

Archer zwinkerte ihr zu und grinste. „Funktioniert sie?“

„Also gut, du hast gewonnen. Ich ruf sie an und frag sie.“

Erleichtert lehnte sich Archer mit einer Schulter an die Wand. „Danke.“

Das Telefon am Ohr, schielte Quinn in seine Richtung und runzelte die Stirn. „Danke wofür?“

Er trat zu ihr hin und drückte ihren Kopf an seinen Bauch.

„Dass du nachgegeben hast. Nach dem Schrecken, den du mir heute eingejagt hast, habe ich das dringende Bedürfnis, dich ein wenig zu verwöhnen."

Quinn schaute verlegen zur Seite.

„Ich hol in der Zwischenzeit mein Ersatzauto. Deins lassen wir hier stehen."

Quinn nickte, bevor sie ihre Konzentration auf die Stimme richtete, die sich am anderen Ende gemeldet hatte. „Sonja? …"

*

Eine Stunde später saß Quinn, wie versprochen, vor dem Feuer in Archers Blockhütte, während er in der offenen Küche stand und souverän das Abendessen vorbereitete. Sonja war gerne bereit gewesen, die nächsten Tage bei ihren Eltern zu verbringen.

„Klar mach ich das. Du brauchst sowieso mal eine Pause. Das habe ich dir schon lange gesagt."

„Es fällt mir so schwer …", hatte Quinn zu erklären versucht.

„Ich weiß", hatte Sonja sie beruhigt. „Aber dann nutze die Gelegenheit, wenn sie sich dir schon so anbietet. Vielleicht kannst du dich ja einmal erkundigen, was es für Hilfsangebote von der Gemeinde gibt."

„Meinst du, da gibt es welche?", hatte sie zweifelnd gefragt.

„Keine Ahnung. Ich habe in Denver gearbeitet. Aber ich bin mir sicher, dass es in irgendeiner Art Unterstützung für solche Fälle gibt. Wenn du dich nicht erkundigst, wirst du es nicht wissen, bis es zu spät ist."

Quinn hatte versprochen, sich darum zu kümmern, auch wenn sie keine Ahnung hatte, wo sie damit anfangen sollte. Aber das hatte Zeit bis morgen. Ihr Magen knurrte. „Ist das Essen bald fertig?"

„Ach, so ist das", stellte Archer fest. „Erst muss ich dich fast entführen, bis ich dich zu mir nach Hause bringen darf, und dann stellst du gleich Ansprüche, sobald du da bist."

„Klar. Das Personal muss man auf Trab halten."

Dieser Meinung waren die beiden Katzenmädchen auch. Verführerisch strichen sie um Archers Beine, bis er fast über die frechere der beiden stolperte. Er fluchte. Enttäuscht über den ausbleibenden Erfolg ihrer Strategie verlegten sich die beiden kleinen Raubkatzen aufs Schreien. Hilfe suchend warf er einen Blick in Quinns Richtung.

Viel besserer Laune als vorher, feixte sie.

„Von mir darfst du keine Unterstützung erwarten. Wir verhungerten Seelen müssen zusammenhalten." Er hatte ihr seine beiden Pflegekinder zuvor vorgestellt. Die beiden Katzendamen waren ganz entzückend. Sie bezweifelte jedoch, dass er sie jemals wieder hergeben würde. Doch momentan behauptete er beharrlich, sie nur vorübergehend aufgenommen zu haben.

„Verstehe." Er schmunzelte. „Der Salat und das Knoblauchbrot sind fertig. Die Burger dauern noch einen Moment."

Quinn lief das Wasser im Munde zusammen. Sie stand auf und hinkte zur Küche.

„Was machst du denn jetzt schon wieder?"

„Na, helfen. Den Tisch decken", erwiderte sie überrascht und begann, Schubladen herauszuziehen, um das Besteck zu finden.

„Das lässt du schön bleiben", grollte er und deutete mit dem Daumen über seine Schulter aufs Sofa, während er mit der anderen Hand einen Hamburger wendete. „Sitz, Platz, bleib."

Sie lehnte sich mit der Hüfte an die Küchenzeile, ein amüsiertes Lächeln im Gesicht.

„Funktioniert diese Art von Kommunikation gut bei deinen anderen weiblichen Bekanntschaften?"

„Was weiß ich. Du bist die erste, bei der ich zu solchen Maßnahmen greifen muss“, brummte er. „Normalerweise muss man Frauen nicht zwingen, sich verwöhnen zu lassen. Die meisten sind ganz zufrieden damit, dazusitzen und nett auszusehen.“

„Du willst also damit sagen, ich sei nicht wie die meisten anderen Frauen?“, fragte sie und zog die Augenbrauen fragend hoch.

Archer riskierte einen Blick auf sie. War sie wütend? Oder erleichtert? Leider gab Quinns Ausdruck nichts preis. Oh-oh. Je nachdem, was er antwortete, konnte der Abend sehr schnell vorbei sein. Mit einem leisen Fluch stellte er den Herd ab und drehte sich abrupt zu ihr um. Mit einer Hand fasste er ihre Haare am Hinterkopf, die andere legte er ihr an den Hals. Er senkte den Kopf, sodass seine Lippen fast die ihren berührten.

Bis zum Äußersten gespannt wartete Quinn, was jetzt wohl kam. Sein heißer Atem strich über ihre Haut und sprach von gemeinsamer Leidenschaft. Ein Schauder überlief ihre Haut. Doch diesmal hatte es nichts mit der Temperatur zu tun.

„Zum Glück bist du anders als alle anderen. Und somit perfekt für mich.“

Quinns Herz flog ihm entgegen, als sie seine Worte vernahm. Ungeduldig hob sie den Kopf und küsste ihn.

Mit einem Stöhnen zog er sie an sich. Die ganze Anspannung des heutigen Tages, seine Angst um sie und die Erleichterung, als er herausgefunden hatte, dass es ihr gut ging, flossen in diesen Kuss. Er löste seine Hand aus ihren Haaren und ließ sie zu ihrer Hüfte fallen. Dort suchte er sich einen Weg unter die vielen Schichten Kleidung, die sie immer noch trug. Endlich trafen seine Fingerspitzen auf ihre samtene Haut.

Quinn war sich jeder seiner Berührungen bewusst. Jede Streicheleinheit hinterließ eine feurige Spur. Sie legte ihm die Arme um den Hals und vertiefte den Kuss.

Der Timer klingelte. Das Geräusch hatte denselben Effekt wie eine kalte Dusche.

„Mist …“, murmelte Archer an ihrem Mund und tastete blindlings nach der Küchenuhr mit dem schlechten Timing. Schwer atmend löste er sich von Quinn.

„Essen?“

Sie grinste. „Gern.“

Die beiden Kätzchen, die das Schauspiel in der Sicherheit ihres improvisierten Schlafplatzes im Bücherregal beobachtet hatten, blinzelten majestätisch, gähnten und schliefen prompt ein.

*

Später, als sie im Bett waren, lag Archer noch lange wach. Quinn war eingeschlafen, sobald ihr Kopf das Kissen berührt hatte. Jetzt lag sie neben ihm, einen Arm und ein Bein um ihn geschlungen, und schnarchte leise. Seine Lippen zuckten, als er sich überlegte, wie sie wohl darauf reagieren würde, wenn er ihr davon erzählte. Seine Gedanken schweiften zurück zu den Ereignissen des Tages. Ursprünglich hatte der Auftrag des FBI so einfach geklungen. Er war der ideale Kandidat für die offene Stelle in der Wildtierstation. Offenbar eignete er sich dazu sehr viel besser als zum Ermittler. Die Arbeit machte ihm Spaß. Er verfolgte auf jeden Fall viel lieber Spuren von vierbeinigen Raubtieren als von zweibeinigen. Die Tatsache, dass sie jetzt schon zweimal einen Zusammenstoß überlebt hatten, der fliegende Kugeln involvierte, machte ihm große Sorgen. Vor allem, da auch Quinn darin verwickelt war.

Dass sie anders war als alle Frauen, die er kannte, war die reine Wahrheit gewesen. Er hatte noch nie jemanden getroffen, der ihn so faszinierte. Und zwar auf allen Ebenen. Mit ihrer schlanken, sportlichen Statur und den blonden Locken erinnerte sie ihn an eine nordische Göttin. Doch es war nicht nur ihre visuelle Erscheinung. Auch ihr Witz und ihr schneller Intellekt beeindruckten ihn. Sie war einfach perfekt. Perfekt für ihn.

Ihr durfte nichts geschehen, dachte er entschlossen. Am liebsten hätte er sie in die Ferien geschickt, bis der Fall gelöst war. Ihre Reaktion auf einen solchen Vorschlag konnte er sich allerdings lebhaft vorstellen. Das war also keine Option.

Ihr Plan, die Einwohner und ihr dichtes Informationssystem zu nutzen, war ein erster Schritt in die richtige Richtung. Aber es war nicht genug. Es war Zeit, sich zusätzliche Hilfe zu holen. Gleich morgen früh würde er Zachary und Blue anrufen. Mal sehen, ob sie Lust auf einen außergewöhnlichen Auftrag hatten.

Mit diesem Gedanken im Hinterkopf zog er Quinn näher an sich heran und schlief endlich ein.

Kurze Zeit später schlichen sich zwei dunkle Schatten auf leisen Sohlen ins Zimmer. Nach mehreren Anläufen schafften sie es, das große Möbel zu erklimmen und ließen sich links und rechts von den Menschen auf dem Kopfkissen nieder.

*

Bradley Koenig legte das Telefon sorgsam auf die Tischplatte, verschränkte die Arme hinter dem Kopf und lehnte sich in seinem Stuhl zurück. Von seinem Schreibtisch im 42. Stock hatte er eine großartige Aussicht auf die Rocky Mountains. Die neuen Entwicklungen waren sehr … er suchte nach dem richtigen Wort … lästig. Das Team Hollister und seine beiden Kumpane hatten schon die letzten beiden Monate nicht die erwünschten Resultate geliefert. Und jetzt das. Wenn die lokalen Wildhüter involviert waren, war es nur eine Frage der Zeit, bis das FBI aufkreuzte. Das sicherste Vorgehen wäre, die Operation an Ort und Stelle abzubrechen und sie in einem neuen Revier wieder aufzuziehen. Doch das brauchte Zeit und er war auf die pünktliche Lieferung der Felle und Trophäen angewiesen. Hollister hatte Spuren von mindestens zwei ausgewachsenen Berglöwen entdeckt. Wenn man seinen Worten Glauben schenken durfte, hatte er heute sogar einen fast erlegt, wenn nicht im unpassendsten Moment diese Wildhüterin aufgetaucht wäre.

Er nahm die Hände hinter dem Kopf hervor und legte die Fingerspitzen aneinander. Irgendetwas störte ihn an Hollisters Geschichte. Sie war zu glatt. Gut möglich, dass er seinen Anteil an der Geschichte geschönt hatte. Das Dumme war, dass Hollister eigentlich der Anführer der kleinen Truppe war. Wenn er mit seinem Verdacht richtig lag und Hollister sein eigenes Süppchen kochte, während er seine Pflichten vernachlässigte, dann hatte er früher oder später ein Problem.

Geistesabwesend zupfte er sich einen Fussel von dem teuren Anzug und fasste einen Entschluss. Es war zwar schon eine Weile her, dass er sich selber die Hände schmutzig gemacht hatte, doch die Jagd hatte er nie aufgegeben. Er würde selber nach dem Rechten sehen. Es stand zu viel auf dem Spiel und die Konkurrenz war groß. Ihm war bewusst, dass auch in seinen eigenen Reihen einige hungrige Raubtiere nur darauf warteten, dass er einen Moment der Schwäche zeigte. Dieses Risiko wollte er nicht eingehen.

Für Hollister waren das schlechte Neuigkeiten. Seine Stelle wurde dann überflüssig. Er lächelte und griff erneut zum Telefon, um die notwendigen Schritte einzuleiten.

12

Quinn erwachte und blinzelte. Draußen waren bereits die ersten hellen Streifen am Himmel zu sehen. Also war es fast acht Uhr. Wenigstens mussten sie nicht zur üblichen Zeit in der Wildtierstation sein. Sie waren gestern übereingekommen, dass sie als Erstes dem Diner einen Besuch abstatten würden. Der Plan gefiel ihr. Vor allem, wenn sie ihn mit einem heißen Kaffee und French Toast verbinden konnte.

Sie horchte in sich hinein und versuchte herauszufinden, wie sie sich heute fühlte. Gut, stellte sie überrascht fest. Erst als sie ihren Knöchel bewegte, verspürte sie leichte Schmerzen. Aber das war zu erwarten gewesen. Sie drehte sich vorsichtig zu Archer um, der immer noch schlief. Die am Tag oft so kantig erscheinenden Züge wirkten im Schlaf viel weicher. Er hatte sich offensichtlich gestern nicht mehr rasiert. Dunkle Bartstoppeln zierten seine Wangen und sein Kinn. Sie konnte der Versuchung nicht widerstehen und folgte den Schatten mit ihren Fingerspitzen. Kaum kamen sie in Kontakt mit seiner Haut, schienen sich ihre Finger zu verselbstständigen. Von seinen ausgeprägten Wangenknochen, seinen Kiefer entlang über die Halsschlagader gelangte sie zu den sehnigen Muskeln seiner Schulter. Als sie seinen linken Brustmuskel erreichte, hielt sie inne. Unterhalb der Schulter hatte er eine Tätowierung. Das hatte sie beim letzten Mal gar nicht gesehen. In einem Kreis waren ein Hirsch, ein Adler und ein Wüstenfuchs vereint. Verbunden waren sie durch ein kompliziertes Muster. Etwas unterhalb davon befand sich ein Skorpion, den Stachel zum

Angriff erhoben. Vorsichtig strich sie darüber. Vermutlich aus seiner Zeit bei der Army, als er im Irak war.

Plötzlich schloss sich eine Hand um ihr Handgelenk. Gezwungenermaßen hielt sie in ihrer Bewegung inne und hob ihren Blick zu Archers Gesicht. Sie spürte, wie ihr die Röte in die Wangen stieg. Unsinnigerweise fühlte sie sich ertappt, als hätte sie, ohne ihn vorher zu fragen, einen Blick in seine Seele geworfen.

Zu ihrer großen Erleichterung schien er nichts gegen ihre eingehende Musterung zu haben. Ein verschlafenes Lächeln im Gesicht, zog er sie ein wenig zu sich hoch.

„Guten Morgen."

„Ebenfalls."

„An diese Art von Weckdienst könnte ich mich gewöhnen."

Quinn lächelte geheimnisvoll wie eine Sphinx. Seine Worte riefen ihr ihre Entdeckungstour in Erinnerung. Wohin sie wohl noch geführt hätte, wenn er sie nicht gestoppt hätte? Was die Frage aufwarf, weshalb er das getan hatte.

„Du hast meine Erkundungstour unterbrochen."

„Ich weiß. Ich wollte nur kurz sichergehen, wie es dir geht, bevor es kein Zurück mehr gibt." Um seinen Worten Nachdruck zu verleihen, drehte er sich ein wenig, sodass sich seine Erektion gegen ihren Oberschenkel presste, und ließ sie spüren, wie sehr ihm ihre Streicheleinheiten gefallen hatten.

Quinns Lächeln vertiefte sich.

„Mir geht es sehr gut", antwortete sie und ließ ihre freie Hand unter die Bettdecke gleiten.

Archer schloss die Augen und gab sich ganz den Gefühlen hin, die Quinn mit ihren Händen bei ihm auslöste. Gott sei Dank hatten sie noch ein wenig Zeit, bis sie im Diner sein mussten.

Irritiert von so viel Aktivität am frühen Morgen flüchteten die beiden Siamkätzchen ins Wohnzimmer. Schließlich brauchten sie ihren Schönheitsschlaf.

*

Frisch geduscht und mit fest bandagiertem Knöchel hinkte Quinn hinter Archer ins Diner. Im Inneren angekommen, blieb sie verblüfft stehen.

„Hier drinnen sieht's aus, als wäre ein ganzer Schlitten Weihnachtselfen explodiert."

Santa Claus in seinem Schlitten, gezogen von seinen acht treuen Rentieren, hing an der Wand und blinkte in allen Farben. Ein neuntes Rentier stand an der Spitze und führte die ganze Schar an. Natürlich. Rudolph mit der roten Nase durfte nicht fehlen. Sämtliche Oberflächen waren in rotes und goldenes Papier gehüllt. Mit rotem Lametta und weißen Lichterketten verziertes Tannengrün schmückte den Rand der Bar, alle Fensterrahmen und die Tür. Auf den Tischen standen Schälchen mit Weihnachtsgebäck neben kleinen, in buntes Papier gewickelten Päckchen.

„Schhh", warnte Archer sie leise. „Ich vermute mal, dass die Disney Sisters für dieses Debakel zuständig sind. Wenn's dir recht ist, wäre ich froh, wenn du damit warten könntest, sie zu beleidigen, bis wir gegessen haben." Er führte sie zu einer der Sitznischen am Fenster und griff sich augenblicklich einen Keks aus der Schale.

Quinn setzte sich und zog unbeholfen das Bein mit dem bandagierten Knöchel unter den Tisch. „Hungrig?", fragte sie, während sie ihm zusah, wie er das Gebäck vertilgte.

Seine Pupillen vergrößerten sich zu dunklen Teichen, als er an ihre frühmorgendlichen Aktivitäten dachte.

„Na klar."

Quinns Puls beschleunigte sich, als sie seinen Blick sah. Den hatte sie inzwischen schon öfter gesehen, immer, bevor wundersame Dinge zwischen ihnen geschahen. Sie unterdrückte die erotischen Bilder und lachte, fest entschlossen, wenigstens zu einem kleinen Maß an Normalität zurückzufinden.

„Was so ein wenig Frühsport auslösen kann …"

„Bei dir sorgt es offenbar für ein loses Mundwerk."

„Ich kann mich an einen Zeitpunkt vor ein paar Stunden erinnern, als du von der Beweglichkeit meines Mundwerks, wie du es nennst, ganz begeistert warst." Sie zögerte einen Moment, bis sie sich einen Mandelkeks mit Schokoladenglasur aussuchte.

Belustigt schüttelte Archer der Kopf und wollte ihr gerade Kontra geben, als Miss Minnie an den Tisch trat.

„Kaffee?", fragte sie und schwenkte die Kanne.

Quinn und Archer drehten die Tassen um, die kopfüber vor ihnen auf dem Tisch standen.

„Gerne."

„Frühstück?"

„Einen Bagel mit Frischkäse, bitte."

Archer glaubte, sich verhört zu haben. „Einen Bagel? Und das soll dann für den Rest des Tages reichen? Ich bezweifle, dass wir Zeit haben, eine Lunchpause zu machen. Vergiss den Bagel."

Er drehte sich zu Miss Minnie um. „Zweimal ein richtiges Frühstück mit allem."

Miss Minnies Mundwinkel zuckten.

„Kommt sofort." Sie drehte sich zu Quinn um, die immer noch versuchte, sich davon zu erholen, dass Archer eigenhändig und ohne sie zu fragen die Bestellung geändert hatte. „Wird auch Zeit, dass du mal etwas Vernünftiges isst. Ein bisschen mehr Fleisch auf den Rippen würde dir nicht schaden. Männer mögen es, wenn sie etwas zum Anfassen haben."

Quinn verschluckte sich an ihrem Keks. Sie hustete. Hilfreich klopfte ihr Miss Minnie so heftig zwischen den Schulterblättern auf den Rücken, dass sie sich an der Tischplatte festhalten musste, um nicht mit dem Kopf auf dem Holz aufzuschlagen.

Endlich beruhigte sich ihre Luftröhre wieder. Pfeifend schnappte sie nach Luft und wischte sich mit dem Ärmel ihres Pullovers über die tränenden Augen.

Archer biss sich auf die Unterlippe, doch es war klar, dass er innerlich fast platzte vor Lachen.

Quinn warf ihm einen bösen Blick zu. Leider ohne Erfolg. Wahrscheinlich waren ihr hochrotes Gesicht und das Wasser in den Augen daran schuld.

„Geht's wieder?"

„Ach, sei einfach ruhig und beschwer dich nicht, wenn ich bald aussehe wie ein Bär kurz vorm Winterschlaf."

„Teddys sind süß."

Quinns Augen verengten sich zu Schlitzen. „Teddys vielleicht. Grizzlys nicht."

„Du meinst, du entwickelst gleich Ambitionen, dich in einen Grizzly zu verwandeln?"

Ihre Mundwinkel zuckten und sie hob das Kinn.

„Wenn schon, denn schon. Was ist eigentlich der Plan?"

„Essen."

Sie verdrehte die Augen. „Schon klar. Und dann?"

„Bis dann weiß bestimmt jeder die Geschichte von deinem Fuß."

Miss Minnie tauchte wieder auf, in jeder Hand einen Teller, auf dem ein Berg dampfender Köstlichkeiten ruhte. Perfekt golden gebräunte Hash Browns, gebratener Speck und Zwiebeln, Ruhrei und drei Pancakes.

„Wie geht's eigentlich deinem Fuß?", wollte sie wissen, als sie einen Teller vor Quinn hinstellte.

„Meinem Fuß?"

Quinn warf Archer einen fragenden Blick zu. Sie hatten doch noch gar nicht damit angefangen, Gerüchte zu streuen. Der zuckte nur mit den Schultern. Anscheinend hatte er auch keine Ahnung, woher sie das schon wieder wusste.

„Äh, besser."

„Ich habe gehört, ihr sucht nach einem Mann – was hat er denn angestellt?"

Verflixt. Sie wusste doch, dass die Mitarbeiterbesprechung, die sie gerade geführt hatten, äußerst dürftig gewesen war.

„Meine Reifen zerstochen", antwortete Archer für sie.

„Stimmt. Das habe ich von Donovan gehört. Und derselbe Mann hat dich im Wald angegriffen?"

Wieder schaute sie zu Archer hinüber. Er war der professionelle Ermittler. Sie hatte keine Ahnung, was er alles preisgeben wollte. Als er nichts sagte, wandte sie sich wieder an Miss Minnie.

„Was haben Sie denn gehört? Und vor allem, von wem?"

„Ich bin mir nicht sicher. Ist das wichtig?" Sie legte die Stirn in Falten.

Quinn und Archer schauten sich an. Schließlich räusperte sich Quinn.

„Eigentlich weiß niemand was davon. Nur Hank, Lara und Becca kennen die ganze Geschichte. Falls Sie also etwas gehört haben, kann es eigentlich nur von dem Vandalen stammen."

„Oder von seinen Kumpanen", fügte Archer hinzu, der sich endlich auch an dem Gespräch beteiligte.

„Du meinst, er ist nicht allein?" Quinn war entsetzt. Auf den Gedanken, dass sie es mit mehreren Wilderern zu tun hatten, war sie noch nicht gekommen.

„Ich vermute es stark, auch wenn sie in der letzten Zeit nicht viel Erfolg gehabt haben."

„Gut möglich, dass wir die Spuren nur nicht gefunden haben. Das Gebiet ist einfach viel zu groß."

Archer nickte zustimmend.

Miss Minnie, die den Austausch interessiert verfolgt hatte, hakte nach.

„Nochmals, dass ich das richtig verstehe. Du wurdest angegriffen?"

Zögernd nickte Quinn. Miss Minnie musterte sie eindringlich und nahm sie von Kopf bis Fuß unter die Lupe. Am Kragen ihres Rollkragenpullovers hielt sie inne. Sie streckte die Hand aus und schob den Stoff mit zwei Fingern zur Seite. Als sie die dunklen Fingerabdrücke sah, zog sie scharf die Luft ein. Ihr Gesicht nahm einen wilden Ausdruck an. Sie tätschelte Quinns Schulter.

„Mach dir keine Sorgen, Schätzchen. Das Arschloch finden wir für dich. Keiner spielt mit unseren Freunden.“ Mit diesen Worten machte sie auf dem Absatz kehrt und setzte ihren Weg fort, zum nächsten Gast.

Quinn starrte ihr hinterher.

„Wow. Jetzt weiß ich, was du gemeint hast. Wir können nur hoffen, dass sie uns oder den Sheriff alarmieren, bevor sie den nächstbesten Verdächtigen teeren und federn.“

„Ich hatte dir doch gesagt, es würde funktionieren“, stellte Archer befriedigt fest.

„Sieht ganz so aus.“

„Allerdings hast du mit deiner Angst vor Lynchjustiz nicht ganz unrecht“, gab er zwischen zwei Bissen zu. „Sieht so aus, als wären die Einwohner von Independence nicht nur über alle Maßen neugierig, sondern passen auch auf die Ihren auf.“

„Auf die Ihren, wie? Hätte gar nicht gedacht, dass ich da noch dazugehöre, so lange, wie ich weg war.“ Sie schob sich eine weitere Gabel Kartoffeln in den Mund. Insgeheim musste sie Archer zustimmen. Dieses Frühstück hatte was für sich.

„Ich glaube nicht, dass das für die Disney Sisters oder für sonst jemanden eine Rolle spielt“, antwortete er nachdenklich und schob den leeren Teller von sich. In diesem Moment betrat Donovan das Lokal.

„Ich komme gleich wieder.“

Quinn folgte seinem Blick.

„Du willst wohl in Erfahrung bringen, wie es deinem Truck geht.“

„Der Truck ist sozusagen mein zweites Zuhause“, verteidigte er sich.

„Keine Sorge. Das kann ich gut verstehen.“

Sie schaute ihm nach, als er aus der Nische rutschte und zur Bar hinüberschlenderte, wo Donovan damit beschäftigt war, Miss Minnie zu bezirzen. Er hatte wirklich einen sagenhaften Knackarsch, stellte sie fest.

„Quinn!“

Ertappt schaute sie auf.

Paula und Jaz standen an ihrem Tisch, ein wissendes Lächeln im Gesicht.

„Oh! Hallo, ich hatte euch gar nicht gesehen.“

„Bei der Aussicht verständlich“, meinte Paula und schaute hinüber zur Bar.

„Was ist denn mit deinem Knöchel passiert?“, erkundigte sich Jaz, die immer noch ihre Yogaklamotten trug. Ein übergroßer Wollpullover und dicke Fellstiefel waren die einzigen Zugeständnisse, die sie an die winterliche Kälte machte. Paula hingegen war in eine dicke Jacke, Jeans und Stiefel gehüllt. Die Wollmütze hatte sie in eine der vielzähligen Taschen gesteckt.

„Hat dir Jake denn nichts erzählt?“, fragte Quinn und stellte überrascht fest, dass ihr Teller leer war. Wie war denn das passiert? Offenbar war sie hungriger gewesen als gedacht.

„Nein, hat er nicht“, antwortete Jaz spitz. „Ich habe heute über Facebook erfahren, was passiert ist.“

„Das klingt so, als würde auf unseren Sheriff ein Donnerwetter warten, wenn er heute nach Hause kommt.“ Paula klang vergnügt, als sie das sagte.

Wahrscheinlich war man nie zu alt, seinen großen Bruder zu ärgern, vermutete Quinn. Wie immer, wenn sie an ihren eigenen Bruder dachte, verspürte sie einen Stich im Herzen. Natürlich war sein Tod schon lange her. Trotzdem gab es immer noch Momente, in denen ihr diese traurige Tatsache sehr an die Nieren ging. Das würde sich auch nie ändern, dachte sie. Er war ein Teil von ihr gewesen.

„Was mich viel mehr wundert, ist, wie deine beiden Töchter schon wieder davon wussten.“ Die vierzehnjährige Leslie und die neunjährige Shauna betrieben die Webseite zusammen mit den Disney Sisters.

„Ich glaube, sie haben ihr eigenes Netz aus Informanten.“ Der Mutterstolz in Paulas Stimme war deutlich zu hören. Falls sie irgendwelche Einwände gegen das ungewöhnliche Hobby der beiden hatte, ließ sie es sich nicht anmerken.

Die beiden Mädchen hatten wirklich großes Glück mit ihrer Mutter. Leslie war als Ausreißerin auf Paulas Ranch gestrandet und geblieben. Shauna war die Tochter ihres Mannes Nate aus erster Ehe. Die beiden Mädchen hatten sich auf Anhieb gut verstanden und hielten zusammen wie Pech und Schwefel.

„Was steht denn auf Facebook?“, hakte Quinn neugierig nach. Sie war so beschäftigt gewesen, dass sie die Mitteilung noch gar nicht gelesen hatte.

„Erstens“, zählte Jaz mithilfe ihrer Finger auf. „Vor ein paar Tagen hat ein Unbekannter, vermutlich ein Wilderer, auf euch geschossen, als ihr ihn überrascht habt, während er mit einer Falle hantiert hat. Ganz offensichtlich hat er euch verfehlt, denn ihr seid beide unversehrt zurückgekehrt, wenn auch mit einem verletzten Hund im Schlepptau.“

„Er hat inzwischen einen Namen. Ich habe ihn Braveheart genannt“, ergänzte Quinn. „Aber den Teil mit dem Hund wusstet ihr doch schon.“

„Ich bin ja auch noch nicht fertig“, ließ Jaz sie mit hochgezogenen Augenbrauen wissen.

„Stimmt. Tut mir leid.“ Ergeben hob Quinn die Hände und machte eine Geste, als würde sie ihren Mund mit einem Reißverschluss verschließen.

„Zweitens: Gestern, also zwei Tage nach diesem ersten Vorfall, wurden Archers Reifen zerstochen, während er im Laden war. Die Art und Weise des Schadens lässt darauf schließen, dass ganz schön viel Wut mit im Spiel war.“

„Hä? Betätigen sich die beiden inzwischen auch als Profilerinnen? Ich glaube, ich muss mal ein ernstes Wort mit Avery reden. Ist ja schön und gut, wenn die beiden gerne Geschichten aus ihrer Zeit als Ermittlerin beim Drogendezernat hören. Aber das geht ein wenig zu weit“, stellte Paula fest.

„Und der Rest?“, fragte Quinn ungeduldig.

„Der Rest ist ein wenig vage. Es hieß nur, Jake sei raus zur Lone Wolf Ranch gerufen worden. Gefolgt von einigen Spekulationen, ob das wohl im Zusammenhang mit den Reifen und den Schüssen stand.“

„Offenbar gehört sogar Polly im Sheriffsbüro zu ihren Informanten“, staunte Paula.

Polly Miners war früher Polizistin gewesen. Jetzt mit siebenundsechzig arbeitete sie nicht mehr im aktiven Dienst. Doch sie behauptete, nicht für das Rentnerleben geschaffen zu sein. Jake vermutete, dass es vielmehr darum ging, dass sie ihren Mann Fred nicht den ganzen Tag aushielt. Im Gegensatz zu ihr ging ihr Mann seit seiner Pensionierung völlig in seinen Hobbys auf. Hobbys, die er zu Pollys Leidwesen alle zu Hause ausübte.

Die Legende ging um, dass sie, zwei Wochen, nachdem sie pensioniert worden war, wieder im Polizeirevier aufgetaucht war und Jake ein Ultimatum gestellt hatte.

„Entweder, du gibst mir hier wieder einen Job oder du musst mich nächstens in die Zelle dort hinten sperren. Wegen vorsätzlichen Mordes.“ Dabei hatte sie die Schrotflinte, die sie mitgebracht hatte, am Lauf gefasst und den Schaft demonstrativ auf den Holzboden sausen lassen. Jake hatte die Gelegenheit ergriffen und sie als seine Sekretärin angestellt.

„Sieht ganz so aus. Anscheinend muss ich einfach deine Töchter anrufen, wenn ich wissen will, was mein Mann so den ganzen Tag macht.“

„Oh-oh, entdecke ich da etwa Ärger im Paradies?“, fragte Paula.

Genau dasselbe hatte Quinn sich eben auch gefragt, aber sich nicht getraut, etwas zu sagen. Paula, als Jaz' beste Freundin und Schwägerin, hatte dieses Problem offenbar nicht.

„Nein, nein. Cammie war krank und wir hatten beide wenig Schlaf die letzten Tage. Da können die Emotionen schon mal verrücktspielen."

„Seine oder deine?", wollte Quinn interessiert wissen. Schließlich hatte sie seit Jahren zum ersten Mal etwas mit einem Mann, was sich Beziehung nennen durfte. Auch wenn sie und Archer nie konkret darüber gesprochen hatten, wie es eigentlich weitergehen sollte, schadete es sicher nicht, gut zuzuhören, wenn mögliche Stolpersteine besprochen wurden.

Jaz zog eine Grimasse. „Beide. Aber meine wahrscheinlich mehr. Keine Ahnung."

„Die Emotionen", wiederholte Paula langsam.

„Na und?" Jaz wusste nicht, worauf sie hinaus wollte.

„Ich weiß nicht, sag du es mir … Wie weit seid ihr denn mit eurer Familienplanung?", meinte diese gedehnt.

„Familien…" Jaz' Gesicht verlor sämtliche Farbe. „Ach du liebe Güte …"

„Wieso? Ist doch toll. Cammie freut sich bestimmt." Quinn sah das Problem nicht.

„Sicher. Wir hatten es ja auch geplant. Ich hätte nur nicht gedacht, dass es so schnell funktioniert. Ich dachte, ich hätte noch ein wenig Zeit."

„Soweit ich weiß, dauert es ja auch noch eine Weile, bis der/die/das Kleine erscheint", teilte ihr Paula trocken mit.

„Ja, ja", antwortete Jaz. „Genug von diesem Thema. Wie Paula gerade gesagt hat, haben wir noch ganze neun Monate Zeit, über den neuesten Bürger von Independence zu sprechen. Mich interessiert viel mehr, was ihr jetzt in Bezug auf diese Wilderer unternehmt."

„Wir suchen die Wilderer. Auch wenn ihr eigentliches Versteck woanders ist, vermuten wir, dass sie ihre Einkäufe und so weiter hier erledigen. Sonst hätte der Täter ja gar keine Gelegenheit gehabt, Archers Truck kaputtzumachen. Offenbar ist es ihnen bis jetzt gelungen, sich so unauffällig zu verhalten, dass sie als Touristen durchgingen. Aber jetzt, wo wir eine genaue Beschreibung des Wilderers haben, hoffen wir, den einen oder anderen Hinweis aus der Bevölkerung zu bekommen. Diesen Typen muss das Handwerk gelegt werden."

„Ja, und zwar gerne, bevor dir noch mehr passiert als ein verletzter Knöchel."

„Was ist denn nun genau passiert? Habe ich etwas verpasst?", fragte Paula.

Kurz fasste Quinn die Geschehnisse des gestrigen Nachmittags zusammen. Als sie fertig war, begegnete sie den betroffenen Blicken der beiden anderen. Offensichtlich hatte sie sie geschockt. Vielleicht hätte sie ein paar Details auslassen sollen, dachte sie. Aber dafür war es jetzt zu spät.

„Sag einfach, wenn du Hilfe brauchst. Ich esse grundsätzlich kein Fleisch, kann das aber durchaus akzeptieren, wenn jemand eine andere Einstellung hat."

„Bleibt dir auch nichts anderes übrig, solange du mit meinem Bruder verheiratet bist", schob Paula trocken ein.

Jaz ignorierte sie. „Aber Tiere einfach abzuschlachten, nur um eine Trophäe an die Wand zu nageln oder ein Fell vor den Kamin zu legen, ohne das Fleisch zu verwerten, ist einfach pervers."

„Dieser Meinung bin ich eben auch." Quinn dachte an das wunderschöne Pumaweibchen, die Kraft, die es ausgestrahlt hatte.

„Ja", meldete sich Paula zu Wort. „Gib Bescheid, wenn wir dir helfen können. Betty hatte schon viel zu lange nichts mehr zu tun." Betty war Paulas Jagdflinte und hing immer geladen und griffbereit an der Wand. Auf die Jagd ging sie praktisch nie, aber sie scheute sich nicht, sie als verdeutlichendes Hilfsmittel einzusetzen, wenn unerwünschte Leute auf ihrer Ranch auftauchten.

Quinn rührte im kalten Rest ihres Kaffees. „Hm. Danke. Aber Archer hilft mir bereits."

„Archer?", fragte Paula erstaunt und warf einen Blick in Richtung Bar. „Reden wir vom selben zerstreuten Wissenschaftler, der ständig über seine Füße stolpert? Derjenige, der dich schon seit Monaten nervt?"

Quinn wand sich auf der Bank. „Sagen wir einfach, er hat verborgene Qualitäten", antwortete sie unverbindlich. Sie zuckte innerlich zusammen. Super. Jetzt hätte sie beinahe Archers Deckung auffliegen lassen. Oder war das jetzt müßig, nachdem sowieso schon halb Independence von seiner Zusammenarbeit mit dem FBI wusste? Sie musste wirklich dringend mit ihm eine Besprechung abhalten.

Jaz beobachtete sie scharf. „Verborgene Qualitäten, wie? Auch außerhalb des Schlafzimmers?", wollte sie beiläufig wissen.

Quinn wurde knallrot. „Wieso weißt du, dass ich mit ihm im Bett war?"

Jaz lehnte sich zurück und grinste selbstzufrieden. „Wusste ich nicht. Bis gerade eben."

Quinn stöhnte. „Das habe ich wohl verdient. Ich sollte besser aufpassen, wenn ich mit dir rede."

Paula lachte. „Mach dir nichts draus. Jaz gibt sich immer den Anschein, als wäre sie komplett harmlos. Yoga, vegetarisches Essen und das ganze Gefasel über Karma. Dabei hat sie es faustdick hinter den Ohren."

„Hör nicht auf sie. Ich habe es schon lange aufgegeben, Paula vom karmischen Konzept zu überzeugen. Sie gehört mehr zur Auge-um-Auge-Fraktion", meinte Jaz wichtig.

Quinn hörte dem freundschaftlichen Geplänkel amüsiert zu. Sie wusste nur zu gut, dass Paula ein weiches Herz hatte. Zumindest solange es um Kinder und Tiere ging. Von den

Erwachsenen erwartete sie ein wenig mehr. Wenn diese ihre Erwartungen nicht erfüllten, konnte sie tatsächlich ziemlich … unangenehm werden. Quinn sah das allerdings nicht als Problem. Im Gegenteil. Es erleichterte das Leben ungemein, wenn man zu dummen oder unehrlichen Leuten einfach Abstand hielt. Sie war froh zu wissen, dass sie nicht die Einzige war, die eine sehr niedrige Toleranz für solche Leute hatte.

„Sagt mal", unterbrach sie die beiden. „Was sagt ihr zur aktuellen Weihnachtsdeko des Diners?"

„Psst!", herrschte Jaz sie an. „Nicht hier."

„Was? Nicht hier darüber reden? Wegen den Disney Sisters?", fügte sie im Flüsterton hinzu.

Jaz nickte.

Du meine Güte, dachte Quinn. Vielleicht wäre Miss Minnie ja froh über ein ehrliches Feedback.

Paula schaute unbeteiligt zur Seite, als ginge sie die Frage überhaupt nichts an.

Quinn nickte. „Okay. Verstehe. Nicht hier. Aber das ist mir eigentlich schon Antwort genug."

Sie deutete mit dem Kinn auf Paula. „Ich dachte, Paula hätte bestimmt etwas zu diesem Thema zu sagen. Nicht hier, versteht sich", fügte sie schnell hinzu, als ihr Jaz einen uncharakteristisch bösen Blick zuwarf.

Paula verzog das Gesicht, als hätte sie Zahnschmerzen.

„Paula schweigt, weil es bei ihr zu Hause ähnlich aussieht", erklärte Jaz schnell, bevor Quinn das Thema noch weiter verfolgen konnte.

Verwundert starrte Quinn Paula an.

„Echt jetzt? Ich hätte nicht gedacht, dass dir etwas an so üppiger Weihnachtsdeko liegt."

„Ich auch nicht", antwortete Paula gequält. „Aber was willst du machen, mit einem Kind, dass die letzten paar Jahre Weihnachten aufzuholen hat."

„Oh“, sagte Quinn und dachte an all die Weihnachtstage, die Leslie bei irgendeiner fürchterlichen Familie verbracht hatte.

„Ja, oh. Genau. Deshalb habe ich ihr freie Hand gelassen.“

„Verständlich“, pflichtete ihr Quinn bei.

„Die Damen? Kaffeekränzchen beendet?“, ließ sich Archer vernehmen.

Quinn fiel sofort auf, dass er seine Wissenschaftler-Masche komplett abgelegt hatte. Seine ganze Haltung, die Stimme, einfach alles war anders.

„Ich sehe, was du mit den verborgenen Qualitäten meinst“, erwiderte Paula gedehnt und ließ ihren Blick langsam über Archers Statur wandern.

„Verborgene was?“

„Nichts“, unterbrach Quinn hastig und stupste Jaz an. „Lässt du mich raus?“

Jaz lächelte amüsiert, rutschte aber prompt zur Seite.

„War schön, euch zu treffen“, meinte sie und umarmte erst Jaz und anschließend Paula.

„Fanden wir auch. Lass uns bald wieder etwas zusammen unternehmen“, pflichtete Paula ihr bei.

„Gern.“ Sie wandte sich an Jaz. „Und lass mich wissen, ob es bald ein weiteres Carter-Mitglied gibt, das Independence unsicher macht.“

Jaz rollte mit den Augen, nickte aber.

„Dank deiner lautstarken Ankündigung mitten im Diner laufen wahrscheinlich ab heute Wetten über den möglichen Geburtstermin“, sagte sie anklagend zu Paula.

Diese zuckte nur mit den Schultern. Die Wetten waren Teil der Tradition. Solange es so etwas Harmloses war wie ein Geburtstermin, sah sie darin kein Problem.

13

„Die nächste Position ist die Kobra“, instruierte Jaz ihre Schüler. Seit auf Initiative des Gemeinderats und des Bürgermeisters mehrere Start-ups ihren Geschäftssitz nach Independence verlegt hatten, war die Lektion über Mittag immer berstend voll. Sie hatte sogar den Verdacht, dass Marley, die Gründerin einer Firma, die Computerspiele entwickelte, die Teilnahme unter ihren Mitarbeitern zur Pflicht erklärt hatte. Anders ließ sich die Anwesenheit der vier Männer sonst kaum erklären. Auch wenn sie sich bemüht hatte, auch die männlichen Einwohner von Independence vom gesundheitlichen Nutzen der Yogapraxis zu überzeugen, war sie bis jetzt wenig erfolgreich gewesen.

Im unteren Stock schlug die Eingangstür gegen die Wand. Mehrere Schüler erschreckten sich, andere nahmen die Ablenkung dankbar an und gaben ihre Pose auf.

„Kein Grund zur Aufregung. Wahrscheinlich hat der Wind jemandem die Tür aus der Hand gerissen.“

Rambo, der in seiner Ecke lag und bei dem lauten Knall aufgeschaut hatte, schien gleicher Meinung zu sein. Zumindest hatte er seinen Kopf wieder zurück auf die Decke gelegt. Nur seine Schwanzspitze wedelte. Während sie sich noch über das Schwanzwedeln wunderte – das tat er eigentlich nur, wenn zwei- oder vierbeinige Freunde in der Nähe waren – ertönten laute Schritte auf der Holztreppe.

Im nächsten Moment stürzte Jake in ihren Übungsraum. Kein Wunder, dass Rambo nicht reagiert hatte. Ohne ihre

Schüler zu beachten, eilte er mit langen Schritten zu ihr hin und fasste sie um die Taille.

„Ist es wahr?"

„Ist was wahr?", fragte sie, leicht genervt, dass er mitten in ihren Unterricht stürzte. Was war nur mit ihrem Mann los? War das Schlafdefizit schon so schlimm, dass er halluzinierte?

„Na, dass wir wieder ein Kind bekommen!"

Ach so. Das. Das erklärte natürlich sein seltsames Verhalten. Erleichtert, dass sie eine Erklärung gefunden hatte, lächelte sie. „Kann sein."

„Kann sein? Was ist das für eine Antwort? Es war mir nicht bewusst, dass es da Graustufen gibt. Entweder bist du schwanger oder nicht. Ich habe gehört, du seist schwanger." Er hob sie hoch und wirbelte sie herum. Sämtliche ihrer Schüler hatten ihre Yogapose aufgegeben und verfolgten das Spektakel mit großen Augen. Jake hatte nur Augen für Jaz. „Auf jeden Fall sind das wunderbare Neuigkeiten."

Amüsiert schüttelte sie den Kopf. „Du hast es gehört. Dann muss es ja wahr sein. Gerüchte sind schließlich bekannt für ihren Wahrheitsgehalt."

„Meiner Erfahrung nach trifft das in Independence durchaus zu."

Jaz lachte. „Da ist etwas dran. Ich bin natürlich entzückt, dass du dich so freust."

„Freuen? Ich bin ekstatisch!"

Sie vergrub ihr Gesicht an seinem Hals, damit er nicht sah, wie sie die Augen verdrehte.

„Meinst du, ich könnte dann trotzdem mit meinem Unterricht fortfahren?", murmelte sie.

„Unterricht?" Er warf einen Blick in die Runde und stellte sie widerwillig zurück auf den Boden. „Ach so. Klar. Unterricht."

Anabelle Stone, die in der vordersten Reihe saß, winkte ab. „Wegen mir müsst ihr nicht aufhören. Besser als Kino."

Zustimmendes Gemurmel erklang von allen Seiten. Jaz stieg das Blut in die Wangen, doch dann dachte sie: Was soll's. Schließlich wurde man tatsächlich nicht jeden Tag schwanger. Wenn es denn tatsächlich wahr war.

„Ich bin mir noch nicht sicher", flüsterte sie in Jakes Ohr. „Es ist bis jetzt nur eine Vermutung von Paula."

„Meine Schwester hat in solchen Dingen meistens recht."

„Trotzdem. Lass uns auf dem Nachhauseweg nach Breckenridge fahren. Einen Test kaufen."

„Mist. Der Mini-Markt führt die ja nicht. Ich hoffe wirklich, dass irgendjemand bald eine Apotheke im Ort eröffnet."

„Das wäre schön", gab Jaz zu und dachte an ihren großen Vorrat an Hustensaft und anderen lebenswichtigen Dingen, die man mit Kleinkindern zwingend benötigte und sicher nie zu Hause hatte, wenn man sie brauchte.

„Treffen wir uns um zwei Uhr? Nach deiner letzten Stunde? Cammie übernachtet bei Brenda. Meinen Dienst habe ich mit Toby getauscht."

„Soso?", murmelte Jaz.

„Sicher. Wir haben ja etwas zu feiern."

Jaz grinste von einem Ohr zum anderen. „Wie schön. Endlich eine Nacht durchschlafen."

Jake lachte. „Das auch. Später."

Er winkte der versammelten Schülerschaft zu und ging zur Treppe.

Verträumt schaute Jaz Jake hinterher. Auf einmal wusste sie wieder, wieso er ihr Held war. Das war im Alltag bei schlaflosen Nächten und zahnenden Kleinkindern nur zu schnell vergessen.

„Wow", sagte auch Anabelle und wedelte sich mit der Hand Luft zu. „Wenn ich groß bin, möchte ich auch so einen Mann."

Jaz grinste. „Ja, nicht? Aber dann beeil dich mal besser. So viel jünger als ich bist du ja nicht."

„Ich gebe mir Mühe. Bis jetzt habe ich allerdings erst einen Haufen Frösche in meinem Schlafzimmer und einen Bären im Auto gefangen.“

„Scheint mir, als müsstest du dein Beuteschema einmal ändern.“ Dieser Vorschlag kam von einer der ältesten Einwohnerinnen von Independence, Eve Lartimer. Sie war fünfundneunzig, hatte nie geheiratet und verpasste nie eine Yogastunde. Jeden Tag erschien sie zur selben Zeit in einem engen Gymnastikdress aus den Achtzigern und silberfarbenen Ballerinas. Anna Merck, die in wenigen Tagen den Spa eröffnen würde, machte regelmäßig Hausbesuche bei der alten Dame, sodass ihre Nägel jede Woche in einem anderen Farbton funkelten. Es wurde gemunkelt, dass sie trotz ihres fortgeschrittenen Alters immer noch einen Liebhaber hätte. Einen jüngeren. Logisch. Alles in allem eine formidable Lady. Jaz hoffte, mit fünfundneunzig noch genauso fit und voller Leben zu sein wie sie.

Aber jetzt war es an der Zeit, sich wieder aufs Yoga zu konzentrieren. Sie klatschte in die Hände.

„So. Die Vorstellung ist vorbei. Wo waren wir stehen geblieben?“

„Bei der Kobra“, rief jemand hilfreich.

Einer der Computerfreaks stöhnte laut. Seine Chefin zwei Reihen hinter ihm warf ihm einen mahnenden Blick zu, während sie anmutig die Pose einnahm.

Er zog leicht den Kopf ein und legte sich pflichtbewusst auf den Bauch.

Jaz' Mundwinkel zuckten, als sie durch die Reihen ging, ermutigende Worte sprach und hier und da die Haltung korrigierte. Das Leben war schön.

*

„Ich muss noch ein paar Dinge fürs Abendessen einkaufen“, sagte Nate zu den Mädchen, die er eben von der Schule abgeholt hatte. „Wollt ihr mitkommen?“

Leslie und Shauna sahen sich an. Shauna zog die Nase kraus. Leslie hob wissend eine Augenbraue und nickte unmerklich. Über den Rückspiegel konnte Nate die wortlose Kommunikation zwischen ihnen beobachten. Die beiden waren ein Paar! Niemand würde vermuten, dass sie nicht zusammen aufgewachsen waren.

„Wir schlendern lieber ein bisschen durch die Straßen. Jetzt, wo jeden Tag neue Geschäfte eröffnen, gibt es viel zu sehen", erklärte Leslie. Paulas Adoptivtochter war die Diplomatischere der beiden. Aus diesem Grund war sie meist diejenige, die die Verhandlungen führte. „Dürfen wir?"

„Also gut", willigte Nate ein. „Dann treffen wir uns in einer halben Stunde beim Diner."

„Schon in einer halben Stunde?", maulte Shauna und machte damit die Wirkung von Leslies höflicher Frage zunichte.

Nate warf seiner leiblichen Tochter einen warnenden Blick zu. „Eine halbe Stunde. Oder mit mir einkaufen."

Leslie stieß Shauna mit dem Ellenbogen in die Rippen.

„Ja, ist ja gut! Ich habe ja nur gefragt." Theatralisch rollte sie mit den Augen.

Nate sah den beiden nach. Obwohl Shauna gerade erst neun geworden war, benahm sie sich oft so, als würde sie schon mitten in der Pubertät stecken. Er tröstete sich damit, dass sie ihre Launen bereits hinter sich haben würde, wenn sie tatsächlich ein Teenager war.

„Wer's glaubt", murmelte er seinem Spiegelbild zu.

*

Nach einem kurzen Stopp in der Spielarkade und einer Runde am Flipperkasten verließen sie das Restaurant wieder und setzten ihren Weg fort. Hinter vielen Schaufenstern der ehemals leer stehenden Läden wurde fleißig gehämmert, gesägt und dekoriert. Leslie und Shauna drückten sich an einem der Fenster die Nasen platt. Viel war noch nicht zu sehen.

„Was wohl hier reinkommt?“, wunderte sich Shauna laut.

„Grandma Brenda hat erzählt, dass die VGI die Frau mit dem Buchladen überreden konnte, nach Independence zu ziehen.“

„Cool. Wieso weiß ich nichts davon?“

Leslie warf Shauna einen Blick zu. „Wahrscheinlich weil du damit beschäftigt warst, etwas auf Facebook zu posten?“

Shaunas Gesicht hellte sich auf. „Stimmt. Da hatte ich ja gerade von der Attacke auf Quinn gehört.“

Sie schlenderten weiter.

„Ob sie den Typen wohl finden?“, überlegte Shauna laut.

„Ich hoffe es“, antwortete Leslie inbrünstig. „Stell dir vor, wenn noch mehr Tiere in diese scheußlichen Fallen geraten!“ Leslie wie auch Shauna waren große Tierfreunde. Zu Jaz’ Begeisterung hatten die beiden in den letzten Wochen angefangen, auf Fleisch zu verzichten. Paula war weniger erfreut. Schließlich züchtete sie Rinder und lebte vom Verkauf des Fleisches.

„Wie sieht das denn aus, wenn meine eigenen Töchter kein Fleisch essen?“, hatte sie gefragt.

„Schlecht“, hatte Shauna lapidar gemeint.

Leslie hatte taktvoll vorgeschlagen, doch mehr Pferde zu trainieren und weniger Rinder zu züchten.

Paula hatte es dann vorgezogen, das Thema zu wechseln. Aus Erfahrung wusste sie, dass den beiden im Doppelpack nur schwer beizukommen war. Beide waren sehr klug und wussten ihre Argumente eloquent vorzubringen. Sie suchte sich ihre Kämpfe sehr gezielt aus.

„Schau“, rief Shauna aus und fasste Leslie am Arm.

„Was ist denn?“

„Dort drüben. Der schwarze, glänzende Geländewagen.“

„Was ist mit ihm?“

„Der ist nicht von hier.“

Leslie zuckte mit den Schultern und wandte sich ab.

„Wird wohl irgendein Tourist sein.“

„Und was, wenn es der Wilderer ist? Oder sonst ein zwielichtiger Geselle?“

„Was? Wie kommst du denn darauf?“

„Na, Miss Minnie hat doch heute auf Facebook gepostet, dass alle Ausschau halten sollen nach fremden Personen.“

Zweifelnd warf Leslie einen weiteren Blick auf den Geländewagen. „Ich weiß nicht. Wahrscheinlich ist das nur ein harmloser Besucher.“

„Und wenn nicht?“, insistierte Shauna. „Lass uns dort hinter der Hausecke in Deckung gehen und wenigstens abwarten, ob wir rausfinden, was er hier will.“

Leslie hatte ein ungutes Gefühl im Magen. Doch Shauna war schon vorausgesprintet und duckte sich in den Schatten eines Müllcontainers. Also biss sie die Zähne zusammen und folgte ihrer Schwester. Sie konnte sie schlecht allein lassen. Schließlich hatte sie erst seit Kurzem eine Schwester. Sie hatte vor, sie noch eine Weile zu behalten.

*

Bradley Koenig parkte seinen Wagen auf dem Gemeindeplatz und streckte sich. Ein Rundumblick verriet ihm, dass Independence eine typische kleine Stadt in den Bergen war. Sein Navi hatte ihn hierhergeführt. Auf der gegenüberliegenden Straße lag das Bed & Breakfast. Dort würde er heute die Nacht verbringen, bevor er morgen seinen Mitarbeitern einen Überraschungsbesuch abstattete. Er grinste in sich hinein. Wenn Hollister wüsste, dass heute seine letzte Nacht auf Erden war, würde er sie vermutlich auch anders verbringen als in der alten Jagdhütte, die sie auf seine Anweisungen hin gemietet hatten. Aber dank seines Kontrollanrufs vor ein paar Stunden waren sie jetzt bestimmt draußen unterwegs und schossen alles, was ihnen vor die Flinte kam. Er hatte deutlich gemacht, dass er mit der bisherigen Ausbeute alles andere als zufrieden war. Wie unzufrieden er war, würden sie bald merken. Er war zuversichtlich, dass die beiden anderen spuren würden, sobald sie von Hollisters Schicksal erfuhren. Solche Maßnahmen hatten den Effekt, dass sie die Kooperationsbereitschaft derjenigen, die verschont geblieben waren, massiv erhöhten.

Eine Bewegung im Schatten der Häuser erregte seine Aufmerksamkeit. Er kniff die Augen zusammen, um besser sehen zu können. Kinder, stellte er fest. Wahrscheinlich spielten sie Räuber und Gendarm. Also kein Grund zur Sorge.

Überhaupt erwartete er nicht, auf Probleme zu stoßen. Für die Einwohner hier war er nur einer von vielen Wintertouristen auf Durchreise. Er hatte sogar ein paar Skier aufs Dach geschnallt, um diesen Eindruck zu verstärken. Dass er sich während seines Urlaubs um geschäftliche Dinge kümmern musste, war unglücklich, aber da konnte man nichts machen.

Er öffnete die hintere Autotür und griff nach der großen Reisetasche, die auf dem Rücksitz lag. Er war versucht, das Gewehr auch mitzunehmen, doch am Ende entschied er sich dagegen. Alles, was das Potenzial hatte, Aufmerksamkeit zu erregen, blieb im Auto.

*

„Hast du das Nummernschild aufgeschrieben?“, flüsterte Leslie. Ihr war schlecht. Leider wusste sie nicht, ob die Übelkeit daher rührte, dass der Mann ein potenzieller Wilderer war oder weil sie im Begriff war, etwas richtig Dummes zu tun. Wie das Auto des Fremden zu durchsuchen. Sie wusste zwar, dass das ein schlechter Plan war. Vermutlich war das Auto sowieso abgeschlossen. Autos zu knacken hatte sie trotz ihrer langen Zeit als Pflegekind nie gelernt. Aber irgendetwas mussten sie doch tun können. Nur was?

„Viel besser. Ich habe ein Video von ihm gemacht.“

„Aber das stellst du nicht auf Facebook!“, sagte Leslie entsetzt.

„Natürlich nicht!", entrüstete sich Shauna. „Aber wenn sich herausstellen sollte, dass er der Gesuchte ist, können wir das Video an Onkel Jake weitergeben."

„Hm. Vielleicht sollten wir es Quinn zeigen? Dann wissen wir sofort, ob er der Übeltäter ist."

Shauna umarmte Leslie. „Das ist genial. So machen wir es. Jetzt müssen wir nur noch Paula oder Dad überreden, uns zur Lone Wolf Ranch zu fahren."

„Das sollte kein Problem sein. Soviel ich weiß, wollte Dad sowieso noch nach dem verletzten Hund schauen."

„Du meinst, er nimmt uns mit?"

Leslie zuckte mit den Schultern. „Wieso auch nicht? Wir haben ihm ja schon öfter assistiert. Zudem erspart er sich so eine Fahrt."

„Stimmt. Was ist jetzt mit dem Auto? Sollen wir wenigstens hineinspähen?"

Erleichtert sah Leslie, wie Nates Auto auf den Gemeindeparkplatz fuhr.

„Ich glaube, das lassen wir lieber. Nate ist hier."

Leslie trat aus dem Schatten der Gasse hervor und winkte. Shauna warf einen letzten Blick in Richtung Diner, worin der Fremde verschwunden war. Sie war sich sicher, dass er etwas im Schilde führte. Das spürte sie in den Knochen. Sie konnte es nicht erwarten, bis sie groß war und als Enthüllungsjournalistin arbeiten konnte. Paige war ihr großes Vorbild, auch wenn sie inzwischen umgesattelt hatte und mehrheitlich PR-Kampagnen plante. Sie nahm an, dass das an Paiges Beziehung zum örtlichen Feuerwehrchef lag. Hier in Independence gab es nun mal nicht viel zu ermitteln. Ihr würde das nicht passieren, dass sie wegen eines Jungen hier festsaß. Jungs waren nichts weiter als ein Ärgernis.

*

„Und?", fragte Shauna gespannt. „Ist das der Wilderer?"

Quinn sah sich das Video genau an. Sie standen zusammen vor Bravehearts Tür. Drinnen war Nate dabei, die Verbände zu wechseln. Leslie half ihm dabei. Schließlich schüttelte sie den Kopf.

„Nein. Das ist er nicht."

„Schade." Die Enttäuschung war Shauna deutlich anzuhören.

„Ja, schade. Aber wer weiß, wenn du weiterhin so aufmerksam bist, fällt dir doch noch etwas Wichtiges auf. Versprich mir einfach, dass du vorsichtig bist und sofort mich oder den Sheriff informierst. Nicht auf eigene Faust losziehen, hörst du?"

Widerwillig nickte Shauna. „Versprochen." Sie drehte ihr Smartphone in den Händen. „Soll ich das Video löschen?"

Quinn überlegte. „Behalte es doch, bis wir den Fall gelöst haben. Solange du es nicht veröffentlichst, spielt es keine Rolle, wenn es bei dir abgespeichert ist."

Shaunas Augen leuchteten auf. „Du meinst, es könnte irgendwann noch mal wichtig sein?"

Quinn verkniff sich ein Lachen. Die Kleine war zu süß. Aber sie wollte ihr nicht den Eindruck vermitteln, dass sie sie nicht ernst nahm.

„Das weiß man nie", sagte sie deshalb.

„Cool."

Plötzlich war von draußen ein Rufen zu hören.

„Wer ist denn das?", fragte Shauna.

„Hört sich an wie Lara und Leonie. Komm, lass uns nachsehen." Mit langen Schritten eilte sie den Flur entlang und öffnete die Tür.

Eine sichtlich erschütterte Lara stand mit ihrem großen, gelben Hengst Devil auf dem Hof. Ihre Hündin Leonie stand daneben und hechelte trotz der tiefen Temperaturen. Offenbar war sie gerannt. Auch Devils Fell dampfte, als hätte er einen längeren, schnellen Ritt hinter sich. Lara, die eigentlich nicht so schnell aus der Ruhe zu bringen war, war kreidebleich. Als sie Quinn erblickte, setzte sie an zu sprechen, doch als Shauna hinter ihr aus dem Gebäude schlüpfte, brach sie wieder ab. Stattdessen wandte sie sich an Shauna.

„Magst du Devil und Leonie nach Hause bringen?"

„Du meinst, ich darf Devil reiten?", fragte die Kleine enthusiastisch.

„Klar. Wäre ja nicht das erste Mal." Lara schwang das Bein über den Sattel und ließ sich zu Boden gleiten. Shauna zog den Reißverschluss ihrer Jacke zu und rannte zu ihr.

„Langsam", ermahnte Lara sie. „Das weißt du doch."

„Sorry", murmelte Shauna, peinlich berührt, dass sie bei so einem Anfängerfehler erwischt worden war. „Ich freu mich nur so."

„Ist schon okay. Zu unserem Glück erschrickt sich Devil nicht so leicht."

Shauna winkelte ihr Bein an und ließ sich von Lara in den Sattel hieven. Devil drehte seine Ohren leicht nach hinten, als wollte er sich vergewissern, dass sie gut auf seinem Rücken angekommen war.

„Also dann", sagte Lara und ließ die Zügel los. „Becca ist im Haus. Sie wird dir helfen, Devil zu versorgen. Anschließend kannst du im Haus warten, bis dein Vater und Leslie dich abholen. In der Küche steht noch ein Laib Bananenbrot. Bedien dich."

Shauna konnte ihr Glück nicht fassen und ritt los. Nach einem kurzen Loyalitätskonflikt folgte die große Pyrenäenberghündin dem Paar.

„Was ist los?", fragte Quinn leise, kaum dass Shauna um die Ecke verschwunden war. „Nachdem du Shauna so effizient losgeworden bist …"

„Effizient?", murmelte Lara abgelenkt.

„Na, Reiten und Hund und Bananenbrot?"

„Es erschien mir am besten. Ist Archer auch hier?"

„Im Büro." Quinn sorgte sich von Sekunde zu Sekunde mehr. Sie hatte Lara noch nie so erlebt.

„Dann lass uns gehen", antwortete Lara.

„Ist gut. Ich komme gleich."

„Wo willst du hin?"

„Nate Bescheid geben, wo er seine Tochter abholen soll."

Lara zog eine Grimasse.

„Stimmt. Gute Idee. Sorry."

Zwei Minuten später stolperte Quinn ins Büro. Ihrem Knöchel ging es schon viel besser als gestern, doch weh tat die Verletzung natürlich immer noch.

Archer saß an seinem Platz, während Lara am Fenster stand und brütend auf die weiße Landschaft starrte. Er wandte den Kopf, als Quinn auftauchte.

„Gott sei Dank kommst du endlich. Lara wollte nicht mit der Sprache herausrücken, solange du nicht da bist."

Abrupt drehte sich Lara um.

„Tut mir leid. Aber ich hatte keine Lust, all die blutigen Details zweimal zu erzählen."

„Blutigen Details?", wiederholte Quinn.

„Ja, leider. Ich war eben auf der anderen Seite des Tals ausreiten. Ich war schon eine Stunde unterwegs, als ich auf das Schlachtfeld gestoßen bin. Überall war Blut. Doch das war nicht mal das Schlimmste." Sie starrte auf ihre Hände. „Sie haben den Tieren an Ort und Stelle das Fell abgezogen und die Kadaver liegen gelassen."

„Kadaver in Mehrzahl?", fragte Archer scharf.

Lara schloss die Augen und nickte.

„Was für Tiere waren es?"

„Soweit ich das beurteilen konnte vor allem Kojoten, ein paar Hirsche, denen nur die Köpfe fehlten, und Bergziegen."

„Puma?" Quinn hielt den Atem an, während sie auf die Antwort wartete. Nicht, dass das Leben eines Berglöwen wichtiger war als das eines Kojoten. Nur gab es viel weniger Berglöwen als Kojoten.

„Kein Puma. Aber ich muss ehrlich zugeben, dass ich keine gründliche Untersuchung gemacht habe. Ich habe zugesehen, dass ich von dort wegkam."

„Bist du jemandem begegnet?", wollte Archer wissen.

„Nein. Ich war allerdings auch sehr schnell unterwegs. Ich weiß also nicht, ob ich beobachtet wurde."

„Waren die Spuren frisch?", wollte Quinn wissen.

„Nicht älter als ein paar Stunden, zumindest vermute ich das."

Archer stand auf und zog seine Jacke vom Stuhl. „Ich werde mir das ansehen."

„Ich komme mit", antwortete Quinn schnell.

„Das ist keine gute Idee mit deinem Knöchel."

„Meinem Knöchel geht es bestens. Ich nehme an, wir fahren mit dem Schneemobil dahin."

Lara nickte. „Der Ort ist leicht zugänglich. Deshalb haben ihn die Wilderer wohl auch ausgesucht. Ich konnte Reifenspuren entdecken. Wahrscheinlich sind sie mit dem Truck direkt in den Wald gefahren."

„Siehst du, kein Problem für meinen Knöchel."

Archer blickte finster drein, sagte aber nichts mehr. Er wusste, wann er sich auf verlorenem Posten befand.

In diesem Moment stürzte Hank ins Büro. „Was höre ich da von einem Notfall?"

Lara blinzelte verwundert. „Was machst du denn hier?"

„Shauna", antwortete er kurz angebunden, als würde das alles erklären.

„Aber ich habe ihr gar nichts erzählt", wunderte sie sich.

„Offenbar hat sie korrekt geschlossen, dass es wohl einen ernsthaften Grund hat, wenn du sie so mir nichts, dir nichts auf Devil losschickst. Also. Was ist los?"

Lara schilderte ihm die Situation in knappen Sätzen.

Als sie fertig war, sagte er: „Worauf warten wir noch? Lasst uns gehen."

„Du kommst mit?"

Seine grünen Augen blitzten gefährlich. „Was denkst du denn? Wilderer auf meinem Land? Ich glaube nicht."

Erleichtert hängte sich Lara bei ihm ein. „Folgt uns auf dem zweiten Schneemobil", wies sie ihre zwei Mitarbeiter an.

„Sieht ganz so aus, als hättest du mich am Hals", meinte Quinn zu Archer.

„Sieht ganz so aus", grummelte er und eilte nach draußen.

Quinn folgte ihm seufzend. Es war ja ganz romantisch, dass Archer sie beschützen wollte. Leider war sie definitiv kein delikates Burgfräulein, das beschützt werden musste. Sie hoffte, dass sie das irgendwann in seinen dicken Schädel hämmern konnte. Subtil natürlich. Sie durfte nicht vergessen, dass er sehr sensibel auf dieses Thema zu reagieren schien.

14

Die Lichtung auf der anderen Seite des Tals war ein einziges Schlachtfeld. Wie gelähmt wanderte Quinn über den Tatort und versuchte, in dem Bild der Zerstörung eine brauchbare Spur zu finden. Es war schwierig. In der Luft hing der metallische Geruch von Blut. Rote bis dunkelbraune Flecken auf dem Schnee und der darunter liegenden Erde zeugten von dem Blutbad. Fellfetzen, Haut und abgetrennte Gliedmaßen lagen achtlos auf dem Boden. Zigarettenstummel und ein vergessenes Messer waren die einzigen Spuren, die die Mörder zurückgelassen hatten.

Nicht besonders viel, um den Verursachern des Massakers auf die Spur zu kommen, dachte sie bedrückt. Sie bückte sich, um ein gelbes Stück Plastik vom Boden aufzuheben. Ein Stich fuhr durch ihren verletzten Knöchel, doch sie schenkte dem Schmerz keine Beachtung. Ihre ganze Konzentration war auf ihren Fund gerichtet. Mit ihrem Handschuh wischte sie den Dreck zur Seite.

„Ich glaube, ich habe etwas gefunden“, rief sie zu niemand Bestimmtem.

Archer, der gerade mit Jake, den sie unterwegs angerufen hatten, die Reifenspuren untersuchte, schaute zu ihr hinüber. Er legte dem Sheriff die Hand auf die Schulter, sagte noch etwas zu ihm und kam dann mit langen Schritten zu ihm hinüber.

„Was ist es?“

„Ich bin nicht sicher.“ Sie kniff die Augen zusammen, um die Beschriftung auszumachen. „Leider ist es nur ein Teilstück.

Aber ich glaube fast, dass es aus der Arkade stammt. Die Chips, die man für die Automaten braucht."

„Funktionieren die nicht mit Viertel-Dollar-Münzen?"

„Nur die alten Geräte. Ich glaube, für die modernen Spiele muss man Geld in diese Token wechseln."

„Ich frag mal Jake, vielleicht weiß er Bescheid."

Als er das Plastikfragment dem Sheriff zeigte, nickte dieser nachdenklich.

„Das stammt tatsächlich aus der Arkade. Und zwar ist es erst zwei Tage alt. Da sind nämlich die letzten noch fehlenden und zugleich die modernsten Computergames geliefert worden. Die machen diese Chips erforderlich. Das schränkt unseren Täterkreis ziemlich ein."

Quinn schaute ihn zweifelnd an. „Aber die hatten bestimmt unzählige Gäste. Wie sollen die sich da an spezifische Personen erinnern, von denen wir nicht einmal eine Beschreibung haben?"

„Glaub mir, die Wilderer fallen auf. Vor allem in der Arkade. Die wird vorwiegend von Familien und Jugendlichen frequentiert. Einzelne oder auch mehrere Männer, die keine Familie dabei haben, stechen aus der Menge heraus." Er nickte ihr zu. „Gute Arbeit."

Quinn lächelte schief. „Warten wir es erst einmal ab, ob wir Erfolg haben. Wer weiß, vielleicht hat auch ein Spaziergänger den Token verloren."

Hank schüttelte den Kopf. „Auf meinem Land? Mitten im Winter? Innerhalb von zwei Tagen, bevor das Gemetzel hier stattfindet? Ich glaube nicht. Das wären viel zu viele Zufälle."

Sie musste zugeben, dass das sehr unwahrscheinlich war, und gewährte einem schmalen Strahl Hoffnung Einlass in ihr Inneres, das seit dem Moment, als sie auf die Lichtung getreten war und das verheerende Ausmaß der Schlachterei mit eigenen Augen gesehen hatte, wie gelähmt gewesen war. Wut kämpfte sich neben der Hoffnung hindurch und verlieh ihr neue Energie. Sie würden die Schweine schnappen. Eine andere Option gab es nicht.

Lara, die einen Arm um Hank geschlungen hatte, fragte: „Was ist mit den Reifenspuren? Helfen die uns weiter?"

„Möglicherweise", antwortete Archer. „Es sieht so aus, als wäre einer der Reifen neuer als die anderen. Wenn wir von der Theorie ausgehen, dass die Wilderer schon länger in der Region sind, ist die Wahrscheinlichkeit hoch, dass sie beim Gas & Go gelandet sind. Ich muss sowieso dort vorbei, meinen Truck abholen. Bei der Gelegenheit kann ich mit Donovan reden."

Quinn zog sich ihre Wollmütze besser über die Ohren. „Können wir die Spuren nicht zu ihrem Versteck zurückverfolgen?"

„Mein Deputy geht dem nach. Aber es sieht so aus, als hätten sie Kurs auf die Straße gehalten. Ist das der Fall, verliert sich dort die Spur."

„Scheiße", kommentierte sie frustriert.

„Wo schlafen die Kerle denn?", ließ sich Lara plötzlich vernehmen. „Ich meine, es ist momentan nicht gerade das, was ich ideales Campingwetter nennen würde. Zudem scheinen die Wilderer ziemlich viel Material mit sich zu führen. Waffen, Munition, Fallen …"

„Ganz zu schweigen von der Beute. Die muss auch irgendwo verstaut werden", stimmte Archer ihr zu.

„Eine der Jagdhütten", sagte Jake langsam. „Vielleicht haben wir Glück, und sie haben eine der Hütten gemietet."

„Falls sie das tatsächlich getan haben, dann sicher unter einem falschen Namen. Ich wüsste nicht, was uns das weiter hilft", antwortete Quinn skeptisch.

Archer, der verstanden hatte, worauf Jake hinauswollte, lächelte, sodass seine Zähne im fahlen Licht zu sehen waren.

Ein Wolfslächeln, dachte Quinn und verliebte sich trotz der bedrückenden Situation an Ort und Stelle noch ein wenig mehr in ihn.

„Der Name der Wilderer ist mir herzlich egal. Sobald wir wissen, in welcher Hütte sie sich aufhalten, haben wir sie“, stellte Archer fest.

Jake nickte grimmig. „Es sollte nicht allzu schwierig sein, die legitimen Jagdgesellschaften ausfindig zu machen. Dafür reicht eine kurze Abfrage der Datenbank des Touristik-Büros.“

Quinn hob eine Braue. „Und du glaubst tatsächlich, dass da nichts unter der Hand vermietet wird.“

„Doch, auf jeden Fall. Da mache ich mir keine Illusionen. Aber zusammen mit meiner Liste der Jagdhütten in der Region, dem Touristikbüro, dem Bürgermeister und den Disney Sisters bin ich mir ziemlich sicher, dass wir schnell herausfinden, wer wem was vermietet hat.“

„Na dann, viel Glück“, meinte Lara. „Wir gehen jetzt wohl auch besser.“

Die Dämmerung hatte bereits eingesetzt, als sie zu ihren Schneemobilen zurückkehrten.

„Es fühlt sich so falsch an, den Ort einfach so … so zerstört zu hinterlassen“, murmelte Quinn, während sie sich hinter Archer aufs Schneemobil schwang.

„Wir finden die Kerle, versprochen“, antwortete Archer und gab ihr einen kurzen, besitzergreifenden Kuss.

Lara, die beim Schneemobil wartete, bis sich Hank von Jake verabschiedet hatte, drehte sich zu Quinn um.

„Becca hat eine Freundin, die indianische Vorfahren hat. Soweit ich weiß, macht sie manchmal an Orten wie diesem Reinigungsrituale. Das könnten wir uns für diese Lichtung überlegen.“

„Gute Idee. Das wäre schön.“

„Ich dachte, Jake wäre schon gegangen?“, wunderte sich Archer, als er sah, dass der Sheriff an der Seite von Hank in Richtung Schneemobil kam.

Jake hielt auf Quinns Höhe. Sein Gesichtsausdruck war grimmig, als er sagte: „Ich habe gerade eine Meldung per Funk bekommen. Sieht ganz so aus, als wäre dein Vater verschwunden."

*

Quinn konnte sich später nicht mehr an die Rückfahrt zur Lone Wolf Ranch erinnern. Die Sorge um ihren Vater und eine große Portion Schuldgefühle überlagerten ihre Sinne. Als sie endlich bei der Wildtierstation ankamen, löste sie ihre verkrampften Hände von Archer und stapfte durch den Schnee zu ihrem Auto.

„Warte, ich fahr dich", protestierte Archer, doch sie hatte schon auf dem Fahrersitz Platz genommen.

„Tut mir leid. Das muss ich allein machen." Sie hatte einen seltsam leeren Blick, frei von jeglichen Emotionen, als hätte sie sich hinter eine Wand zurückgezogen.

Archer fühlte einen Stich, gefährlich nahe an seinem Herzen. Er zog sich seine Mütze vom Kopf und fuhr sich durch die goldbraunen Haare.

„Okay. Das verstehe ich. Aber melde dich, wenn du Unterstützung brauchst."

Ein widerwilliges, schiefes Lächeln stahl sich auf ihr Gesicht. „Mach ich."

Hilflos sah er ihr zu, wie sie den Wagen wendete und davonfuhr.

„Himmel, was für ein Tag", stöhnte Lara, die sich zu ihm gesellt hatte.

„Das kannst du laut sagen."

*

Zu Hause fand sie eine völlig aufgelöste Sonja vor.

„Es tut mir so leid, meine Liebe. Ich war nur kurz einkaufen. Nachdem du normalerweise tagsüber bei der Arbeit bist, dachte ich, das sei kein Problem."

„Du hast alles richtig gemacht", versicherte Quinn ihr. „Deine Überlegung war völlig richtig. Es war ja gar nicht ausgemacht, dass du während des Tages auch hier bist."

„Er war schon den ganzen Morgen außergewöhnlich aufgewühlt. Deshalb hatte ich mich entschieden, noch ein wenig länger zu bleiben."

„Das kommt davon, dass du die ganze Nacht nicht nach Hause gekommen bist", verkündete ihre Mutter spitz. „Kein Wunder, dass er heute Eric suchen gehen wollte. Dein Bruder wäre nie über Nacht weggeblieben."

Schön zu sehen, dass sich gewisse Dinge nie änderten. Auf die Laune ihrer Mutter schien die Abwesenheit ihres Vaters keinen Einfluss zu haben. Sie war so unausstehlich wie eh und je.

„Ich hoffe, dass Eric inzwischen ein eigenes Leben führen würde, wenn er noch leben würde", murmelte sie. Laut sagte sie: „Wieso hast du ihn denn nicht davon abgehalten?"

Schuldbewusst blickte ihre Mutter zur Seite. Nur Sekunden später hatte sie sich wieder gefangen. „Ich kann deinen Vater schlecht davon abhalten, auszugehen. Er ist schließlich erwachsen und lässt sich von mir nichts sagen. Soll ich ihn vielleicht an den Stuhl fesseln?"

„Natürlich nicht. Aber vielleicht erfindest du das nächste Mal keine Ausreden für Sonja?"

Ihre Mutter reckte ihre Nase in die Höhe. „Familieninterna werden nicht mit Fremden besprochen. Ich wollte Sonja von Anfang an nicht hier haben."

Quinn zuckte unmerklich zusammen und warf Sonja einen entschuldigenden Blick zu.

„Kein Problem. Das ist das Alter, das aus ihr spricht", gab sie ihr leise zu verstehen.

Quinn verzichtete darauf, ihr zu erklären, dass ihre Mutter schon immer so unmöglich gewesen war.

„Ich schließe mich dem Suchteam an. Ich frage dich nur ungern, aber würdest du hier die Stellung halten, für den Fall, dass er zurückkommt?"

„Auf jeden Fall. Mach dir keine Gedanken. Ich bleibe hier, bis ihr ihn gefunden habt."

*

Falls sie ihren Vater noch rechtzeitig fanden, dachte Quinn, als sie sich die Handschuhe überzog. Gut möglich, dass er vorher einen Unfall erlitt oder in der eisigen Kälte erfror. Erneut drohten Schuldgefühle sie zu überwältigen. Es ließ sich nicht von der Hand weisen, dass ihre Abwesenheit gestern Nacht eine Episode getriggert hatte. Resolut schob sie diese fruchtlosen Spekulationen in den hintersten Winkel ihres Hirns und fuhr zur Polizeistation. Polly schien kaum Luft holen zu können. Kaum hatte sie den Hörer aufgelegt, klingelte das Telefon schon wieder.

Unsicher, was sie als Nächstes tun sollte, setzte sie sich im Wartebereich auf einen Stuhl. Die Eingangstür ging auf. Tyler und Pat kamen zu ihr, Ranger im Schlepptau.

„Wir haben gerade gehört, dass dein Vater vermisst wird. Vielleicht kann ich helfen. Du weißt ja, dass Ranger ein ehemaliger Polizeihund ist. Seine Nase ist vielleicht nicht ganz so gut wie die von Adrians Bluthunden, doch er hat uns schon wiederholt sehr geholfen."

„Das wäre toll", meinte Quinn erleichtert. „Adrian ist ausgerechnet heute auf einem Lehrgang in Denver. Wo fangen wir da am besten an?"

Tyler zuckte mit den Achseln und warf sich den langen, blonden Zopf über die Schulter.

„Bei euch zu Hause. Das ist der Ort, wo er sich zuletzt aufgehalten hat. Jake und seine Deputies sind wohl schon auf der Suche und durchkämmen den Ort."

Die Aussicht, wieder nach Hause zurückzukehren, war entmutigend. Doch es blieb ihr wohl nichts anderes übrig. Sie erhob sich von ihrem Stuhl und zuckte ein wenig zusammen, als sie ihren Fuß belastete. Polly, die immer noch am Telefon war, gestikulierte und bedeutete ihr, zu warten. Quinn schaute fragend zu Tyler, doch die zuckte nur mit den Schultern. Also setzte sie sich wieder hin und begann Ranger zu streicheln.

Endlich legte Polly das Telefon zur Seite. „Dein Vater wurde gefunden."

Quinn sprang auf. „Wo ist er?"

„Nadine und Rose haben ihn erspäht, als er ihnen in seinem Schlafanzug auf der Hauptstraße entgegenkam. Sie konnten ihn überreden, zu ihnen ins Auto zu steigen. Da sie nicht genau wussten, was los war, haben sie ihn zuerst einmal zu sich nach Hause mitgenommen. Jetzt sitzt er wohl bei ihnen auf dem Sofa bei Tee und Kuchen."

„Gott sei Dank!" Rose war Jaz' Großmutter und Nadines Partnerin. Nadine war die Schulvorsteherin des gesamten Bezirks. Die beiden waren patente Frauen in den Sechzigern. Bei denen war ihr Vater gut aufgehoben. Bei Tee und Kuchen, während der Rest der Stadt in Aufruhr war. Aber sie wusste, dass es nichts brachte, sich über ihn aufzuregen. Er konnte nichts dafür, dass er sich so irrational verhielt. Das war die verdammte Demenz, die ihn im Griff hatte. Manchmal erschien die Aufgabe, für ihn zu sorgen, wie ein riesiger Berg. Kaum zu bewältigen. Sie ging zu Polly und umarmte sie.

„Vielen Dank, dass du meinen Vater gefunden hast."

„Tja, es geht nichts über ein wenig altmodische Ermittlungsarbeit. Etwas, was sich der Chief zu Herzen nehmen sollte." Sie reckte die Nase selbstbewusst in die Höhe.

Ein Lachen entrang sich Quinns Kehle und überraschte sie. „Um fair zu sein, dachte der Sheriff wohl, dass keine Zeit zu verlieren sei. Vermutlich war er der Meinung, dass mein Vater noch nicht weit gekommen sein kann, in seinem Alter und so."

„Wenn er sich da nur nicht täuscht“, meinte Polly. „Entschlossenheit macht einiges an nicht vorhandener Ausdauer wett. Und wenn diese alten Leute eins haben, dann einen Dickschädel.“

Quinn seufzte. „Du sagst es. Hast du Erfahrung mit dem Thema Demenz?“ Sie wusste, dass sie eigentlich losfahren und ihren Vater abholen sollte. Doch es widerstrebte ihr, die Polizeistation zu verlassen. Das Gebäude war erstaunlich gemütlich und Polly, Tyler und Pat gute Gesellschaft.

„Das könnte man wohl sagen. Meine Mutter, die vor zwei Jahren verstorben ist, hatte Alzheimer.“

„Wie bist du damit fertig geworden?“

„Es war schwierig. Aber ich hatte erstklassige Unterstützung.“

„Unterstützung?“

„Ja, klar. Erst war da die Pflegehilfe. Die hat bei ihr gewohnt. Das wurde auf die Dauer allerdings zu teuer. Also blieb irgendwann nur noch der Schritt ins Pflegeheim.“

„Gibt es denn ein gutes in der Nähe? Beim Wort Pflegeheim habe ich immer Bilder von düsteren, viktorianischen Bauten im Kopf, inklusive sadistischer Pfleger, einem Hausgeist und schrecklichem Essen.“

Polly schüttelte amüsiert den Kopf.

„Da hat wohl jemand zu viele Schauerromane gelesen. Hier in der Gegend gibt es kein einziges authentisches Gebäude aus der viktorianischen Zeit. Damals zogen höchstens ein paar Gesetzlose und angehende Siedler über die Rocky Mountains und lieferten sich Scharmützel mit den Indianern. Zugegeben, es gibt auch in diesem Land Institutionen, die für einen schlechten Ruf der Altersheime sorgen. Aber das in Breckenridge, wo meine Mutter die letzten Jahre ihres Lebens verbracht hat, ist neu, hell und exzellent geführt. Es ist allerdings nicht ganz billig“, fügte sie abschließend hinzu. „Ich hatte das

Glück, dass meine Mutter noch Ersparnisse hatte. Sonst hätte ich mir das nicht leisten können."

Nachdem sie bei Pollys Beschreibung schon Hoffnung geschöpft hatte, verließ sie die gute Laune wieder, als sie den letzten Satz hörte.

„Schade. Ich glaube nicht, dass meine Eltern genug Geld haben. Und mein Einkommen wird dafür kaum reichen."

„Schau es dir doch trotzdem einmal an. Ich schicke dir die Infos in einer Textnachricht."

„Danke. Aber jetzt muss ich los. Auch wenn ich lieber noch ein wenig hierbleiben würde."

In diesem Moment kam Archer zur Tür rein.

„Was machst du denn hier?", fragte sie überrascht.

„Mich an der Suche beteiligen."

„Mein Vater wurde gefunden. Leicht unterkühlt und im Schlafanzug, aber ich nehme an, das spielt jetzt keine Rolle mehr, nachdem er die Gastfreundschaft von Rose und Nadine genießt", antwortete sie trocken.

Archer pfiff durch die Zähne. „Das hat sich dein alter Herr gut ausgesucht."

„Das dachte ich mir auch, als ich es gehört habe."

„Soll ich mitkommen?"

Wieder schüttelte sie den Kopf. „Nein. Lieber nicht. Es hat nichts mit dir zu tun, es ist nur …" Sie brach ab, nicht sicher, wie sie diese seltsame Mischung aus Scham, Schuldgefühlen und Tochterpflichten erklären sollte.

Er hob eine Hand und legte sie ihr an die Wange. „Ist schon gut. Tu, was du tun musst. Du weißt, wo du mich findest, wenn du mich brauchst."

Erleichtert lehnte sie sich ein wenig in seine Handfläche. „Danke."

Sie verabschiedete sich von Pat und Tyler, strich Ranger über den Kopf und verschwand in die Dunkelheit des winterlichen Abends.

„So kann das nicht weitergehen“, stellte Archer grimmig fest.

„Ich bin deiner Meinung“, sagte Tyler. „Lange hält sie das nicht mehr durch.“

„Sieht ganz so aus, als hätten wir wieder einmal ein unterstützungswürdiges Projekt für unsere Wettkasse gefunden“, bemerkte Polly beiläufig.

Pat und Tyler wandten sich um und starrten sie an. „Was?“

„Na klar. Ist es nicht offensichtlich? Nachdem die Leute auch hier immer älter werden, ist es unvermeidlich, dass wir auch immer mehr Probleme mit altersbedingten Krankheiten erleben werden. Also müssen wir uns darum kümmern. Nützt ja nichts, Independence mit neuen Geschäften aufzuwerten, wenn die Alten dann wegziehen müssen.“

Tyler und Pat schauten sich an. Pat räusperte sich. „Du hast natürlich recht. Wie immer.“

„Alter Charmeur“, schoss Polly zurück, doch sie lächelte.

„Was schlägst du denn vor? Hier ein Altersheim zu errichten?“

„Das ist ein Projekt, um das sich der Bürgermeister kümmern muss. Aber das ist ein großes Projekt, das einige Jahre in Anspruch nehmen wird.“

„Zu spät, als dass es für Quinn von Nutzen sein könnte.“

„Genau. Deshalb brauchen wir eine promptere Lösung.“

„Wie ein Zuschuss für Bedürftige aus der Wettkasse. Genial.“

Polly strahlte. „Ich weiß.“

*

„Komm in die Küche, meine Liebe. Dein Vater sitzt im Wohnzimmer vor dem Fernseher. Der kann dort auch noch einen Moment sitzen. Ich möchte etwas mit dir besprechen.“ Nadine nahm Quinn am Arm und führte sie in die große Küche.

„Wenn es darum geht, dass er weggelaufen ist … Sagen wir einfach, ich weiß, dass ich meine Sorgfaltspflicht verletzt habe", warf Quinn hastig ein. „Es wird nicht wieder vorkommen."

„Es geht nur indirekt darum."

Verdutzt wandte sich Quinn Nadine zu. „Um was geht es dann?"

„Wir machen uns Sorgen um dich."

„Um mich?" Das hatte sie zuletzt erwartet. „Mir geht's gut. Kein Grund, euch Sorgen zu machen", versicherte sie Nadine.

„Ich glaube doch. Du hast einen anspruchsvollen Beruf, ein Anrecht auf ein Privatleben und eigentlich keine Zeit, dich vierundzwanzig Stunden am Tag um deine Eltern zu kümmern."

Quinn trat ans Fenster und schaute hinaus. „Manchmal ist es schon sehr … überwältigend", gab sie zu.

„Das kann ich mir vorstellen."

„Aber ich sehe einfach keine andere Lösung. Zumindest keine bezahlbare."

„Hast du dir schon einmal das Sunny Peaks Resort in Breckenridge angeschaut?"

„Polly hat eben etwas erwähnt. Sie meinte jedoch auch, es sei teuer."

„Das haben die Altersheime so an sich. Schau es dir trotzdem einmal an. Falls es dir gefällt, finden wir zusammen eine Lösung."

Wieder regte sich Hoffnung in ihrer Brust. Resolut löschte sie den kleinen Funken. Sie hob den Kopf und sagte: „Vielen Dank für das Angebot. Aber meine Familie ist kein Fall fürs Sozialamt."

„Keine Angst. Ich wollte dir nicht anbieten, für den Aufenthalt deines Vaters zu bezahlen", antwortete Nadine mit trockenem Humor in der Stimme. „Aber die Gemeinde muss so oder so eine Lösung finden. Dein Vater ist nicht die einzige

Person, die eine Altersdemenz entwickelt hat. Versprich mir einfach, dass du darüber nachdenkst."

Widerstrebend nickte Quinn. „Okay. Das kann ich machen."

„Sehr gut." Nadine lächelte. „Dann lass uns jetzt nach deinem Vater sehen."

15

„Ich hab's!", rief Jake und wedelte mit einem Zettel.

Polly schaute von ihrem Schreibtisch auf. „Und? Welche Hütte ist es?"

„Welche wohl. Die von Stinky John."

Polly zog die Nase kraus. „Kein Wunder, dass niemand Bescheid wusste. Seit er gestorben ist, wird die Vermietung von einem Makler in Denver gehandhabt."

„Verständlich. Ist für die Erben auch praktischer."

„Tja. Aber so wie es aussieht, nicht für uns", grummelte Polly.

„Die Lage ist hervorragend für Jäger und somit auch für Wilderer. Eine Straße, die bis zur Hütte führt, und trotzdem liegt sie mitten im Wald."

„Soll ich Toby und Will anrufen?" Jake hatte die beiden Deputies nach der Suche nach Quinns Vater nach Hause geschickt.

Er überlegte einen Moment, schaute auf die Uhr auf seinem Schreibtisch und schüttelte den Kopf.

„Nein. Ich rufe Archer an. Er kann mich zur Hütte begleiten. Toby wird froh sein, wenn er sein Abendessen ungestört mit seiner Familie verbringen kann."

Polly neigte zustimmend den Kopf. Toby hatte erst vor ein paar Monaten der hübschen, alleinerziehenden Mutter Melissa, die abwechslungsweise im Anwaltsbüro des Bürgermeisters arbeitete und im Diner aushalf, einen Heiratsantrag gemacht. Zu seiner großen Freude hatte sie ihn nach einer langen

Wartezeit endlich angenommen. Seitdem schaute der Sheriff sehr darauf, den Dienstplan so anzupassen, dass Toby möglichst viel Zeit mit Melissa und ihrem Sohn Benny verbringen konnte.

„Allzu lange kannst du nicht mehr Tobys Schichten übernehmen."

Überrascht schaute Jake auf. „Wieso nicht?"

„Ich vermute mal, dass deine eigene Frau dich bald auch gerne mehr bei sich zu Hause hätte."

Gewissensbisse durchfuhren Jake, als er an seine ursprünglichen Pläne für den Nachmittag dachte. Nachdem Lara ihn vom Schauplatz im Wald angerufen und über das Massaker informiert hatte, war natürlich nicht mehr daran zu denken gewesen, früher Feierabend zu machen. Schweren Herzens hatte er Jaz angerufen und ihr gesagt, dass auf dem Revier etwas dazwischengekommen war. Verständnisvoll wie immer hatte sie die Planänderung zu Kenntnis genommen. Sie hatte dafür spontan ihren Frauenarzt angerufen und ihn um einen Termin gebeten. Nachdem jemand krank geworden war und abgesagt hatte, war es ihm möglich gewesen, sie noch am selben Tag zu untersuchen. Jetzt war es amtlich. Cammie bekam einen Bruder oder eine Schwester. Er freute sich total. Doch in der ganzen Aufregung hatte er weder Zeit gehabt, die Neuigkeit wirklich zu verdauen, noch sie mit Jaz gebührend zu feiern. Manchmal war ihm sein Job richtig zuwider.

„Ich frage dich jetzt nicht, woher du das mit der Schwangerschaft schon wieder weißt."

„Dazu sind auch keine hellseherischen Fähigkeiten nötig", antwortete sie spitz.

Jake ignorierte den Zwischensatz. Stattdessen pflichtete er ihr bei: „Du hast recht. Aber du weißt selber, wie es ist. Die bösen Jungs nehmen selten Rücksicht auf unsere Terminkalender."

„Sicher. Aber das heißt nicht, dass du Tobys Terminkalender auch noch übernehmen musst“, erinnerte sie ihn.

„Richtig. Gut. Rede mit ihm. Sag ihm, die Flitterwochen seien vorbei.“

*

Koenig stand in dem alten Schuppen, der zur Jagdhütte gehörte, und begutachtete die Felle und Trophäen. Er blieb hier und da stehen und nahm eines der Stücke in die Finger. Max und Moritz, wie er die beiden insgeheim nannte, ihre Namen vergaß er immer wieder, folgten ihm dicht auf den Fersen, eifrig darauf bedacht, ihm ihre Ausbeute zu zeigen und hoffentlich ein Lob zu kassieren. Er war versucht, sich abrupt umzudrehen und laut „Buh“ zu rufen. Er war sich ziemlich sicher, dass sich die beiden in die Hosen machen würden. Sie erinnerten ihn an kleine, japsende Hunde, die immer um Aufmerksamkeit bettelten. Am liebsten hätte er die beiden gefeuert. Leider brauchte er sie dringend, um den Auftrag zu erfüllen. Hollister lehnte an der Wand und schaute gelangweilt in die Gegend. Er vermittelte den Eindruck, als wäre der Besuch vom Big Boss nichts als ein großes Ärgernis. Ein weiterer Grund, Hollister heute loszuwerden. Fehlender Respekt konnte sich zuweilen als tödlich erweisen.

Stets darauf bedacht, einen uninteressierten Eindruck zu erwecken, betrachtete Hollister die Szene aufmerksam.

Ihm war sonnenklar, weshalb der Boss ihnen unvermittelt einen Besuch abgestattet hatte. Zum einen waren sie mit ihren Lieferungen ins Hintertreffen geraten. Zum anderen hatte er den Fehler begangen, Koenig von dem Zwischenfall mit den Wildhütern zu erzählen. Er wusste auch nicht, welcher Teufel ihn dabei geritten hatte. Es war ja nicht so, dass er und der Boss beste Freunde wären. Aber gestern hatte ihn eine solche Wut erfüllt, nachdem die Schlampe und der andere Wildhüter seine Pläne durchkreuzt hatten, dass er seinen Frust dringend loswerden musste. Noch jetzt sah er rot, wenn er daran dachte. Unbewusst rieb er sich den Oberschenkel, wo ihn die Kleine mit dem Messer erwischt hatte. Er hoffte nur, dass sie ihn nicht auch noch seinen Job kostete. Jobs, bei denen sein besonderes Jagdtalent gefragt war, waren rar.

Der Streifschuss beeinträchtigte ihn zum Glück nur wenig, doch die Stichverletzung war hartnäckig. Er hatte beide Wunden mit seinem Erste-Hilfe-Paket selbst versorgt. Spitäler und Ärzte waren von Gesetzes wegen dazu verpflichtet, solche Verletzungen zu melden. Dieses Risiko war ihm zu groß gewesen.

Koenig schien fürs Erste seine Inspektion der dargebotenen Kadaver abgeschlossen zu haben. Brüsk bewegte er den Kopf und deutete den anderen beiden an, sich zu Hollister zu gesellen. Hollister blieb abwartend stehen und ließ Koenig nicht aus den Augen. Er machte sich keine Illusionen über die Art des Verhältnisses, das zwischen ihnen bestand. Das war rein geschäftlich und hatte keinerlei Platz für einseitige Geständnisse. Dafür würde er jetzt einen Preis bezahlen müssen. Seine einzige Rückversicherung war, dass Koenig ihn brauchte. Otis und Pine waren zwar gute Schützen, würden aber selbst die Spur eines Mammuts übersehen, wenn sie darüber stolperten.

„Gute Arbeit“, lobte Koenig mit sonorer Stimme. Er machte eine bedeutungsvolle Pause. „Allerdings ist es immer noch nicht genug, um den Ausfall der letzten zwei Wochen wieder gutzumachen.“ Eine weitere Pause folgte. Die beiden Wilderer verlagerten ihr Gewicht unruhig von einem Bein aufs andere. Nur Hollister bewegte sich nicht und wartete darauf, dass die Dinge ihren Lauf nahmen. Aus reptilartigen Augen beobachtete er Koenigs Körpersprache.

„Auch komme ich nicht umhin zu bemerken, dass sich kein einziges Fell eines Berglöwen unter eurer Beute befindet. Bestellt habe ich fünf.“ Die Lautstärke seiner Stimme erhöhte sich mit jedem Wort. Am Ende schrie er fast. Mit einem tiefen

Atemzug brachte er sein überschäumendes Temperament wieder unter Kontrolle.

Seine beiden Teamkollegen wichen unmerklich einen Schritt zurück.

Interessant, dachte Hollister und griff unauffällig nach seiner Waffe. Vielleicht eine überflüssige Vorsichtsmaßnahme. Aber er war lieber vorbereitet als tot.

Diesmal war Koenigs Stimme gefährlich leise, als er weitersprach.

„Das ist unentschuldbar. Du und du“, er gestikulierte zu den verängstigen Wilderern. „Ihr besorgt mir innerhalb der nächsten Woche die fehlenden Häute und Trophäen!“

Die beiden nickten verängstigt, während sich Hollister langsam an der Wand aufrichtete. Moment mal. Hatte er tatsächlich nur mit den beiden Clowns hier gesprochen? Eine unheilvolle Ahnung erfüllte ihn. Zwei Sekunden später wurde diese bestätigt, als Koenig einen Revolver hervorzog. Hollister reagierte blitzschnell, zog seine Waffe und griff sich Otis, der ihm am nächsten stand. Den brennenden Schmerz in seinem Oberschenkel ignorierte er. Er drückte ihm den Lauf seiner Pistole an den Hals und zog ihn wie ein menschliches Schild vor seinen eigenen Körper. Otis wimmerte, während Pine mit weit aufgerissenen Augen zurückwich.

„Die Waffe weg oder dein Handlanger hier stirbt“, knurrte Hollister.

Koenig starrte ihn unverwandt an, bis er auf einmal abdrückte. Otis’ Körper sackte leblos zusammen.

Ohne zu zögern richtete Hollister seine Waffe auf Koenig. Dieser Schweinehund hatte, ohne mit der Wimper zu zucken, Otis erschossen. Sicher, er und Otis waren keine Freunde gewesen. Höchstens Arbeitskollegen. Aber ihn einfach zu erschießen, weil er das Pech hatte, im Weg zu stehen, war schon sehr kaltblütig. Da blieb nur eins. Ebenso kaltblütig zu sein.

„Sieht ganz so aus, als wären wir in einer Pattsituation angelangt." Koenig hatte sich anscheinend wieder völlig unter Kontrolle. Seine kultivierte Stimme klang, als würde er ihn zum Tee einladen. Doch darauf würde er nicht hereinfallen.

„Das sieht nur aus deiner Sicht so aus", antwortete er und drückte ab.

Koenig taumelte rückwärts, fasste sich mit ungläubiger Miene an die Brust und fiel zu Boden. Als er mit einem dumpfen Knall auf den alten Dielenbrettern aufschlug, verlor Pine völlig die Nerven. Er heulte laut auf und rannte in Richtung Tür.

Hollister seufzte. Es gefiel ihm zwar nicht, doch er konnte Pine leider nicht entkommen lassen. Dafür hatte er zu viel gesehen. Abermals hob er die Waffe und zielte. Sekunden später lag Pine ebenfalls am Boden.

Geschäftsmäßig marschierte er durch den Schuppen und zog und zerrte so lange an den Körpern der toten Männer, bis es so aussah, als hätten sich drei gestritten und keiner überlebt. Die Anstrengung hinterließ ihre Spuren. Sein Hinken wurde stärker, doch er arbeitete unablässig weiter.

Sorgsam darauf bedacht, dass er keine Fingerabdrücke auf Pines und Otis' Waffen hinterließ, feuerte er zweimal ins Holz. Einer eingehenden Untersuchung würde die Szene nicht standhalten. Aber sie würde ihm etwas Zeit verschaffen. Zeit brauchte er dringend. Vor allem, da er vorerst die Gegend noch nicht verlassen konnte. Er hatte noch eine Rechnung offen mit einer gewissen Blondine. Keiner zerstörte sein sorgfältig aufgebautes Leben und kam damit davon.

Zufrieden, dass er das erledigt hatte, machte er sich daran, die schönsten Stücke in Koenigs Truck zu laden. Wäre ja schade, das nagelneue Geländefahrzeug hier stehen zu lassen. Und nachdem sein Besitzer es nicht vermissen würde, musste er sich vorerst auch keine Sorgen machen, dass es als gestohlen gemeldet wurde. Nach einigen Trips von und zum Auto war er fertig. Nach einer Kontrollrunde durch die Hütte, während der er jegliche Spuren verwischte, die auf seine Anwesenheit hindeuteten, stieg er in den SUV und fuhr los. Sein Blick fiel auf eine Broschüre auf dem Beifahrersitz. Bed & Breakfast. Spa-Eröffnung am 23. Dezember. Hatte Koenig etwa dort ein Zimmer gebucht? Falls dem so war, wusste er immerhin, wo er heute Nacht schlafen würde. Morgen war immer noch genug Zeit, sich eine neue Hütte unter den Nagel zu reißen. Dann würde er endlich ernst machen mit der Jagd auf die Pumas. In einem hatte Koenig recht gehabt. Er war nachlässig geworden. Das würde sich jetzt ändern.

*

Archer öffnete die Beifahrertür und zwängte sich ins Innere des Trucks.

„Puh. Ein wenig eng hier", meinte er und schob Rambos Schnauze zur Seite. Er hatte sich auf die Chance, mit Jake auf Erkundungstour zu gehen, gestürzt. Der Abend hatte sich endlos vor ihm aufgetürmt. Seine Sorge um Quinn und seine Sehnsucht nach ihr hatten es ihm unmöglich gemacht, sich auf die verschiedenen Beitragsanträge, die er zum Bearbeiten mit nach Hause genommen hatte, zu konzentrieren. Die Aussicht, endlich der Lösung des Falls einen Schritt näherzukommen, war unwiderstehlich gewesen.

„Tja, Jaz wollte mich nicht gehen lassen, wenn ich nicht wenigstens den Hund als Back-up mitnehme. Sie hatte ein schlechtes Gefühl."

„Weibliche Intuition, wie?"

„Genau. Ich habe gelernt, dass es einfacher und auch schlauer ist, darauf zu hören."

„Sie lag wohl schon ein paar Mal richtig?", vermutete Archer.

„Das kannst du laut sagen."

Archer ließ sich Jakes Worte nochmals durch den Kopf gehen. „Sollte ich beleidigt sein, dass Jaz mich nicht als ausreichende Verstärkung ansieht?"

„Es ist nichts Persönliches“, versicherte ihm Jake und grinste.

„Warum beruhigt mich das nicht?“

„Keine Ahnung. Wahrscheinlich hast du einen zu guten Eindruck als zerstreuter Wissenschaftler hinterlassen.“

„So was in der Richtung hatte ich schon vermutet“, brummte Archer.

„Schon mal an eine Karriere in Hollywood gedacht?“, wollte Jake wissen und bemühte sich erst gar nicht, sich das Lachen zu verbeißen.

„Ja, ja, lach du nur. Es war damals das Erste, was mir auf die Schnelle eingefallen ist.“

„Hey, ich sag ja gar nichts. Hat ja außergewöhnlich gut funktioniert.“ Er brach abermals in Lachen aus.

„Könnten wir uns jetzt ernsthafteren Themen zuwenden?“, fragte Archer spitz.

Jake wurde wieder ernst. „Viel weiter sind wir noch nicht. Das Einzige, was ich rausfinden konnte, ist, dass die einzige Jagdgesellschaft, die sich nicht registriert hat, in der Hütte von Stinky John residiert.“

„Stinky John?“

Jake winkte ab. „Frag nicht. Das ist eine lange Geschichte, die mehrere Stinktiere involviert.“

„Nutzt er die Hütte noch?“

„Nein. Stinky John ist tot. Die Hütte wird von einem Maklerbüro in Denver verwaltet. Die Erben haben mit der Jagd und den Bergen nichts am Hut, freuen sich aber über die regelmäßigen Mieteinnahmen.“

„Ist das alles? Oder ist es möglich, dass die Erben in die ganze Geschichte verwickelt sind?“

„Möglich, aber aus meiner Sicht eher unwahrscheinlich. Es wäre ziemlich dumm, die eigene Hütte zu benutzen.“

„Oder arrogant“, gab Archer zu bedenken.

„Oder das", stimmte Jake ihm zu. „Aber vorerst interessiert mich mehr, was wir in der Hütte finden."

„Nichts Gutes. Das steht schon mal fest."

„Konntest du mit Donovan sprechen?"

Bei der Nennung von Donovans Namen hellte sich Archers Gesicht auf. „Ja. Ich bin auf dem Nachhauseweg beim Gas & Go vorbei gefahren und habe ihn nach dem Reifen gefragt."

„Und?"

„Er konnte sich tatsächlich an den Reifenwechsel erinnern. Gängige Praxis bei einem kaputten Reifen ist eigentlich, mindestens den zweiten Reifen derselben Achse auch auszutauschen, wenn nicht sogar alle vier. Das Risiko für einen Unfall ist signifikant höher, wenn du einen neuen und drei alte Pneus hast. Doch der Besitzer des Trucks wollte partout nichts davon hören. Donovan hatte den Eindruck, dass es ihm weniger ums Geld als um die Zeit ging. Drei Reifen hätte er bestellen müssen. Einen hatte er gerade zur Hand."

„Hm. Das heißt, dass sich der Wilderer sicher genug gefühlt hat, den Truck in die örtliche Garage zu bringen, aber nicht genug, um ihn dort für ein paar Tage stehen zu lassen." Jake drosselte das Tempo und steuerte den Wagen auf eine schmale, unbefestigte Straße.

„Dann war ich noch in der Arkade und habe nach dem Chip gefragt, den wir gefunden haben. Auch Sullivan, der Besitzer des Restaurants, konnte sich an drei Männer erinnern. Als ich ihn nach einer Beschreibung gefragt habe, hat er abgewinkt. Sagte, um diese Jahreszeit hielten sich regelmäßig Männer in jagdgrüner Tarnkleidung dort auf. Sie würden für ihn alle mehr oder weniger gleich aussehen."

„Shit."

„Ja, das dachte ich mir auch. Andererseits nützt es uns auch nicht viel, wenn wir wissen, wie sie aussehen. Finden müssen wir sie trotzdem allein. Ich glaube nicht, dass sie einem öffentlichen Aufruf folgen werden."

Jake ließ ein humorloses Lachen hören.

„Das wäre praktisch." Er parkte den Truck zwischen den Bäumen.

„Wir gehen das letzte Stück zu Fuß. Es hat keinen Sinn, unsere Anwesenheit via Scheinwerfer anzukündigen."

Archer nickte zustimmend und schlang sich den Schal dichter um den Hals. Er deutete auf den schwarzen Königspudel.

„Kommt er mit?"

„Na klar."

Im Schein des Lichts des Armaturenbretts konnte Archer sehen, wie Jake vielsagend mit den Augenbrauen wackelte.

„Er kann ja schlecht auf uns aufpassen, wenn er im Auto eingesperrt ist."

*

Kurz vor dem Waldrand bedeutete Archer Jake mit einem militärischen Handzeichen, stehen zu bleiben. Es war dunkel, doch der Mond und die Sterne reflektierten genug Licht auf dem Schnee, dass sie sich problemlos so verständigen konnten. Das hieß allerdings auch, dass sie relativ gut sichtbar sein würden, sobald sie auf die Lichtung traten. Archer zwang sich, ruhig zu atmen. Das war immer etwas schwierig, sobald das Adrenalin durch die Adern rauschte. Dank seiner jahrelangen Erfahrung gelang es ihm jedoch rasch, sodass er sich darauf konzentrieren konnte, zu lauschen.

Rambo schien den Ernst der Lage zu erfassen und verhielt sich still. Wie ein schwarzer Geist klebte er an Jakes Bein.

Jake warf ihm einen fragenden Blick zu. Archer schüttelte den Kopf. Noch nicht. Nachdem er nichts anderes hörte als die üblichen Nachtgeräusche im Wald, war er sich ziemlich sicher, dass sie alleine waren. Zumindest hier draußen. Er schaute hinüber zur Hütte. Ein heller Lichtschein war hinter den schmalen Fenstern der Blockhütte zu sehen. Die Frage war nur, ob auch die Hütte verlassen war. Auf der linken Seite der Hütte war ein weiteres Gebäude zu sehen. In seinem Schatten war das Heck eines Autos zu erkennen. Das sprach eigentlich dafür, dass jemand zu Hause war.

Er beugte sich zu Jake und flüsterte: „Was ist der Plan, wenn wir die Wilderer auf frischer Tat ertappen?“

„Kommt drauf an, wie viele es sind. Einen schaffen wir allein, zwei auch. Ab drei wird’s schwierig.“

„Sieht ganz so aus, als wäre zumindest eine Person zu Hause.“

Jake nickte zustimmend. Er hatte die Umrisse des Autos und das Licht im Inneren der Hütte auch zur Kenntnis genommen.

„Ich schlage vor, wir spähen durchs Fenster. Gibst du mir Deckung?“

Jake nickte und bedeutete Rambo mit einem Handzeichen, zu warten.

Auf leisen Sohlen bewegte sich Archer über die leere Fläche zwischen Haus und Waldrand. Als er bei der Hauswand ankam und sich immer noch nichts im Inneren der Hütte rührte, atmete er auf. Vorsichtig schlich er sich zum nächsten Fenster und spähte hinein. Teller standen auf dem Tisch, zwei davon noch halb gefüllt. Die Stühle waren zurückgestoßen, als wäre jemand in großer Eile aufgesprungen. Er verengte die Augen und ging die möglichen Szenarien durch. Irgendetwas stimmte hier nicht. Seine Nackenhaare sträubten sich. Geduckt setzte er seinen Weg fort und hielt unterhalb des nächsten Fensters. Der Raum dahinter war dunkel und ebenfalls leer. Wahrscheinlich so etwas wie ein Schlafzimmer. Ein richtiger Luxus für eine Jagdhütte. Aber wahrscheinlich notwendig, wenn sie Platz für mehrere Personen bieten sollte. Er horchte in sich hinein. Seine Intuition sagte ihm, dass die Hütte verlassen war. Nach einer nochmaligen Überprüfung seines Gefühls bedeutete er Jake, näherzukommen.

Kurze Zeit später waren Jake und Rambo an seiner Seite.

„Ich glaube nicht, dass jemand hier ist. Sieh so aus, als wären sie überstürzt aufgebrochen."

„In diesem Fall müssen sie mehr als ein Auto zur Verfügung haben."

„Wahrscheinlich. Ich werde mich drinnen mal umsehen."

„Ich komme mit."

Archer widersprach nicht. Bereits von Anfang an hatte er gespürt, dass er Jake vertrauen konnte. Es war immer angenehm, jemanden dabei zu haben, der einem den Rücken frei hielt.

16

Archer ging voran und näherte sich der Tür.

„Ich hoffe, die Typen waren in Eile und haben die Tür nicht abgeschlossen“, murmelte er.

„Wir sind hier mitten im Nirgendwo. Niemand schließt hier Türen ab.“

„Ich bin sicher, du schließt immer ab.“

„Klar. Berufsbedingte Paranoia.“

Archer griff nach der Klinke. Unvermittelt schwang die Tür auf. Licht fiel auf die schmale Veranda. Archer hob spekulierend die Augenbrauen und schob sich seitlich ins Haus. Jake folgte mit Rambo. Die Hütte war nicht groß. Wie bereits vermutet, gab es nur zwei Räume. Die Küche und das, was vermutlich als Schlafzimmer diente.

Jake, der die Szene in der Küche noch nicht durchs Fenster gesehen hatte, stutzte.

„Irgendwie unheimlich, die nicht leer gegessenen Teller.“

„Erinnert mich irgendwie an Schneewittchen und die sieben Zwerge. ‚Wer hat von meinem Tellerchen gegessen?‘“

„Nur dass ich bezweifle, dass uns im Schlafzimmer eine schlafende Schönheit erwartet“, stellte Jake trocken fest. Mit geübtem Blick erfasste er den Raum. Überall zeugten Spuren davon, dass hier ein paar Männer unter sich gewesen waren. Leere Bierdosen, eine angebrochene Packung Munition, dreckiges Geschirr in der Spüle, aber nichts, was ihnen weitergeholfen hätte. Jake durchsuchte das Wohnzimmer wie der erfahrene Ermittler, der er war. Rambo machte sich derweil über die Reste einer Pizza her. Zufrieden, dass der andere seinen Job im Griff zu haben schien, nahm Archer das Schlafzimmer in Angriff. Er machte das Licht an. Zwei Etagenbetten mit dreckiger Bettwäsche und der Gestank nach verschwitzten Socken. Auch dieser Raum strahlte eine gewisse Verlassenheit aus, obwohl klar war, dass er bis vor Kurzem noch genutzt worden war.

Er hatte das nagende Gefühl, dass er etwas übersah. Doch was? Irgendetwas stimmte hier nicht. Er konnte nur nicht den Finger drauflegen. Frustriert, dass seine Suche keine Resultate mit sich brachte, ließ er sich auf die Knie nieder und spähte unter die Betten. Da es zu dunkel war, um etwas zu erkennen, zog er seine Taschenlampe hervor und leuchtete in die Ecken. Eine aufgescheuchte Spinne brachte sich vor dem Lichtstrahl in Sicherheit. Staub wirbelte auf, als er darunter fasste. Weggeworfene Bonbonpapiere lagen zusammengeknüllt in einer Ecke. Enttäuscht wollte er die Suche aufgeben, als der Lichtstrahl von einer glänzenden Oberfläche reflektiert wurde. Etwas steckte zwischen dem Rost und der Matratze. Frisch motiviert richtete er sich auf und hob die Matratze an.

„Bingo!“, rief er aus und pfiff leise durch die Zähne.

Rambo hatte ihn anscheinend gehört und gesellte sich zu ihm. Kurz darauf streckte Jake den Kopf ins Schlafzimmer.

„Habe ich hier eben ein Triumphgeheul gehört? Falls ja, dann würde mich das freuen. Meine Suche in der Küche hat nämlich genau gar nichts ergeben. Mal abgesehen von der Tatsache, dass ich jetzt vermutlich anhand der Schimmelpilzbildung sagen kann, wie alt ein Pizzarest ist.“

„Ich habe einen Laptop gefunden. Ich hoffe, dass sie den zur Kommunikation verwendet haben. Sei es mit ihrem Auftraggeber oder mit Käufern.“

Nachdenklich nickte Jake. „Falls dem so ist, hätten wir den ersten richtigen Durchbruch erzielt.“

„Die Frage ist nur, ob wir an die Daten kommen. Heutzutage schützt auch der Letzte seinen PC mit einem Passwort."

„Keine Sorge. Ich rufe nachher Cole an. Der kennt sich mit so was aus." Cole, Jakes Bruder, hatte lange fürs FBI gearbeitet, bevor er Avery geheiratet hatte und nach Independence zurückgekehrt war. Während seiner Zeit als Agent hatte er sich den einen oder anderen Hackertrick von den Computerspezialisten seines Teams abgeschaut.

„Gute Idee. Ich bin nämlich ein hoffnungsloser Fall, wenn ich etwas Komplizierteres tun soll als einen Bericht zu schreiben."

„Wem sagst du das. Selbst Polly kann besser mit dem Computer umgehen als ich."

Archer ließ seinen Blick ein letztes Mal durch die Hütte schweifen. „Dann würde ich sagen, wir sind fürs Erste hier fertig."

„Das sehe ich auch so." Jake zögerte. „Ich weiß nicht, wie es dir geht, aber für mich fühlt sich dieser Ort an, als wäre er verlassen. Anhand der nicht beendeten Mahlzeit ist mir klar, dass bis vor Kurzem jemand hier gewesen sein muss. Aber jetzt?"

„Ich weiß, was du meinst. Es würde mich schon interessieren, was es war, das sie zu diesem übereilten Aufbruch veranlasst hat."

„Scheint fast so, als hätten sie einen Tipp bekommen. Aber das ist fast unmöglich."

„Der Makler?"

„Möglich." Doch Jakes Körpersprache machte deutlich, dass er das für ziemlich weit hergeholt hielt.

„Lass uns noch in den Schuppen schauen. Mir fehlt hier die Ausrüstung, die ich von einer Jagdgesellschaft erwarten würde."

„Vielleicht haben sie sie mitgenommen?"

„Alles? Du vergisst, dass wir nicht nur von einem Gewehr reden, sondern auch von Fallen. Das braucht Zeit, das alles zu verstauen."

„Das werden wir ja gleich sehen."

Rambo sprang voraus, als Archer die Tür öffnete. „Rennt er weg?"

„Nein. Er erkundet höchstens ein wenig die Gegend."

„Na, hoffentlich verpasst er dann nicht seinen Einsatz, wenn er irgendeinem Schneehasen hinterherjagt."

Jake blieb stehen und lauschte. „Ich glaube nicht, dass das passieren wird. Diese unnatürliche Stille …"

Er beendete den Satz nicht. Doch Archer vermutete, dass er wusste, woran Jake dachte. Dieser Art von Stille begegnete man nur, wenn der Tod nicht weit war. Er schüttelte die Flashbacks aus seiner Zeit in der Wüste ab und hielt auf die Scheune zu.

„Und wieder eine offene Tür", bemerkte er halblaut, als er sah, dass das Tor einen Spalt offenstand. Trotzdem bewegte er sich dicht der Wand entlang. Er war sich relativ sicher, dass sie allein waren, aber Vorsicht war besser als Nachsicht. Jake folgte ihm auf dieselbe Art und Weise. Sogar Rambo schien begriffen zu haben, dass er besser in der Nähe seines Herrchens blieb. Vermutlich hatte er die Spannung bemerkt, die in der Luft lag.

„Da siehst du mal, was für ein ruhiger und sicherer Ort Independence ist."

Archer schnaubte ungläubig. „Wenn ich an all die Storys denke, die ich über Independence gehört habe, kommt es mir mehr wie eine Art Hotspot vor."

Jake zuckte mit den Schultern. „Das ist bedingt durch die Lage. Jeder denkt, so weit draußen würde niemand so genau hinschauen."

„Mit niemand meinst du den Sheriff", vermutete Archer.

„So ungefähr. Es ist noch nicht so lange her, dass das hier unbekanntes Gebiet war. Sogenanntes Grenzland, wo jeder das Gesetz selber in die Hand nahm."

„Oder das Gesetz gänzlich außer Acht ließ“, ergänzte Archer trocken.

„Oder das.“

Rambo hob seine Schnauze und schnupperte in die Luft. Jake studierte den Hund und prüfte dann die Windrichtung.

„Rambo hat etwas gewittert. In der Scheune ist irgendwas.“

„Vermutlich die Beute der Wilderer“, mutmaßte Archer. Inzwischen war er beim Tor angelangt. Nach einem kurzen Blickwechsel mit Jake wechselte er auf die Seite, wo die Öffnung war. Als keine Schüsse erklangen, atmete er erleichtert aus. Er wurde langsam zu alt für den Quatsch. Aus diesem Grund hatte er bei der Army aufgehört und einen Schreibtisch-Job an der Universität angenommen. Und jetzt? Jetzt war alles wieder gleich wie vorher. So viel zur Karriereplanung, dachte er verdrossen und spähte in die Scheune. Das Innere war pechschwarz. Keine Chance, etwas in der Dunkelheit ausfindig zu machen.

Ein Schwall süßlich-metallischer Luft schlug ihm entgegen. Rambo winselte. Entschlossen, dem Geheimnis dieses geisterhaften Orts auf die Spur zu kommen, aktivierte er seine Taschenlampe und leuchtete hinein.

Die Scheune war leer. Niemand kam aus den Schatten gesprungen. Trotzdem war der Anblick gespenstisch. Der Strahl der Taschenlampe flackerte über Metallgestelle an der Wand. Vereinzelte Felle lagen auf den Regalböden. Der Kadaver eines Hirsches war an einem Haken aufgehängt. Auch hier herrschte ein Durcheinander, als hätte jemand in großer Eile möglichst viele Trophäen zusammengerafft und sich damit aus dem Staub gemacht.

Nachdem er Rambo draußen angebunden hatte, trat Jake neben Archer in die Scheune. Auch er wandte erst seine Aufmerksamkeit den Regalen zu. Das Resultat des Blutbads live vor sich zu sehen, war eine ernüchternde Angelegenheit. Er trat zu einem nachlässig hingeworfenen Fell hin und strich ehrfürchtig darüber.

„Es ist eine solche Schande, Tiere rein wegen ihres Felles umzubringen. Ich meine, für irgendetwas gibt's North Face", stellte er angewidert fest.

„Jake, wir haben ein Problem", unterbrach ihn Archer, der ins Innere der Scheune vorgedrungen war.

*

Als Quinn am nächsten Morgen im Diner vorbeischaute, um Kaffee und eine Schachtel Donuts zu holen, war das ganze Lokal in Aufruhr. Der allgemein sehr lebhafte Gesprächspegel schien noch höher zu sein als sonst.

Da sie niemanden sah, den sie näher kannte, setzte sie sich an die Bar und wartete, bis Kurt, Miss Daisys Liebhaber, zu ihr kam. Wie immer hatte er seine langen Haare zu einem Pferdeschwanz im Nacken gebunden. Die rote Schürze, die er um die Hüfte trug, bot einen interessanten Kontrast zu seiner speckigen Lederweste. Um seine kräftigen Arme wanden sich farbenfrohe Tätowierungen.

„Was ist denn heute hier los?", fragte sie verwundert, als er ihre Bestellung vorbereitete.

„Hast du es noch nicht gehört?"

„Was gehört?"

„Hm. Ich dachte, du und Archer seid aktuell so was wie siamesische Zwillinge?"

Quinn hob eine Augenbraue und starrte ihn herausfordernd an. Kurt hob die Hände.

„Oder auch nicht", fügte er hastig hinzu. „Das kannst du echt gut, was? Kein Wunder, dass die Bären Abstand halten bei dem Blick", brummte er.

„Lass das Süßholzgeraspel. Erzähl mir lieber, was passiert ist."

„Jake und Archer haben gestern der Hütte, wo sie die Wilderer vermuteten, einen Besuch abgestattet."

„Und? Haben sie etwas gefunden?", fragte sie gespannt.

„Das kann man wohl sagen."

„Jetzt spann mich nicht so auf die Folter."

„Abgesehen von einem Teil der Beute fanden sie drei Männer. Tot. Erschossen."

„Um Himmels willen. Geht es ihnen gut?" Aufgeregt stand Quinn von ihrem Barhocker auf.

„Den Toten?"

„Nein, ich spreche nicht von den Opfern. Jake und Archer natürlich."

„Denen geht's bestens. Soviel ich weiß, war der Täter bereits über alle Berge, als sie die Hütte und die zugehörige Scheune untersucht haben."

„Zum Glück!" Erleichtert ließ sie sich zurück auf ihren Sitz sinken. In diesem Moment klingelte ihr Telefon. Das Display zeigte ihr Archers Namen an. „Archer. Habt ihr ihn erwischt? War er auch dabei?"

„Du hast es also schon gehört."

„Was denkst du denn?"

„Klar. Bist du im Diner?"

„Wo sonst?"

„Ist unser Plan aufgegangen? Ist jemandem etwas aufgefallen?" Seine Stimme klang müde. Kein Wunder, dachte Quinn. Er hatte sich auch die Nacht um die Ohren geschlagen.

„Keine Ahnung. Lass mich Kurt fragen."

Sie legte die Hand über die Sprechmuschel und beugte sich in Kurts Richtung.

„Was ist?", brummte er in seiner bärbeißigen Art.

Quinn ließ sich nicht beeindrucken. Nicht umsonst hatte sie lange Zeit in Alaska verbracht. Die Männer dort waren alle von Kurts Schlag. Ganz zu schweigen von den Begegnungen mit den vierbeinigen Exemplaren. Ein wütender Grizzly bot hervorragendes Übungsmaterial.

„Ich habe mich gefragt, ob irgendjemandem etwas aufgefallen ist. Ein Fremder oder so."

Kurt winkte ab. „Wenn du mich fragst, hat das gar nichts gebracht. Nur dass jetzt alle Verrückten und Verschwörungstheoretiker aus ihren Löchern kriechen."

„Also kein einziger Hinweis?", fragte sie enttäuscht.

„Das würde ich nicht sagen. Eher zu viele Hinweise. Davon sind vermutlich die meisten nutzlos."

Er klang angewidert. Irgendwie zu Recht, fand Quinn. Leute, die irgendwelche Dinge erfanden, nur um sich wichtig zu machen, waren mühsam und behinderten jede Ermittlung.

„Frag mal Miss Daisy. Sie ist hinten in der Küche. Soviel ich weiß, hat sie pflichtbewusst alle Hinweise entgegengenommen."

Quinn zögerte. „Okay. Mach ich gleich." Sie versprach sich allerdings nicht viel davon. Sie nahm die Hand vom Telefon. „Archer? Bist du noch da?"

„Klar. Und?"

„Laut Kurt ist leider noch kein brauchbarer Hinweis aufgetaucht. Er klang allerdings insgesamt nicht sehr überzeugt von der Idee. Miss Daisy hat anscheinend alles aufgeschrieben, was ihr zugetragen wurde. Das wird wohl eine Weile dauern, bis wir uns da durchgeackert haben."

„Egal. Wir können jede Hilfe gebrauchen. Wenn wir dafür einige nutzlose Nachrichten aussortieren müssen, dann ist das halt so."

„Du hast meine Frage noch gar nicht beantwortet. War unser Wilderer dabei?"

„Nein. Eben nicht."

„Du meinst …" Sie brachte den Satz nicht fertig. Der Gedanke, in den Fängen eines kaltblütigen Killers gewesen zu sein, wenn auch nur kurz, erschütterte sie.

„Genau. Komm zu Stinky Johns Hütte, wenn du im Diner fertig bist."

„Äh, sorry, aber ich glaube nicht." Sie war im Allgemeinen nicht zimperlich. Aber der Gedanke an den Tatort drehte ihr den Magen um.

„Ich will dich aber gerne in Sichtweite haben", grollte Archer durchs Telefon.

„Meinst du nicht, dass du ein wenig überreagierst? Der Täter ist sicher schon über alle Berge. Ich bin doch überhaupt nicht von Belang für ihn."

„Ich möchte lieber kein Risiko eingehen."

„Tut mir leid. Aber ich fahr jetzt erst mal raus zur Wildtierstation. Ich habe Braveheart seit gestern nicht mehr gesehen und Lara braucht bestimmt Hilfe mit den anderen Tieren."

„Ein Wunder, dass du keine langen, grauen Ohren hast, bei deinem Talent für Sturheit."

Als sie darauf nichts erwiderte, versuchte er es aus einer anderen Richtung.

„Vielleicht kennst du einen der Toten."

„Wohl kaum. Zudem kannst du mir Fotos schicken. Oder sie mir zeigen, wenn du zur Lone Wolf Ranch kommst. Es eilt ja nicht. Schließlich sind sie tot. Die gehen nirgendwo hin."

Archer seufzte. „Ich sehe schon, ich kann dich nicht überzeugen."

„Nein. Definitiv nicht. Brrrr. Allein der Gedanke an den Ort jagt mir Gänsehaut über den Rücken."

„Also gut. Ich beeile mich."

„Mach das." Sie beendete den Anruf, bevor ihm noch mehr Ermahnungen einfielen.

*

Hollister saß in einem schwarzen Mantel und einem schwarzen Cowboyhut an einem der Tische, den Rücken zur Wand. Den Mantel und den Stetson hatte er in Koenigs Geländewagen gefunden. Sofort hatte er die Nützlichkeit der beiden Dinge erkannt. So gekleidet war er fast nicht wiederzuerkennen. Er hatte richtig gepokert. Mithilfe der Kleider des Toten hatte die ältliche Frau an der Rezeption nicht mit der Wimper gezuckt, als er gestern nach dem Schlüssel gefragt hatte. Jetzt war er ausgeruht und guter Laune, vor allem da er dank des Telefongesprächs der Wildhüterin wusste, dass die Polizei keine Ahnung hatte, wer er war. Das passte ihm sehr gut. Er sah zu, wie sie etwas zu dem Biker hinterm Tresen sagte und anschließend nach hinten in die Küche verschwand. Es hatte ihn in den Fingern gejuckt, sie sich gleich hier und jetzt zu greifen. Er spürte, wie das Blut in seine Lendengegend schoss, als er sich ausmalte, was er mit ihr alles anstellen wollte. Leider hatten die vielen Gäste die Durchführung seines Plans verhindert.

Er studierte die Tür zur Küche. Was sie wohl da drin machte? Arbeitete sie etwa dort? Ein Bruchstück der mitangehörten Unterhaltung fiel ihm ein. Etwas über eine Liste von Hinweisen. Er dachte einen Moment darüber nach, was das für ihn bedeutete. Er glaubte zwar nicht, dass diese Liste einen brauchbaren Hinweis auf ihn enthielt, trotzdem hielt er es für angebracht, erst einmal von der Bildfläche zu verschwinden. Breckenridge war nahe genug für seine Pläne und hatte genügend Hotels, die seinen Zwecken dienten. Wenn er genau überlegte, brauchte er sowieso ein größeres Zimmer. Schließlich hatte er vor, sein neues Spielzeug länger zu genießen. Aber dazu musste er es erst einmal fangen. Und das konnte er schlecht, wenn sie ihm auf die Spur kamen. Er zog ein paar zerknitterte Dollarscheine aus der Tasche und ließ sie auf die Tischplatte fallen.

*

Quinn studierte das Heft, das zu zwei Dritteln mit Miss Daisys akkurater Handschrift gefüllt war.

„Hm. Das sind tatsächlich eine Menge Hinweise."

„Ich weiß. Wenn du mich fragst, ist das Meiste unbrauchbar. Aber man weiß ja nie."

„Ja. Man weiß ja nie. Also wird uns nichts anderes übrig bleiben, als alle Meldungen durchzugehen.“ Ihr graute davor. Sie hasste Schreibtischarbeit. Vielleicht konnte sie Archer dazu überreden, sich damit zu befassen. Nachdem er so darauf erpicht war, sie zu beschützen, sollte das ein Leichtes sein. Dann fiel ihr ein, dass er sie währenddessen wohl kaum aus den Augen, geschweige denn auf eigene Faust auf die Suche nach dem Pumaweibchen gehen lassen würde. Mist.

„Etwas war allerdings seltsam“, bemerkte Miss Daisy beiläufig, während sie mit effizienten Bewegungen Zwiebeln klein schnitt.

„Was denn?“, fragte Quinn abgelenkt.

„Gestern ist ein neuer Gast angekommen. Teure Kleidung. Sehr stilvoll.“

„Und?“

„Als er gestern Abend wiedergekommen ist, ziemlich spät, wenn ich das so sagen darf, hat er anders ausgesehen.“

Quinn schaute von dem Notizheft auf. „Anders?“

Miss Minnie schüttelte leicht den Kopf, als wollte sie so ihre Gedanken ordnen. „Ich weiß nicht. Der Mantel und der Hut waren derselbe. Der Name auch. Aber das Gesicht? Ich könnte schwören, dass es zwei verschiedene Männer gewesen sind. Ich weiß, das klingt verrückt. Vielleicht bin ich auch einfach nur überarbeitet. Mit der Eröffnung des Spas und Weihnachten vor der Tür habe ich ziemlich viel zu tun. Ach ja. Noch etwas. Meiner Meinung nach humpelte er auf einmal. Er hat zwar versucht, sich nichts anmerken zu lassen, doch ich habe es trotzdem bemerkt.“

Quinn kaute auf ihrer Unterlippe. Miss Daisy hatte eine messerscharfe Beobachtungsgabe. Es gab keinen Grund, an ihrer Aussage zu zweifeln. Zudem war sie sich ziemlich sicher, dass sie wusste, woher das Humpeln kam. Ihr Messer und Archers Streifschuss waren zwar nicht tödlich gewesen, doch die Nachwirkungen würden den Wilderer sicher noch einige Zeit begleiten.

„Ich denke nicht, dass Sie verrückt sind“, sagte sie langsam.

Miss Daisy lächelte. „Lieb von dir, dass du das sagst. Aber ich bin mir wirklich nicht sicher.“

„Wo ist denn der Gast jetzt?“

„Gerade eben saß er noch beim Frühstück.“

„Zeigen Sie ihn mir?“

Miss Daisy hielt ihre Hände unter den Wasserhahn und schrubbte sie. Anschließend trocknete sie sie an ihrer Schürze ab. „Klar. Komm mit.“

Quinn folgte ihr zur Schwingtür, die die Küche vom Schankraum trennte. Über den Kopf der kleineren Frau hinweg spähte sie ins Lokal.

„Wo sitzt er?“, flüsterte sie.

„Kein Grund zum Flüstern. Uns hört da draußen niemand. Er saß am Tisch hinten an der Wand in der Nähe der Bar.“

Ein Schauder überlief Quinn. Dann musste er ja ganz in ihrer Nähe gesessen sein. Sie unterdrückte die aufsteigende Panik und inspizierte den betreffenden Tisch. Zu ihrer Enttäuschung war der Platz leer.

„Dort sitzt niemand mehr.“

„Du hast recht. Seltsam. Vielleicht bleibt er ja noch eine Nacht?“

„Irgendwie habe ich das Gefühl, dein Gast hat eben ausgecheckt. Ich hoffe, dass er die Übernachtung bereits bezahlt hat“, antwortete Quinn grimmig.

17

„Ja, wen haben wir denn da!“, rief Quinn aus, als sie ins Büro der Wildtierstation trat und von einem zögerlich wedelnden Braveheart begrüßt wurde. Sie bückte sich und streichelte seinen schmalen Kopf.

„Nate hat gestern den dicken Verband gegen einen leichteren ausgetauscht und empfohlen, dass er sich mehr bewegen soll. Da dachte ich mir, ich nehme ihn mit“, beantwortete Lara, die an ihrem Schreibtisch saß, die Frage.

„Hat er sich schon mit Princess angefreundet?“

„So halb. Becca ist früh am Morgen mit ihr vorbeigekommen. Braveheart knurrt nicht mehr, aber er ist immer noch sehr misstrauisch.“

„Kein Wunder. Ich bezweifle, dass sein vorheriger Besitzer viel Zeit darauf verwendet hat, ihn zu sozialisieren. Vermutlich hat er ihn entweder an der Leine oder an der Kette gehalten.“ Sie stellte die Donuts auf den Tisch. „Hier, bedien dich“, meinte sie zu Lara.

„Du bist ein Schatz. Ich hatte heute noch gar keine Zeit zu frühstücken.“

Quinn runzelte die Stirn und betrachtete die leichte Wölbung unter Laras Jacke kritisch.

„Solltest du nicht einen strengen Ernährungsplan einhalten? Essen für zwei oder so?“

Lara war im vierten Monat schwanger. Hank und sie freuten sich wahnsinnig.

Lara schnaubte. „Nachdem das Ding erst ein paar Zentimeter groß ist, bezweifle ich, dass es das mitkriegt, wenn ich mal eine Mahlzeit ausfallen lasse. Überhaupt kompensiere ich das ja jetzt", murmelte sie mit vollem Mund. Puderzucker stob nach allen Seiten.

„Auf jeden Fall führst du das Kind bereits in eine der wichtigen Food-Gruppen ein. Zucker pur", stellte Quinn trocken fest.

„Muss ja eine Toleranz aufbauen, das Kind", gab Lara schlagfertig zurück.

„Irgendwelche Neuigkeiten?", erkundigte sich Quinn. Mit allem, was in den letzten zweiundsiebzig Stunden passiert war, hatte sie das Gefühl, völlig den Kontakt zu den Geschehnissen in der Wildtierstation verloren zu haben. Es war so ähnlich, als wäre sie aus einem mehrtägigen Urlaub zurückgekehrt.

„Der Harris-Falke ist wieder gesund. Ich bin mir nur nicht sicher, ob es schlau ist, ihn bei diesem Wetter wieder in die Freiheit zu entlassen. Mit den aktuell gefrorenen Böden wird er sich schwertun, Beute zu finden."

„Behalt ihn doch bis zum Frühjahr hier. Er sieht ganz zufrieden aus in seinem Gehege."

Bei diesem Vorschlag hellte sich Laras Gesicht auf. „Hm. Meinst du?"

„Irgendetwas sagt mir, dass du auf so einen Vorschlag gewartet hast."

„Ich? Nicht doch. Wie kommst du nur auf so was."

Quinn lachte leise und ließ sich auf ihren Bürostuhl fallen.

„Was sind deine Pläne heute?", erkundigte sich Lara.

„Ich wollte eigentlich versuchen, nochmals die Pumadame ausfindig zu machen. Doch Archer wird mir den Kopf abreißen, wenn ich mich allein auf den Weg mache."

„Sieht so aus als würde sich unser wissenschaftlicher Mitarbeiter noch zu einer richtigen Glucke entwickeln."

Quinn stützte den Kopf in die Hände und stöhnte. „Wem sagst du das?"

„Könnte natürlich auch sein, dass er ein spezifisches Interesse daran hat, dich am Leben zu erhalten", meinte Lara gedehnt und schenkte sich eine Tasse Tee ein.

Misstrauisch schielte Quinn zu Lara hinüber, die den anscheinend faszinierenden Inhalt ihrer Tasse studierte und sich Mühe gab, so harmlos wie möglich dreinzuschauen.

„Was willst du damit sagen?"

„Hm. Mir ist nur aufgefallen, dass ihr zwei anscheinend endlich aufgehört habt zu streiten."

„Das täuscht. Temporärer Waffenstillstand trifft es wohl besser." Zu hoffen, dass sich Archer auch in sie verliebt hatte, traute sie sich nicht. Mal ehrlich. Wer wollte schon eine ernsthafte Beziehung mit einer Frau eingehen, die noch bei ihren Eltern wohnte? Zudem war sein Aufenthalt in Independence nur temporär.

„Das sah für mich nicht so aus", behauptete Lara.

„Wie sah es denn für dich aus?", fragte Quinn vorsichtig. Sie war sich nicht zu schade, eine Zweitmeinung einzuholen. Freundinnen waren gut in solchen Dingen. Hatte sie zumindest gelesen. Es war das erste Mal in ihrem Leben, dass sie Freundinnen hatte. Eine ganz neuartige Erfahrung. Früher hatte sie den Zugang zu den kichernden Mädchencliquen nie gefunden. Dafür war sie ein viel zu großer Wildfang gewesen. Anstatt über Make-up zu diskutieren und shoppen zu gehen, war sie lieber in den Wald verschwunden oder zum Fischen gegangen.

„Ausgesprochen kuschelig. Vertraut. Archer konnte seine Augen nicht von dir abwenden."

„Gut, zu diesem Zeitpunkt hatten wir gerade diesen unglücklichen Zusammenstoß mit dem Wilderer hinter uns. Da ist ein wenig Sorge wohl angebracht. Er hat wahrscheinlich nur darauf gewartet, dass ich zusammenbreche", spielte Quinn die Situation herunter.

Nachdenklich trommelte Lara mit ihren Fingernägeln gegen das Porzellan ihrer Tasse. „Ich glaube nicht. Er sah sehr besitzergreifend aus."

Quinn bereute es bereits, Lara um ihren Input gebeten zu haben. Ihre Worte weckten nur die schlummernde Hoffnung in ihr, dass sich tatsächlich etwas Ernsthaftes aus ihrer Affäre entwickeln könnte. Sofort erwachte der kleine Vogel in ihrer Brust und flatterte aufgeregt mit den Flügeln. Blödes Federvieh.

„Ich brauche eine Zusatzration Zucker", stellte sie fest und drehte sich zum Karton um, der hinter ihr auf der Ablage stand.

Sie blinzelte. Der Karton war leer.

„Sag mal, wie viele von den Dingern hast du gegessen?"

„Zwei. Wieso?"

„Wenn du zwei gegessen hast, dann sollten jetzt noch drei übrig sein. Eins für mich und zwei für Archer."

„Und?"

Quinn kippte die Schachtel, sodass Lara sehen konnte, dass sich darin nur noch gähnende Leere befand.

Simultan schauten sie zu Braveheart, dem einzig möglichen Verdächtigen im Raum. Er lag ganz brav auf seiner Decke und schielte unter gerunzelten Augenbrauen zu ihnen hoch. Nur die Schicht weißen Puders an seiner Schnauze verriet ihn. Als er ihre Aufmerksamkeit spürte, wedelte er verlegen mit der Schwanzspitze. Ein Alibiwedeln sozusagen.

„Meinst du, er kriegt Bauchweh?", fragte Lara besorgt.

Quinn studierte ihren Hund.

„Wahrscheinlich nicht. So geschickt und lautlos, wie er vorgegangen ist, vermute ich, dass er einiges an Übung hat im Essen klauen. Wahrscheinlich musste er sich immer selber um sein Essen kümmern. Dabei war er auf einen Stahlmagen angewiesen. Er wird nicht ohne Grund so dünn sein."

„Das wird nicht mehr lange ein Problem sein, wenn er sich weiterhin von Donuts ernährt."

Ein Telefon piepte. Quinn griff in ihre Hosentasche und zog ihr Handy heraus. Sie strich über den Bildschirm und öffnete die Nachricht.

„Archer hat geschrieben", ließ sie Lara wissen.

„Was will er? Und kommt er auch wieder einmal zur Arbeit?"

Überrascht schaute Quinn auf und starrte Lara an. „Du willst mir sagen, dass du die neuesten Neuigkeiten noch gar nicht weißt?"

„Welche Neuigkeiten?"

„Archer und Jake haben die Hütte gefunden, in der die Wilderer gehaust haben."

„Unser Wilderer?"

„Vermutlich."

„Was heißt vermutlich? Ja oder nein?"

„Das Einzige, das sie mit Sicherheit wissen, ist, dass sich der Wilderer, der Archer und mich angegriffen hat, nicht unter den Opfern befindet."

„Opfer? Ich komme mir vor wie in einem schlechten Film."

„Kann ich verstehen. Geht mir ähnlich. Auf jeden Fall haben sie die Hütte verlassen vorgefunden, als seien die Bewohner in aller Eile abgereist. Als sie dann die kleine Scheune unter die Lupe genommen haben, die zur Jagdhütte gehört, haben sie die Leichen von drei Männern gefunden. Auf den ersten Blick sah es wohl so aus, als hätten sich die drei gegenseitig umgebracht. Aber die Spurensuche ergab, dass die Szene gestellt war."

„Drei Tote? Auf einmal? In Independence? Und ich hatte wirklich gehofft, dass so was in der nächsten Zeit nicht schon wieder passiert", murmelte Lara verstimmt. Kein Wunder, war sie doch erst vor ein paar Monaten selbst beinahe einer Mörderin zum Opfer gefallen.

„Ach komm. Immerhin waren es diesmal Auswärtige. Vermutlich ein Streit unter Dieben, besser gesagt Wilderern." Ihre Stimme nahm einen harten Klang an. „Mir ist es mehr als recht, wenn sie sich gegenseitig um die Ecke bringen. Erspart uns Steuerzahlern sehr viel Geld."

„Haben sie auch die Beute gefunden?"

„Einen Teil. Offenbar hat der Schütze den anderen Teil mitgenommen."

Eine neue Nachricht erschien auf dem Display. Fast hätte sie das Telefon fallen gelassen, als sie das erste Foto des Tatorts erblickte.

„Waah …"

„Was ist?"

„Archer hat mir gerade Bilder des Tatorts und der Opfer gesendet. Hier, sieh selbst. Sie versuchen herauszufinden, ob wir einen oder auch alle irgendwann in Independence gesehen haben."

Kopf an Kopf studierten sie die grauenhaften Bilder. Quinn unterdrückte einen Schauer, als sie sah, welchen Schaden die Kugeln angerichtet hatten.

„Archer hat recht", stellte Quinn entmutigt fest. „Derjenige, der uns angegriffen hat, ist nicht dabei."

„Ich habe keinen von denen je gesehen."

Etwas ratlos zuckte Quinn mit den Schultern.

„Mir ist nur nicht ganz klar, was uns das bringt."

„Na ja. Immerhin sind drei von vier tot, wie du vorher selbst gesagt hast. Kein schlechter Schnitt."

„Stimmt. Allerdings läuft der allem Anschein nach Gefährlichste noch draußen rum."

„Was vermutlich Archers Beschützertrip erklärt", nahm Lara das Thema von vorher wieder auf und grinste wissend.

„Vermutlich."

„Obwohl die zusammen verbrachten Nächte wahrscheinlich genauso viel damit zu tun haben", stichelte Lara weiter.

„Ich denke, da liegst du falsch. Es ist einfach Archers Natur, die Leute, die ihm anvertraut wurden, zu beschützen. Er würde dasselbe bei dir machen.“ Bevor Lara ein neues Argument für die unglaubwürdige Behauptung einfiel, dass Archer in sie verliebt war, sagte sie: „Ich muss heute Nachmittag nach Hause, die Lage bei meinen Eltern checken. Anschließend treffe ich mich mit Rose und Nadine im Sweets.“

Sofort wurde Lara wieder ernst und warf ihr aus ihren whiskeyfarbenen Augen einen verständnisvollen Blick zu. „Höchste Zeit, wenn du mich fragst.“

„Ich frag dich aber nicht“, antwortete Quinn brüsk. Sie bereute ihren harschen Tonfall sofort, als sie den verletzten Ausdruck im Gesicht ihrer Freundin sah. „Tut mir leid“, bekannte sie zerknirscht. „Es ist nur so, dass mich das Thema beziehungsweise die ganze Situation fertig macht.“

„Das kann ich verstehen.“

„Ich schwanke zwischen extremem Pflichtbewusstsein, Schuldgefühlen und Ärger. Diese Emotionen sind so gegensätzlich, dass es mich manchmal fast zerreißt.“ Sie rieb sich den Nacken. Braveheart hob ein Katzenspielzeug vom Boden auf, das Buzz irgendwann hier vergessen hatte, und legte es Quinn zu Füßen.

„Brav“, lobte sie ihn und strich ihm über die Schulter. „Du willst mich wohl trösten, was?“

Braveheart setzte sich und schaute sie erwartungsvoll an.

„Was willst du? Donuts? Damit kann ich leider nicht dienen. Ein Dieb hat alle mitgenommen“, erklärte sie ihm und wischte die letzten weißen Spuren des Puderzuckers aus seinem Fell. Prompt leckte er mit seiner rosa Zunge ihre Finger ab.

Lara ging um den Schreibtisch herum und nahm sie in den Arm.

„Keine Sorge, ihr findet bestimmt eine Lösung. Falls du irgendwann eine Bleibe brauchst, kannst du jederzeit übergangsweise bei uns wohnen. Du weißt ja, wie groß die Ranch ist.“

„Danke. Vielleicht werde ich darauf zurückkommen."

Es klopfte an der Tür.

„Nanu? Wer kann denn das sein?"

Abgesehen von den Führungen, mit denen sie bereits im Herbst angefangen hatten, tauchte selten Besuch auf diesem Teil der Ranch auf. Hank, Archer und sogar der Tierarzt Nate hatten einen Schlüssel.

Lara drückte noch einmal Quinns Schulter, bevor sie aufstand.

„Schaust du nach, wer es ist? Ich will noch mal zu den Tieren."

„Klar. Mach ich."

Quinn wartete, bis Lara durch die Hintertür rausgeschlüpft war. Es war offensichtlich, dass sie gerade nicht in Stimmung war, Besuch zu empfangen. Da Quinn das nur zu gut von sich selber kannte, wusste sie ganz genau, wie sie reagieren sollte.

Als Lara außer Sicht war, ging sie zur Tür und öffnete sie.

„Avery!"

Ihre Freundin stand mit verheultem Gesicht vor der Tür, ein Taschentuch in der Hand.

„Was ist denn los?", fragte Quinn alarmiert.

Avery sagte nur zwei Worte. „Miss Marple." Anschließend brach sie prompt wieder in Tränen aus.

Quinn zog sie wortlos ins Büro und schloss behutsam die Tür hinter ihr, bevor sie sie in den Arm nahm und darauf wartete, dass Avery sich wieder beruhigte. Endlich wurden die Schluchzer weniger, und sie schnäuzte sich mit einem offenbar schon ausgiebig benutzten Taschentuch die Nase.

„Sorry."

„Schon gut. Ich weiß, wie sehr so ein Verlust schmerzt. Ist sie heute gestorben?"

Avery nickte. „Es ging ihr doch so schlecht, und die letzten Tage wurde es immer schlimmer. Deshalb habe ich heute

Vormittag den Tierarzt angerufen. Nate kam ein paar Stunden später und hat sie auf ihre letzte Reise geschickt."

„Hast du sie gehalten?"

Avery schluckte und blinzelte heftig, um die erneute Tränenflut unter Kontrolle zu bringen.

„Wo ist denn Cole?"

„Am Tatort mit Jake und Archer. Nur weil Miss Marple gestorben ist, kann ich ihn ja schlecht anrufen und ihm sagen, er soll nach Hause kommen. Stell dir vor, wie lächerlich das klingt. ‚Hallo Schatz, vergiss die drei Mordopfer, meine tote Ratte ist wichtiger'?"

Quinns Mundwinkel zuckten, doch sie sagte nichts. Sie fuhr nur fort, beruhigend über Averys Rücken zu streichen. Schließlich griff sie zur Kleenex-Box, die auf dem Tisch stand, und reichte ihrer Freundin ein frisches Taschentuch. Dankbar nahm Avery es entgegen.

Quinn führte Avery zu einem der Stühle am Konferenztisch. Erschöpft ließ sie sich darauf fallen.

„Ich würde dir ja gerne einen Donut anbieten. Nur leider hat unser Krümelmonster hier", sie deutete mit dem Daumen auf Braveheart, der unterm Tisch lag, „alles geklaut."

Avery lächelte schwach. Immerhin war es ein Lächeln, dachte Quinn erleichtert.

„Wie heißt er? Braveheart?", erkundigte sich Avery.

„Ja. Ich fand, dass er einen Namen verdient hat."

„Auf jeden Fall. Es geht ihm schon besser, nicht?"

Quinn nickte. „Nate hat ihm gestern mehr Bewegung verordnet. Das hier ist heute sein erster Ausflug. Nachher nehme ich ihn mit nach draußen. Wenn er einigermaßen fit wirkt, wandern wir hoch zur Ranch." Die Wildtierstation war nicht weit von der Lone Wolf Ranch entfernt. Zu Fuß waren es etwa zehn Minuten. „Sollte es zu viel sein für ihn, kann ich ihn immer noch tragen."

Avery betrachtete die gelben Augen des Hundes. Auch wenn er jetzt völlig friedlich unter dem Tisch lag, strahlte er trotzdem eine gewisse Wildheit aus.

„Ich weiß nicht. Wie gut lässt er sich denn inzwischen von dir anfassen? Nicht, dass er dir noch aus Versehen in die Hand beißt, wenn er sich erschrickt."

Quinn musterte ihren neuen Gefährten.

„Du hast recht", sagte sie schließlich. „Ich glaube zwar nicht, dass es ein Problem wäre. Aber ich muss es auch nicht herausfordern. So ein Erlebnis ist ja auch für ihn traumatisch."

„Vor allem, nachdem er schon so schön Zutrauen zu dir gefasst hat."

Sie verbrachten einen Moment in kameradschaftlichem Schweigen, bis Quinn beiläufig fragte: „Hast du heute schon etwas vor?"

Neugierig sah Avery auf.

„Nein, warum? Ich habe alle meine Termine abgesagt, als klar wurde, dass es Miss Marples letzter Vormittag sein würde." Ihre Unterlippe zitterte ein wenig, doch sie fing nicht wieder an zu weinen. Die Trauer würde sie sicher noch oft einholen. Doch für den Moment schien sie sich gefangen zu haben.

„Dann bist du herzlich eingeladen, mich auf Pumajagd zu begleiten."

„Jagd?"

„Im übertragenen Sinne. Nachdem Lara und ich uns nicht überwinden konnten, die Berglöwen mit Sendern zu versehen, müssen wir uns auf althergebrachte Art auf die Spurensuche verlassen, um an verlässliche Daten zu kommen."

„Ist das nicht viel mehr Arbeit?", erkundigte sich Avery, während sie ihre Handschuhe überzog.

Quinn schlüpfte in ihre Jacke und griff nach ihrem Rucksack. „Doch, natürlich. Andererseits macht es mehr Spaß, als ständig vor dem Bildschirm zu sitzen."

„Da hast du auch wieder recht."

„Von mir wird erwartet, dass ich brav in der Wildtierstation warte, bis Archer wiederkommt." Sie rümpfte die Nase. „Du kannst dir vermutlich vorstellen, wie erfreut ich über diese Anweisung war. Aber wenn du mitkommst, bin ich ja nicht allein. Vorsichtiger, als eine ehemalige Agentin mitzunehmen, kann man fast nicht sein."

„Na ja, meine Spurenlesefähigkeiten habe ich eher im Großstadtdschungel gesammelt. Ich glaube nicht, dass ich dir eine große Hilfe sein werde", meinte Avery zweifelnd.

„Keine Sorge, die Spuren finde ich selber." Sie schnitt eine Grimasse. „Es geht mehr um die Möglichkeit, dass der fehlende Wilderer und jetzt auch des dreifachen Mordes Verdächtige plötzlich hinter einem Baum hervor springt."

Avery hob eine Augenbraue. „Ist das denn wahrscheinlich? Normalerweise wäre die logische Handlung, so schnell wie möglich viel Distanz zwischen sich und die Morde zu bringen."

Quinn seufzte. „Meine Worte. Doch Archer ist sich nicht so sicher. Er ist der Meinung, dass der Mörder noch eine Rechnung mit mir offen hat. Männliches Machogehabe."

„Ach so. Das ist natürlich auch möglich." Doch sie klang nicht sehr überzeugt.

„Wie auch immer, du bist die perfekte Lösung für mein Problem. Lass uns gehen."

Avery schnaubte und bemerkte trocken: „Immer schön, wenn man gebraucht wird."

*

Hollister schritt in seinem neuen Hotelzimmer auf und ab. Er brauchte dringend einen Plan, wenn er die Wildhüterin erwischen wollte. Am besten, er stellte ihr eine Falle. Er blieb stehen und schaute auf die Straße hinaus. Es schneite zwar nicht, doch gegen den bleiernen Himmel hatte die schwache Wintersonne keine Chance. Er rieb sich die Hände. Bald, bald war er reich. Florida sollte schön warm sein. An Wild mangelte es dort auch nicht, sollte ihm die Kohle ausgehen. Aber erst hatte er hier noch einen Job zu erledigen. Das Pumaweibchen und die Wildhüterin trugen seinen Namen, sie wussten es nur noch nicht.

Unerwartet stieg dieselbe Euphorie in ihm hoch, die er gespürt hatte, als er gestern den Boss und die zwei Idioten umgebracht hatte. So fühlte sich also echte Macht an. Er lächelte befriedigt und betrachtete sich anerkennend im Spiegel. Nach ein paar Sekunden wandte er sich abrupt ab. Was nützte ihm das, wenn niemand da war, der das zu schätzen wusste? Aus lauter Frust schlug er mit der Hand neben dem Spiegel an die Wand. Putz bröckelte ab. Der Spiegel wackelte und fiel mit einem Krachen zu Boden. Angewidert betrachtete er die Zerstörung. Die Erleichterung war viel zu flüchtig. Er brauchte eine Frau. Sein Blick fiel aufs Telefonbuch. Bis er endlich der anderen Schlampe habhaft wurde, würde er sich um Ersatz bemühen müssen. Das Telefonbuch würde sich wahrscheinlich als nicht sehr hilfreich erweisen. Aber er war sich ziemlich sicher, dass ihn der Concierge gegen ein entsprechendes Trinkgeld in die richtige Richtung weisen konnte. Seiner Erfahrung nach gab es auch im kleinsten Kaff Frauen, die für einen Drink bereitwillig die Beine breitmachten, wenn es sich bei dem Mann um einen Jäger handelte. Er grinste lüstern. Wenn sie wüssten, worauf er sich seit gestern spezialisiert hatte …

*

Brandi mit „i“, wie sie ihm wichtig versichert hatte, als würde ihn das interessieren, war ganz begeistert gewesen, als er vorgeschlagen hatte, einen Ausflug zu seiner geheimen Jagdhütte zu machen. Sicherheitshalber hatte er ihr die Augen verbunden. Er wollte nicht das Risiko eingehen, dass sie es sich beim Anblick des Polizei-Tapes plötzlich anders überlegte. Die Idee mit der Jagdhütte war ihm gekommen, als er sich überlegte, was für eine Sauerei sein Vorhaben anrichten würde. Welcher Platz war besser als der Tatort von gestern Nacht? Er bezweifelte, dass in nächster Zukunft irgendwer vorbeikommen würde. Die Spurensicherung hatte ihren Job erledigt. Bald würden sie den Fall als ungelöst zu den Akten legen.

Brandi mit i schöpfte keinen Verdacht. Für sie war das alles ein aufregendes Spiel. Für alles andere wären auch ein paar Hirnzellen mehr erforderlich gewesen, dachte er angewidert. Aber sie würde ihren Zweck erfüllen, bis er seine richtige Beute erlegt hatte. Die Aussicht auf das, was er mit Brandi vorhatte, steigerte seine Euphorie. Grob schob er sie vor sich durchs Tor in die Scheune.

Bedächtig zog er sein Jagdmesser aus der Scheide. Mit der linken Hand entfernte er Brandis Augenbinde, ließ seine Hand in die strohigen blonden Haare gleiten und zog ihren Kopf nach hinten.

Hollister wartete, bis der Anblick der glänzenden Messerschneide in Brandis Hirn registriert wurde. Erkenntnis, dicht gefolgt von Panik, trat in ihren Blick. Er senkte das Messer und gab sich dem Rausch hin.

18

Erschöpft parkte Archer den Truck, der endlich vier neue Reifen hatte, vor der Lone Wolf Ranch. Lara hatte alle zum Essen eingeladen. Das war ihm mehr als recht. Nach dem heutigen Tag hätte es zu nicht viel mehr als einer Pizzabestellung gereicht. So toll die Tatsache war, dass Independence endlich einen Pizza-Service hatte, Arkade sei Dank, wollte er trotzdem nicht anfangen, sich ausschließlich davon zu ernähren. Sonst wäre er noch gezwungen, eine Pizza mit Gemüse zu bestellen. Er blinzelte ein paar Mal, als ihm auffiel, dass er tatsächlich seit ein paar Minuten in seinem Auto saß und über die Nährwerte von Pizza nachdachte. Er brauchte dringend Schlaf.

Er stieg aus und begrüßte Leonie, die trotz der Kälte auf der Veranda lag. Wahrscheinlich war das für sie die angenehmste Jahreszeit, wenn er sich ihren Pelz so ansah. Pyrenäenberghunde waren dafür gezüchtet, das ganze Jahr mit ihrer Schafherde herumzuziehen. Vermutlich hatte die Natur sie darum mit so viel Fell ausgestattet. Seine Gedanken drifteten schon wieder ab, verdammt. Er tätschelte Leonie ein letztes Mal den breiten Schädel und klopfte an die Tür.

Quinn machte ihm auf. Bei ihrem Anblick löste sich etwas von der Anspannung, die er den ganzen Tag mit sich herumgetragen hatte.

Sie lächelte und fragte gleich darauf einfühlsam: „War es schlimm?“

Für ein paar Sekunden stand er nur da und starrte sie an. Sie hatte ihn kaum eine Sekunde gesehen und stellte schon die richtige Frage. Kein Wunder, dass er über beide Ohren in sie verliebt war. Blieb nur zu hoffen, dass sie diese Gefühle erwiderte.

„Archer?“, hakte sie nach, offensichtlich besorgt über sein langes Schweigen.

Anstelle einer Antwort legte er ihr einen Arm um ihre Taille und zog sie zu sich heran, bis er ihren Herzschlag spürte.

„Schön, dass du da bist“, murmelte er an ihren Lippen, kurz bevor er sie küsste.

Ihr Körper wurde ganz weich und anschmiegsam unter seinen Händen. Er musste sich sehr zusammenreißen, sie nicht die wenigen Treppenstufen hinab und zu seinem Wagen zu zerren.

Quinn spürte, wie der kleine Vogel zum Fliegen ansetzte. In einem Anfall von Übermut, ausgelöst durch den Strudel der Gefühle, die Archers Kuss in ihr auslöste, gab sie ihm einen kleinen Schubs. Flieg, dachte sie im Stillen und schaute ihm nach, als er sich in die Höhe schwang. Und dann dachte sie eine ganze Weile gar nichts mehr.

„Wir haben auch Zimmer, wisst ihr“, meinte Hank amüsiert.

Ertappt fuhr Quinn zurück. Archer grinste nur. Sie studierte ihn genauer. War das etwa ein selbstgefälliges Lächeln? Er sah auf jeden Fall sehr zufrieden aus. Nicht mehr ganz so müde, wie vor ein paar Minuten – oder waren es nur Sekunden gewesen? Sie wusste es nicht.

„Ihr habt Glück, dass mein Bruder inzwischen selber seine große Liebe gefunden hat“, ließ Becca sie wissen. „Noch vor einem Jahr hätte er euch beiden den Kopf abgerissen.“

„Gar nicht wahr“, brummte Hank.

„Wollt ihr die neuen Pumabilder vor oder nach dem Essen ansehen?“, warf Quinn in die Runde, in einem Versuch, von der peinlichen Situation abzulenken. Wie hatte sie sich nur so mitreißen lassen können? Blöde Frage. Sie hatte Archer noch nie widerstehen können, dachte sie.

„Neue Pumabilder? Wann hast du denn die geschossen?“

Quinn drehte sich bewusst langsam zu ihm um. „Heute Vormittag natürlich."

„Nachdem ich dir ausdrücklich gesagt hatte, du sollst dich nicht allein in den Wald wagen?", fragte Archer ungläubig.

Kampfeslustig stützte Quinn die Hände in die Hüften. „Du hast mir nichts zu sagen."

„Doch", donnerte er. „Wenn es um deine Sicherheit geht, schon."

Sie ließ sich von seinem Poltern nicht beeindrucken. „Ich war zu jeder Zeit in Sicherheit."

„Ach ja? Was hättest du denn gemacht, wenn der Wilderer aufgetaucht wäre und einen erneuten Versuch gestartet hätte, dich umzubringen?"

„Mich auf meinen Partner verlassen."

„Ich war ja gar nicht da!"

„Nein. Mein anderer Partner", erwiderte sie triumphierend. „Du bist nicht der einzige Mensch auf Erden, weißt du …", fügte sie zuckersüß hinzu.

Sichtlich geschockt schaute Archer sie an. Geschah ihm recht. Was musste er sich auch aufführen als wäre er ihr Boss.

Während ein Teil von Archer erleichtert war zu hören, dass sie nicht allein unterwegs gewesen war, reagierte ein anderer Teil extrem genervt. Er war Quinns Partner. Niemand anders. Wen hatte sie nur mitgenommen? Fieberhaft ging er sämtliche männlichen Einwohner Independence' im richtigen Alter durch.

„Wer war denn dein Partner?", fragte er möglichst unbeteiligt, während das eifersüchtige Monster in seiner Brust misstrauisch den Kopf hob.

„Ich", rief Avery aus dem Wohnzimmer, das an die offene Küche grenzte. Sie saß an Cole gelehnt auf dem Sofa.

Archer fiel ein Stein vom Herzen. Natürlich ließ er sich seine Erleichterung nicht anmerken. Das wäre dann doch etwas peinlich gewesen.

„Nach dem Essen", beantwortete Lara aus der Küche die Frage nach der Pumabild-Show. „Ich bin gleich fertig mit dem Kochen."

Quinn hatte sich unterdessen wieder etwas beruhigt. Ihr war auch klar, dass der Tag am Tatort seine Spuren hinterlassen hatte. Kein Wunder, dass Archer ausgeflippt war, als er dachte, sie sei allein unterwegs gewesen.

„Du hast meine Frage noch nicht beantwortet", sagte sie leise, sodass die anderen nicht mithören konnten, zu Archer.

Er lächelte schief. „Sagen wir so: Seit etwa fünf Sekunden geht es mir sehr viel besser."

Quinn errötete prompt. Was war denn heute nur los? Bald würde sie sich wie ein hormongesteuerter, kichernder Teenager benehmen. Falls es nicht bereits so weit war.

„Und vorher?", blieb sie hartnäckig am Thema dran.

„Ich erzähle es dir. Später. Jetzt brauche ich endlich etwas zu essen."

„Okay. Aber glaub nur nicht, dass ich es vergesse", warnte sie ihn.

„Keine Angst. Ich weiß inzwischen, wie hartnäckig du bist", murmelte er.

„Essen", rief Quinn laut, als Lara den Cottage-Pie zum Tisch trug. Der Duft der heißen Köstlichkeit brachte ihren Magen zum Knurren. Anscheinend wollte er sicherstellen, dass er etwas davon abbekam. Das deftige Gericht aus Kartoffeln, Gemüse und Hackfleisch, versteckt unter einer goldgelben Teigkruste, war ein ideales Winteressen. Avery und Cole erhoben sich vom Sofa und kamen in die Küche. Braveheart setzte sich erwartungsvoll neben Quinn. Sie schaute ihn streng an und deutete auf den Platz vor dem Feuer, wo die anderen beiden Hunde friedlich schliefen.

„Hier gibt es nichts für dich, mein Kleiner. Ab mit dir."

Braveheart legte betrübt seine Ohren flach an den Kopf und schlich davon.

„Also Quinn!", zog Avery sie auf. „Hast du denn gar kein Mitleid mit dem armen Hund?"

„Der arme Hund hat bereits drei Donuts geklaut. Ich habe so das Gefühl, dass jeder besser gut auf seinen Teller aufpasst, wenn ihr nicht wollt, dass der Inhalt auf mysteriöse Art und Weise verschwindet." Trotz ihrer entschiedenen Worte wandte sie sich an Lara. „Ich nehme an, du hast ihn bereits gefüttert."

„Klar. Vor einer halben Stunde. Ich glaube fast, er hat es inhaliert, so schnell, wie sein Napf leer war. Er hat mich versucht zu überzeugen, dass in seinem Geschirr noch gar nie was drin war, in der Hoffnung, dass ich es nochmals fülle."

„Ein richtiges Schlitzohr", stellte Archer amüsiert fest. „Weißt du, anfangs war ich fast ein bisschen neidisch, als du ihn für dich beansprucht hast", gab er freimütig zu. „Inzwischen denke ich, dass es ganz gut ist, wie es ist."

„Das kann ich mir vorstellen", antwortete Quinn lapidar. „So wie du die Pizza bei dir rumstehen lässt, wäre der Hund in Kürze kugelrund."

„Und ich ganz dünn."

Die anderen brachen in lautes Gelächter aus.

„Ein Diät-Hund sozusagen", stellte Quinn fest. Eine Schnauze drückte unterm Tisch gegen ihr Bein. Freundlich, aber bestimmt schob sie Braveheart weg.

„Hör mal zu, Kleiner. Dein Platz ist drüben beim Feuer."

Der Hund ließ den Kopf hängen und trottete enttäuscht davon.

„Ooh, der Arme", kommentierte Avery. „Vielleicht hat er ja tatsächlich noch Hunger?" Besorgt schaute sie ihm hinterher.

„Du kannst ihm gerne deinen Anteil am Abendessen schenken", schlug Quinn spöttisch vor.

Avery zog die Augenbrauen hoch und legte schützend die Arme um ihren Teller.

„Wenn ich es mir recht überlege, hat er bestimmt genug gehabt. Schließlich habt ihr Erfahrung mit Tieren aller Art." Sie schob sich eine volle Gabel in den Mund. „Oder ist euch schon eins verhungert?"

Amüsiert schüttelte Lara den Kopf. „Nein. Verhungert ist hier noch keiner."

„Zumindest nicht, seit du hier wohnst", schaltete sich Hank in die Diskussion ein. „Früher, als nur ich und Becca hier wohnten, war das keine so sichere Sache." Seine Schwester Becca konnte nicht kochen. Gar nicht. Auch nicht heißes Wasser. Ihre Spezialität waren Mikrowellengerichte. Das höchste der Gefühle waren selbst gemachte gegrillte Käsesandwiches.

„Die Vierbeiner waren auch damals hervorragend versorgt."

„Ja, die Vierbeiner vielleicht", brummte Hank. „Ich habe allerdings nur zwei." Um sich nicht ständig von gegrillten Käsesandwichs oder Mikrowellenkost zu ernähren, hatte er gezwungenermaßen oft selber gekocht. Grundsätzlich kochte er auch gerne und gut. Aber nach einem harten Tag Rancharbeit war es manchmal einfach ein bisschen viel gewesen.

„Jetzt hast du ja mich", tröstete ihn Lara, während sie sich das Lachen verbeißen musste.

Hanks Miene hellte sich sichtlich auf. Er lehnte sich zu seiner Frau hinüber und küsste sie auf die Wange. „Dich und bald auch noch den Zwerg. Wenn wir es richtig anstellen, muss in zehn Jahren keiner von uns beiden mehr kochen."

„Vielleicht ein wenig ambitioniert, einem zehnjährigen Kind die Aufsicht über die Küche zu geben", gab Cole zu bedenken, der seine Nichte Cammie im Kopf hatte. Zugegeben, sie war noch lange nicht zehn. Aber die Vorstellung, den kleinen Wirbelwind in der Küche loszulassen, erfüllte ihn mit Sorge.

„Vor allem, wenn sie oder er sein kulinarisches Talent von der Tante mitbekommen hat", warf Quinn ein.

„Mach keine Witze darüber", meinte Hank düster. „Dann sind wir dem Untergang geweiht."

„Ich wusste gar nicht, dass dein Mann ein solches Talent für Theatralik hat. Ich dachte, er sei mehr der starke, schweigsame Cowboy?“, wunderte sich Quinn.

Lara warf Hank einen spekulativen Seitenblick zu.

„Ich weiß auch nicht, was mit ihm los ist. Wenn er so weitermacht, hat er am Ende des Abendessens seinen gesamten Vorrat an Wörtern für den Rest des Monats aufgebraucht.“

„Ich bin ja schon ruhig.“ Hank widmete sich wieder seinem Teller. Mitten in der Bewegung hielt er inne. Sein Teller war leer. Irritiert hob er den Teller an und schaute darunter, dann warf er einen Blick auf den Boden. Er blinzelte.

Quinn gab sich alle Mühe, das aufsteigende Lachen zu unterdrücken und studierte intensiv ihren eigenen Teller. Fast hätte sie angefangen, ein Lied zu pfeifen. Doch sie ging davon aus, dass das ein wenig übertrieben gewesen wäre. Einen möglichst unbeteiligten Eindruck zu erwecken war eine Sache. Dabei aufzufallen, eine andere.

„Quinn … Dein Hund hat mein Essen geklaut!“, empörte sich Hank.

„Mein Hund? Das kann gar nicht sein. Schau doch, er liegt ganz brav bei den anderen.“ Sie deutete auf Braveheart, der ganz unschuldig neben Leonie und Princess lag. Gut, dass Princess versuchte, an seine Schnauze zu kommen, um sie abzulecken, war vielleicht ein wenig seltsam, aber noch lange kein Beweis. Der Mischling wusste nicht so recht, was er von Princess' plötzlicher Aufmerksamkeit halten sollte. Er hatte keine Angst mehr vor ihr und knurrte auch nicht, doch er hielt die Schnauze möglichst weit entfernt von der älteren Hündin. Princess ließ sich dadurch nicht beirren. Was auch immer in seinem Fell klebte, musste sehr lecker sein. Wie das Abendessen, das sie gerade genossen.

Lara hing in ihrem Stuhl und konnte nicht mehr aufhören zu lachen. Auch die Mundwinkel der anderen zuckten verräterisch.

Schließlich stand Quinn auf, holte einen frischen Teller aus dem Schrank und schöpfte für Hank eine neue Portion.

„Hier. Pass diesmal besser darauf auf."

„Darauf kannst du Gift nehmen. Danke."

Nachdem die Auflaufform leer war, verteilte Quinn an alle Kaffee, während die anderen den Tisch abräumten. Lara blieb sitzen und legte ihre Beine hoch.

„Wie war eigentlich das Gespräch mit Rose und Nadine? Gut?"

Quinn, die an der Spüle stand, drehte sich um und trocknete sich die Hände ab.

„Ja und nein." Sie senkte den Blick auf ihre Hände, die sich irgendwie im Geschirrtuch verwickelt zu haben schienen. Bewusst löste sie ihren Griff und legte das Tuch beiseite.

„Sonja war auch dabei. Alle sind der gleichen Meinung. Mein Vater ist nicht mehr fähig, für sich allein zu sorgen. Entweder ich höre auf zu arbeiten oder er muss in ein Pflegeheim." Sie starrte zum Fenster hinaus in die dunkle Nacht, ohne wirklich etwas zu sehen.

„Ist das eine Option für dich?", fragte Lara vorsichtig.

„Was? Aufhören zu arbeiten?" Sie konzentrierte sich wieder auf Lara. „Nicht wirklich. Vielleicht wäre es das Richtige, ethisch-moralisch gesehen meine ich." Sie machte eine Pause, bevor sie leise sagte: „Aber ich würde wahnsinnig werden dabei."

„Das kann ich verstehen", versicherte Lara ihr.

Archer, der bis jetzt am Tisch gesessen hatte, stand auf und nahm Quinn in seine Arme. Dankbar lehnte sie sich an ihn und genoss die stille Unterstützung, die er ihr bot. Daran könnte sie sich gewöhnen, dachte sie sehnsüchtig.

„Spannenderweise komme ich mit meinem Vater jetzt, wo er an Demenz erkrankt ist, besser zurecht als früher. Klar, er ist oft schlecht gelaunt, doch seine Hauptsorge ist mein Bruder. Das heißt, ich bleibe verschont von seinen Tiraden."

„Ist das nicht unglaublich hart für dich, wenn er ständig von Eric spricht, als wäre er noch am Leben?“, fragte Hank, der von seinem kurzen Kontrollgang durch den Stall zurückgekehrt war. Er war mit Eric zur Schule gegangen und hatte ihn daher gut gekannt. „Du musst ihn doch auch vermissen.“

„Das stimmt. Aber auch wenn das vielleicht seltsam klingt, ist es doch schön zu hören, wie jemand über ihn spricht.“ Sie zuckte mit den Schultern. „Natürlich würde ich meinem Vater gerne den Stress ersparen, den er ganz offensichtlich jedes Mal, wenn er sich auf die Suche nach Eric begibt, durchlebt. Aber ansonsten … Immerhin steckt eine positive Emotion dahinter. Zugegeben, sie erstreckt sich nicht auf mich, aber trotzdem. Meine Mutter hingegen …“ Müde rieb sie sich die Augen.

„Würde deine Mutter denn allein im Haus wohnen bleiben?“

„Meine Mutter ist ein alter, Feuer speiender Drache. Ihr liebstes Ziel für ihre vernichtenden Bemerkungen bin ich. Die Vorstellung, weiterhin mit ihr auf unabsehbare Zeit zusammenzuwohnen, ist fürchterlich.“ Quinn schauderte. Fürsorglich rieb Archer über ihre Arme.

„Und wenn du ausziehst? Ich habe das Angebot ernst gemeint, dass du erst einmal hier einziehen kannst.“

„Wenn Quinn auszieht, zieht sie zu mir“, brummte Archer, bevor er sich überlegt hatte, ob das schlau war. Verdammt, dachte er, als er ihrem erstaunten Blick begegnete. Normalerweise hatte er mehr Kontrolle über sein Mundwerk. Doch es war für ihn so sonnenklar, dass die Frau in seinem Arm an seine Seite gehörte, dass für ihn gar keine andere Option infrage kam.

„Ist das so?“, fragte sie jetzt und studierte ihn eingehend.

„Macht doch Sinn“, rechtfertigte er sich. „Du warst doch schon ein paar Mal bei mir. Zieh zu mir, dann musst du vorher nicht immer alle deine Dinge zusammensuchen. Viel praktischer.“

„Praktischer“, wiederholte Quinn mit undurchdringlicher Miene.

„Im Sinne der Schadensbegrenzung solltest du vielleicht jetzt aufhören zu reden", schlug Avery belustigt vor.

Quinn löste sich aus Archers Arm und trat einen Schritt zur Seite, außer Reichweite von ihm. Irritiert warf er ihr einen Blick zu. Sie hatte sich gut angefühlt in seinem Arm. Warm und weich. Sie gehörte dahin. Er war allerdings schlau genug, diesmal den Mund zu halten. Irgendwie war er vorher wohl in mehrere Fettnäpfchen getreten. Leider war ihm nicht ganz klar, was das Problem war. Vielleicht konnte ihm nachher Cole oder Hank einen Tipp geben. Wenn die Frauen weg waren. Auf einmal verstand er, weshalb es vor ein paar hundert Jahren Brauch gewesen war, dass sich die Männer für ihren Brandy und die Zigarren zurückgezogen hatten. So hatten sie Zeit, Männersachen unter sich zu besprechen.

Quinn ignorierte ihn und wandte sich demonstrativ an Lara. „Sollte ich ausziehen, komme ich gerne auf dein Angebot zurück. Erst müssen allerdings noch einige Hindernisse aus dem Weg geräumt werden. Erst muss ich mir das Pflegeheim in Breckenridge anschauen. Sie nehmen dort auch Alterspatienten wie meine Mutter, die nicht mehr gut zurechtkommen im Alltag, aber sonst noch gut in Schuss sind."

„Das wäre doch schön, wenn die beiden zusammenbleiben könnten", stellte Cole fest. „Wenn ich mir vorstelle, dass jemand uns nach dreißig Jahren Ehe trennen würde, dann schaudert es mich."

„Wer weiß, vielleicht bist du in dreißig Jahren froh, mich loszuwerden", zog Avery ihn auf.

„Ich bin mir nicht sicher, ob meine Eltern dieselbe Zuneigung zueinander empfinden", bemerkte Quinn trocken, „aber grundsätzlich stimme ich dir zu. Es ist bestimmt für beide einfacher, wenn sie zusammen sind, während sich ihr ganzes Leben, so wie sie es kennen, ändert."

„Und die finanzielle Seite? Mir ist schon klar, dass mich das eigentlich nichts angeht", fuhr Lara hastig fort. „Aber aus ein paar Bemerkungen von dir habe ich mitbekommen, dass das eines der Hauptprobleme ist.“

Quinn umrundete den Tisch und ließ sich gegenüber von Lara und Hank auf einen Stuhl fallen. Archer verfolgte ihren Weg irritiert. Musste sie so demonstrativ auf die andere Seite der Küche gehen? Möglichst weit weg von ihm? Man könnte meinen, er hätte eine ansteckende Krankheit. Irgendwie hatte er sich den heutigen Abend anders vorgestellt.

Quinn spürte Archers brütenden Blick. Selber schuld, dachte sie, wenn es ihm nicht passte, was sie machte. Sie war nicht diejenige, die das Verhältnis zwischen ihnen als praktisch bezeichnet hatte. Das hatte er gründlich vermasselt.

Hank beschloss, Archer zu erlösen und vielleicht ein wenig Erkenntnis in seinen dickköpfigen Freund zu hämmern. Er war nämlich der Meinung, dass die beiden ausgesprochen gut zusammenpassten.

„Komm“, verlangte er deshalb und erhob sich von seinem Stuhl.

„Wohin denn?“, fragte Archer, ohne seine Augen von Quinn abzuwenden.

„Nach draußen. Ich brauche deine Hilfe im Stall.“

Widerwillig löste sich Archer von seinem Beobachtungsposten und folgte Hank in den Flur.

„Gott sei Dank“, sagte Lara.

„Was meinst du damit?“, wollte Quinn wissen.

„Na, die Spannung zwischen euch zweien war zum Schneiden dick.“

„Wundert dich das, nachdem ich in etwa dieselbe Signifikanz wie seine Kaffeemaschine einnehme? Die ist auch praktisch“, erwiderte Quinn mürrisch.

„Ich würde mir an deiner Stelle darüber keine Sorgen machen. Mein Gefühl sagt mir, dass er diese Meinung revidiert hat, wenn er zurückkommt.“

„Die magische Wirkung von frischer Luft auf das menschliche Gehirn?“ Quinns Stimme troff vor Sarkasmus. „Darauf würde ich nicht wetten …“

„Apropos Wetten, beziehungsweise Geld …“, lenkte Lara ab, „war nicht einmal die Rede davon, einen Teil der Wetteinsätze für solche Fälle zu verwenden?“ Ihr war buchstäblich jedes Thema recht, um ihre Freundin für eine Weile auf andere Gedanken zu bringen.

Quinn nahm den Themenwechsel dankbar an. Alles war besser, als über den deprimierenden Status ihrer Beziehung zu Archer nachzudenken. War es wirklich nur wenige Stunden her, dass sie sich noch leidenschaftlich begrüßt hatten? Menschliche Beziehungen waren ihr ein Rätsel. Sehr fragil waren sie, so viel stand schon einmal fest. Manchmal wünschte sie sich, sie wäre ein Grizzly. Jagen, fressen, schlafen. Und okay, einmal im Jahr Sex. Auf jeden Fall ein sehr viel simpleres Leben. Irgendwie hatte sie sich den heutigen Abend anders vorgestellt.

19

Am nächsten Morgen stand Quinn bei ihrem Auto und musste sich zum ersten Mal, seit sie angefangen hatte, für die Wildtierstation zu arbeiten, überwinden, zur Arbeit zu fahren. Archer war gestern nicht wieder ins Haus gekommen, sondern gleich gefahren, ohne sich zu verabschieden. Immerhin stellte das einige Dinge klar, dachte sie missmutig und fuhr mit der mühsamen Arbeit, ihr Auto von Schnee und Eis zu befreien, fort.

„Lass mich das machen", erklang eine vertraute Stimme hinter ihr.

Sie wirbelte herum und hielt den Eisschaber wie eine Waffe vor sich.

„Du!" Die ganze Enttäuschung, die sich in ihr seit gestern angesammelt hatte, stieg an die Oberfläche. Selbst ihr seltsamer, gefiederter Freund, der es sich häuslich in ihrer Herzgegend eingerichtet hatte, schien empört. Wenigstens das, dachte sie mit einer gewissen Befriedigung. Sie hatte schon befürchtet, dass er sich als illoyaler Verräter herausstellen und beim bloßen Anblick von Archers attraktivem Äußeren wieder anfangen würde, hektisch zu flattern. Der kleine Vogel in ihrer Brust hielt bei diesem Gedanken in seiner Schimpftirade inne und legte den Kopf schief, als schien er diese Option in Erwägung zu ziehen. Kein Wunder, wie immer sah Archer verdammt gut aus, dachte sie mürrisch. Noch so ein Punkt, der auf die Negativseite ihrer Liste gehörte, die sie während ihrer schlaflosen Nacht angefangen hatte anzufertigen. So früh am Morgen sollte es verboten sein, so gut auszusehen.

Archer schob die Hände tiefer in die Hosentaschen. Hank hatte ihm gestern unmissverständlich zu verstehen gegeben, dass er sich äußerst ungeschickt ausgedrückt hatte, nachdem er schon so überraschend das Thema Zusammenziehen zur Sprache gebracht hatte.

„Eine Frau möchte gerne umworben werden. Während sie vielleicht durchaus gerne mit dir zusammenziehen würde, will sie nicht einfach vor all ihren Freunden vor vollendete Tatsachen gestellt werden", hatte er erklärt.

„So was hatte ich mir schon gedacht", hatte er niedergeschlagen erwidert.

Hank hatte den Kopf geschüttelt und gesagt: „Du verstehst es immer noch nicht. Selbst das hättest du wahrscheinlich retten können, wenn du ihr gesagt hättest, dass es dein größter Wunsch ist, neben ihr aufzuwachen oder so ähnlich."

Verblüfft hatte er Hank angeschaut und gemeint: „Das ist ja wohl klar. Wieso sonst sollte ich wollen, dass sie bei mir einzieht?"

„Für sie war das nicht klar. Vor allem nicht, nachdem du die Worte ‚praktisch' und ‚einfach' als Begründung verwendet hast."

„Oh."

„Genau. Oh."

„Sieht so aus, als hätte ich ganz schön etwas gutzumachen."

„Das kann man wohl sagen", hatte Hank erwidert.

Also war er nach Hause gegangen. Zum einen wollte er sich eine Strategie zurechtlegen. Zum anderen dachte er, war es vielleicht ganz schlau, Quinn Zeit zu geben, sich wieder zu beruhigen. Leider sah es ganz so aus, als hätte die Zeit nicht gereicht, dachte er, als er ihre angriffslustige Körperhaltung studierte.

„Was willst du hier?", fragte sie über die Schulter, während sie verbissen ihre Windschutzscheibe bearbeitete.

Am liebsten hätte er ihr den Schaber weggenommen, doch seine Intuition riet ihm, erst einmal auf Abstand zu bleiben. Er war in der Wüste auf genügend wütende Klapperschlangen gestoßen, um zu wissen, dass diese unberechenbar waren.

„Mit dir reden. Und dich zum Frühstück einladen."

Misstrauisch beäugte sie ihn. „Wieso denn das? Das ist doch schrecklich unpraktisch, extra den ganzen Weg hier rauszufahren", konnte sie sich nicht verkneifen hinzuzufügen.

Archer merkte, dass er anfing, sich zu ärgern. Wieso musste sie auch so stur sein! Aber er biss die Zähne zusammen und zwang sich, ruhig zu bleiben. Gleichzeitig merkte er, wie sein Körper auf den Anblick von ihr in den Jeans, vornüber über das Auto gebeugt, reagierte. Großartig. Anscheinend war er über Nacht zum Teenager mutiert. Diese Probleme hatte er nie gehabt, als er noch an der Uni seinen langweiligen Schreibtischjob gehabt hatte. So eine aufregende Frau in seinen Armen allerdings auch nicht, erinnerte er sich. Dieser Gedanke heiterte ihn auf. Jetzt musste er nur dafür sorgen, dass sie möglichst bald wieder in seine Arme zurückkehrte. Momentan war ihr Verhalten alles andere als einladend. Ihre Stimmung war ähnlich frostig wie die Windschutzscheibe, der sie immer noch verbissen zu Leibe rückte.

Er holte tief Luft. Gewisse Dinge waren es wert, Opfer zu bringen. „Hör mal, es tut mir leid."

Quinn nickte, um zu zeigen, dass sie ihn gehört hatte, sagte aber nichts dazu. Sich pauschal zu entschuldigen war einfach. Sie wollte schon wissen, ob er überhaupt wusste, wofür er sich entschuldigte. Da war sie sich nämlich nicht so sicher. Wenn er es nicht verstand, war die ganze Diskussion umsonst.

Anscheinend reichte eine Entschuldigung allein nicht, stellte Archer richtigerweise fest. Fieberhaft suchte er nach den richtigen Worten.

„Ich wollte dich nicht vor den Kopf stoßen mit meinem Vorschlag, zusammenzuziehen."

„Ich weiß."

„Du weißt das?", fragte er überrascht.

Quinn richtete sich auf. Ihre blauen Augen glitzerten gefährlich. „Klar. Es war einfach praktisch, das Thema in diesem Moment zur Sprache zu bringen. Genauso, wie es praktisch wäre, mich jede Nacht griffbereit an deiner Seite zu wissen." Ihre Stimme klang ätzend.

Archer hatte den Anstand, bei ihren Worten zusammenzuzucken. Gut, dachte sie und konzentrierte sich auf die Seitenfenster.

Verlegen fuhr er sich durch die etwas zu langen Haare. Prompt standen sie in alle Richtungen. Quinn knirschte mit den Zähnen und wandte den Blick ab. Sie konnte spüren, wie die Empörung ihres gefiederten Begleiters verschwand. Wenn sie ehrlich war, ihre eigene auch. Sie brauchte dringend eine Dosis Immunität gegen seinen unwiderstehlichen Charme. Die Frage war nur, ob es so etwas überhaupt gab.

„Ich weiß nicht, wie es dir geht", sagte er ruhig, „doch so, wie es zwischen uns ist, das habe ich noch nie mit einer Frau erlebt. Ich für meinen Teil würde sehr gerne sehen, wo es uns hinführt."

Quinn schluckte und wandte den Blick ab. Die Sonne ging gerade auf und tauchte die schneebedeckten Gipfel in ein goldenes Licht. Ob ihr Leben wohl mehr Sinn machen würde, wenn sie auf einem der Gipfel stand? Vielleicht sollte sie wieder einmal eine Bergtour machen. Lange Wanderungen und der Aufenthalt auf einem Berggrat halfen immer, Geschehnisse in die richtige Perspektive zu rücken.

Archer spürte, dass sie ihm entglitt. Spontan trat er näher und nahm ihre Hand. Er war richtig nervös, stellte er überrascht fest. Nicht erstaunlich, wenn man bedachte, dass er sich noch nie in einer vergleichbaren Situation befunden hatte. Es war ihm unendlich wichtig, dass Quinn ihm noch eine Chance gab. Wenn das bedeutete, dass er kopfvoran in unbekannte

Gewässer springen musste, dann würde er das tun. Er holte tief Luft und sprang.

„Ich weiß nicht, ob es Liebe ist", sagte er ernst. „Ich weiß nur, dass es mir extrem gut geht, wenn ich in deiner Nähe bin. Wenn du nicht da bist, begleitest du mich in meinen Gedanken. Und jetzt, wo dieser Wilderer sein Unwesen treibt, mache ich mir ständig Sorgen, dass dir etwas passiert."

Der kleine Vogel trillerte enthusiastisch. Entschlossen hielt sie ihm gedanklich den imaginären Schnabel zu. Das hier war zu wichtig, um sich von ihrer unberechenbaren Libido – oder was auch immer das Federvieh darstellte – dazwischenfunken zu lassen.

„Bist du nur hier, um sicherzustellen, dass ich ohne Zwischenfälle zur Wildtierstation komme?", wollte sie misstrauisch wissen.

Er zog sie näher an sich heran. Sie sträubte sich ein wenig, doch es war mehr ein Pro-forma-Akt. Nicht eine ernst gemeinte Abwehrhaltung. Das war beiden klar.

„Natürlich nicht. Mir ist schon klar, dass du in der Lage bist, unbeschadet von A nach B zu fahren. Aber ich wollte dich vor der Arbeit sehen. Mit dir sprechen. Die Dinge zwischen uns ins Lot bringen."

Er senkte seinen Kopf und legte seine Stirn an die ihre. „Der Streit zwischen uns hat mir die ganze Nacht keine Ruhe gelassen."

Quinn seufzte. Das verdammte Federvieh war natürlich im siebten Himmel bei diesen Worten und flatterte aufgeregt mit seinen Flügeln. Allerdings musste sie zugeben, dass seine Worte auch sie nicht kalt ließen und in eine versöhnlichere Stimmung versetzten. Schließlich liebte sie den gut aussehenden Trottel. Held. Sie konnte sich nicht entscheiden. Probeweise, zumindest redete sie sich das ein, ließ sie ihren Kopf an seine Schulter sinken. Sein vertrauter Geruch nach Holzfeuer, frischer Luft und etwas, das essenziell Archer war, stieg ihr in die Nase und zu Kopf.

„Also, was ist. Darf ich dich zum Frühstück ausführen?“

Sie hob den Kopf und schaute ihn prüfend an. Zufriedengestellt mit dem, was sie in seinen braunen Augen las, nickte sie.

„Gott sei Dank“, entfuhr es Archer inbrünstig.

*

„Wieso hast du Braveheart nicht mit nach Hause genommen? Es schien ihm doch sehr gut zu gehen“, erkundigte sich Archer, als sie nebeneinander im Sweets saßen. Stillschweigend waren sie übereingekommen, das Diner heute Morgen zu meiden. Keiner von beiden hatte groß Lust, schlüpfrige Fragen zum Stand ihrer Beziehung zu beantworten. Auch das Thema der Morde hatten sie auf später verschoben. Beides wäre unvermeidbar gewesen, wenn sie sich ins Diner gewagt hätten.

„Kein Wunder, mit all der zusätzlichen Nahrung“, lachte Quinn. „Scheint fast so, als hätte seine diebische Ader eine medizinische Wirkung.“

„Sehr schöne Rechtfertigung.“

„Nicht wahr? Ich bin auch ziemlich stolz auf diese Entschuldigung.“ Sie grinste zufrieden und fügte hinzu: „Zumindest solange er den Verband trägt, sollte ich damit durchkommen. Aber zu deiner Frage. Meine Mutter hasst Hunde. Ich denke, solange jetzt alles im Umbruch ist, verzichte ich darauf, den Hund in diese volatile Situation mit einzubringen. Der arme Kerl hat schon genug erlebt.“

„Zeichnet sich denn eine Lösung ab?“

Quinn zuckte mit den Schultern. „Es sind noch viele Fragen offen. Nicht zuletzt die Kooperation meiner Mutter. Aber im Endeffekt läuft es darauf hinaus, dass ich das Haus verkaufen muss, um die Rechnungen zu bezahlen. Einen Teil übernimmt die Gemeinde. Und der Rest wird über die Rente meiner Eltern gedeckt.“

„Klingt nach einem guten Plan. Hängst du an dem Haus? Fällt es dir schwer, es zu verkaufen?"

Sie schüttelte den Kopf. „Nein. Gar nicht. Meine Eltern und ich hatten nie, was du ein inniges Verhältnis nennen würdest. So gesehen birgt das Haus mehr schlechte Erinnerungen als gute."

„Trotzdem ist es der Ort, wo du mit Eric aufgewachsen bist." Archer beobachtete sie prüfend.

„Stimmt. Aber Eric lebt nicht mehr. Der einzige Ort, wo er noch lebt, ist in meinem Herzen. Nicht in diesem Haus."

Er nahm ihre Hand und drückte sie leicht.

Quinn war froh, dass er das Thema nicht weiter vertiefte. Doch eine Frage interessierte sie brennend.

Sie räusperte sich. „Sag mal, deine Idee, dass ich zu dir ziehen soll …"

„Ja", sagte Archer vorsichtig. „Was ist mit der?"

„War das ernst gemeint?"

„Aber klar."

Sie schaute ihn unverwandt an. „Und was geschieht, wenn der Fall gelöst ist? Planst du dann, hierzubleiben? Oder kehrst du zurück zu deinem Universitätsposten?"

Völlig überrascht von der unerwarteten Wendung des Gesprächs wusste Archer gar nicht, was er sagen sollte.

Als die Pause sich ausdehnte und offensichtlich wurde, dass Archer keine Antwort parat hatte, nickte Quinn wissend und ein wenig traurig.

„Das hatte ich mir fast gedacht", flüsterte sie wehmütig.

„He, warte mal. Nur, weil ich mir noch keine Gedanken darüber gemacht habe, heißt das nicht, dass ich das jetzt nicht tun werde."

Quinn schenkte ihm ein flüchtiges Lächeln, als plötzlich ihr Funkgerät mit einem Knacken zum Leben erwachte. Es war Jake, der sie wissen ließ, dass ein Elch in Richtung Diner wanderte. Ob sie ihn vielleicht vertreiben könnte? Konnte sie. Sofern der Elch kooperativ war.

„Ist Archer bei dir?“, fragte der Sheriff.

Sie schaute über den Tisch. „Ja. Wir sind im Sweets und haben uns eben völlig überfressen. Brauchst du was von ihm?“

„Schick ihn bei mir vorbei.“

„Mach ich.“ Sie unterbrach die Verbindung. „Sieht so aus, als hätten wir beide unsere Aufträge gefasst.“ Sie schlang sich ihren langen türkisfarbenen Wollschal um den Hals und schlüpfte in ihre Jacke.

„Bis später“, sagte sie und küsste Archer auf den Mund.

Er langte nach ihrer Hand. „Soll ich mitkommen? Jake kann auch ein paar Minuten warten.“

„Nein, das ist schon okay. Wir sehen uns ja gleich auf der Lone Wolf Ranch.“

„In Ordnung. Aber versprich mir, auf der Hut zu bleiben. Bitte“, fügte er im letzten Moment hinzu.

Quinn lächelte. „Mach ich.“

Archer schaute ihr nach, als sie das Café mit langen, selbstbewussten Schritten verließ. Das war ja ein recht vielversprechender Anfang gewesen, dachte er bei sich. Wenn er sich Mühe gab, würde er es schaffen, es bis Weihnachten nicht zu vermasseln. In der Zwischenzeit galt es, einen Mörder zu finden.

Und vielleicht fand er auch noch eine Antwort auf die zugegebenermaßen wichtige Frage, die Quinn vorhin gestellt hatte. Was würde er tun, wenn der Fall gelöst war?

*

Quinn näherte sich dem Elch vorsichtig. Das beeindruckende Tier stand bei den Mülltonnen hinter dem Diner und war damit beschäftigt, diese auszuräumen. Es kam immer wieder vor, dass sich Elche in die Ortschaften verirrten. Sie waren meist nicht per se aggressiv. Primär waren sie groß. Zu groß, um so dicht mit den Menschen zusammenzuwohnen. Sie zertrampelten alles, was ihnen in den Weg kam. Gärten, Schaufenster oder eben auch Leute, die den Fehler begingen, ihnen im Weg zu stehen. Sie hoffte, dass sich dieses Exemplar leicht vertreiben lassen würde.

„Hey, meine Schöne." Es war ein Weibchen, wie sie festgestellt hatte. „Was machst du denn hier? Du gehörst in den Wald. Schon vergessen?"

Das Elchweibchen warf ihr einen bösen Blick zu und stampfte mit einem seiner Vorderbeine auf.

Quinn seufzte. Anscheinend war das, was sie im Inneren der Tonne gefunden hatte, so lecker, dass die Elchkuh ihren Fund nicht so einfach aufgeben wollte. Sie griff nach ihrer Trillerpfeife und ließ einen schrillen Pfiff ertönen. Die Elchkuh legte die Ohren an, drohte wieder, diesmal mit einem ihrer starken Hinterbeine, wich aber keinen Millimeter zurück.

Was zum Teufel befand sich in dieser Mülltonne? Crack für Elche? Kuchen? Was auch immer es war, es schien unglaublich gut zu sein. So gut, dass sie zu härteren Mitteln würde greifen müssen, wenn sie wollte, dass der Elch abhaute.

Sie ließ den Elch stehen, wo er war und ging ins Diner. Als sie Kurt erblickte, winkte sie ihn zu sich.

„Was gibt's?", brummte er.

„Ihr habt Besuch. Ein Elch verköstigt sich gerade an eurem Abfall."

„Ein Elch, sagst du?"

Quinn nickte. „Offenbar schätzt der Elch, wie wir alle, Miss Daisys Küche. Er macht keinerlei Anstalten, sich vertreiben zu lassen. Ich werde ein paar Warnschüsse abgeben, in der Hoffnung, dass er sich dann einsichtig zeigt und die Flucht in Richtung Wald ergreift."

Kurt nickte. „Dann sorge ich dafür, dass dir dabei vom Diner niemand in die Quere kommt."

Erleichtert nickte Quinn. „Danke. Darauf hatte ich gehofft. Ich möchte nur ungern jemanden treffen."

„Keine Sorge. Ich passe auf."

Wieder draußen holte Quinn ihre Jagdflinte aus dem Truck und kehrte zurück zu den Mülltonnen. Die Elchkuh war immer noch da. Wäre ja auch zu einfach gewesen, wenn sie in der Zwischenzeit nach Hause gegangen wäre. Sie machte sich bereit, um den ersten Warnschuss abzufeuern, als eine rundliche Person aus dem Diner geschossen kam. Mist. Hatte Kurt nicht gesagt, er würde aufpassen?

Bevor sie noch den Gedanken zu Ende gedacht hatte, hing die junge Frau bereits mit ihrem vollen Gewicht an ihrem Arm.

„He! Spinnst du? Lass los!" Fieberhaft versuchte Quinn, sich aus dem Griff zu befreien. Immerhin schaffte sie es, ihren Finger vom Abzug zu nehmen.

Die Frau schien sie nicht zu hören. Wie ein Pitbull-Terrier hing sie an ihrem Arm und keuchte.

„Das ist gefährlich", stieß Quinn zwischen zusammengebissenen Zähnen hervor.

„Dann hör auf, auf den Elch zu schießen."

„Tue ich ja gar nicht."

„Doch. Ich habe doch gehört, was du mit dem Mann besprochen hast."

Endlich konnte Quinn ihren Arm aus dem unerbittlichen Griff lösen. Sofort versetzte sie der Frau einen Stoß, der sie taumeln ließ. Schade, dass sie nicht umgefallen ist, dachte Quinn ungnädig.

„Ich tue dem Elch doch nichts. Ich will ihn nur verscheuchen, bevor er etwas anstellt, wegen dem wir ihn tatsächlich erschießen müssen."

„Und wie willst du das bewerkstelligen? Mit einem Gewehr?", fragte die junge Frau aufsässig und machte Anstalten, sich erneut auf Quinn zu stürzen.

„O nein", sagte Quinn und trat außer Reichweite. „Vergiss es."

Wutschnaubend hielt die Frau inne. Um sie zu beruhigen, meinte Quinn: „Ich wollte nur ein paar Warnschüsse abgeben, in der Hoffnung, dass sie dann flieht."

„Sie?"

„Ja, es ist eine Elchkuh."

Scheinbar beruhigt, studierte die Angreiferin das Tier. „Sorry", murmelte sie.

„Schon gut."

„Sieht so aus, als hätte ich überreagiert", murmelte sie. „Darf ich versuchen, sie zum Gehen zu überreden?"

Erstaunt sah Quinn sie an. „Wie willst du das anstellen? Ich glaube nicht, dass sie auf eine schriftliche Einladung besser reagiert als auf jede andere. Elche sind ganz schön gefährlich. Schon aufgrund ihrer Körpergröße", warnte sie sie.

Die andere Frau zuckte mit den Schultern und schob sich die Brille auf der Nase zurecht. Ihre schulterlangen, dunklen Locken standen ihr wirr vom Kopf ab, als hätte sie vor langer Zeit aufgegeben, sie irgendwie zu bändigen.

„Ich pass auf."

Quinn sagte nichts mehr und trat einen Schritt zurück, während sie ihr Gewehr sicherte und es sich wieder über die Schulter hängte. Wieso sollte sie auch einer selbst ernannten Elchflüsterin im Wege stehen? Sie würde rasch einsehen, dass ihre Versuche vergeblich waren. Als die Frau sie erwartungsvoll ansah, merkte sie, dass eine Antwort von ihr erwartet wurde.

„Klar. Mach ruhig. Beschwer dich aber nicht, wenn du eine Kopfnuss davon trägst."

„Das wird nicht passieren", entgegnete die Fremde überzeugt.

Vorsichtig näherte sie sich der Elchkuh. Sie liebte Tiere, und die Tiere liebten sie. Meistens jedenfalls. Sie zuckte innerlich zusammen, als ihr ein Zwischenfall mit einem Eber auf der

Farm ihrer Tante in den Sinn kam. Ausnahmen bestätigten die Regel oder so. Jetzt war auf jeden Fall nicht der Zeitpunkt, Zweifel zu entwickeln. Sicher konnte sie auch diesen Elch freundlich davon überzeugen, sich auf den Weg in den Wald zu machen.

Das Tier beäugte sie misstrauisch aus dem Augenwinkel. Die Frau sprach leise auf es ein. Seine langen Ohren zuckten unruhig vor und zurück.

Quinn konnte die Worte nicht verstehen. Doch sie bezweifelte stark, dass sie genug Überzeugungskraft haben würden, um die Elchkuh dazu zu bringen, vom Mülleimer abzulassen. Belustigt schaute sie dem ungleichen Paar ein paar Minuten zu. Auf einmal machte die Elchkuh einen Schritt weg von der Tonne. Quinn hielt den Atem an. War es wirklich möglich …?

In diesem Moment offenbarte die Elchkuh ihre tatsächliche Absicht und senkte den Kopf. Oh-oh, kein gutes Zeichen. Jetzt hatte sie ihre Antwort. Es war nicht möglich. Entschlossen trat sie vor, bückte sich noch in der Bewegung, um den heruntergefallenen Metalldeckel der Mülltonne aufzuheben, zog mit der freien Hand die Frau aus dem Weg und haute der Elchkuh den Deckel an den Schädel. Das laute Geräusch und die Wucht des Aufpralls ließen das Tier innehalten und den Kopf schütteln. Quinn verlor keine Zeit und zog sich rückwärts zurück, die Jacke der Frau fest im Griff. Den Elch ließ sie nicht aus den Augen. Erst als sie hinter der Ecke des Hauses in relativer Sicherheit waren, traute sie sich aufzuatmen. Jetzt blieb nur zu hoffen, dass der empörte Elch sich in Richtung Wald davonmachte und nicht auf einmal beschloss, die Innenstadt zu erkunden.

Die Elchkuh fuhr fort, ihren Kopf zu schütteln, dass ihre langen Ohren schlackerten. Die andere Frau schob ihren Kopf über Quinns Schulter, um ebenfalls um die Ecke zu spähen. Eine der widerspenstigen Locken kitzelte Quinn in der Nase.

Leicht genervt schob sie die Haare der anderen aus ihrem Gesicht.

„Musstest du das arme Ding so dolle hauen?"

Ungläubig starrte Quinn die Frau an. „Das ist jetzt nicht dein Ernst?! Im nächsten Moment hätte die Elchkuh dir einen Stoß vor die Brust versetzt, dass ich eine Suchmannschaft hätte aussenden müssen, um dich im Wald wiederzufinden."

Die andere Frau zuckte schuldbewusst zusammen. „Wenn du es so formulierst …"

„Tue ich", schnauzte Quinn sie an.

„Ich habe mich gerade ziemlich idiotisch aufgeführt, stimmt's?"

Quinn, die keinen Sinn darin sah, das Offensichtliche zu bestätigen, sagte nichts dazu und beobachtete weiterhin den Elch. Endlich drehte dieser sich um und strebte mit langen Schritten dem Waldrand zu.

Erleichtert ließ sich Quinn mit dem Rücken zur Wand fallen. Uff. Das war gerade noch einmal gut gegangen. Der Umgang mit Wildtieren jeglicher Art barg immer ein Restrisiko, egal, wie gut man sich auskannte.

Sie warf der Frau einen strengen Blick zu.

„Ich hoffe, du hast deine Lektion gelernt und hängst ab sofort deine Ambitionen als Elchflüsterin an den Nagel."

Die Frau nickte kleinlaut.

„Ohne deine Einmischung hätte die Elchkuh jetzt keine Kopfschmerzen", fügte sie hinzu, um ihre Botschaft zu verdeutlichen.

„Normalerweise kann ich gut mit Tieren", rechtfertigte sie sich.

„Wildtiere sind, wie der Name schon sagt, wild. Das heißt, sie sind unberechenbar", erklärte Quinn, diesmal etwas sanfter. Es war ganz offensichtlich, dass der Frau Tiere am Herzen lagen. Das war ein sehr lobenswerter Charakterzug in Quinns

Augen. Dass sie falsch an die Sache herangegangen war, war eine andere Geschichte.

Wieder nickte sie.

„Typisch Touristen“, murmelte Quinn halblaut und schüttelte, angewidert über das Unverständnis von Städtern, den Kopf.

Der Kopf der Frau schnellte hoch. „Ich bin keine Touristin.“

„Nicht?“

„Nein. Ich bin Zelda.“

Überrascht sah Quinn zu ihr. „Zelda Chastain? Bist du nicht vor zehn Jahren oder so weggezogen?“

„Vierzehn“, korrigierte Zelda sie leise. „Und jetzt bin ich wieder hier. Ich kann es selber noch nicht so recht glauben.“

Als wäre sie überrascht, sich plötzlich mitten in den Rocky Mountains zu befinden, schaute sie sich ratlos um.

„Bist du hier, um Freunde oder Verwandte zu besuchen?“, fragte Quinn neugierig.

Zelda war ein paar Jahre älter als sie. Doch sie erinnerte sich noch gut an den Sommer, als erst Cruz Ruis spurlos verschwunden und ein paar Wochen später Zelda Chastain überraschend kurz vor Abschluss der Highschool weggezogen war. Die Gerüchteküche hatte sich für mehrere Wochen in Aufruhr befunden. Die Vermutungen reichten von einem misslungen Drogendeal (Cruz) bis zu einer Affäre (beide), die in einer unerwünschten Schwangerschaft (Zelda) endete. In allen Szenarien hatte Zelda ein gebrochenes Herz und Cruz war tot. Die Sache mit Cruz hatte sich bereits vor ein paar Jahren aufgeklärt. Der war eines Tages als erfolgreicher Geschäftsmann wieder in Independence aufgetaucht. Nachdem die Einwohner den ersten Schock überwunden hatten und nicht mehr jedes Mal glaubten, einem Geist gegenüberzustehen, hatte er sich so gut in die Gemeinschaft eingefügt, dass bald vergessen war, dass er überhaupt weg gewesen war. Quinn kannte ihn nicht so gut. Allerdings war sie selber ja erst seit ein paar Monaten wieder da.

Ob Zelda wohl darüber Bescheid wusste, dass Cruz auch hier lebte? Und ob sie es überhaupt interessierte?

„Nein“, beantwortete Zelda jetzt ihre Frage. „Ich bin die neue Apothekerin von Independence. Im neuen Jahr eröffne ich mein Geschäft an der Hauptstraße. Die Vereinigung der Geschäftsfrauen von Independence hat es geschafft, mich mit der Aussicht auf meine eigene Apotheke hierher zurückzulocken.“ Verlegen blickte sie zur Seite. „Ich kann dir versichern, dass ich ein besseres Händchen für Arzneimittel habe als für Elche.“

Quinn grinste. Es schien, als wäre die VGI wieder einmal fleißig und, was noch wichtiger war, auch erfolgreich gewesen.

„Da bin ich aber froh, das zu hören.“ Sie hielt ihr die Hand hin. „Ich bin Quinn, die Wildhüterin. Du erinnerst dich wahrscheinlich nicht an mich. Ich war in der Schule ein paar Jahre unter dir. Herzlich willkommen zurück.“

20

Jake schaukelte auf den hinteren beiden Beinen seines Stuhls, während er seine Nasenwurzel mit zwei Fingern massierte.

„Ich würde es sehr schätzen, wenn du heute Vormittag noch mal mit mir zum Tatort rausfahren würdest."

„Das hast du schon gesagt", antwortete Archer und schaute zum Fenster hinaus. Ausnahmsweise schien die Sonne. Ideal, um nochmals nach dem Pumaweibchen zu schauen. Quinn wusste inzwischen recht gut, wo sie sich herumtrieb, wie die Fotos gestern bewiesen hatten. Nicht, dass er sie mit eigenen Augen gesehen hätte. Durch sein idiotisches Verhalten hatte er sie verpasst. Kurz gesagt, er hatte Besseres zu tun, als noch einmal über den Tatort zu laufen. Ein Tag in Quinns Gesellschaft war genau das, was er jetzt brauchte.

„Ich weiß trotzdem nicht, was du dir davon erwartest, wenn ich dich begleite. Nimm doch einen deiner Deputies mit."

„Toby und Will sind völlig ausgelastet mit der Arbeit hier", wiederholte der Sheriff geduldig. Er hatte von dem Kommunikationsdesaster, das gestern Abend auf der Lone Wolf Ranch stattgefunden hatte, bereits gehört. Auf geheimnisumwobenen Pfaden hatten diese Neuigkeiten bereits das Diner erreicht, wo er einen Kaffee getrunken hatte. Er konnte sich also ziemlich gut vorstellen, weshalb Archer so widerwillig war, ihn zu begleiten.

„Ich lasse Quinn nur ungern aus den Augen. Was, wenn der vierte Mann immer noch in der Gegend ist? Ich bin mir ziemlich sicher, dass er es nicht gewohnt ist, von einer Frau überwältigt zu werden."

„Sie hat ihn ja nicht direkt überwältigt. Ich denke, das Risiko ist vernachlässigbar. Und falls nicht, sollte es doch in deinem Interesse sein, den Mörder möglichst schnell hinter Schloss und Riegel zu bringen, meinst du nicht?"

Archer, der wusste, wann er verloren hatte, gab sich geschlagen. Das hielt ihn jedoch nicht davon ab, Jake einen bösen Blick zuzuwerfen.

„Was hoffst du denn zu finden?"

Jake hob ratlos die Schultern. „Nenn es Intuition, wenn du willst."

Archer verdrehte die Augen, sagte aber nichts. Während seiner Arbeit bei der Militärpolizei hatte er mehr als einmal auf sein Bauchgefühl gehört. In der Regel hatte es sich bezahlt gemacht.

„Fahren wir gleich los?"

„Klar."

*

Mithilfe einer Zange transferierte Miss Daisy sorgfältig einen frischgebackenen Kürbismuffin nach dem anderen vom Kuchengitter auf ein Tablett. Als sie fertig war, hievte sie es sich auf die Schulter und ging durch die Schwingtüren in den Schankraum, wo sie es auf den Tresen stellte.

„Wir brauchen noch mehr von diesen Schokoladendingern", ließ Kurt sie wissen, nachdem er ihr einen schnellen Kuss gegeben hatte.

„Die sind in zehn Minuten fertig", versprach sie, während sie ihn stolz betrachtete. Es hatte eine ganze Weile gedauert und sie hatten einige Schwierigkeiten überwinden müssen, doch seit einem knappen Jahr waren sie ein festes Paar. Heute trug er ihr Bandana im Haar, das sie ihm zum Geburtstag geschenkt hatte. Gut sah er aus damit, stellte sie fest. Sie war ganz aufgeregt, wenn sie an Weihnachten dachte. Ob ihm ihr Weihnachtsgeschenk wohl gefallen würde? Während sie über diese wichtigen Fragen nachdachte, warf sie einen professionellen Blick über die Gäste. Beim Tisch in der Ecke stutzte sie. War das nicht wieder derselbe seltsame Mann, den sie gestern Quinn hatte zeigen wollen? Wie Quinn vermutet hatte, war der Mann nicht wieder aufgetaucht. Ohne ein Wort des Abschieds hatte er ausgecheckt. Sie hatte nicht erwartet, ihn noch einmal zu sehen. Aber da die Rechnung für die Übernachtung bereits bezahlt gewesen war, hatte sie das nicht weiter gestört. Viel beunruhigender fand sie sein unerwartetes Wiederauftauchen.

„Kurt", rief sie, mit der Absicht, ihm den unheimlichen Gast zu zeigen. Wenn Kurt ihn im Auge behielt, würde sie sich wohler fühlen.

„Gleich", rief er von einem Tisch, der von einer Familie mit drei Kleinkindern besetzt war. Einer der Jungs hatte offensichtlich den Zuckerstreuer mit einer Schneemaschine verwechselt und versucht, den Tisch in eine Winterlandschaft zu verwandeln.

Ihre Schwester war am anderen Ende des Lokals in ein Gespräch mit ihrem Herzblatt, dem Bürgermeister, vertieft.

„Entschuldigung", riss eine schüchterne Stimme sie aus ihren Überlegungen.

Am Tresen stand eine junge Frau Anfang dreißig. Ihr schulterlanges Haar dunkles Haar war stark gekraust. Die wilden Locken und die honigfarbenen Augen hinter den Brillengläsern weckten eine Erinnerung in Miss Daisy.

„Kennen wir uns?", fragte sie deshalb.

Die helle, mit Sommersprossen übersäte Haut der Frau nahm einen dunkelroten Farbton an. Sie senkte den Blick. Großartiger Einstand, dachte Zelda. Erst machte sie sich mit dem Elch zum Affen. Und jetzt wurde sie rot, wenn sie jemand nach ihrem Namen fragte? Es wurde dringend Zeit, dass sie wieder die Kontrolle übernahm. Wenn sie in den letzten Jahren eins gelernt hatte, dann, dass sie mit der nötigen Kontrolle alles meistern konnte. Außer vielleicht Elchkühe.

„Kann ich bitte einen Kaffee haben? Mit Zucker und Milch?“

Miss Daisy hob ob dieses ungeschickten Versuchs, das Thema zu wechseln, eine Augenbraue. Sie war es nicht gewohnt, dass ihr jemand so ausweichend antwortete. Andererseits spielte es nicht wirklich eine Rolle. Früher oder später erfuhr sie immer alles. Trotzdem konnte sie sich eine weitere Frage nicht verkneifen, als sie die Tasse über den Tresen reichte.

„Auf der Durchreise?“, wollte sie wissen, ohne den Versuch zu machen, ihre offensichtliche Neugier zu verbergen. Ihrer Meinung nach stand ein überdurchschnittliches Interesse an den Gästen in jeder Stellenbeschreibung eines Restaurantbetreibers.

Was war das? Ein Verhör?, überlegte Zelda irritiert. Insgeheim hatte sie gehofft, dass sich niemand in Independence großartig an sie erinnern würde. Aber so wie es aussah, war das nicht der Fall. Leider war es so, dass sie solchen Fragen nicht auf ewig ausweichen konnte, wenn sie wollte, dass ihre Apotheke ein Erfolg wurde.

Deshalb hob sie den Kopf und begegnete dem Blick der älteren Frau mit trotzigem Stolz.

„Ich bin die zukünftige Apothekerin. Und ja, wir kennen uns. Mein Name ist Zelda. Zelda Chastain.“

Sie war überrascht zu sehen, dass Miss Daisy bei dieser Antwort der Mund offenstehen blieb. Verlegen tastete sie nach ihrem Haarschopf. Waren die Locken etwa noch widerspenstiger als sonst? Oder hatte sie von dem Zusammenstoß mit dem Elch Schmutz im Gesicht? Das wäre wieder einmal typisch. Während in ihrer Apotheke immer die schönste Ordnung herrschte, erstreckte sich diese Qualität leider nicht auf ihr persönliches Leben. Kontrolle, ermahnte sie sich. Eine Locke fiel ihr ins Gesicht. Ungeduldig strich sie sie beiseite.

Miss Daisy hatte sich inzwischen wieder gefangen. „Schön, dich wieder bei uns zu haben.“

Zelda errötete. „Danke. Das ist aber nett, dass Sie das sagen. Ich freue mich auf die neue Herausforderung.“

„Papperlapapp. Wir sind doch alle eine große Familie.“

Familie? Zelda wusste nicht so recht. Ihre eigene Familie war schon anstrengend genug. Sie war sich gar nicht sicher, ob sie noch mehr an Familie verkraftete.

Miss Daisy beugte sich verschwörerisch vor. „Wie geht es deinem Kind? Inzwischen muss er oder sie doch schon … was? Dreizehn? Vierzehn Jahre alt sein?“

Zelda schaute sie verständnislos an. „Meinem Kind?“, wiederholte sie, nicht sicher, dass sie sie richtig verstanden hatte.

„Ja. War das nicht der Grund, weshalb du so überstürzt weggezogen bist?“

Zelda öffnete den Mund, um Miss Daisys komplett falsche Schlussfolgerung zu korrigieren, beschloss dann aber, sich nicht die Mühe zu machen. Sie schloss den Mund wieder. Die Leute würden sowieso glauben, was sie wollten, ganz egal, was sie sagte. Also konnte sie sich das auch sparen. Zudem ging es niemanden etwas an, weshalb sie damals gegangen war. Sowieso war sie im Begriff, sich ein neues Leben aufzubauen. Da konnte sie den Ballast der vergangenen Jahre nicht gebrauchen. Sie hatte fest vor, die Vergangenheit ein für alle Mal hinter sich zu lassen.

„Nein“, erwiderte sie deshalb nur und lächelte ihr, wie sie hoffte, gewinnendstes Lächeln.

Miss Daisy schenkte ihr einen berechnenden Blick.

„Mein Kaffee?“, fragte sie höflich und deutete auf die Tasse, die Miss Daisy immer noch fest in ihrem Griff hatte.

„Dein was?“ Sie folgte der Richtung von Zeldas Zeigefinger. „Dein Kaffee. Na klar. Verzeih mir. Ich weiß gar nicht, wo meine Gedanken sind.“ Sie stellte ihr die Tasse hin und reichte ihr Milch und Zucker.

Bei meiner mysteriösen Vergangenheit, dachte Zelda säuerlich, behielt den Gedanken aber für sich. Sie war gerade im Begriff, den ersten Schluck zu trinken, als Miss Minnies Stimme hinter ihr ertönte.

„Viel interessanter ist doch die Frage, weshalb sie jetzt zurückgekommen ist."

Weil die Stadt dringend eine Apotheke brauchte und sie zufälligerweise die Anzeige gesehen hatte? Weil Independence weit weg von ihren wohlmeinenden, aber nichtsdestotrotz sich überall einmischenden Verwandten war?, beantwortete Zelda die Frage im Kopf, während sie gespannt darauf wartete, was Miss Daisys Theorie war.

„Das ist ja wohl sonnenklar", behauptete Miss Daisy.

Interessiert hörte Zelda zu und genoss währenddessen ihren Kaffee.

„Jetzt, wo er wieder da ist und erfolgreich seine Firma führt, war es doch nur eine Frage der Zeit."

Er? Zelda hatte plötzlich Mühe, der Argumentation zu folgen. „Wer, er?", erkundigte sie sich.

„Na, Cruz natürlich. Wer denn sonst."

Prompt verschluckte sich Zelda an ihrem Kaffee. Mit einem lauten Klappern ließ sie die Tasse auf den Unterteller fallen und suchte mit weit aufgerissenen Augen nach Servietten oder Ähnlichem. Hilfreich reichte ihr Miss Daisy eine, während Miss Minnie enthusiastisch auf ihren Rücken klopfte. Als sie bereits befürchtete, dass das Nächste, das mit dem Husten seinen Weg nach oben fand, eine Rippe sein würde, Miss Minnie hatte ganz schön viel Kraft, ebbte der Hustenreiz endlich ab.

„Aus deiner Reaktion schließe ich, dass du nichts davon gewusst hast?", meinte Miss Minnie.

Zelda schüttelte den Kopf, während sie fieberhaft überlegte, ob es wohl eine Lücke im Vertrag mit der Gemeinde gab, den sie letzte Woche unterschrieben hatte.

Cruz' Anwesenheit hier war ein Desaster. Soviel stand schon einmal fest. Verdammt. Sie hatte fest damit gerechnet, dass er tot war. Wieso war der Mistkerl nicht tot? Das Leben war einfach ungerecht.

*

Wie schon beim letzten Mal zog Hollister ein paar Scheine aus seiner Manteltasche und ließ sie unauffällig auf dem Tisch zurück. Der Besuch hatte seinen Zweck erfüllt. Er wusste wieder über alle wichtigen Dinge Bescheid. Weitere Infos konnte er der Facebook-Seite von Independence entnehmen. Wirklich praktisch, diese Angewohnheit der Einwohner, jeden ihrer Schritte zu dokumentieren. Nur die Details musste man sich vor Ort abholen. Details wie der aktuelle Stand der Ermittlungen. Oder womit sich die Wildhüterin beschäftigt hielt.

Die Aktivitäten vom Vorabend hatten ihn in gute Stimmung versetzt. Nachdem er jetzt wusste, wie gut es sich anfühlte, Jagd auf richtige, einem Mann wie ihm angemessene Beute zu machen, konnte er Weihnachten kaum erwarten. Leider war sein gestriges Opfer keine große Herausforderung gewesen. Er hoffte, Quinn würde seinen Erwartungen gerecht werden. Vorfreude stieg in ihm auf. Nur noch wenige Tage, bis die Jagd begann. Das würde sein ganz persönliches Weihnachtsgeschenk sein.

Die Zwischenzeit würde er nutzen, um seine Technik zu verfeinern und außer Reichweite des Gesetzes zu bleiben. Aber das stellte für einen professionellen Jäger wie ihn kein Problem dar.

Beschwingt ging er zu seinem neuen, teuren Geländewagen und stieg ein.

*

Schon von Weitem sahen Archer und Jake, dass jemand am Tatort gewesen war. Das gelbe Tatort-Band, das die Polizei gespannt hatte, um den Tatort zu sichern, hing zu Boden.

„Verdammt. Sicher wieder Jugendliche, denen langweilig war. Vermutlich haben sie sich eine besondere Art von Nervenkitzel versprochen, wenn sie sich nachts an einen Tatort schleichen. Ich wünschte mir wirklich, dass die Eltern besser darauf achten würden, wo sich ihre Kinder zu nachtschlafender Zeit herumtreiben."

Archer, der neben Jake herging, warf ihm einen amüsierten Blick zu.

„Was?!"

„Du hast dich natürlich in deiner Jugend nie nach Mitternacht aus dem Haus geschlichen", bemerkte Archer ausdruckslos.

Jakes Mundwinkel zuckten verräterisch. „Natürlich nicht", antwortete er und versuchte ein angemessenes Maß an Entrüstung in seine Stimme zu legen. Es gelang ihm allerdings nicht ganz. Er zog ein Paar Plastikhandschuhe aus seiner Jacke und zog sie sich mit einem Schnappgeräusch über. Archer folgte seinem Beispiel.

„Vielleicht sollten wir anfangen, die Türen abzuschließen? Unsere eigenen wie auch die am Tatort?", schlug Archer vor, als Jake das Tor aufstieß. Er folgte ihm in die Scheune.

„Gute Idee. Wer hätte auch gedacht, dass sich irgendwer für diese alte Jagdhütte, ganz zu schweigen für die Scheune, interessiert?"

„Mord lockt immer Schaulustige an."

„Leider."

Vorsichtig schauten sie sich um – und erstarrten.

„Um Himmels willen", flüsterte Jake entsetzt.

In der Mitte der Scheune, auf perverse Art malerisch drapiert, lag die Leiche einer Frau. Das Sonnenlicht, das durch die schmalen Fenster fiel, verlieh dem Anblick eine groteske Qualität. Ihre Augen starrten leblos zur Decke. Eine schwarze Augenbinde lag am Boden. Ihr kurzes Kleid war bis zur Hüfte hochgeschoben. Entblößt lag sie da. Die Blutlache sowie die klaffende Wunde an ihrem Hals zeichneten ein unmissverständliches Bild. Auch für dieses Opfer kam jegliche Hilfe zu spät. Trotzdem verlor Jake keine Zeit und eilte an die Seite der Toten. Er verzichtete darauf, nach einem Puls zu tasten. Stattdessen ging er in die Hocke und berührte die Leiche vorsichtig.

„Die Totenstarre hat bereits eingesetzt. Ich vermute, sie ist irgendwann letzte Nacht gestorben. Alles Weitere überlasse ich dem Doc. Der wird nicht sehr erfreut sein, wenn ich ihm schon wieder eine Leiche bringe."

Archer folgte mit grimmiger Miene, während er jedes Detail der Umgebung registrierte. „Meinst du, wir haben es mit einem Opportunisten zu tun, der einfach eine passende Gelegenheit gesehen hat? Oder war es ein und derselbe?"

„Ich bin kein Profiler. Aber die Wahrscheinlichkeit, dass innerhalb von vierundzwanzig Stunden gleich zwei Psychopathen Independence einen Besuch abstatten, schätze ich als relativ gering ein."

Zögernd nickte Archer. „Da könntest du recht haben. Allerdings erkenne ich zwei völlig verschiedene Muster. Sich kaltblütig einiger unliebsamer Geschäftspartner zu entledigen ist etwas ganz anderes als diese Tat. Hier spielen Sex und Macht eine große Rolle."

Jake rollte sein Gewicht von den Fußballen auf die Fersen und drehte sich langsam um, um sich einen besseren Überblick über die grauenhafte Szene zu verschaffen.

„Lass uns auf jeden Fall beide Möglichkeiten in Betracht ziehen. Vielleicht können uns auch Cole und sein Team helfen. Auf jeden Fall hat der Fall gerade enorm an Brisanz gewonnen." Er stemmte sich hoch.

Archer, der systematisch die Scheune abschritt, hielt plötzlich inne und bückte sich. „Ich habe etwas gefunden."

„Ist es unverschämt zu hoffen, dass es ein Führerschein ist?"

„Damit kann ich nicht dienen. Aber vielleicht bist du interessiert an einem neuen Streichholzbriefchen eines Hotels in Breckenridge?“ Archer lächelte grimmig, als er es dem Sheriff hinhielt.

Jake griff danach. „Das ist zumindest ein Anhaltspunkt und eine ganze Menge mehr, als wir vor ein paar Sekunden noch hatten.“

*

Als Archer kurz vor sechs endlich in seinem temporären Zuhause ankam, fühlten sich seine Augen an, als wären sie mit Sand gefüllt. Die Ereignisse des Tages, kombiniert mit der schlaflosen Nacht, hatten ihre Spuren hinterlassen. Seine Nerven lagen blank und er wollte nur noch schlafen.

Die hoffnungsvolle Spur zum Hotel hatte nicht viel erbracht. Der Täter war wohl unter einem falschen Namen dort abgestiegen. Unter dem Namen des einen Toten, Hollister, dem mutmaßlichen Kopf der Bande, waren sie nicht fündig geworden.

Nachdem sie mit dieser Spur vorerst nicht weitergekommen waren, hatte Jake eine Notfallsitzung mit Cole und seinem Team einberufen. Valentina und Big A hatten zusammen mit ihm beim FBI gearbeitet. Seine Frau Avery hingegen war eine ehemalige Profilerin.

Jake hatte Cole anheuern wollen, doch der hatte sich geweigert.

„Wenn tatsächlich ein Irrer Independence und die Umgebung terrorisiert, ist es meine Pflicht, dich bei den Ermittlungen zu unterstützen.“

Die anderen hatten einstimmig zugestimmt.

Am Ende hatte Jake die vier kurzerhand zu Deputies gemacht. Auf diese Art und Weise würde die Kostenstelle der Polizei, also die Gemeinde, für ihre Dienste aufkommen. Dagegen hatte Cole nichts einzuwenden gehabt.

Archer steckte den Schlüssel ins Türschloss und drehte ihn um. Als das nicht funktionierte, blinzelte er ein paar Mal und versuchte dahinterzukommen, was das Problem war. Ein Winseln ertönte. Halluzinierte er bereits? Er schüttelte den Kopf, um die Spinnweben zu verscheuchen.

Gerade als er einen erneuten Versuch machen wollte, die Tür aufzusperren, öffnete sie sich und er griff ins Leere.

Quinn stand im Eingang und lächelte ihn freundlich an. Aus dem Inneren seiner Hütte duftete es verheißungsvoll. Braveheart lehnte sich an ihr Bein und wedelte hoffnungsvoll. Die beiden Kätzchen, die immer noch keinen Namen hatten, strichen furchtlos um den großen Mischlingsrüden herum und miauten.

Verwundert nahm er die häusliche Szene in sich auf.

„Du hast gekocht?“ Idiotische Frage. Natürlich hatte sie gekocht. Der Duft des Essens lag ja in der Luft. Er brauchte dringend eine Pause. Seine Augen glitten über Quinns Gestalt. Sie trug ein rotes Henley-Shirt, das am Hals offen stand. Wo der Stoff auseinanderklaffte, lagen verführerische Schatten. Enge Jeans und ein paar dicke Wollsocken vervollständigten das Bild. Vielleicht musste er auch nicht dringend schlafen. Ein paar Stunden mit Quinn auf einer horizontalen Oberfläche wären genauso gut, beschloss er.

Quinn nahm seine Musterung und den plötzlichen Hunger in seinem Blick amüsiert zur Kenntnis. Ein Hitzestrahl breitete sich in ihrem Bauch aus. Der Vogel flatterte hoffnungsvoll. Sie rief sich innerlich zur Ordnung. Archer war bestimmt müde und hungrig. Darum würde sie sich zuerst kümmern. Man musste schließlich Prioritäten setzen.

„Ja, ich habe gekocht. Allerdings nur Suppe und Würstchen. Komm rein.“

„Suppe klingt himmlisch“, sagte er und schälte sich aus seiner Jacke. Mittendrin wurde er von Braveheart unterbrochen, der sich an sein Bein drückte. Offensichtlich hatte er seine anfängliche Scheu überwunden und war darauf bedacht, sich von allen seine verdiente Portion Aufmerksamkeit abzuholen.

„Dreibein scheint es besser zu gehen“, stellte er fest und kraulte ihn hinter dem einen Ohr, das nicht so richtig stehen wollte.

Quinn schluckte ein Lachen hinunter. „Sein Name ist Braveheart“, erinnerte sie ihn, während sie die Suppe abschmeckte.

Archer trat hinter sie, legte ihr die Hände auf die Hüften und biss sie leicht in den Nacken.

„Huch!“, entfuhr es Quinn. Die Liebkosung sandte einen Schauer über ihren Rücken. Prompt verbrannte sie sich die Zungenspitze.

„Ich kann mich gar nicht entscheiden, was besser riecht. Du oder das Essen“, murmelte er ihr ins Ohr und verstärkte den Griff um ihre Mitte.

Quinn erlaubte es sich, die Zärtlichkeiten noch einen Moment länger zu genießen und schloss die Augen. Blind griff sie nach dem Pfeffer und würzte die Suppe nach.

Ein wenig später saßen sie am Tisch. Quinn hatte Archer davon überzeugen können, dass essen im Moment wichtiger als alles andere war.

„Ich laufe dir ja nicht weg.“

„Die Suppe auch nicht“, hatte er gegrummelt, sich aber dann doch widerwillig hingesetzt.

Nach dem ersten Löffel brach ihm der Schweiß aus. „Ganz schön scharf, die Suppe.“

Quinn errötete. „Nun ja, ich war abgelenkt.“ Sie kostete die Suppe ebenfalls. Hastig griff sie nach dem Brot, das neben ihrem Teller lag.

Nach einer Weile fragte Archer beiläufig: „Wie bist du überhaupt hier hereingekommen?“

„Deine Nachbarin hat mich reingelassen. Sie war offenbar sehr erleichtert darüber, dass du endlich weiblichen Besuch hast.

Ich glaube, sie denkt, dass du ohne die helfende Hand einer Frau elendiglich zugrunde gehst."

„Ach ja, Mrs. Houston am Anfang der Straße. Das hätte ich mir denken können. Sie verwaltet die Hütten und hat deshalb für jede einen Schlüssel."

„Was hattest du denn gedacht?"

Er zuckte mit den Schultern und grinste sie frech an.

„Ich hätte es dir durchaus zugetraut, ein Schloss zu knacken."

„Oh, wow. Schön zu wissen, dass du ein solches Vertrauen in meine anscheinend mannigfaltigen Talente hast." Sie versuchte ihrer Stimme einen entrüsteten Klang zu verleihen, doch sie scheiterte kläglich.

„Immer." Er warf ihr einen prüfenden Blick zu. „Und? Kannst du Schlösser knacken?"

„Wahrscheinlich", murmelte Quinn, die offenbar mit sich widerstreitenden Gefühlen zu kämpfen hatte. Verlegenheit und Stolz rangen miteinander um die Oberhand.

Archer strahlte, als sie seine Vermutung bestätigte. „Ha! Ich wusste es doch!"

„Aber es war ja gar nicht nötig."

Für ein paar Minuten herrschte Schweigen, während sie die Suppe schlürften. Als sie fertig waren, fragte Quinn: „War es schlimm?"

Sie musste nicht erklären, was sie mit dieser Frage meinte. Es wunderte Archer auch nicht, dass sie bereits Bescheid wusste. Das war in dieser kleinen Stadt einfach so. Langsam gewöhnte er sich daran. Seine Gedanken wanderten zu der toten Frau, die sie heute Morgen gefunden hatten.

Sein leerer Blick sagte alles, dachte Quinn und schlang die Arme um ihren Oberkörper.

Archer nickte.

Ihr brannten tausend Fragen auf der Zunge. Hatten die Morde miteinander zu tun? Waren sie dem Täter auf der Spur?

Gab es irgendwelche Fortschritte anderer Art? Doch was sie in seiner Miene las, ließ sie zögern. Sie stand auf, ging um den Tisch herum und zu ihm hin.

„Ich glaube fast, ein wenig Ablenkung würde uns beiden gut tun." Sie streckte die Hand aus und zog ihn von seinem Stuhl hoch.

Der leere Ausdruck in seinen Augen verschwand und wurde durch einen glühenden Blick ersetzt.

„Hattest du etwas Bestimmtes im Sinn?", fragte er. Ein Lächeln umspielte seine Mundwinkel und ließen die scharfen Kanten seines Gesichts weicher werden.

„Ich bin sicher, mir wird etwas einfallen."

21

Donovan parkte sein Motorrad direkt vor der Eingangstür des Diners. Eigentlich sollten auch Motorräder auf dem Gemeindeparkplatz gegenüber abgestellt werden. Doch er hatte es eilig. Gestern war ihm die Zeit bis zur Spa-Eröffnung plötzlich wie eine Ewigkeit vorgekommen. Noch drei Tage waren es bis dahin. Viel zu lange. Er wollte Anna unbedingt vorher noch einmal sehen. Zudem hatte er den dringenden Verdacht, dass sie sich langsam, aber sicher selbst und vermutlich alle rundherum in den Wahnsinn trieb. Zumindest, wenn er den vereinzelten Bemerkungen seiner Kunden Glauben schenkte.

Nachdem er wusste, wie wichtig Anna der Spa war, konnte er ihren Perfektionismus gut verstehen. Trotzdem war es wichtig, einmal Pause zu machen. Balance war wichtig. Er war sich sicher, dass er das schon einmal auf dem Cover einer dieser Frauenzeitschriften im Supermarkt gelesen hatte. Vielleicht hatte das Magazin auch bei einer seiner Schwestern rumgelegen. Wie auch immer, das Zitat bot ihm heute einen ausgezeichneten Hintergrund für sein Vorhaben. Er war sich nicht zu schade, seine Munition aus einem Heft für Frauen zu beziehen. Immerhin war Anna eine Frau. Dann konnte ja nichts schief gehen.

Er schob sich das mitgebrachte Paket, das mit einer großen lila Schleife verziert war, unter den Arm und betrat das Diner.

Kurt schaute von seinem Platz hinter der Bar auf, musterte ihn und lachte dröhnend. Als Donovan näherkam, unterbrach er seinen Lachanfall.

„Du bringst mir ein Geschenk? Das wäre aber nicht nötig gewesen.“ Spielerisch langte er nach dem Paket.

Geschwind brachte Donovan das Paket außer Reichweite. „Nichts da. Würde ich für dich eine lila Schleife wählen?“

„Ich habe mich auch gewundert. Aber bei Geschenken bin ich nicht wählerisch.“ Kurt lachte wieder. „Seit wann ist denn lila deine Farbe?“

So langsam verlor Donovan die Geduld. Kurt und er waren gute Kumpels. Aber heute war er nicht hierhergekommen, um mit ihm über Gott und die Welt zu quatschen. „Wenn es meine Farbe wäre, würde ich die Schleife um den Hals tragen“, knurrte er. „Ich suche Anna.“

„Sag das doch gleich.“

„Hab ich ja versucht“, konterte Donovan, doch Kurt hörte ihm gar nicht zu.

„Miss Daisy traut sich schon gar nicht mehr nach hinten, der Maler hat heute gekündigt und Anna funktioniert seit Tagen nur noch dank stündlicher Espresso-Shots. Wenn du irgendetwas tun kannst, um die Situation zu entschärfen, dann sei mein Gast.“ Er machte eine wedelnde Handbewegung, als wollte er Donovan zur Eile antreiben.

„So schlimm, wie?“

Kurt nickte theatralisch. „Du glaubst gar nicht, wie sehr ich mich darauf freue, wenn dieser Trubel ein Ende findet.“

„Ich bin nicht sicher, ob das eine realistische Erwartung ist“, murmelte Donovan. Was er bis jetzt über Anna und ihre ehrgeizigen Pläne wusste, verhieß nicht unbedingt eine geruhsame Weihnachtszeit. Ohne Kurt noch einen weiteren Blick zu schenken, bahnte er sich einen Weg durch das gut besuchte Lokal.

Die Morde hatten die Einwohner, wenn auch nicht gerade in Angst und Schrecken, aber doch in Unruhe versetzt. Die Emotionen und die Spekulationen schlugen hohe Wellen. Die Luft summte vor unterdrückter Spannung. Er hoffte, dass die

Polizei und das Sonderkommando rund um Cole und sein Team von Sicherheitsspezialisten den Mörder bald fassen würden. Er selbst hatte keine Angst. Doch dass sich der Mörder oder einer der Mörder, so ganz klar war das immer noch nicht, ganz offensichtlich auf Frauen spezialisiert hatte, machte ihm Sorgen. Schließlich hatte er vier Schwestern, die alle in der Region wohnten. Und dann war da noch Anna, die seit Kurzem auch zu den Personen gehörte, für die er sich verantwortlich fühlte.

Miss Daisy stürmte an ihm vorbei in Richtung Küche. Als sie registrierte, an wem sie gerade vorbeigerauscht war, machte sie auf dem Absatz kehrt und stellte sich ihm in den Weg.

„Du“, sagte sie und stieß ihm den Zeigefinger in die Brust. „Wenn du Anna entführst und erst am Abend der Eröffnung wieder bringst, stehe ich die nächsten zwanzig Jahre in deiner Schuld. Viel heißer Sex wäre auch nicht schlecht. Vielleicht ist sie anschließend ein wenig entspannter!“

„Miss Daisy!“, rief Anna, die aus dem Spa-Bereich eilte, empört. „Also wirklich!“ Ihr Gesicht war, zumindest soweit es Donovan unter all den weißen Farbspritzern erkennen konnte, dunkelrot vor Verlegenheit.

Donovan zog die Augenbrauen hoch. „Ein sehr verlockendes Angebot …“, meinte er gedehnt.

Anna stellte sich vor ihn hin, eine Hand in die Hütte gestutzt, die andere, die den Pinsel hielt, drohend erhoben. „Untersteh dich!“

„… aber ich muss es leider ausschlagen“, fügte er eilig hinzu. Dann fasste er Anna sanft am Arm und schob sie zurück in Richtung Spa.

„Zu schade“, grummelte Miss Daisy und setzte ihren Weg fort in Richtung Küche. Dort, in ihrem eigenen Reich, hatte sie wenigstens ihre Ruhe.

*

„Ich kann es nicht glauben, dass sie dir so einen Ratschlag gibt“, regte sich Anna lauthals auf. „Sie weiß doch selber, was alles auf dem Spiel steht. Nicht auszudenken, wenn wir zur Eröffnung nicht fertig werden!“

Eine Strähne ihres dunkelblonden Haars hatte sich aus dem nachlässigen Knoten gelöst und fiel ihr ins Gesicht. Ohne darüber nachzudenken, hob sie die Hand und strich sie sich aus dem Gesicht. Prompt zog sich ein neuer Streifen Farbe über ihr Gesicht. Sie wusste bald nicht mehr, wie sie das alles schaffen sollte. Nachdem sie heute, in einem Anfall von Wahnsinn, so mit dem Maler gestritten hatte, dass der wortlos seine Sachen zusammengepackt hatte und gegangen war, hatte sie keine Chance, rechtzeitig zur Eröffnung fertig zu werden. Dass sie trotzdem weitermachte, war mehr ein Zeichen ihrer Sturheit als der Glaube daran, dass sie es schaffen konnte.

Donovan konnte sich kaum sattsehen an ihr. Sie sah immer sehr gut aus. Aber heute, in ihrem derangierten Zustand und mit roten Wangen, sah sie zum Anbeißen aus. Süß. Doch er bezweifelte, dass sie diese Bezeichnung schätzen würde. Wahrscheinlicher war, dass sie ihm den Kopf abreißen würde.

Als sie im Empfangsbereich ankamen, blieb Anna verloren stehen. Eine Welle der Verzweiflung drohte sie zu überwältigen. Das Ausmaß der Aufgabe, die noch auf sie wartete, schien unüberwindbar.

Donovan, der im Eingang stand, sah den Anflug von Mutlosigkeit über ihre Miene huschen. Er fasste einen Entschluss und stellte das Paket außerhalb des Spas auf den Boden. Anschließend zog er seine Jacke aus und legte sie dazu. Während er sich die Ärmel seines dunkelblauen Hemds hochkrempelte, nahm er den Raum in Augenschein.

„Was machst du da?“, fragte Anna überrascht, als er zu einem der Farbeimer ging und einen Roller eintauchte.

„Wonach sieht es denn aus? Ich helfe dir, die Malerarbeiten fertigzustellen.“

Mit offenem Mund starrte sie ihn an. Als sie sich dabei ertappte, klappte sie ihn schnell wieder zu und eilte an seine Seite.

„Dafür bist du sicher nicht hergekommen."

Er warf ihr einen kurzen Blick zu und widmete sich dann wieder der Wand vor ihm.

„Nein. Aber das ist das, was du jetzt gerade brauchst. Eine helfende Hand. Ich habe zufällig zwei davon und nichts Besseres zu tun."

Den letzten Teil bezweifelte Anna zwar. Doch sie würde sich hüten, ihm zu widersprechen. Sie brauchte jede Hilfe, die sie kriegen konnte. Dass er dabei auch noch nett anzuschauen war, war ein zusätzlicher Bonus, dachte sie, als sie zusah, wie sich seine Muskeln während der Arbeit unter dem T-Shirt abzeichneten. Ihr Mund wurde trocken und sie schluckte. Entschlossen wandte sie sich wieder ihrer Aufgabe zu und griff nach ihrem eigenen Pinsel. Für wild gewordene Fantasien war jetzt definitiv nicht der richtige Zeitpunkt.

*

Sechs Stunden später hatten sie es geschafft. Anna konnte es immer noch kaum glauben, dass Donovan tatsächlich so lange geblieben war, bis auch die letzte Wand in einem hellen Lila erstrahlte. Selbst die Plastikfolie, mit der der schöne, neue Holzboden abgedeckt gewesen war, hatten sie entsorgt. Die Farbeimer standen in Reih und Glied bereit zum Abtransport und sämtliche Werkzeuge wie Pinsel, Roller und Spachtel waren gesäubert. Die Einzige, die wie ein wandelndes Desaster aussah, war sie, dachte sie verstimmt. Donovan hingegen wies nur einen einzigen Spritzer auf seinem Hemd auf. Sie beschloss, sich auf die positiven Dinge zu konzentrieren.

„Kaum zu glauben. Vor ein paar Stunden habe ich noch gedacht, ich müsste die Eröffnung verschieben. Jetzt bin ich perfekt im Zeitplan und kann morgen Vormittag sogar noch meine Weihnachtseinkäufe erledigen."

Stolz sah sie sich um. Zufrieden mit dem, was sie sah, drehte sie sich zu ihm um, stellte sich auf die Zehenspitzen, schlang ihre mit Farbe bekleckstenHände um seinen Hals und küsste ihn. Was ursprünglich als kurzer Dankeskuss geplant gewesen war, verselbstständigte sich innerhalb von Sekunden zu einem wahren Tornado. Ihre aufgeregten Gedanken verflogen wie Papiere im Wind. Vielleicht war an Miss Daisys Vorschlag mit dem Entspannungssex tatsächlich etwas dran gewesen, schoss ihr durch den Kopf.

Obwohl es ihm sehr schwer fiel, schob Donovan sie sanft von sich. Benommen sah Anna ihn mit großen Augen an. Er stöhnte innerlich und hoffte, dass sich sein vernünftiges Verhalten auszahlte und er die Gelegenheit nicht umsonst verstreichen ließ. Das wäre verdammt schade, dachte er grimmig.

„Geh nach Hause und versuch ein paar Stunden zu schlafen."

Schlaf klang wunderbar. Sie hatte seit Tagen nicht mehr richtig geschlafen. Heute würde es ihr vielleicht sogar gelingen, nachdem sie jetzt wusste, dass der Eröffnung nichts mehr im Wege stand. Das Installieren der Möbel und das Dekorieren der Räume würde sie in der verbleibenden Zeit locker schaffen.

„Ich habe noch eine Überraschung für dich. Sie liegt vor dem Eingang. Morgen früh um acht hol ich dich ab. Dann kannst du sie einweihen."

„Überraschung? Einweihen? Ich verstehe nicht …"

Er brachte sie mit einem kurzen, harten Kuss zum Verstummen. „Morgen. Acht Uhr. Schau dir das Paket an."

Anna sah ihm nach, wie er aus dem Spa schlenderte. Eigentlich war sie nicht der Typ, der sich herumkommandieren ließ. Aber irgendwie fehlte ihr momentan die Energie und Überzeugung, sich darüber aufzuregen. Vor allem, nachdem er ihr gerade sechs Stunden geholfen hatte. Sie seufzte und beschloss, ihre Prinzipien beim nächsten Mal wieder hochzuhalten. Zeit, nach Hause zu fahren und die Freude über ihren Erfolg mit einer Flasche Prosecco und ihrer Hausspinne zu teilen.

*

Erst als sie am nächsten Morgen um sieben aus einem tiefen, traumlosen Schlaf erwachte, fiel ihr das große Paket mit der lustigen, lila Schleife wieder ein. Der Gedanke, wie Donovan, der Inbegriff eines Machos, dieses Paket herumgetragen hatte, zauberte ein Lächeln auf ihr Gesicht. Anna schlug die Decke zurück und schwang die Beine über den Bettrand. Sie jaulte auf. Malen war offenbar gefährlicher, als es aussah. Sie hatte Muskelkater an Stellen, wo sie gar nicht gewusst hatte, dass da Muskeln waren. Vorsichtig stand sie auf und dehnte erst einmal ihre schmerzenden Glieder. Als sie sich wieder einigermaßen funktionstüchtig fühlte, ging sie in die Küche. Das Paket lag auf dem Tisch.

Sie holte eine Schere aus der Schublade und rückte der Verpackung zu Leibe. Nur wenig später hielt sie das Geschenk in den Händen. Es war eine Motorradjacke aus stabilem und trotzdem butterweichem Leder. Fast ehrfürchtig strich sie darüber. Außer sich vor Freude sprang sie auf, schlüpfte in das exquisite Kleidungsstück und machte sich auf die Suche nach einem Spiegel.

Ein glückliches Lachen im Gesicht drehte sie sich zu allen Seiten. Die Jacke saß wie angegossen. Sie hob eine Augenbraue. Donovan schien ein gutes Auge zu besitzen. Auf einmal wurde ihr bewusst, dass sie die Jacke über ihren Schlafanzug gezogen hatte. Als Ganzes betrachtet eher eine ungewöhnliche Kombination. Sie schnaubte belustigt. Besonders zusammen mit ihren Hausschuhen. Sie wackelte in ihren flauschigen Häschen-Hausschuhen mit den Zehen, sodass die langen rosa

Ohren wackelten. Ihr kam eine Idee. Ohne die Jacke auszuziehen, eilte sie zurück in die Küche. Dort griff sie nach ihrem Telefon und öffnete die Foto-App.

*

Donovan wollte gerade abfahren, um Anna abzuholen, als sein Telefon vibrierte. Er aktivierte den Bildschirm und öffnete die Nachricht. Er lächelte breit, als das Bild erschien. Anscheinend hatte sein Geschenk Anklang gefunden. Er tippte eine kurze Antwort, steckte das Telefon ein und schwang sich auf sein Motorrad.

*

Von freudiger Nervosität erfüllt las Anna die Nachricht.

„Freue mich darauf, deine Hasen persönlich kennenzulernen. Bin in 15 min bei dir.“

Amüsiert schüttelte sie den Kopf. Auf keinen Fall. Das würde sie zu verhindern wissen. Sie wusste sowieso nicht recht, welcher Teufel sie geritten hatte, dass sie ihm das Bild geschickt hatte. Überhaupt musste sie sich sputen, wenn sie in fünfzehn Minuten fertig sein wollte.

*

Kurz vor Mittag setzte Donovan eine etwas atemlose Anna wieder vor ihrer Wohnung ab. Er hatte sie auf eine kurze Bergtour entführt und sie anschließend in der Silver Lodge zum Frühstück eingeladen. Nachdem er Anna davon hatte überzeugen können, dass die Vorbereitungen im Spa fortgeschritten genug waren, dass sie sich eine Pause leisten konnte, war seine Idee ein voller Erfolg gewesen, resümierte er zufrieden.

Die Silver Lodge war ein neueres Lokal, das vor zwei oder drei Jahren aufgemacht hatte. In der Finanzkrise hatte der damalige Besitzer sein riesiges Blockhaus verloren. Die neuen Inhaber, Jeff und Jarvis, hatten zugegriffen und dort ihren Traum von einem Sternerestaurant verwirklicht. Bei ihnen kamen nur Biozutaten in die Küche und sie achteten sehr darauf, dass die Tiere, von denen das Fleisch stammte, vor ihrem frühzeitigen Ende ein gutes Leben gehabt hatten und nicht mit Medikamenten und Hormonen vollgepumpt worden waren. Beides traf auf Paulas Rinder zu. Sie hingegen verkaufte praktisch all ihr Fleisch in der näheren Umgebung. So hatte es nicht lange gedauert, bis die beiden vor ihrer Tür gestanden hatten. Und kochen konnten die beiden wirklich. Zudem pflegten sie ein gutes Verhältnis zu ihrem Servicepersonal und bezahlten vernünftige Löhne, sodass im Restaurant immer eine gute Stimmung herrschte und die Bedienung tadellos war.

All diese Pluspunkte führten allerdings dazu, dass die Silver Lodge ziemlich hohe Preise für ihr Essen verlangte. Völlig verständlich, dass Anna noch nie da gewesen war. Er selber gehörte auch nicht gerade zur Stammkundschaft. Zudem war die Lodge eine ganze Weile geschlossen gewesen. Nach einem Vorfall, in den die Mafia, Cole und Avery sowie ein paar unglücklich platzierte Handgranaten involviert gewesen waren, hatten sie die Lodge von Grund auf erneuern müssen. Inzwischen erstrahlte sie wieder in altem Glanz.

„Danke vielmals für die Zwangspause", sagte Anna gerade.

„Gerne. Ich hoffe, dir war nicht zu kalt auf dem Motorrad."

Anna lachte. „Ich gebe zu, dass mir das Motorradfahren im Sommer besser gefällt. Aber es hat mir wirklich geholfen, meinen Kopf zu lüften. Ich musste mir in letzter Zeit öfter anhören, dass ich zu verbissen an meine Spa-Eröffnung herangehe."

Donovan wurde ernst und nahm ihr Gesicht in seine Hände. „Du machst das großartig. Lass dir von niemandem etwas anderes einreden."

Wie gebannt von der Intensität seines Blicks starrte sie in seine goldbraunen Augen. „Ja?", fragte sie unsicher.

„Davon bin ich überzeugt. Es braucht eine gehörige Portion Mut und Disziplin, ein eigenes Geschäft auf die Beine zu stellen. Niemand weiß das besser als ich."

„Das habe ich doch nur dem Kredit der VGI zu verdanken", spielte sie ihre Arbeit herunter.

„Mit dieser Annahme liegst du vollkommen falsch. Erstens hättest du den Kredit nicht gekriegt, wenn die Mitglieder der VGI nicht davon überzeugt gewesen wären, dass du das Zeug zur Unternehmerin hast. Zweitens ist die Startfinanzierung nur der erste Stolperstein. Auf die Beine gestellt hast du die Sache ganz allein."

„Okay." Ihre Augen funkelten humorvoll. Es tat gut, seine Worte zu hören, auch wenn sie nicht ganz überzeugt war.

Amüsiert schüttelte er den Kopf. „Ich sehe schon, du glaubst mir nicht ganz, aber das kommt schon noch." Er senkte den Kopf und küsste sie auf den Mund. „Ich freue mich auf die Eröffnung!"

Anna berührte ihre prickelnden Lippen.

Die unbewusste Handlung ließ ihn beinahe alle seine guten Vorsätze vergessen. Bestimmt war noch Zeit, sie mit zu sich nach Hause zu nehmen?

Anna entdeckte das raubtierhafte Glimmern in seinen Augen und trat hastig einen Schritt zurück. So verlockend es war, noch länger Zeit mit Donovan zu verbringen, wusste sie doch, dass noch einiges an Arbeit auf sie wartete.

„Keine Küsse mehr", ließ sie ihn wissen. „Ich habe noch zu tun."

„So etwas hatte ich mir schon gedacht", sagte er und lachte.

Seine gute Laune war ansteckend.

„Mehr gibt's nach der erfolgreichen Eröffnung", versprach sie ihm mit einem wissenden Lachen.

Überrascht drehte er sich noch einmal zu ihr um. Seine Augen schienen sich zu verdunkeln. „Ich werde dich daran erinnern. In der Zwischenzeit pass auf dich auf."

Mit diesen Worten stieg er auf sein Motorrad, zog sich den Helm über und fuhr davon.

Anna unterdrückte ein erwartungsvolles Schaudern. Plötzlich gab es einen Grund mehr, weshalb sie die Eröffnung des Spas nicht erwarten konnte. Sie biss sich auf die Lippen und musste sich davon abhalten, auf der Stelle zu hüpfen. Beschwingt machte sie sich auf den Weg in ihre Wohnung. Schon lange hatte sie sich nicht mehr so gut gefühlt. Es sah ganz so aus, als wäre ihr Leben endlich auf einem guten Weg.

22

Quinn war gerade dabei, die letzten Fotos des Pumaweibchens auszuwählen, die sie in ihrem Bericht verwenden wollte. Die letzten Tage waren sehr ergiebig gewesen. Mit Averys Hilfe hatte sie die Berglöwin noch zwei weitere Male aufgespürt. Inzwischen hatte sie einen wahren Berg an verwertbaren Daten. Sie hatte eine grobe Vorstellung von der Größe ihres Reviers und wusste, was und wo sie jagte. Zu ihrer großen Erleichterung handelte es sich bei ihrer Beute mehrheitlich um Hasen. Gelegentlich erwischte sie auch eine Bergziege, aber bisher keine Rinder. Diese Informationen würden ihr beim nächsten Treffen mit den Ranchern aus der Gegend gute Dienste leisten. Alles in allem war sie sehr zufrieden mit ihrer Arbeit.

Der einzige Wermutstropfen war Archers häufige Abwesenheit. Seit ihrem Überraschungsbesuch hatte sie ihn immer nur kurz gesehen, da er zusammen mit Jake intensiv an der Aufklärung des Falles arbeitete. Für einen weiteren Besuch hatte sich keine Gelegenheit ergeben. Die Situation mit ihren Eltern war noch nicht wirklich geklärt. Sonja konnte sich auch nicht rund um die Uhr um sie kümmern.

Leider waren Jake und Archer der Lösung des Rätsels noch keinen Schritt nähergekommen. Inzwischen wurde es als erwiesen angesehen, dass der fehlende Wilderer sich der Identität des einen Toten bemächtigt hatte. Dabei handelte es sich um Bradley Koenig. Archer vermutete, dass er ursprünglich der Kopf der Bande gewesen war. Der Mörder hatte sich unter diesem Namen erst im Bed & Breakfast einquartiert und anschließend ein Hotelzimmer in Breckenridge gebucht. Dann war ihm offenbar klar geworden, dass es nur eine Frage der Zeit war, bis die Polizei ihn aufspüren würde, wenn er weiterhin die Kreditkarte des Toten benutzte. Seither war er untergetaucht. Jake hatte die Hoffnung, dass er die Region verlassen hatte, doch Archer war sich da nicht so sicher.

Quinn seufzte. Sie wünschte sich, dass der Täter endlich gefasst wurde. Sie vermisste Archers Gesellschaft mehr, als sie gedacht hätte. Zudem konnte sie nicht auf ewig Averys Hilfe in Anspruch nehmen. Doch da Archer unmissverständlich klar gemacht hatte, dass er die Krise kriegen würde, wenn sie sich auf eigene Faust aufmachte, blieb ihr für den Moment nichts anderes übrig, als ihre Freundin als Begleitschutz mitzunehmen.

Die Tür flog auf, und Archer stürzte ins Büro. Erschrocken sprang Braveheart unbeholfen auf und bellte einmal kurz. Dann erst schien er zu registrieren, wer da hereingekommen war, und ließ sich verlegen wieder auf seine Decke sinken.

„Da hast du dich wohl kurz geirrt, was?", fragte Quinn ihren Schützling gutmütig. Der Hund wedelte unsicher.

Archer schien den Hund gar nicht wahrzunehmen. Mit wildem Blick schaute er erst zu Quinn, dann zu Lara und wieder zurück zu Quinn, als wollte er sich vergewissern, dass beide hier und in Sicherheit waren.

Besorgt stand Quinn auf, ging um ihren Schreibtisch herum und fasste ihn am Arm. „Was ist denn los?"

„Es hat noch einen Mord gegeben. Wieder eine Frau", antwortete er grimmig.

„Du meine Güte", rief Lara aus und sprang ebenfalls von ihrem Platz hinterm Schreibtisch auf. „Jemand von hier?"

„Nein. Die Frau war aus Breckenridge." Er schloss die Augen und rieb sich die Stelle zwischen den Augenbrauen. Starke Kopfschmerzen waren im Anmarsch. Kurz wünschte er sich seinen geruhsamen Schreibtischjob an der Uni zurück. Gleichzeitig wusste er, dass er sich nicht von dem Fall abwenden würde, selbst wenn er könnte. Zu stark war das Bedürfnis, den Mörder zur Strecke zu bringen und dafür zu sorgen, dass die Menschen, allen voran Quinn, wieder in Sicherheit waren.

„Ich nehme an, es gab wieder keine Zeugen?"

Archer öffnete die Augen.

„Doch. Also, nicht für den Mord selber, aber immerhin wissen wir jetzt, dass es sich bei dem Verdächtigen definitiv um den Wilderer handelt, der auf uns geschossen hat. In dieser Hinsicht hatten wir diesmal Glück, wenn man in diesem Zusammenhang überhaupt von Glück reden will. Das Opfer war mit einer Freundin in der Bar. Wir haben also eine Zeugin. Sie heißt Tory. Tory war auf der Toilette, als der Fremde Sybil, wie ihre Freundin hieß, ansprach. Ihr war er unsympathisch, doch ihre Freundin schien die Aufmerksamkeit zu genießen. Tory wurde kurz darauf selber angesprochen und hat den beiden keine große Aufmerksamkeit geschenkt. Schließlich waren sie an einem öffentlichen Ort mit vielen Menschen und die beiden hatten eine Abmachung, dass keine geht, ohne sich vorher mit der anderen abzusprechen."

„Was ist schief gelaufen?", erkundigte sich Quinn, während sie abwesend Bravehearts Kopf streichelte. Der Hund hatte wohl die wachsende Unruhe im Raum bemerkt und war zu ihr gekommen, um sich zu vergewissern, dass es ihr gut ging.

Archer zuckte mit den Schultern.

„Hier wird die Story etwas unklar. Tory behauptet, sie hätte sich gedacht, die beiden seien nur kurz vor die Tür gegangen, um frische Luft zu schnappen. Als sie eine Viertelstunde später gemerkt hat, dass Sybil noch nicht zurück ist, ist sie nach draußen gegangen, um nachzusehen, wo die beiden Turteltäubchen stecken. Als sie von ihrer Freundin keine Spur fand, hat sie angefangen, sich Sorgen zu machen."

„Weshalb ist sie nicht zur Polizei gegangen?", wollte Lara wissen.

„Die Polizei hätte vermutlich gesagt, dass sie nichts machen können. Es ist schließlich kein Verbrechen, mit jemandem eine Affäre zu beginnen. Und genau danach hat es wohl ausgesehen“, beantwortete Quinn die Frage langsam.

„Ganz richtig. Also ist sie erst einmal nach Hause gefahren, besorgt und ziemlich genervt darüber, dass sich ihre Freundin nicht an den Pakt gehalten hat. Als sie dann heute Morgen festgestellt hat, dass ihre Freundin weder zu Hause noch auf ihrem Handy zu erreichen ist, hat sie Panik gekriegt und ist in Breckenridge zur Polizei gegangen. Die hatten inzwischen die Info von uns bekommen, dass wir ein weiteres Opfer gefunden haben.“

„Klingt furchtbar“, entfuhr es Quinn.

„Das ist es auch. Dabei weißt du noch nicht mal alles.“ Er warf einen Blick auf die große Uhr an der Wand. „Aber das erzähle ich dir später. Jake hat eine Sitzung anberaumt. Er und seine Deputies sowie Avery und ihr Team treffen in einer halben Stunde auf der Lone Wolf Ranch ein.“

„Auf der Lone Wolf Ranch?“, frage Lara überrascht.

„Ja. Ich hoffe, das ist kein Problem“, erwiderte Archer. „Es war mein Vorschlag. Ich wollte nicht, dass Quinn allein nach Independence rein fahren muss. Zudem sind die Platzverhältnisse auf der Polizeistation ziemlich beengt.“

Quinn rollte die Augen. „Hat sich der Mörder neuerdings auf Carjacking spezialisiert?“

Archer warf ihr einen ungeduldigen Blick zu. „Ich will einfach kein Risiko eingehen. Glaub mir, wenn ich dir sage, dass du leicht das nächste Opfer sein könntest!“

Beim Klang seiner Stimme schaute ihn Quinn scharf an. Gut, dachte Archer bei sich. Endlich hatte er ihre Aufmerksamkeit.

„Wieso sagst du das so? Was hast du uns nicht erzählt?“

„Wo wurde die Tote gefunden?“, wollte Lara unvermittelt wissen.

„Auf der Motorhaube meines Trucks."

„Oh!"

Nach dieser schrecklichen Nachricht musste sich Quinn erst einmal am nächstbesten Möbelstück festhalten. Ihre Knöchel traten weiß hervor, als sie die Tischplatte umklammerte. Wie musste es wohl erst Archer ergangen sein, als ihn dieser sicherlich schreckliche Anblick begrüßt hatte, sobald er aus dem Haus getreten war?

„Das heißt …"

Archer nickte grimmig.

„Anscheinend hat da jemand noch eine Rechnung mit uns offen."

„Kein Wunder, dass du so besorgt bist. Aber vielleicht ist die Rechnung, wie du es genannt hast, damit auch beglichen", sinnierte sie hoffnungsvoll.

„Darauf würde ich nicht wetten."

„Das Wettgeschäft läuft sicher auch rund, bei all der Aufregung, die Independence in den letzten Tagen erfahren hat", bemerkte Lara in dem Versuch, die Stimmung ein wenig zu lockern.

„Die Disney Sisters haben es abgelehnt, Wetten entgegenzunehmen, die im Zusammenhang mit einem Verbrechen stehen", klärte Quinn sie auf.

„Echt?", fragte Lara überrascht. „Das wusste ich gar nicht."

„Auf Facebook findest du das offizielle Reglement."

„Was sind denn die aktuellen Wettthemen? Ich bin überhaupt nicht mehr auf dem Laufenden", beklagte sich Lara.

„Der Geburtstermin deines Kindes, die dringende Frage, wann Donovan und Anna ein Paar werden …"

Lara runzelte die Stirn. „Sind sie das nicht schon?"

„Können wir das ein andermal diskutieren?", erwiderte Archer gereizt. „Ich denke, wir haben gerade dringendere Probleme als das Liebesleben der Einwohner von Independence."

„Ihr zwei seid natürlich auch vertreten“, fügte Lara wenig hilfreich hinzu.

Wortlos drehte Archer sich um, marschierte aus dem Büro und knallte die Tür hinter sich zu.

„Das war jetzt etwas … hm, wie soll ich sagen …“ Quinn suchte nach den richtigen Worten.

Lara zog den Kopf ein. „Taktlos?“

Quinn verzog abwägend den Mund und nickte.

„Tut mir leid. Ich weiß auch nicht, was über mich gekommen ist. Eine Übersprungshandlung wahrscheinlich.“

„Mach dir nichts draus“, beruhigte Quinn sie. „Archer wird es verkraften. Jeder geht halt anders mit einer bedrohlichen Situation um.“

„Ich hoffe es. Jetzt gehe ich wohl besser hoch und bereite Kaffee und Brötchen für die hungrige Horde vor, die gleich bei uns einfällt. Kommst du auch?“

„Brauchst du Hilfe?“

„Nein, das schaffe ich auch allein“, versicherte Lara ihr.

„Dann schaue ich vorher noch nach dem verletzten Stinktier und komme anschließend zum Haus hoch.“

„In Ordnung. Bis gleich.“

Quinn ließ sich auf ihren Sessel hinterm Schreibtisch fallen und starrte ins Leere. Sie hatte die beiden Frauenleichen nicht einmal gesehen und trotzdem bekam sie die grauenhaften Bilder, die ihre überaktive Imagination produzierte, nicht mehr aus dem Kopf. So konnte das nicht weitergehen. Es war doch kein Zustand, dass sie alle nur da saßen und darauf warteten, dass dem Mörder endlich ein Fehler unterlief. Wer weiß, wie viele Frauen in der Zwischenzeit daran glauben mussten, bis es so weit war? Ganz abgesehen von der Tatsache, dass Quinn das ungute Gefühl hatte, dass Archer recht hatte. Das Deponieren der Leiche bei seinem Wohnort war eindeutig als Drohung zu verstehen. Oder ein Versprechen. Sie fröstelte. Braveheart setzte sich auf und stupste unsanft gegen ihren Oberschenkel.

Als das nicht den erwünschten Erfolg brachte, stellte er sich auf seine zwei gesunden Hinterbeine und legte ihr die verletzte Pfote in den Schoß.

„Was ist denn, mein Kleiner? Musst du raus?"

Braveheart spitzte eines seiner Ohren, das Stehohr, und wedelte.

„Okay, okay, ich komm ja schon."

Bei ihren Worten drehte sich der Hund um und humpelte erstaunlich geschickt und auch schnell zur Tür. Anscheinend hatte er sein Ziel erreicht.

Nach einer kurzen Runde rund um die Krankenstation, während der Braveheart pflichtbewusst sein Geschäft erledigte, ging sie zu ihren Pfleglingen hinein. Sie hatten sich entschlossen, den Harris-Falken erst im Frühling wieder auszuwildern. Er war völlig zufrieden in seinem Gehege. Menschen gegenüber war er nach wie vor misstrauisch. Nur mit Lara schien er eine Art Freundschaft geschlossen zu haben.

Im nächsten Gehege wohnte ein Fuchs. Den würden sie in den nächsten Tagen in die Wildnis entlassen. Als sie ihn angefahren am Straßenrand gefunden hatten, waren sie sich nicht sicher gewesen, ob er überleben würde. Doch zu ihrer Überraschung hatte er sich erstaunlich schnell erholt. Jetzt war er gerade nirgends zu sehen. Vermutlich machte er in der Höhle, die sie extra für ihn angelegt hatten, ein Nickerchen.

Braveheart trottete eifrig hinterher, als würde er ebenfalls nach dem Rechten sehen. Fast schien es, als wäre er stolz auf seinen wichtigen Job als Beschützer der Anlage und seiner Einwohner.

Während sie dem erbosten Stinktier den Verband wechselte, wanderten ihre Gedanken wieder zu den schrecklichen Straftaten. Es musste doch einen Weg geben, dem Mörder Einhalt zu gebieten!

Seufzend richtete sie sich auf, schob das fauchende Stinktier, Hintern voran, von sich und brachte sich schleunigst hinter der

Tür in Sicherheit. Puh. Geschafft. Es tat ihr immer leid, wenn sich die Tiere so aufregten. Wildtiere waren eben Wildtiere. Aber solange es Fallensteller gab, würde sich das nicht vermeiden lassen … Moment mal, dachte sie. Fallensteller. Das war die Lösung. Sie mussten dem Mörder eine Falle stellen. Den Wilderer sozusagen mit seinen eigenen Waffen schlagen. Ihr Herz klopfte aufgeregt.

„Komm, Braveheart. Wir gehen hoch und weihen die anderen in meinen genialen Plan ein."

Angesteckt von ihrer plötzlichen Euphorie bellte er begeistert und sprang auf seinen drei guten Pfoten zur Tür.

*

Als Quinn mit Braveheart durch die Tür der Lone Wolf Ranch trat, hörte sie laute Stimmen aus der Küche. Neugierig steckte sie den Kopf hinein. Braveheart verzog sich in Richtung Wohnzimmer und gesellte sich zu Leonie und Princess, die beide vor dem warmen Feuer lagen, um dem ganzen Trubel aus dem Weg zu gehen. Menschenmengen und hitzige Diskussionen waren nicht sein Ding.

Der eigentlich recht große Raum war vollgepackt mit Menschen. Lara eilte zwischen Tisch und Küchenzeile hin und her, während sie Kaffee, kalte Getränke und die versprochenen Brötchen an die Anwesenden verteilte. Hank lehnte an der Wand und verfolgte mit gerunzelter Stirn die Wortfetzen, die im Raum umherflogen.

Quinn ließ ihren Blick über die Anwesenden gleiten. Man konnte fast den Eindruck kriegen, dass Independence eine eigene Taskforce hatte, dachte sie in einem Anflug von Humor. Archer starrte gerade den Sheriff böse an, der mit seinen beiden Deputies Will und Toby am anderen Ende des Tisches saß. Am Fenster hatten Cole und Avery Platz genommen. Neben ihnen saßen die beiden anderen Teammitglieder, Ali und Valentina. Ali wurde wegen seiner Größe von allen nur Big A genannt.

Valentina war eine kleine, temperamentvolle Latina. Beide hatten eine Zeit lang zusammen mit Cole für das FBI gearbeitet. Als Cole und Avery ihre Sicherheitsfirma in Independence auf die Beine gestellt hatten, waren die beiden mitgekommen. Cole und Avery hatten sich über die erstklassigen Mitarbeiter, die gleichzeitig gute Freunde von ihnen waren, sehr gefreut. Vor Kurzem war noch Adrian zu ihnen gestoßen, um ihnen beim Aufbau einer Hundestaffel zu helfen.

Heute war Adrian allerdings nicht hier, stellte Quinn fest, als sie sich suchend umsah. Verspätet fiel ihr ein, dass heute ja Besuchstag in der Highschool war. Er war sicher zusammen mit Becca in der Schule und saß in der Klasse seines Sohns Jonas. Die drei waren zu einer richtigen Familie zusammengewachsen. Erst vor ein paar Wochen hatten sie sich verlobt, sehr zur Freude von Jonas. Im Frühling wollten sie heiraten.

Obwohl so viele Menschen da waren, hatte Quinn das Gefühl, als ob etwas fehlte. Aber erst als ihr Blick an Avery hängen blieb, erkannte sie, was es war. Unwillkürlich hatte sie nach Miss Marple Ausschau gehalten. Der Gedanke, dass die vorwitzige Ratte nie mehr ihre spitze Schnauze aus Averys Kragen strecken würde, versetzte ihr einen Stich.

Archers laute Stimme riss sie aus ihren Gedanken.

„Auf keinen Fall. Das kommt nicht infrage", konstatierte er gerade wütend.

„Aber es ist die beste Chance, die wir haben", wiederholte Jake.

Quinn schob zwei Finger in den Mund und stieß einen lauten Pfiff aus. Prompt fingen die Hunde im anderen Zimmer an zu bellen. Lara kniff die Augen zusammen und zog den Kopf ein. Quinn zog verlegen die Schultern hoch und entschuldigte sich lautlos bei ihrer Chefin.

„Ja? Du wolltest etwas sagen?", forderte Avery sie zum Reden auf.

„Äh, ja, ich, also, ich weiß zwar nicht, was euer Streitpunkt ist … Ich dachte nur, bevor ihr euch über den besten Ansatz streitet, wie man den Mörder stoppen kann, würde ich gerne einen Vorschlag machen. Ich hatte nämlich eine Idee …“

Cole sah sie aufmerksam an. „Lass hören …“

Sie holte tief Luft. „Ich finde, wir sollten dem Mörder eine Falle stellen.“ Sie blickte jedem der Anwesenden nacheinander in die Augen. „Und nachdem offenbar der allgemeine Konsens herrscht, dass es der Mörder irgendwann auf mich abgesehen hat, stelle ich mich selbst als Köder zur Verfügung.“

Jake grinste und klopfte Archer kräftig auf die Schulter. „Du hast eine sehr gescheite Frau!“

Auch die anderen sahen seltsam erfreut aus, als hätte sie eben ein schwieriges Rätsel gelöst. Nur Archer warf ihr einen bitterbösen Blick zu.

„Habe ich etwas Falsches gesagt?“, fragte Quinn, plötzlich unsicher.

„Ganz im Gegenteil“, beruhigte Cole sie, während Archer resigniert den Kopf schüttelte.

„Wir sind eben zu demselben Schluss gekommen.“

„Das ist gut, oder? Spricht doch für die Idee?“

Jetzt konnte Archer nicht mehr an sich halten. Die Vorstellung, dass Quinn so enden könnte wie die Frau, die er heute Morgen vor seiner Haustür vorgefunden hatte, war zu viel für ihn.

„Bist du von allen guten Geistern verlassen? Was, wenn etwas schief geht?“

Quinn starrte ihn mit großen Augen an. So außer sich hatte sie ihn noch nie erlebt.

Archer bemerkte ihren erschrockenen Blick, konnte sich aber gerade nicht darum kümmern. Schließlich ging es bei der Sache um Leben und Tod. „Glaub mir, es geht immer alles schief, was nur schief gehen kann.“

Wenn er doch nur endlich Zachary und Todd erreichen würde. Doch die beiden waren unauffindbar. Auf ihre Hilfe konnte er also nicht zählen.

Ungläubig schaute Quinn alle anwesenden Leute an und dann wieder Archer. „Was soll schon schief gehen? Ich habe eine eigene Spezialeinheit zur Verfügung. Es wird euch doch wohl noch gelingen, mich dabei zu beschützen.“ Frustriert fuhr sie sich durch die kurzen, blonden Haare. Sie wusste nicht, weshalb Archer so negativ sein musste. Konnte er denn nicht einsehen, dass es für sie keine Option war, untätig darauf zu warten, wie ein Opferlamm zur Schlachtbank geführt zu werden?

„Jetzt beruhigt euch erst einmal“, meinte Valentina. „Vorerst ist es ja nur eine Überlegung. Wie siehst du das, Avery? Was hältst du von der Strategie, Quinn als Köder einzusetzen?“

Avery, die lange als Profilerin gearbeitet hatte, nickte langsam. „Ich denke, wenn wir es geschickt arrangieren … doch, das könnte klappen.“ Sie hob den Blick und schaute Archer direkt an. „Und zwar ohne dass Quinn in Gefahr ist.“

Archer murmelte etwas, was verdächtig nach „Bullshit“ klang, doch niemand nahm Anstoß daran. Es war zu erwarten, dass in einer solchen Situation die Emotionen hohe Wellen schlugen.

„Es würde allerdings deine Kooperation erfordern.“ Avery trommelte mit den Fingern ein Stakkato auf die Tischplatte.

„Meine Kooperation?“, fragte Archer überrascht. „Ich dachte, ihr verfolgt euren Plan, egal, was ich dagegen vorzubringen habe?“

„Vielleicht. Aber leichter wäre es mit deiner Mitarbeit. Ich bin sicher, Quinn könnte deine Unterstützung gut gebrauchen. Schließlich ist das, was sie vorhat, nicht ohne“, appellierte sie an sein Mitgefühl.

„Ich dachte, es sei alles völlig risikofrei?“ Seine Stimme troff vor Sarkasmus. Es war ganz klar, dass er von dieser Einschätzung gar nichts hielt.

Avery ignorierte seine schlechte Laune und fuhr unbeirrt fort: „Zudem wärst du dann ganz dicht am Geschehen dran und könntest sofort eingreifen, falls wider Erwarten trotzdem nicht alles reibungslos verläuft.“

„Hm.“ Darüber musste er erst einmal nachdenken. Doch es fiel ihm schwer. Schreckliche Gedanken plagten ihn. Er wusste nicht, was er tun würde, wenn Quinn etwas zustieß. Die Vorstellung war fast nicht auszuhalten. Und er wusste nur zu gut, zu was der Mörder-Schrägstrich-Wilderer fähig war, hatte er sich doch erst vor ein paar Stunden selber ein Bild davon machen können. Mit eiserner Willenskraft unterdrückte er den Impuls, Quinn zu sich nach Hause zu schleppen und einzusperren. Er hatte den Verdacht, dass diese Vorgehensweise auf wenig Gegenliebe stoßen würde. Wie er es auch drehte und wendete, es sah ganz so aus, als ob der vorgeschlagene Plan tatsächlich ihre beste Option war. Schließlich nickte er resigniert.

„Es gefällt mir zwar immer noch nicht, doch wenn, dann möchte ich wenigstens in unmittelbarer Nähe sein.“

Quinn atmete auf. Sie griff über den Tisch nach seiner Hand. „Danke. Ich bin froh, wenn ich weiß, dass du mir Rückendeckung gibst. Glaub mir, ich freue mich nicht direkt darauf, ein potentielles Mordopfer zu spielen.“

„Immer“, erwiderte er ernsthaft und drückte ihre Hand.

23

Hollister streifte durch die Straßen von Independence. Er wusste, dass er eigentlich nicht hier sein sollte. Er war schon ein großes Risiko eingegangen, als er die Puppe von gestern auf der Motorhaube des dämlichen Wildhüters platziert hatte. Aber das war es wert gewesen. Hinter ein paar Bäumen verborgen, hatte er in der Kälte ausgeharrt. In den frühen Morgenstunden war seine Ausdauer belohnt worden. Der Gesichtsausdruck des Wildhüters, als er vor die Tür getreten und die Sauerei entdeckt hatte, war unbezahlbar gewesen. Leider hatte er nicht bleiben können, um mit anzusehen, wie er sich mit der Polizei abmühte. Wäre noch spannend gewesen zu hören, wie er die tote Frau vor seiner Hütte erklärte.

Aber er war nicht umsonst ein so erfolgreicher Jäger. Er hatte ganz in der Nähe der Hütte geparkt und die Tote relativ bequem zum Wildhüter geschafft. Anschließend war er mit dem Auto weggefahren und hatte es, gut versteckt, in einem Seitental zurückgelassen. Von da aus war er zu Fuß durch den Wald marschiert, bis er wieder in der Nähe der Hütte war. Nachdem er seinen Spaß gehabt hatte und Archers erst entsetzte und dann grimmige Miene gesehen hatte, wusste er, dass es Zeit war zu gehen. Also hatte er sich durch das Hinterland davongemacht und war eine Stunde später bei seinem Auto gelandet. Alles eine Frage des richtigen Timings.

Er war sich inzwischen allerdings ziemlich sicher, dass mit Feuereifer daran gearbeitet wurde, dem Mörder auf die Spur zu kommen. Das Bergvolk reagierte nicht sehr erfreut, wenn plötzlich Leute aus ihren Reihen umgebracht wurden. Seine Kollegen, denen er sich leider hatte entledigen müssen, hatten wohl für ein wenig Unruhe gesorgt, doch wenn es bei diesen Morden geblieben wäre, wären die Einwohner wohl relativ schnell zur Tagesordnung übergegangen. Dadurch, dass er sich lokale Frauen als Beute gesucht hatte, hatten sich die Spielregeln geändert. Vielleicht frönte er seinem Hobby das nächste Mal besser in einer Großstadt?, sinnierte er und rückte das Kissen unter seinem Hemd zurecht, das seine Leibesfülle beinahe verdoppelte. Dort konnte er auf den Mantel der Anonymität und Gleichgültigkeit zählen. Aber erst hatte er hier noch etwas zu erledigen. Die aufsässige Wildhüterin würde ihm gehören.

Umso wichtiger, dass er herausfand, was die Einwohner dieses netten Städtchens geplant hatten. Er schwang seinen Spazierstock, eine weitere Attrappe, die er im Zuge seiner Kostümierung als nützlich empfunden hatte. Das Gute war, dachte er gut gelaunt, dass in so einem Kaff jeder über alles Bescheid wusste. Es würde ihn also nicht mehr als ein paar Tassen Kaffee kosten, herauszufinden, was der gute Sheriff plante. Falls der überhaupt einen Plan hatte.

Eine Stunde später saß er im Diner und unterdrückte nur mit Mühe seinen aufkeimenden Zorn. Immer mehr Gesprächsfetzen drangen an seine Ohren und zerrten und rissen an seiner Selbstkontrolle.

„… sie wollen ihm eine Falle stellen …"

„… ehemalige FBI-Agenten sind dabei …"

„… Ranger hat schon einige Bösewichte gestellt. Seine Pflichten als Polizeihund hat er bestimmt nicht vergessen. Er ist nur zu alt für den aktiven Dienst, aber ansonsten …"

„… dass Quinn sich das traut?"

„… sie will den Mistkerl zur Strecke bringen. Allein, was er seinem Hund angetan hat … Kein Wunder, dass Quinn ihn dingfest machen will."

„… wenn du mich fragst, kann er froh sein, wenn sie ihm nicht einfach eine Kugel in den Schädel jagt."

„… verdient hätte er es auf jeden Fall."

Am liebsten hätte er sich sofort auf die Suche nach Quinn gemacht und sie kurzerhand erwürgt. Im letzten Moment rief er sich selbst zur Ordnung. Ein Schauder überlief ihn, als er tief ausatmete. Was glaubte diese Frau eigentlich? Dass er es ihr so einfach machen würde? Oh nein. Das kam nicht infrage. Mühsam erhob er sich mit seinem vorgetäuschten Bauch von seinem Stuhl. Dabei stolperte er und fiel gegen den Tisch. Durch das laute Geräusch aufgeschreckt warf ihm die ältliche Frau, die hier bediente, einen besorgten Blick zu. Na toll. Jetzt hatte er auch noch die Aufmerksamkeit auf sich gelenkt. Er biss die Zähne zusammen und schenkte ihr ein falsches Lächeln.

„Verzeihung, Ma'am. Ich bin ein wenig ungeschickt."

„Kein Problem. Ich hoffe, es ist Ihnen nichts passiert", sagte Miss Minnie.

Er schüttelte den Kopf und drehte sich brüsk von ihr weg. Mit einer Hand angelte er nach dem Gehstock, dann humpelte er eilig davon.

Miss Minnie runzelte die Stirn. Es gab schon seltsame Menschen. Und irgendwoher kam er ihr bekannt vor … Sie blinzelte, dann schüttelte sie den Kopf. Sie hatte weiß Gott Besseres zu tun, als sich Gedanken um einen unfreundlichen Gast zu machen. Zum einen war da die nagende Unruhe, die sie befallen hatte, seit sie von Quinns verrücktem Plan gehört hatte. Sie konnte es Archer nicht verdenken, dass er dagegen war. An seiner Stelle hätte sie sich Quinn schon lange geschnappt und wäre in einen schönen, langen Urlaub gefahren. Auf die Bahamas. Oder nach Alaska, nachdem Quinn anscheinend so ein Fan von der unwirtlichen Gegend war. Zum anderen hatte sie mit dem Diner mehr als genug zu tun. Melissa war ausgefallen, da ihr Sohn Benny mit Fieber im Bett lag, und Kurt hatte heute seinen freien Tag. Begleitet von einem tiefen Seufzer nahm sie den Lappen in die andere Hand und begann die Tische abzuwischen.

*

Am nächsten Abend, als Quinn gerade versuchte, die schwierige Entscheidung zu treffen, welche Cowboystiefel besser zu ihrem Outfit passten, trat ihre Mutter ins Schlafzimmer. In der Hand hielt sie einen Stapel Prospekte.

„Glaub nur nicht, ich wüsste nicht, was das ist", keifte sie und wedelte Quinn mit den Papieren vor der Nase herum.

Quinn blinzelte und wich mit dem Kopf nach hinten aus, um nicht versehentlich eine Ohrfeige einzufangen. Nachdem es ihre Mutter war, die mit den Dingern rumfuchtelte, konnte sie davon ausgehen, dass daran nichts Zufälliges war.

„Was hast du denn da?", versuchte sie Zeit zu gewinnen und griff entschlossen nach ihren roten Stiefeln. Mit den schwarzen, engen Jeans und der roten Bluse würden diese bestimmt gut aussehen. Ihr drehte sich zwar der Magen um, wenn sie an den Grund dachte, weshalb sie sich aufdonnerte. Viel lieber wäre ihr die Aussicht auf ein Date mit Archer gewesen. Aber die Jagd auf einen gefährlichen Mörder in ihrer Mitte ging nun mal vor.

„Du willst uns abschieben, deinen Vater und mich? Nach allem, was wir für dich getan haben! Zeigst du uns so deine Dankbarkeit?"

Quinn fasste nach den Händen ihrer Mutter und wollte sie neben sich aufs Bett ziehen. Davon wollte die andere Frau nichts wissen, so in Rage war sie.

„Wahrscheinlich willst du uns in so einer … einer … Institution einsperren und vergessen. Genau!"

Für einen Moment meinte Quinn, so etwas wie Angst oder Verletzlichkeit im Blick ihrer Mutter zu entdecken. Doch gleich darauf war er wieder so hart und unnachgiebig wie immer. Sie seufzte innerlich. Laut sagte sie: „Dad ist krank. Sehr krank."

„Papperlapapp! Er vermisst einfach Eric. Kein Wunder, wenn alles, was er noch hat, du bist."

Dieser Seitenhieb hatte gesessen. Quinn spürte, wie sie innerlich zusammenzuckte. Eigentlich sollte man meinen, dass sie daran gewöhnt war, nach beinahe achtundzwanzig Jahren Übung. Auf jeden Fall zeigte ihr die hingeworfene Bemerkung, dass ihrer Mutter heute Abend mit rationalen Argumenten nicht beizukommen war. Sie warf einen Blick auf den Wecker, der auf ihrem Nachttisch stand.

„Ich muss los, Mom. Lass uns später darüber reden."

„Wo gehst du denn hin? Rot ist eine vulgäre Farbe. Das schickt sich nicht."

Quinn gab es auf, mit ihrer Mutter ein Gespräch führen zu wollen. Sie kam sich manchmal vor, als wäre sie in einer Zeitschleife gefangen.

„Sonja ist unten, wenn du etwas brauchst. Ich komme irgendwann wieder. Aber es wird sicher spät."

Ihre Mutter murmelte noch etwas Gehässiges, doch Quinn hörte es schon nicht mehr. Vor ihr lag eine wichtige Aufgabe. Da konnte sie keine Ablenkung gebrauchen.

*

Vier Stunden später betraten sie und Avery die letzte Bar. Es war bereits nach zwölf Uhr. Bis jetzt hatte ihnen außer den üblichen Verdächtigen, sprich Leuten, die sie zumindest vom Sehen her kannten, niemand übermäßig Aufmerksamkeit geschenkt. Cole und Big A saßen nebeneinander auf der anderen Seite der Bar. Big A war durch seine Größe zwar alles andere als unauffällig, doch immerhin kannte der Mörder ihn nicht.

Archer hatte sich ganz schön aufgeregt, als ihm Jake mitteilte, dass er seinen Beobachtungsposten draußen würde einnehmen müssen. Aber nachdem der Wilderer wusste, wer er war, war ihm nichts anderes übrig geblieben.

„Man könnte fast Komplexe bekommen, wenn man bedenkt, dass wir noch keine einzige Eroberung gemacht haben. Vier Stunden und null Action“, beschwerte sich Avery. Sie hob die Hand und winkte den Barkeeper heran. Mit einem Nicken ließ er sie wissen, dass er gleich bei ihnen sein würde.

„Das liegt vielleicht auch daran, dass die meisten Männer, die wir getroffen haben, deinen Mann kennen. An ihrer Stelle würde ich es mir auch gut überlegen, bevor ich mich in Coles Revier wage.“

„Und die Touristen?“, beharrte Avery, die offenbar ihre weibliche Eitelkeit gekränkt sah.

„Die haben sich wahrscheinlich nicht getraut, nachdem Cole sie mit einem warnenden Blick bedacht hat.“

„Kurz gesagt, mein Mann ist ein Spielverderber“, brummte Avery.

„Ladys? Was kann ich euch bringen?“, wollte der Barkeeper wissen.

„Tequila, Zitronen und Salz.“

„Je einen Shot?“

Avery sah ihn ungläubig an. „Einen Shot? Ich glaube nicht. Eher die ganze Flasche.“

„Äh, Avery …?“ Was zum Teufel hatte ihre Freundin vor?

„Na, dann hoffe ich mal, dass ihr zu Fuß da seid.“

Avery nickte und deutete mit dem Daumen auf die andere Seite der Bar, wo Cole und Big A saßen. „Dort drüben sitzt unser Taxi-Service.“

Ein Lächeln umspielte die Lippen des Barkeepers.

„Na dann“, meinte er und stellte die Flasche vor ihnen auf den Tisch. Zwei Schnapsgläser, die Zitronenschnitze und der Salzstreuer folgten.

Quinn verfolgte das ganze Prozedere mit hochgezogenen Augenbrauen. „Gibt’s da nicht so eine Regel, die Alkohol im Dienst verbietet?“

Avery verzog das Gesicht, als sie an der Zitrone lutschte. „Für Undercover-Arbeit gelten andere Regeln. Zudem habe ich gerade beschlossen, dass unsere Mission beendet ist. Öfter als die letzten vier Stunden kann ich nicht mehr zur Toilette gehen.“ Avery hatte Quinn mehrfach allein gelassen, um dem Mörder die Möglichkeit zu geben, sich seinem Opfer ungestört zu nähern. Doch vergeblich.

„Hast du beschlossen. Aber wir haben ja gar nichts erreicht!“, rief Quinn frustriert aus und beugte sich ein wenig vor.

„Keine Angst, morgen ist auch noch ein Tag. Hier, nimm.“ Sie füllte eines der Gläser mit Tequila und schob es ihr hin.

„Auf uns. Auf unsere unwiderstehliche Ausstrahlung!“

Quinn verdrehte die Augen. Wider Willen musste sie lachen. Wieso eigentlich nicht? Der anstrengende Teil des Abends war vorbei. Sie spürte, wie sich die Anspannung, die sie in den letzten Stunden begleitet hatte, löste.

„Cheers!“, sagte sie zu Avery und hob ihr Glas.

*

Dem übergewichtigen Mann, der in den Schatten vor einem schalen Bier saß, schenkte niemand Aufmerksamkeit. Es war fast so, als wäre er unsichtbar, dachte Hollister mit Genugtuung. Mit jeder Bewegung und mit jedem Lachen von Quinn spürte er, wie seine Erregung wuchs. Er musste zugeben, dass das schlaue Luder genau gewusst hatte, was sie tat, als sie sich als Beute zur Verfügung gestellt hatte. Wenn er nicht im Voraus gewusst hätte, was sie vorhatte, wäre er vielleicht tatsächlich in die Falle getappt. Der Anblick des Streifens nackter Haut zwischen der roten Bluse und den engen Hosen brachte sein Blut in Wallung. Es schien, als würde sie ihn absichtlich herausfordern. Morgen, wiederholte er wie ein Mantra im Stillen. Morgen würde sie ihm gehören. Morgen würde er dafür sorgen, dass sie weiß gekleidet war. Auf weiß sah man das rote Blut viel besser.

Vorsichtig schob er seinen Stuhl zurück. Das Fiasko vom Morgen wollte er hier nicht wiederholen. Er war zwar verkleidet, doch einer eingehenderen Überprüfung würde seine Kostümierung nicht standhalten. Ohne weitere Zwischenfälle nahm er seine Jacke und schlüpfte unbemerkt aus dem schäbigen Etablissement.

*

Zwei Stunden und eine dreiviertel Flasche Tequila später fragte Big A mit einer Kopfbewegung in Richtung der Frauen. „Meinst du, sie hatten genug?"

Cole nickte bedächtig und schaute auf die Uhr.

„Ich denke schon. Der Barkeeper ist auch schon seit einer Stunde am Aufräumen. Der ist bestimmt froh, wenn wir endlich weg sind. Kümmerst du dich um Quinn? Dann schau ich nach Avery."

Big A schüttelte den Kopf. „Nein, nein. Ich rufe Archer. Der soll sich um Quinn kümmern. Ist schließlich seine Freundin."

Cole lachte. „Das hat er sich bestimmt auch anders vorgestellt."

„Ich weiß nicht. Wahrscheinlich ist er ganz froh, dass nichts passiert ist."

Augenblicklich wieder ernst nickte Cole. „Auf jeden Fall. Nur schade, dass wir den Kerl immer noch nicht erwischt haben."

Big A nickte. „Es scheint fast so, als ob er es geahnt hätte."

„Wie sollte er?"

Big A rieb sich seinen breiten Nacken. „Keine Ahnung. Aber du weißt selbst, wie schwierig es ist, etwas unter Verschluss zu halten in dieser Stadt. Was, wenn er im Diner war? Gestern Nachmittag haben alle von nichts anderem als unserem Plan geredet. Dank der großartigen Idee, die Einwohner miteinzubeziehen, haben sämtliche Tratschtanten all ihre Quellen aktiviert und im Anschluss ihre sogenannten Funde im Diner diskutiert. Immerhin wissen wir jetzt mehr."

„Stimmt. Denn das würde ja heißen …"

„Genau. Dass der Mörder sich nach wie vor ganz ungestört unter uns bewegt beziehungsweise mit uns lebt."

„Ein erschreckender Gedanke. Und ich hatte schon begonnen zu hoffen, dass ihm das Pflaster hier zu heiß wurde."

„Kann sein." Big A klang nicht überzeugt. Er zog sein Handy aus der Tasche. „Ich gebe Archer Bescheid, dass er Quinn abholen soll."

*

Ein paar Minuten später trat Archer mit gemischten Gefühlen in die Bar. Einerseits war er heilfroh, dass der Abend vorüber und Quinn immer noch in Sicherheit war. Andererseits hatte er gehofft, dass die Geschichte erledigt und der Mörder gefasst wäre. Nachdem er seinen anfänglichen Widerstand abgelegt hatte, hatte er die Vorteile sehr wohl erkannt. Stattdessen mussten sie nun weiterhin auf der Hut bleiben.

Lautes Gelächter riss ihn aus seinen düsteren Gedanken. Avery und Quinn lagen einander in den Armen und konnten anscheinend nicht aufhören zu lachen. Cole stand etwas ratlos daneben. Der Barkeeper warf einen genervten Blick in ihre Richtung. Kein Wunder. Es war auch bereits nach zwei Uhr. Als er näherkam, sah er die fast leere Flasche Tequila.

„Was ist denn mit den beiden los?", erkundigte er sich bei Cole.

„Um Mitternacht haben sie beschlossen, dass sie nicht mehr im Dienst sind, und haben eine Flasche Tequila bestellt."

„Und den Inhalt offenbar auch getrunken."

„Sieht ganz danach aus."

Amüsiert schüttelte Archer den Kopf und fasste nach Quinns Arm. „Komm, lass uns gehen. Ich verspreche dir auch zwei Aspirin vor dem Zu-Bett-gehen."

„Siehst du“, sagte Quinn zu Avery und lächelte verschmitzt zu ihm hoch. „Ich sagte doch, er ist ein Held. Mein Held. Wie ein Ritter. Es fehlt ihm nur noch ein Pferd.“ Sie wandte sich an Cole. „Meinst du, deine Schwester hätte vielleicht ein Pferd für meinen Helden?“

„Äh …“

„Ich brauche kein Pferd. Du bist meine Vollzeitbeschäftigung. Da bleibt keine Zeit für ein Pferd. Zudem haben wir einen Hund. Schon vergessen?“

Sie schaute ihn mit großen Augen an. *Wir?*, dachte sie verblüfft. Zu einer eingehenderen Analyse seiner Worte war ihr Hirn in seinem momentanen Zustand leider nicht fähig.

„Tatsächlich?“, fragte sie deshalb nur.

„Tatsächlich.“

Als Quinn keine Anstalten machte, aufzustehen, bückte Archer sich kurzerhand und hob sie vom Stuhl.

Für ein Moment schien die Welt aus den Fugen zu geraten. Hastig schlang sie ihm ihre Arme um den Hals und hielt sich fest. Wie immer fühlte sich Archer wahnsinnig gut an. Tief atmete sie seinen vertrauten, männlichen Geruch ein. Als ihr bewusst wurde, was sie da tat, kicherte sie und winkte über seine Schultern huldvoll ihren Freunden zu. Herrje. Quinn war richtig lustig, wenn sie betrunken war. Nur schade, dass sie dank des Tequilas vermutlich innerhalb von Sekunden schlafen würde. Immerhin schlief sie bei ihm. In seinen Armen. Wo ihr nichts geschehen konnte.

24

Am nächsten Morgen erwachte Quinn mit höllischen Kopfschmerzen. Sie schluckte vorsichtig, um ihre Zunge zu befeuchten. Über Nacht war anscheinend ein kleines, pelziges Tier in ihrem Mund gestorben. Bäääh. Versuchsweise öffnete sie eines ihrer sandverklebten Augen. Helles Tageslicht strömte ins Zimmer. Das Hämmern hinter ihrer Stirn verstärkte sich. Schnell machte sie das Auge wieder zu. Es war an der Zeit, die letzten, kümmerlichen Hirnzellen zu aktivieren, die von gestern übrig geblieben waren. Ihr schöner Plan war in die Hose gegangen. Kein einziger potenzieller Killer war aufgekreuzt. Das war schon eine ziemliche Enttäuschung gewesen. Und dann? Dann hatte Avery den Tequila organisiert. Ab da war ihre Erinnerung ziemlich lückenhaft. Sie erinnerte sich vage daran, dass Archer sie zum Auto getragen hatte. So war sie vermutlich hier gelandet.

Auf einmal wurde ihr das warme Gewicht bewusst, das sich gegen ihren Rücken presste. Sie lächelte. Nachdem sie gestern Nacht offensichtlich direkt ins Koma gefallen war, ließ sich wenigstens mit dem Morgen noch etwas anfangen. Die Aussicht, mit Archer zu kuscheln, ließ ihre Kopfschmerzen gleich weniger werden. Die Augen immer noch geschlossen, drehte sie sich träge zu ihm um und legte ihren Arm um ihn.

Im nächsten Moment riss sie die Augen weit auf. Ihre Hand hatte in Bravehearts Fell gefasst. Während er ihr, ganz begeistert, dass sie aufgewacht war, zur Begrüßung freudig das Gesicht ableckte.

„Ugh! Was machst denn du hier? Dich hatte ich doch bei Lara gelassen!“

„Guten Morgen“, erklang es gut gelaunt aus Richtung Tür. Archer trat ins Zimmer, eine Tasse dampfenden Kaffee in der Hand.

„Was bist du denn schon auf? Du bist ja geradezu unausstehlich munter“, brummte sie und verkroch sich wieder unter der Bettdecke. Dort begegnete sie zwei weiteren Fellknäueln, die, ungehalten über die Störung, miauend protestierten.

„Pech gehabt, ihr zwei. Jetzt müsst ihr euer Versteck mit mir teilen“, murmelte sie und strich ihnen schlaftrunken über den samtweichen Pelz.

Er setzte sich zu ihr aufs Bett und stellte den Koffein-Booster auf den Nachttisch. Aus seiner Hosentasche zog er zwei weiße Tabletten und legte sie neben das Glas Wasser, das bereits da stand. Behutsam strich er ihr über den zerzausten Haarschopf, der als einziges Körperteil unter der Bettdecke hervorschaute.

„Ich habe Braveheart abgeholt und mit ihm einen kurzen Spaziergang gemacht. Ich dachte, du hättest ihn gerne bei dir, wenn du aufwachst.“

Der Haarschopf nickte. Der Rest von Quinn blieb unter der Bettdecke verborgen. Er versuchte es mit einer anderen Taktik.

„Ich habe Kaffee und Aspirin mitgebracht.“

Quinn überlegte, ob die beiden Dinge es wert waren, sich dem grellen Tageslicht auszusetzen. Schließlich seufzte sie und hob einen Zipfel der Bettdecke an. Verkatert blinzelte sie ihn an.

„Gibt’s das Aspirin auch intravenös?“

Archer lachte. „Nein. Nur das Koffein.“

„Hmpf.“ Schwerfällig kroch sie hervor. Die beiden Katzen blieben wohlweislich in ihrer Höhle. Schlaue Katzenmädchen.

„An Tagen wie diesen bewundere ich Bären für ihre Weitsicht, einen Winterschlaf zu machen. Ich würde mich gerne anschließen. Heute. Katze in deinem Haushalt zu sein, wäre auch eine Option.“

„Ich sehe schon, der Tequila und du, ihr führt eine komplizierte Beziehung.“

„Nicht dieses Wort“, stöhnte sie und tastete blindlings nach dem Aspirin.

Archer gab ihr die Tabletten in die Hand und reichte ihr das Wasserglas dazu.

„Danke.“

Sie schluckte die Medizin, spülte mit Wasser nach und tauschte unverzüglich das leere Glas gegen die Kaffeetasse in seiner Hand.

Archer schmunzelte. „Keine Ursache. Du kannst dich ja bei Gelegenheit revanchieren.“

Quinn hielt einen Finger hoch und bedeutete ihm, dass sie gleich antworten würde. Erst musste sie ihren Kaffee inhalieren.

Nachdem sie die Hälfte getrunken hatte, setzte sie die Tasse ab.

„Aaah. Danke. Der Kaffee wirkt Wunder. Langsam fühle ich mich wieder wie ein Mensch. Was für ein Abend.“

„Ziemlich enttäuschend, unser Ergebnis, nicht?“

Sie prustete freudlos. „Welches Ergebnis denn?“

Er lächelte schwach. „Eben.“

Frustriert setzte sie sich auf, schob die Bettdecke zurück und schwang die Beine über den Rand. Prompt meldete sich ihr Kopf wieder schmerzhaft zu Wort.

„Sollte ich im nächsten halben Jahr Tequila auch nur von Weitem ansehen, hast du die Erlaubnis, mich unverzüglich vom Ort der drohenden Gefahr zu entfernen.“

„Mach ich“, versprach Archer. „Ich geh mal runter, Frühstück machen. Dann können wir anschließend zusammen zur

Arbeit fahren. Wenn du möchtest, kannst du duschen. Frische Handtücher sind im Bad.“

„Danke.“

Bei dem Zauberwort Frühstück kam Leben in die beiden schlafenden Mini-Raubkatzen. Wie der Blitz krochen sie unter der Decke hervor und sprangen unter Bravehearts Beinen hindurch zur Tür.

Sie sah dem Mann und seiner tierischen Entourage nach. Für einen Moment fühlte sie sich trotz der Nachwirkungen des übermäßigen Alkoholgenusses richtig glücklich. Sie hatte einen neuen Hund, einen tollen Mann mit Katzenanhang in ihrem Leben und einen Job, der ihr gefiel. Was wollte sie mehr? Na ja, nur so eine klitzekleine Sache wie einen Mörder dingfest zu machen. Als ihr aufging, dass ein weiterer Tag vor ihr lag, an dem sie alle potenziellen Gefahren bedenken und möglichst meiden musste, rümpfte sie die Nase. Obermühsam war das. Sie hasste es, so in ihrer Bewegungsfreiheit eingeschränkt zu sein.

Neben dem Bett sah sie ihre große Handtasche liegen. In weiser Voraussicht hatte sie gestern immerhin ihre Zahnbürste und ein paar andere essenzielle Dinge eingepackt. Mit der Tasche unterm Arm verschwand sie ins Badezimmer.

*

Um halb vier Uhr nachmittags stand Quinn im neu eröffneten Spa des Bed & Breakfast und schaute sich staunend um. Nicht nur die neue Farbe an den Wänden und der professionell aussehende Empfangsbereich beeindruckten sie, sondern vor allem auch die unglaubliche Menge an Leuten, die aufgekreuzt waren. Viele Frauen, aber auch eine beträchtliche Anzahl Männer standen herum, schwatzten, tranken den von den Disney Sisters bereitgestellten Champagner oder knabberten an Weihnachtsplätzchen. Auch der Spa war weihnachtlich dekoriert. Im Gegensatz zum Diner hatte sich Anna allerdings in vornehmer Zurückhaltung geübt. Der Weihnachtsschmuck und die Lichter waren recht unauffällig, trugen aber zu einer subtilen Feiertagsstimmung im Hintergrund bei. Sehr stilvoll, das musste Quinn zugeben.

Sie trat zum Tresen und zog eine der Broschüren heran. Einen Haarschnitt brauchte sie zwar nicht, sie versuchte immer noch, ihre Haare wachsen zu lassen, aber vielleicht würde sie sich im neuen Jahr eine Massage gönnen. Den Prospekt in der einen Hand, ihr Glas mit Orangensaft in der anderen, schlenderte sie zu einem der Fenster. Dort stellte sie das Getränk hin und begann die Angebote zu studieren. Beeindruckt legte sie ein wenig später die Karte zur Seite. Anna hatte wirklich nichts ausgelassen. Gesichtsbehandlungen, Haarentfernungen mit Heiß- und Kaltwachs, Haarstyling, Maniküre und Pediküre und noch einiges mehr wurden angeboten.

Der Tag war ereignislos verlaufen. Zur Erleichterung aller war auch keine weitere Leiche aufgetaucht. Es schien, als hätte der Mörder gestern tatsächlich eine Pause eingelegt. Vielleicht war er auch weitergezogen. Profiling war ja schön und gut. Trotzdem hatte es seine Grenzen. Sie schaute in die Abenddämmerung hinaus. Sie freute sich schon, wenn die Tage wieder länger wurden. Ohne Winterschlafoptionen war der frühe Einbruch der Dunkelheit einfach nur deprimierend.

Auf einmal bemerkte sie, dass draußen ein Junge vor dem Fenster auf- und abhüpfte und winkte. Neugierig öffnete sie den Fensterflügel und streckte den Kopf hinaus. Sie erkannte Benny, Melissas Sohn, der offensichtlich mit ein paar Klassenkameraden vor dem Bed & Breakfast spielte. Offensichtlich hatte er seine Grippe überwunden.

„Was ist denn, Benny?“

„Du musst unbedingt rauskommen. Wir haben ein Eichhörnchen gefunden. Es ist verletzt.“

Ein Eichhörnchen? Quinn runzelte die Stirn. Die waren eigentlich auch die meiste Zeit am Schlafen. Natürlich konnte es sein, dass es aufgewacht war und sich verletzt hatte, doch es war eher unwahrscheinlich.

„Bist du sicher, dass es ein Eichhörnchen ist?"

Für einen Moment nahmen Bennys Augen einen verwirrten Ausdruck an, als wüsste er nicht, wovon sie sprach. Doch gleich darauf hatte er sich wieder gefangen. „Ja, ja, ein Eichhörnchen", beteuerte er und nickte heftig mit dem Kopf. „Es liegt dort hinten." Er deutete vage in Richtung Hintereingang.

„Du meinst, ich soll rauskommen und es mir ansehen?", fragte sie lächelnd. Sie war sich ziemlich sicher, dass es kein Eichhörnchen gab. Wahrscheinlich hatten sich die Jungs einen Streich ausgedacht. Aber nachdem sie gerade nichts Besseres zu tun hatte, als hier herumzustehen, konnte sie dem Wunsch der Kinder durchaus nachkommen. Mit ein paar Siebenjährigen herumzualbern war bestimmt lustig. Die Kleinen würden sich freuen, wenn sie es schafften, sie reinzulegen.

Suchend blickte sie sich im vollen Raum nach Archer um. Als sie ihn nirgends entdecken konnte, zuckte sie mit den Schultern. Sie war ja gleich wieder da. Ein imaginäres Eichhörnchen zu retten würde nicht so lange dauern.

*

Draußen rannte Benny zu dem Mann, der im Schatten eines großen Lieferwagens stand.

„Ich hab gemacht, was Sie gesagt haben, sie kommt raus. Bekomme ich jetzt meinen Dollar?", fragte er aufgeregt.

Den Blick auf den Hinterausgang des Bed & Breakfast fixiert, stieß der Mann den Jungen grob zur Seite. Den empörten Aufschrei des kleinen Bengels ignorierte er. Es galt, keine Zeit zu verlieren. Das richtige Timing war alles. Er spürte, wie das Adrenalin durch seine Adern schoss und seinen Körper zum Pulsieren brachte. Voll im Jagdmodus sprintete er zu der Tür und presste sich neben der Tür flach an die Wand. Keine zwei Sekunden später öffnete sich die Tür und seine Beute trat heraus. Lautlos trat er hinter sie und schlang ihr seinen starken Unterarm um die Kehle.

Quinn hätte es sich beinahe noch anders überlegt. Irgendetwas an der Eichhörnchen-Geschichte hatte sie gestört. Da sie jedoch keinen wirklichen Grund für ihre Unruhe feststellen konnte, hatte sie sich zusammengerissen und war nach draußen gegangen. Sehr schlau, wirklich, schimpfte sie mit sich selber, während sie verzweifelt versuchte, dem Druck auf ihrer Kehle auszuweichen. Sie kämpfte wie eine Löwin und biss und kratzte an dem Arm, während sie versuchte, mit gezielten Tritten ihren Angreifer zu überwältigen. Leider hatten ihre Bemühungen keinen wirklichen Effekt. Aufgrund der Jahreszeit war ihr Angreifer dick eingepackt.

Seltsamerweise wehrte sich der Angreifer nicht groß. Es schien, als wäre er auf etwas ganz anderes konzentriert. Während sie noch versuchte, dem Rätsel auf den Grund zu kommen, wurde ihr ein feuchter, stinkender Lappen ins Gesicht gedrückt. Scheiße, irgendein Gas oder Ähnliches. Instinktiv hielt sie die Luft an und zerrte an dem Tuch. Unerbittlich drückte der Fremde ihr das Stück Stoff gegen die Nase. Schließlich blieb ihr nichts mehr anders übrig, als tief Luft zu holen, wenn sie nicht ersticken wollte. Ihr letzter Gedanke war, dass jemand Archer Bescheid geben musste. Dann verlor sie das Bewusstsein.

*

Benny, dem inzwischen auch klar geworden war, dass aus dem lustigen Streich, den ihm der Mann vorgeschlagen hatte, bitterer Ernst geworden war, rannte um das Gebäude herum zum Diner. Auf den Eingangsstufen erblickte er Leslie und Shauna. Er wusste, dass er Erwachsene informieren sollte, wenn etwas schief lief. Aber sicherlich galten Leslie und Shauna auch als Erwachsene? Immerhin war Leslie schon beinahe erwachsen. Sie ging bereits in die Highschool. So viel wusste er.

Völlig in Panik und außer Atem kam er bei den beiden Mädchen an.

„Kommt schnell“, keuchte er. „Ein Mann hat Quinn, wir müssen ihr helfen …“

Leslie und Shauna tauschten einen Blick aus und sprangen auf. Ohne auf Benny zu warten, rannten sie los, in die Richtung, aus der der Kleine gekommen war.

„Hast du dein Handy?“, rief Leslie ihrer Schwester zu.

„Klar“, gab Shauna zurück und wedelte mit dem Telefon. Sie hatte bereits die Video-App offen, das war ihr schon zur zweiten Natur geworden. Wenn sie groß war, würde sie Videoreporterin werden. Oder Filme drehen. Auf jeden Fall etwas mit Bildern.

Auf der anderen Seite des Hauses angekommen kamen sie schlitternd zum Stehen. Reflexartig packte Leslie Shauna am Arm und zerrte sie in den kümmerlichen Schatten des Strauches, der an der Seite des Gebäudes wuchs. Entsetzt sahen sie zu, wie ein großer Mann sich eine bewegungslose Quinn über die Schulter warf und mit ihr zu einem teuer und neu aussehenden schwarzen Geländewagen ging.

„Hast du das?“, flüsterte Leslie nervös.

„Ja, ja“, antwortete Shauna und zoomte noch ein wenig heran, sodass das Nummernschild gut zu sehen war.

Der Mann öffnete den Kofferraum und ließ Quinn buchstäblich ins Auto plumpsen.

„Das reicht“, zischte Leslie und zupfte an Shaunas Ärmel. „Wir müssen Hilfe holen.“

„Du holst Hilfe, ich warte da“, antwortete Shauna, ohne von ihrem Bildschirm aufzuschauen. „Vielleicht sehe ich dann wenigstens, wohin er fährt.“

„Okay.“ Es gefiel Leslie zwar nicht, ihre Schwester hierzulassen, aber sie wusste auch, dass sie keine Zeit zu verlieren hatten. Sie drückte ihr kurz den Arm und erntete dafür ein flüchtiges Lächeln. Dann rannte sie los, um Jake oder Archer oder halt irgendwen zu suchen.

*

Innerhalb weniger Minuten befand sich die ganze Gesellschaft in heller Aufregung. Nur Archer war unnatürlich still, nachdem er sich Leslies Geschichte angehört hatte. Jake hing am Telefon und versuchte, seine Deputies zu mobilisieren. Grimmig sprach er ins Telefon, während Avery und Cole zusammen mit Big A und Valentina beratschlagten, wie sie am besten vorgehen sollten.

Archer ging zu Big A hin, der abermals das Video studierte, welches Shauna gedreht hatte. Ohne ein Wort zu sagen, nahm er ihm das Telefon aus der Hand und startete den kurzen Film von Neuem.

„He, was soll …“ Als er den Ausdruck in Archers Augen sah, brach er ab. „Schau es dir ruhig an. Ich habe Zeit.“

„Quinn nicht“, erwiderte Archer barsch und drückte ihm das Smartphone wieder in die Hand, nachdem er das Video zu Ende geschaut hatte. „Ich mach mich auf die Suche. Kommt einfach nach, sobald ihr alles organisiert habt.“

„Wo willst du denn anfangen zu suchen?“, fragte Big A misstrauisch. Er hielt nicht viel von solchen Einzelgänger-Aktionen. Seiner Meinung nach endeten diese zu oft in einem kompletten Desaster.

„Ich starte bei der Jagdhütte, wo er mit dem Morden angefangen hat“, antwortete Archer kurz angebunden.

„Woher willst du wissen, dass das sein Ziel ist?“

„Wissen tue ich es nicht. Von mir aus nenn es Intuition. Zumindest ist es ein Start. Irgendwo müssen wir ja anfangen zu suchen.“

Wie ein Raubtier, das Witterung aufgenommen hatte, verließ er mit zielgerichteten Schritten den Raum.

Der Sheriff, der soeben mit Toby telefoniert hatte, rief: „Hey, warte …“

Archer hob die Hand, um zu verdeutlichen, dass er ihn gehört hatte, verlangsamte seine Schritte jedoch kein bisschen. Er hatte nicht vor, sich um Jakes Einwände zu kümmern. Seine Priorität war jetzt Quinn. Alles andere interessierte ihn nicht.

*

Die Hände in den Hosentaschen vergraben, lehnte Donovan an der Wand und sah zu, wie Anna Hände schüttelte, Melissa half, den kleinen Benny zu trösten und Taschentücher an die einen und Champagner an die anderen zu verteilen. Benutzte, leere Plastikbecher und schmutzige Servietten lagen verlassen auf dem langen Tisch. Die Schalen mit den Chips waren in der Aufregung nicht mehr nachgefüllt worden und beherbergten nur noch ein paar traurige Überreste.

Anna lächelte tapfer, doch mit jeder Person, die vorzeitig die Eröffnungsparty verließ, wurde die Anstrengung, ihre Enttäuschung zu verbergen, in den feinen Fältchen rund um ihre Augen immer deutlicher. Kein Wunder. Sie hatte sich ihren großen Tag bestimmt etwas anders vorgestellt. Natürlich sorgte er sich genau wie alle anderen um Quinn. Doch während er für Quinn im Moment nichts tun konnte, war es ihm vielleicht möglich, Annas Abend zu retten. Er griff in die hintere Hosentasche und zog sein Handy hervor.

Fünf Telefonate später hatte er die Zusicherung seiner Mutter und seiner vier Schwestern, dass sie in der nächsten Stunde mit sämtlichen Freundinnen im Schlepptau auftauchen würden. Mit einem zufriedenen Lächeln schob er das Telefon wieder an seinen Platz. Ursprünglich hatte der weibliche Teil seiner Familie geplant, erst nach den Weihnachtsfeiertagen zu kommen und gleich einen gemeinsamen Spa-Nachmittag zu verbringen. Aber nachdem er ihnen die Situation erklärt hatte, waren alle spontan bereit gewesen, einzuspringen und Anna mit einem angemessenen Abschluss ihres großen Tages aufzuheitern. Sehr zufrieden mit sich, machte er sich auf die Suche nach Miss Daisy.

Sie stand mit Brenda ins Gespräch vertieft in einer Ecke. Mit einer Handbewegung winkte er sie zu sich heran.

„Was ist denn? Noch eine Katastrophe?“ Entsetzt riss sie die Augen auf.

„Nein, nein“, beruhigte er sie. „Zumindest keine lebensbedrohliche. Aber ich glaube, Anna ist, bei aller Sorge um Quinn, ein wenig traurig darüber, wie der Anlass verlaufen ist.“

„Verständlich, nachdem sie so viel Arbeit und Mühe reingesteckt hat. Beinahe wäre sie ja nicht rechtzeitig fertig geworden.“

„Eben. Deshalb habe ich Folgendes organisiert …“

Er bückte sich und flüsterte Miss Daisy seinen Plan ins Ohr. Sie hörte ihm konzentriert zu und nickte anschließend. „Gute Idee, machen wir so.“

Miss Daisy sollte Anna an die Bar mitnehmen und ihr eine kleine Stärkung offerieren, während Donovan sich um die kümmerlichen Reste der Weihnachtskekse und die leeren Champagnergläser kümmern würde. Schließlich sollte der Spa für die nächsten Gäste wieder im selben Glanz strahlen wie zu Beginn der Veranstaltung.

Geschäftig strich sie ihre Schürze glatt und schob sich eine Strähne, die sich aus ihrem Dutt gelöst hatte, hinters Ohr. Bevor sie loszog, zögerte sie kurz und drehte sich zu Donovan um.

„Sie ist diejenige, auf die du gewartet hast.“ Es war keine Frage, sondern eine Feststellung.

Donovan schluckte, als er ihren prüfenden Blick auf sich spürte. Aber sie hatte recht. Er richtete sich zu seiner vollen Größe auf und nickte.

„Das ist sie.“

Jetzt musste er nur noch Anna davon überzeugen, dass auch er derjenige war, auf den sie gewartet hatte. Er hatte allerdings den Verdacht, dass das eine ganz schöne Herausforderung sein würde. Nur gut, dass er zu hundert Prozent davon überzeugt war, dass sie die Sache wert war.

Offensichtlich zufrieden mit seiner Antwort machte Miss Daisy sich ans Werk.

*

Gewissensbisse plagten Anna, als sie in Miss Daisys Küche die Tasse mit dem heißen Tee entgegennahm. Sie machte sich Sorgen um Quinn. Die Vorstellung, dass eine Frau, die sie recht gut kannte, in den Händen des Killers war, ließ sich kaum aushalten. Gleichzeitig ertappte sie sich dabei, wie sie sich wünschte, dass Quinn sich an einem anderen Tag hätte kidnappen lassen. Warum ausgerechnet heute bei ihrer Eröffnung? Natürlich war ihr klar, dass es Quinn vorgezogen hätte, überhaupt nicht entführt zu werden. Das änderte nichts an der Tatsache, dass ihre Eröffnung ruiniert war.

Was bin ich nur für eine schlimme, egoistische Person, dachte sie verzweifelt. Es ging um Leben und Tod und sie machte sich Sorgen darüber, dass sie zu viel Champagner gekauft hatte? Angewidert von sich selber und ihren Gedanken, sprang sie abrupt auf.

„Wo willst du hin?“, fragte Miss Daisy alarmiert.

„Na, wohin wohl! Mich an der Suche nach Quinn beteiligen.“

Sie wirbelte herum und wollte aus der Tür stürzen. Doch Miss Daisy hielt sie am Arm fest. „Na, na. Das würde niemandem wirklich helfen, oder?“

Niedergeschlagen ließ sich Anna gegen die Küchenzeile sinken. „Nein, wahrscheinlich nicht. Es ist nur …“ Sie brach ab und studierte das Schachbrettmuster des Fliesenbodens, als wären dort alle Antworten auf ihre Probleme zu finden.

„Du bist enttäuscht, dass dein großer Tag ein solch abruptes Ende gefunden hat, nachdem du so viel Arbeit investiert hast, und fühlst dich gleichzeitig schuldig, dass du dir über solch ein triviales Problem Sorgen machst, während das Leben einer Bekannten auf dem Spiel steht."

Anna schaute Miss Daisy verblüfft an. „Nun … wenn Sie es genau wissen wollen, ja. Das trifft es ziemlich auf den Punkt."

„Mach dir keine Gedanken darüber. Das sind zwei völlig separate Dinge, die hier gerade passieren. Das eine hat mit dir zu tun, das andere nicht."

„Es kommt mir nur so oberflächlich und trivial vor." Anna schlang die Arme um ihren schmalen Oberkörper und rieb sich die Oberarme.

„Natürlich. Alles verblasst neben solch existenziellen Fragen von Leben und Tod." Miss Daisy zuckte mit den Schultern. „Nichtsdestotrotz ist es vollkommen verständlich, dass du ein wenig enttäuscht bist. Aber keine Sorge, das wird schon wieder."

Miss Daisy warf einen verstohlenen Blick auf die Uhr und überlegte, ob die neuen Gäste wohl schon eingetroffen waren.

Geistesabwesend griff Anna nach ihrer Teetasse. „Ich habe nur das Gefühl, dass ich mich irgendwie nützlich machen sollte."

„Nachdem du weder Polizistin bist noch irgendwelche Superkräfte hast, die in solchen Situationen von Nutzen wären, schlage ich vor, du gehst wieder nach hinten in dein Reich und kümmerst dich um deine Gäste."

„Welche Gäste denn? Es sind ja alle gegangen."

„Da wäre ich mir nicht so sicher", entgegnete Miss Daisy kryptisch und schob sie sanft, aber bestimmt aus der Küche in Richtung Spa.

Einigermaßen verwirrt setzte Anna die Tasse auf der nächstbesten Oberfläche ab und ging zum Spa. Stimmengemurmel erklang hinter der Tür. Neugierig steckte sie den Kopf hinein und erstarrte. Die Tische waren aufgeräumt. Keine Spur mehr von den traurigen Überresten. Frauen und sogar wieder ein paar

Männer verschiedenen Alters standen herum, lachten miteinander und studierten ihre Broschüren.

Sie runzelte die Stirn. War das nicht Donovans Mutter, die gerade in eines der Behandlungszimmer schaute?

Ihr Blick fiel auf Donovan, der von vier Frauen umringt war. Der Anblick versetzte ihr einen Stich. Sie erschrak, als sie feststellte, dass sie in den letzten Tagen angefangen hatte, ihn als ihren Donovan zu betrachten. Das war ein ganz schlechter Plan, rief sie sich in Erinnerung. Nicht umsonst war er weitum als Frauenheld bekannt.

Als ob er ihre Blicke gespürt hätte, hob er den Kopf und entdeckte sie. Ein breites Lächeln überzog sein Gesicht.

Zögerlich näherte sie sich der Gruppe.

„Darf ich vorstellen, meine Schwestern."

Mit großen Augen schaute sie von einer hübschen Frau zur anderen. „Deine Schwestern?", krächzte sie.

Amüsiert ließ eine der Frauen ihren Blick von ihr zu Donovan schweifen. „Du hast ihr nicht gesagt, wer wir sind?"

„Es sollte eine Überraschung sein", verteidigte er sich.

Anna lachte. Sie war so erleichtert zu hören, dass es sich bei den Vieren um seine Schwestern handelte, dass sie ihm in dem Moment so ziemlich alles verziehen hätte.

„Die ist dir gelungen", versicherte sie ihm. An die anderen gewandt meinte sie: „Freut mich, euch kennen zu lernen. Ich hatte gar nicht mit euch gerechnet. Euer Bruder meinte, ihr würdet erst im neuen Jahr vorbeikommen."

„Das war ursprünglich auch so geplant. Doch als wir gehört haben, dass hier Champagner auf uns wartet …"

Anna, der inzwischen aufgegangen war, dass der neue Besucherschwall Donovan zu verdanken war, schenkte ihm ein dankbares Lächeln. Es schien ihr, als würde sie jeden Tag eine neue Facette an diesem wunderbaren und widersprüchlichen Mann entdecken.

Donovan schmunzelte und beugte sich zu ihr hinunter. „Du darfst deine Dankbarkeit gerne später im privaten Rahmen ausdrücken."

Herausfordernd hob sie eine Augenbraue. „Ist das so?"

„Zum Beispiel mit einem Kuss?", schlug er hoffnungsvoll vor.

Ihre Mundwinkel zuckten. „Einem Kuss. Hm. Oder etwas anderem?"

„Natürlich. Lass deiner Fantasie freien Lauf", antwortete er eifrig.

Anna schnaubte amüsiert und hoffte, dass sie nicht rot wurde. „Na, dann stell mich am besten deiner Familie vor."

*

Völlig erledigt ließ sich Anna ein paar Stunden später auf einen der herumstehenden Stühle fallen.

„Puh. So sehr ich mich auf diesen Tag gefreut habe, bin ich jetzt doch froh, dass er vorbei ist."

Sie und Donovan waren die Letzten, die noch hier waren. Die Gäste waren bereits vor einer Stunde nach Hause gegangen. Ihre zwei neuen Teilzeitangestellten Sophie und Leila, zwei ehemalige Arbeitskolleginnen, die die Chance, für Anna zu arbeiten, freudig ergriffen hatten, als sie sie gefragt hatte, hatten ihr noch mit dem Aufräumen geholfen. Anschließend hatte sie sie nach Hause geschickt. Weshalb Donovan immer noch hier war, wusste sie auch nicht so genau. Eigentlich war sie davon ausgegangen, dass er seine Familie begleiten würde. Schließlich hatte er heute bereits genug für sie gemacht. Dank seiner Intervention war der Abend doch noch ein voller Erfolg geworden.

„Das glaube ich gern", antwortete er, während er durch den Raum schlenderte und ein Glas mit Champagner füllte. Als er bei ihr ankam, reichte er es ihr. „Hier. Ich glaube, du hast bis jetzt nur Wasser getrunken."

Dankbar nahm sie das Glas entgegen und nahm einen Schluck der perlenden Flüssigkeit. Augenblicklich stieg ihr der Alkohol zu Kopf.

„Ich hielt es für klüger. Bei so einem Anlass verliert man ganz schnell den Überblick, wie viel man getrunken hat. Ich wollte nicht das Risiko eingehen, bei meinem ersten öffentlichen Auftritt tanzend auf dem Empfangstresen zu enden", erklärte sie mit einer guten Portion Selbstironie in der Stimme.

Donovan schmunzelte. „Ach, ich weiß nicht … Das wäre bestimmt erinnerungswürdig gewesen."

„Bestimmt. Nur nicht unbedingt das Image, das ich vermitteln wollte."

„Keine Angst. Du warst die Professionalität in Person."

Donovan trat hinter sie und begann, ihre Schultern zu massieren. Es fühlte sich himmlisch an. Für ein paar Minuten gab sie sich völlig dem wunderbaren Gefühl seiner Finger auf ihren verspannten Muskeln hin, dann tauchte eine Frage, die sie schon länger beschäftigte, aus den Tiefen ihres müden Gehirns auf. Sie überlegte, ob sie nicht lieber noch ein wenig länger warten sollte, sie zu stellen. Immerhin war die Massage, die sie gerade genoss, ein Traum. Doch dann merkte sie, dass sie sich verspannte.

Donovan merkte es auch. Die Muskeln unter seinen Fingern wurden bretthart. „Was ist denn jetzt los? Hast du einen Geist gesehen?"

Sie lachte unsicher. „Das nicht. Es ist nur … Darf ich dir eine persönliche Frage stellen?"

„Klar." Er klang amüsiert.

„Du hast einen gewissen Ruf in der Region."

Seine Finger an ihren Schultern hielten abrupt inne. „Ja?", fragte er vorsichtig. „Was ist mit meinem Ruf?"

Sie beschloss, dass sie ihm für dieses Gespräch dringend in die Augen sehen musste. Die Frage war zu wichtig. Entschlossen drehte sie sich um und begegnete seinem Blick. „Du giltst als der Herzensbrecher von Independence."

„Ist das so?" Seine Stimme verriet nicht mehr als ein mildes Interesse.

„Keine Ahnung. Sag du es mir", forderte sie ihn heraus.

„Es stimmt sicher, dass ich meinen Anteil an flüchtigen Beziehungen hatte", gab er zu. „Meist haben sie sich früher oder später aufgelöst."

„Wie ich hörte, eher früher als später", bemerkte Anna trocken.

„Das liegt wohl im Auge des Betrachters."

„Stimmt."

„Und was ist jetzt deine Frage?"

Sie fing ihre Unterlippe zwischen ihren Zähnen ein und überlegte, wie sie das am besten formulierte.

„Es ist nur so … Ich verstehe nicht ganz, weshalb du dir so viel Mühe gibst. Mit mir, meine ich. Heute Abend. Der Ausflug. Die Jacke. Und wir waren noch nicht einmal im Bett miteinander!", rief sie frustriert aus.

Donovan lachte und zog sie aus dem Stuhl hoch, bis sich ihre Körper berührten.

„Die Antwort darauf ist ganz einfach. Keine war wie du. Du bist die Richtige für mich."

Wow. Anna war völlig überrascht. Das hatte sie nicht erwartet. Allerdings brach ihr gefiederter Kollege in Jubelgeschrei aus.

„Deshalb habe ich mir Zeit gelassen. Ich wollte dir Zeit geben, dich an mich zu gewöhnen. Zudem warst du gerade im Begriff, dein Geschäft aufzubauen und hattest genug um die Ohren. Aber es scheint, als hätte ich mir etwas zu viel Zeit gelassen. Vielleicht sollte ich meine Taktik ändern."

„Das wäre gut", erwiderte Anna. Sie schlang ihm einen Arm um den Hals, zog seinen Kopf zu sich herunter und küsste ihn.

25

Als Quinn langsam zu sich kam, stellte sie als Erstes fest, dass ihr extrem schlecht war. Sie schluckte krampfhaft, um den Brechreiz zu unterdrücken. Ihr Mund wie auch ihr Kopf fühlten sich an, als wären sie mit Watte gefüllt. Nur langsam klärte sich der undurchdringliche Nebel. Das Erwachen ihrer restlichen Sinne gestaltete sich als ziemlich schmerzhaft. Ihr ganzer Körper schmerzte, und sie stöhnte.

„Wie schön. Du bist wach. Dann kann ich ja endlich beginnen", ertönte eine körperlose Stimme aus der Dunkelheit.

Erschrocken zuckte sie zusammen. Reflexartig versuchte sie zu flüchten. Jäh fuhr ein scharfer Schmerz durch ihre Handgelenke und vertrieb die letzten Überreste ihrer Benommenheit. Erst jetzt wurde ihr bewusst, dass ihre Hände gefesselt und über ihrem Kopf festgemacht waren. Ihre Zehenspitzen berührten nur knapp den Boden. Angst durchfuhr Quinn und ihr wurde klar, dass sie weitaus größere Probleme hatte als ein bisschen Übelkeit und Schmerzen.

Angestrengt blinzelte sie und versuchte, den Besitzer der unheimlichen Stimme auszumachen. Ohne Erfolg. Die schmalen Fenster hoch an der Wand ließen nicht viel Licht herein. Überhaupt machte es den Anschein, als wäre ganz schön viel Zeit vergangen. Draußen war es stockdunkel. Ein fahler Streifen Mondlicht fiel durchs schmutzige Glas. Verzweifelt zog und zerrte sie an dem rauen Seil ihrer Fesseln.

„Es wird dir nichts nützen", spottete die Stimme belustigt. „Andererseits ist es recht amüsant, dir dabei zuzusehen, wie du dich abmühst. Lass dir ruhig Zeit. Hier findet uns niemand. Schließlich sind alle damit beschäftigt, zu feiern."

Verstohlen schaute Quinn sich um und versuchte, so viele Eindrücke wie möglich zu erhaschen. Ihr erster Eindruck hatte sie nicht getrogen. Sie befand sich in einer Scheune. War das etwa die, die zur alten Jagdhütte gehörte? Ein kleiner Funke Hoffnung stieg in ihr auf. Bestimmt hatte Benny inzwischen den Vorfall gemeldet. Sobald Archer davon hörte, würde er sich auf die Suche nach ihr machen.

„Was macht dich so sicher, dass uns hier niemand findet? Das ist immerhin dein bevorzugter Platz zum Töten, oder etwa nicht?", provozierte sie ihren Kidnapper. „Wie heißt du überhaupt? Oder traust du dich nicht, mir deinen Namen zu verraten, weil du denkst, ich könnte dich anschließend anzeigen?"

Leises Lachen erklang. „Sie werden nicht glauben, dass ich verwegen genug bin, nochmals an denselben Ort zurückzukehren", antwortete er zuversichtlich. „Und was meinen Namen angeht, ich bin Hollister."

Leider musste Quinn zugeben, dass das auf verdrehte Weise Sinn machte. Ähnlich wie bei Schere-Stein-Papier war es eine Frage des Abwägens der Wahrscheinlichkeiten. Sie spürte, wie ihr Mut sie zu verlassen drohte. Also das, was davon in der aktuellen Situation noch übrig war. Die Tatsache, dass er ihr so bereitwillig seinen Namen genannt hatte, verbesserte die Sachlage auch nicht.

Grimmige Entschlossenheit ergriff von ihr Besitz. Sie durfte jetzt nicht aufgeben. Zu viel stand auf dem Spiel. Jetzt, wo sie endlich einen Mann gefunden hatte, der ihre Leidenschaft für die Natur und ihre Vierbeiner teilte, würde sie nicht so leicht aufgeben. Zudem war da noch Braveheart. Wenn er schon wieder den Besitzer wechseln müsste, wäre er komplett traumatisiert. Wütend zerrte sie abermals an ihren Fesseln. Das Einzige, was sie damit erreichte, war, dass sie unruhig hin und her zu schwingen begann. Ihrem Magen behagte das gar nicht, was er auch deutlich zum Ausdruck brachte. Magensäure stieg in ihrem Hals auf, und sie begann zu würgen.

Ein Licht flammte auf. Der Entführer stand neben ihr, einen bedrohlichen Ausdruck im Gesicht und ein riesiges Jagdmesser in der Hand. Zu seinen Füßen lagen noch andere Messer und verschiedene, zum Einsatz bereite Fallen. Die plötzliche Nähe ihres Peinigers und die tödlichen Gerätschaften lösten ein erneutes Würgen in Quinn aus.

„Wage es ja nicht, dich zu übergeben. Das würde alles verderben", flüsterte er und setzte ihr die Spitze des Messers an den Hals. „Schließlich schuldest du mir noch etwas."

Verzweifelt versuchte Quinn, die Schwankungen ihres Körpers anzuhalten. Ihr war nur zu deutlich bewusst, wo sich das Mordinstrument in ihre Haut bohrte. Krampfhaft schluckte sie den Speichel, der sich in ihrem Mund gesammelt hatte, und die aufgestoßene Säure wieder hinunter.

Zufrieden nickte der Wilderer.

„Schon besser. Ich sehe, du verstehst den Ernst der Situation. Wir werden viel Spaß miteinander haben. Bald wirst du genau wissen, wie sich ein Messer in der Haut anfühlt."

Quinn schauderte. Hoffentlich beeilte sich Archer. Ihre Überlebenschancen waren gerade drastisch gesunken.

*

Archer trat aufs Gaspedal. Um die Geschwindigkeitsbegrenzungen würde er sich ein anderes Mal kümmern. Heute fehlte ihm die Zeit dafür. Eine Welle der Panik stieg in ihm auf, als er die Möglichkeit in Betracht zog, dass der Wilderer Quinn an einen anderen, ihm unbekannten Ort gebracht haben könnte. Er biss die Zähne zusammen und schob die unproduktiven Gedanken entschlossen zur Seite. Statt sich zu sorgen, holte er sich besser Hilfe. Er zerrte sein Handy aus der Hosentasche und wählte Averys Nummer. Ohne sich mit den üblichen Begrüßungsfloskeln aufzuhalten, stellte er gleich seine Frage.

„Wie groß ist die Wahrscheinlichkeit, dass der Killer Quinn in die Scheune zurückbringt, wo er schon mehr als einmal gemordet hat?"

Ein paar Sekunden war es still in der Leitung.

„Avery? Bist du noch dran?"

„Ja. Ich spiel nur grad alle möglichen Szenarien durch."

„Beeil dich. Bitte."

„Ich denke, dass die Chancen gut stehen, dass er sich wieder für diesen Ort entschieden hat", antwortete sie endlich langsam. „Schließlich kennt er sich dort aus. Zudem sucht er meiner Meinung nach eine Möglichkeit, Quinn und auch dich seine Überlegenheit spüren zu lassen. Vermutlich ist er der Meinung, dass ihr ihm nicht zutraut, nochmals an den Platz der letzten Verbrechen zurückzukehren."

„Gut. Danke." Abrupt beendete er das Gespräch und gab noch ein wenig mehr Gas. Jetzt, wo er sich seiner Sache wieder etwas sicherer war, überkam ihn eine tödliche Ruhe. Wie während seiner Zeit im Nahen Osten, wo jeder Schritt potenziell tödlich war, begab er sich in die geistige Zone des Kriegers. Er würde die Sache zu Ende und Quinn sicher nach Hause bringen. Alles andere war inakzeptabel.

*

Wie er ihr am Anfang versprochen hatte, nahm sich der Wilderer viel Zeit für Quinn. Inzwischen war sie sich nicht mehr so sicher, dass das etwas Gutes war. Verzweifelt lauschte sie auf jedes Geräusch, in der Hoffnung, Archer zu hören. Doch sie hörte nichts.

Der Kidnapper legte ihr die Schneide seines Messers an die Wange und übte leichten Druck aus, bis sie den Kopf drehte und gezwungen war, ihn anzusehen.

„Vergiss es, Puppe, niemand kommt, um dich zu retten. Du kannst die Hoffnung auch gleich aufgeben."

Glühende Wut stieg in Quinn auf und machte sie unvorsichtig. Sie spuckte ihm mitten ins Gesicht.

Als könnte er nicht glauben, was eben passiert war, fasste sich Hollister verwundert an die Wange und wischte sich den Speichel aus dem Gesicht. Dann verzerrte Wut seine Züge zu einer schrecklichen Fratze.

Instinktiv duckte Quinn sich. Leider war ihre Bewegungsfreiheit dermaßen eingeschränkt, dass sie keine Chance hatte, dem Schlag auszuweichen. Seine Faust kollidierte mit ihrem Kiefer. Hilflos fiel ihr Kopf nach hinten. Ein dumpfer Schmerz explodierte hinter ihren Schläfen. Während sie noch darum rang, bei Bewusstsein zu bleiben, hörte sie das Reißen von Stoff. Unter größter Anstrengung brachte sie ihren Kopf wieder in die Senkrechte. Entsetzt musste sie zusehen, wie der Killer systematisch ihre Kleider in Streifen schnitt. Immer wieder übte er dabei zu viel Druck aus und erwischte ihre Haut. Die Schnitte selbst waren kaum spürbar, wie Quinn verwundert feststellte. Aber sobald die kalte Luft darüber strich, brannte es wie Feuer. Blutrote Rinnsale färbten den Rest der Haut rot. Seltsam entrückt schaute sie gebannt zu, wie die Klinge durch den Stoff glitt.

Innerhalb kurzer Zeit hing ihr Bluse in Fetzen an ihr herab. Hollister schien ganz fasziniert zu sein von den dünnen Blutspuren. Sie überzogen die Haut wie ein tödliches Spinnennetz.

„Jetzt wird's langsam interessant", stellte Hollister fest und lächelte boshaft. Mit seiner freien Hand griff er in ihre kurzen Haare und riss ihren Kopf zu sich heran. Sein feuchter Atem streifte über ihr Ohr. „Aber für den Fall, dass du recht hast und dein verdammter Wildhüter-Freund tatsächlich noch hier auftauchen sollte, wollen wir vorbereitet sein. Schließlich soll er zusehen, wenn ich dich umbringe. Du wie auch er müsst lernen, wer hier der einzige richtige Mann ist."

Die letzten Worte schrie er fast. Quinn zog unvermittelt den Kopf sein. Bewusstlos zu werden erschien ihr plötzlich sehr erstrebenswert. Die Schmerzen, die Angst, seine abstoßende Nähe, alles war ihr zu viel und drohte, sie zu überwältigen. Hollister, der spürte, dass sie versuchte, sich auszuklinken, verstärkte seinen Griff grob und riss sie in die schreckliche Wirklichkeit zurück.

„Du entkommst mir nicht, glaub mir."

Zum ersten Mal glaubte Quinn ihm.

*

Ein gutes Stück von der Jagdhütte entfernt bremste Archer scharf und parkte das Auto am Straßenrand. Den Rest des Weges würde er zu Fuß gehen. Er hatte nicht vor, seine Anwesenheit durch Motorengeräusche zu verraten. Er plante das Überraschungsmoment zu seinen Gunsten zu nutzen. Ein letzter Blick auf das Armaturenbrett verriet ihm, dass seit der Entführung bereits über eine Stunde vergangen war. Er hoffte, dass er nicht bereits zu spät war. Verzweiflung stieg in ihm auf und drohte, ihn zu überwältigen. Mit fast unmenschlicher Willenskraft drängte er sie zurück und zwang sich, wie ein Jäger zu denken.

Endlich kam die Jagdhütte in Sicht. Er verlangsamte seine Schritte. Erleichtert nahm er die schwach erleuchteten Scheunenfenster zur Kenntnis. Also doch. Sein Instinkt hatte ihn nicht getrogen. Ein weiterer Schub Adrenalin pulsierte durch seine Adern. Entschlossen ging er auf die Scheune zu. Am Tor angekommen legte er sein Ohr an das verwitterte Holz und lauschte. Die Stimme eines Mannes war zu hören. Leider konnte er die Worte nicht verstehen. Am liebsten wäre er blindlings hineingestürzt, volle Kraft voraus, doch das traute er sich nicht, solange er nicht wusste, was ihn drinnen erwartete. Ausnahmsweise bedauerte er, dass er keine Schusswaffe dabei hatte. Aber daran ließ sich jetzt auch nichts ändern.

Er wartete ab, bis der Mann wieder zu sprechen begann. Erst dann öffnete er behutsam das Scheunentor. Im Schutz der Dunkelheit schlüpfte er in die Schatten im Inneren und zog das Tor hinter sich zu. Was er sah, ließ sein Blut in den Adern gefrieren. Der Wilderer hatte ein Seil über einen Balken geschwungen und Quinn an den Handgelenken aufgehängt. Sie hing leblos an dem Strick und baumelte willkürlich hin und her. Er konnte nicht sagen, ob sie noch bei Bewusstsein oder sogar schon tot war. Ihr Körper drehte sich langsam um seine eigene Achse. Ihre Bluse hing in Fetzen um ihre Hüften. Der Oberkörper war blutüberströmt. Immer wieder zog der Wilderer das Messer über ihre alabasterfarbene Haut.

Er musste diesen Verrückten stoppen. Fieberhaft sah sich Archer in dem Raum um. Alle Seitenwände lagen im Schatten. Nur der Kreis um Quinn herum war erleuchtet. Ohne einen Laut zu verursachen, schlich er an der Wand entlang, bis er auf Höhe des Killers war. Mit einem gewaltigen Sprung fiel er Quinns Peiniger in den Rücken.

Der Aufprall der beiden Körper verursachte ein hässliches Geräusch. Plötzlich aus ihrer Lethargie gerissen hob Quinn mühsam den Kopf. Archer! Archer war tatsächlich gekommen. Ihre anfängliche Erleichterung machte jedoch bald einer neuen Sorge Platz. Die beiden Männer kämpften unerbittlich gegeneinander. Mit grimmiger Befriedigung sah sie, wie der Wilderer sein verletztes Bein schonte. Wenigstens ein kleiner Vorteil für Archer. Doch dann landete Hollister einen gezielten Schlag gegen Archers Schläfe und gewann ein paar wertvolle Sekunden. Hilflos musste sie zusehen, wie Hollister es schaffte, sein Messer gegen Archer zu richten.

„Pass auf. Das Messer!“, schrie sie, doch ihre Stimme machte nicht mit. Es war nur ein Krächzen zu hören.

Archer fluchte, als das Messer in seinen Arm fuhr. Dank seiner schnellen Reflexe und einem Laut aus Quinns Richtung hatte er es kommen sehen und sich im letzten Moment weggedreht, sonst wäre es zwischen seinen Rippen gelandet. Das Adrenalin und seine Sorge um Quinn sorgten zum Glück dafür, dass er die Stichverletzung nicht wirklich wahrnahm und ungebremst weiterkämpfte.

Zum ersten Mal, seit er sein neues Hobby aufgenommen hatte, spürte Hollister Besorgnis in sich aufsteigen. Dieser Wildhüter war anscheinend komplett durchgedreht. Vielleicht hätte er sich doch besser irgendeine ahnungslose Frau in irgendeiner Bar aufgerissen. Das hier drohte zum Desaster zu werden. Er musste die Oberhand über diesen Typen gewinnen. Und zwar schnell.

Ein erneuter Kick von Archer traf sein Handgelenk. Unwillkürlich ließ er das Messer fallen. Scheiße, dachte er und stürzte sich auf den Wildhüter. Die Wucht seines Angriffs brachte Archer zum Taumeln. Beide fielen ineinander verkeilt zu Boden.

Quinn sah dem grauenvollen Kampf zu. Es war nicht auszumachen, wer der Stärkere der beiden war. Da fiel ihr das Messer ins Auge, das auf der Erde lag. Versuchsweise streckte sie ihr Bein aus. Ihre Zehenspitze berührte den Griff knapp. Leider schwang in diesem Moment das Seil zurück. Erschöpft hing sie für einen Moment nur da. Dann sammelte sie ihre wenige, noch verbliebene Energie und schwang sich nach vorn. Die Bewegung riss die Haut an ihren Handgelenken weiter auf. Feuer tanzte über ihre strapazierten Nervenenden. Sie ignorierte all diese Unannehmlichkeiten und konzentrierte sich nur auf das Messer.

„Archer“, rief sie, so laut es eben ging, und versetzte dem Messer einen Stoß. Wie durch ein Wunder hörte er sie, streckte die Hand aus, schloss die Finger um den Griff und versenkte das Messer in der Brust des Angreifers. Mit einem letzten Grunzen kollabierte dieser und brach über Archer zusammen.

Wie erstarrt lag Archer ein paar Sekunden lang da. Erst als er sich sicher war, dass Hollister wirklich tot war, hievte er den leblosen Körper zur Seite.

Mühsam stand er auf und stolperte zu Quinn.

„Du weißt gar nicht, wie froh ich bin, dich zu sehen", krächzte sie heiser.

„Doch, ich glaube, ich habe eine ziemlich genaue Vorstellung davon. Es geht mir nämlich genauso." Er beugte sich nach vorn und küsste sie behutsam.

Das Geräusch heranfahrender Autos war zu hören. Autotüren klappten. Stimmen wurde laut. Kommandos schallten durch die Nacht.

Archer lächelte, seinen Mund immer noch an Quinns Lippen.

„Die Kavallerie."

„Spät, aber doch", meinte Quinn trocken. „Meinst du, wir können später weiterküssen? Meine Arme sind schon ganz taub."

„Typisch Mann", kommentierte Valentina, die ihre Worte mit angehört hatte. Archer lächelte zerknirscht und trat einen Schritt zurück, damit die beiden Frauen Quinn zu Hilfe eilen konnten. Er warf einen Blick auf seine geschundenen Hände. Versuchsweise schloss er sie zu Fäusten und zuckte zusammen. So langsam spürte er die Strapazen des gewalttätigen Zusammenstoßes mit dem Mörder. In diesem Zustand war er keine große Hilfe. Jetzt den Helden zu spielen und darauf zu bestehen, sie selber zu befreien war das Letzte, das Quinn jetzt brauchte. Ungeschickt, wie er sich dabei gezwungenermaßen anstellen würde, würde er ihr nur unnötige Schmerzen bereiten.

Beide Frauen zogen scharf die Luft ein, als sie das feine Netz blutiger Schnitte auf Quinns Oberkörper erblickten.

„Dass du überhaupt noch bei Bewusstsein bist", stellte Valentina entsetzt fest.

Quinn schnitt eine Grimasse. „Ja, es ging mir schon mal besser“, gab sie zu. Jetzt, wo die unmittelbare Gefahr vorüber war, nahm der Adrenalinpegel rapide ab. Verwundert stellte sie fest, dass ihr ganzer Körper unkontrollierbar zitterte.

Während Avery behutsam Quinn stützte, schnitt Valentina den Strick durch. Obwohl sie sehr vorsichtig waren, konnten sie nicht verhindern, dass sie beinahe zusammenbrach. Im letzten Moment schob Avery einen Arm unter ihre Knie und fing sie auf.

„Ruf die Jungs von der Feuerwehr“, wies sie Valentina alarmiert an. „Sie sollen die Bahre bringen. Wir müssen sofort ins Krankenhaus.“

„Kein Krankenhaus“, murmelte Quinn. Sie hatte keine Zeit, ins Krankenhaus zu fahren. Ihre Eltern brauchten sie.

Archer nahm Avery Quinn ab. Leicht benebelt schmiegte sie sich dankbar an seine breite Brust.

„Du musst auf jeden Fall ins Krankenhaus. Deine Wunden müssen versorgt werden. Du willst doch nicht, dass sich die Schnitte entzünden?“

„Meine Eltern …“

„Avery kümmert sich darum, dass jemand nach deinen Eltern schaut, nicht wahr?“ Er schaute zu der ehemaligen Agentin.

„Ich glaube, das hat Brenda bereits in die Hand genommen.“

„Siehst du“, redete er beruhigend auf sie ein. „Es gibt keinen Grund, sich Sorgen zu machen.“

„Nur, wenn du dich auch durchchecken lässt. Immerhin hast du eine Stichverletzung am Arm“, erwiderte sie dickköpfig. Wenn sie ehrlich war, graute es ihr davor, die Nacht allein in einem anonymen Krankenhaus zu verbringen. Bereits jetzt spürte sie, wie sich die Albtraummonster in ihrem Unterbewusstsein sammelten und zum Angriff bereit machten.

„Ich komme auf jeden Fall mit zum Krankenhaus.“ In diesem Moment hätte er ihr alles versprochen, was sie hören wollte. Er hatte nicht vor, sie in der nächsten Zeit auch nur für eine Sekunde aus den Augen zu lassen. Nach dem heutigen Schrecken würde das für das nächste Jahr auch so bleiben.

„Dann ist ja gut", murmelte sie und schlief vor Erschöpfung ein.

26

Als Quinn am nächsten Morgen im Krankenhaus erwachte, fielen ihr zwei Dinge auf. Sie hatte tief und vor allem traumlos geschlafen und sie hatte die ganze Nacht Gesellschaft gehabt.

Wahrscheinlich hatten sie ihr gestern doch noch ein Beruhigungsmittel verpasst, obwohl sie sich lautstark dagegen gewehrt hatte. Misstrauisch schielte sie zum Infusionsständer hoch, der neben dem Bett stand. Sie drehte den Kopf und betrachtete den schlafenden Archer. Er hatte sich in der Nacht einen Stuhl herangezogen und sich zu ihr ans Bett gesetzt. So wie es aussah, hatte sie seine Hand geschnappt und nicht wieder losgelassen. Der Ärmel seines Hemdes war hochgekrempelt. Ein Verband schlang sich um einen Teil seines Unterarms und seinen Ellenbogen. Der Arme. Jetzt hatte er so schlafen müssen, obwohl er selber verletzt war, dachte sie mit schlechtem Gewissen. Den gesunden Arm als Kissenersatz unter den Kopf geschoben, lehnte sein Kopf auf der Matratze, während der Rest von ihm nach wie vor auf dem unbequemen Besucherstuhl verweilte.

Vielleicht hatte auch Archer die Albträume in Schach gehalten, überlegte sie. Das konnte er nämlich hervorragend. Ein warmes Gefühl erfüllte ihr Herz und breitete sich in ihrem ganzen Körper aus, bis sie meinte, gleich zu fliegen. Der kleine Vogel, der dort anscheinend jetzt permanent wohnte, zwitscherte ermutigend. Keine Frage. Sie hatte sich in den Kerl verliebt. Jetzt musste sie nur noch einen Weg finden, um ihn zu überzeugen, in Independence zu bleiben. Der Piepmatz pfiff zuversichtlich vor sich hin. Nun ja, sinnierte sie, wenn schon ihr persönlicher Vogel voller Vertrauen in die Zukunft war, sollte sie sich das vielleicht zu Herzen nehmen und aufhören, sich so viele Sorgen zu machen.

Ein leicht hysterisches Glucksen entrang sich ihrer Brust. Vielleicht meldete sie sich besser für einen längeren Aufenthalt in der psychiatrischen Abteilung des Krankenhauses an. Ihr Hirn schien gestern massiven Schaden erlitten zu haben, wenn sie schon Rat bei ihrem imaginären Haustier suchte. Eine Erinnerung an die gestrigen Erlebnisse blitzte vor ihrem inneren Auge auf. Augenblicklich verkrampfte sie sich und drückte unerwartet fest Archers Hand.

Archer spürte ihren veränderten Händedruck im Schlaf und wachte auf. Er blinzelte alarmiert und fixierte Quinn.

„Was ist los? Soll ich die Schwester rufen?“, fragte er. Seine Stimme war noch rau vom Schlaf.

Sie zwang sich dazu, ihren Griff zu lockern.

„Nein. Tut mir leid. Ich wollte dich nicht wecken.“

„Das ist schon in Ordnung. Wie geht es dir?“

Quinn beschloss, dass er sich höchstwahrscheinlich nach ihrem körperlichen Wohlbefinden erkundigte und entschied sich, die Probleme ihrer geistigen Gesundheit vorerst nicht zu erwähnen. Viel zu kompliziert. Und unangenehm. Dafür war irgendwann später immer noch Zeit. Viel später. Vielleicht auch nie. Sie stellte fest, dass sie auf einmal ein großer Fan davon war, schlimme Dinge zu verdrängen. Vielleicht konnte sie sich auch eine partielle Amnesie zu Weihnachten wünschen, überlegte sie düster. Weihnachten!

„Fröhliche Weihnachten“, krächzte sie. „Auch wenn es ja eigentlich erst morgen so weit ist. Aber der gestrige Tag hat mir wieder einmal vor Augen geführt, dass man besser nichts auf die lange Bank schiebt.“

Archer lächelte.

„Das wünsche ich dir auch." Als sie fortfuhr, ihn mit ihren blauen Augen zu fixieren, ohne etwas zu sagen, wiederholte er seine Frage nach ihrem Wohlbefinden.

„Ich weiß gar nicht so recht. Ich fühle mich ziemlich groggy." Abermals schielte sie auf die Infusion, die in ihrer Hand steckte. „Ich will gar nicht wissen, was sie mir gestern alles eingeflößt haben. Auf der Plusseite ist die Tatsache, dass ich keine großen Schmerzen habe." Sie bewegte sich versuchsweise und verzog das Gesicht. „Zumindest nicht, solange ich ruhig liegen bleibe."

„Du hast alle Zeit der Welt", beruhigte Archer sie. „Du musst nirgendwo hin."

Quinns Augen blitzten gefährlich. „Wenn du meinst, dass ich Weihnachten im Krankenhaus bleibe, dann träum weiter. Zudem muss ich mich endlich um meine Eltern kümmern. Brenda mag sich ja gestern um die beiden gekümmert haben. Doch heute sieht bestimmt schon wieder alles anders aus."

„Das tut es", bestätigte Brenda, die mit Avery und Valentina im Schlepptau ins Zimmer kam. „Ich habe bereits vermutet, dass du dir Sorgen machst. Deshalb der Besuch. Archer, ich schlage vor, du nutzt die Zeit, nach Hause zu fahren und dir frische Sachen anzuziehen. Eine Dusche würde auch nicht schaden."

Archer wollte schon protestieren, als sein Blick auf sein blutbeflecktes Hemd fiel. In seiner Sorge um Quinn hatte er gestern Nacht sämtliche Angebote, sich zu duschen und umzuziehen, abgelehnt. Einzig einen Kaffee hatte er sich geholt, während die Ärztin sich um Quinn gekümmert hatte.

„Gute Idee", stimmte er widerwillig zu. „Bleibt ihr hier, bis ich zurück bin?"

„Auf jeden Fall", versicherte ihm Avery.

„Ich kann durchaus auch allein in meinem Krankenhausbett liegen", behauptete Quinn verärgert.

„Das schon. Aber wie ich dich kenne, entlässt du dich aus dem Krankenhaus, sobald niemand mehr hier ist, um dich davon abzuhalten. In Ermangelung eines Autos fährst du dann vermutlich per Anhalter zurück nach Independence."

Ertappt wandte Quinn den Blick ab.

Archer verdrehte die Augen. „Wusste ich's doch. Bei deinem Glück fällst du dann gleich dem nächsten Axtmörder in die Hände."

Quinn zuckte zusammen. Als er das sah, fühlte sich Archer wie ein Arsch. Das war jetzt nicht sehr nett gewesen, doch, wie er hoffte, immerhin wirksam.

„Ich hole dich in eineinhalb Stunden ab", versprach er ihr und küsste sie auf die Stirn.

Als er gegangen war, setzte sich Brenda auf den frei gewordenen Stuhl und fasste behutsam nach Quinns bandagierter Hand.

„Deine Eltern sind gestern für einen Ferienaufenthalt im Altersheim eingezogen."

„Ferienaufenthalt?", fragte Quinn verwundert. „Ich wusste gar nicht, dass es so etwas gibt."

Brenda wackelte mit dem Kopf hin und her.

„So wirklich gibt es das Angebot auch nicht. Im Normalfall wird es einfach als ein Aufenthalt auf Probe verpackt. Aber da ich gehört hatte, dass sich deine Eltern, also speziell deine Mutter, so extrem dagegen ausgesprochen haben, kamen wir auf die Idee, das Ganze etwas kreativ zu verpacken. Nadine ist bei deinen Eltern vorbeigegangen und hat ihnen das Ganze als das Resultat eines Preisausschreibens verkauft, als gestern überraschend bekannt wurde, dass zwei Plätze frei geworden sind."

Quinn blinzelte. Überraschend frei gewordene Plätze in einem Altersheim waren selten gute Neuigkeiten für die Betroffenen. Für sie und ihre Eltern allerdings schon.

„Und das hat geklappt? Sie nehmen doch für gewöhnlich an keinen Wettbewerben teil." Quinn traute ihren Ohren nicht.

„Das hat geklappt", antwortete Brenda, offensichtlich sehr zufrieden mit sich selber. „Dein Vater wusste zwar nichts davon, nahm aber wohl an, dass deine Mutter dahinter steckt. Und deine Mutter weiß zwar, dass sie an keinem Wettbewerb teilgenommen hat, war aber schlau genug, das nicht zu erwähnen. Auf keinen Fall wollte sie sich den Gewinn entgehen lassen."

„Das kann ich mir vorstellen. Wenn es denn schon mal etwas umsonst gibt …"

„Genau. Meine letzten Infos waren, dass deine Mutter bereits Freunde gefunden hat und dein Vater dauerhaft im Fernsehzimmer installiert ist."

„Freunde?" Es musste sich um eine Verwechslung handeln. Ihre Mutter hatte keine Freunde. Schon gar nicht knapp vierundzwanzig Stunden nach Ankunft. „Kann ich sie besuchen?"

„Ich schlage vor, du schaust erst einmal, dass du wieder gesund wirst. Sonst trifft deine Mutter noch der Schlag, wenn du so bei ihr auftauchst."

„Das bezweifle ich. Sie hat die Konstitution eines Ochsen", murmelte Quinn.

„Zudem gibt es den beiden ein paar Tage Zeit, um sich einzugewöhnen", fuhr Brenda fort, ohne auf ihre Bemerkung einzugehen. „Wer weiß, vielleicht wollen sie ja gar nicht mehr nach Hause."

„Das wäre ein tolles Weihnachtsgeschenk", meinte Quinn nachdenklich.

„Wir hatten die Idee schon länger, wollten sie aber eigentlich noch mit dir besprechen. Als gestern dann der Ausnahmezustand eingetreten ist, beschlossen wir, die Gelegenheit beim Schopf zu packen."

„Danke. Du weißt gar nicht, welche Last du mir damit von den Schultern genommen hast."

Erschöpft ließ sich Quinn in die Kissen zurücksinken. Die gestrigen Ereignisse hatten sie doch mehr mitgenommen, als sie gedacht hatte. Dieses Gespräch hatte ihr bereits alles, was sie an Energie besaß, abverlangt.

„Ich glaube, ich schlafe nochmals eine Runde", verkündete sie und schloss die Augen.

„Mach das", sagte Avery und tauschte mit Brenda, die gerade aufgestanden war, den Platz. „Valentina und ich bleiben hier und leisten dir Gesellschaft."

Quinn lächelte leicht und driftete weg, ins Reich der Träume.

*

Auf der Heimfahrt in Archers Truck war Quinn ungewöhnlich schweigsam. Braveheart, den er bei Lara abgeholt hatte, lag zwischen ihnen auf der Bank, seine gesunde Pfote sowie seinen Kopf auf Quinns Schoß, und ließ sie nicht aus den Augen. Wahrscheinlich befürchtete der arme Kerl, dass seine Besitzerin von einer Sekunde auf die andere wieder verschwinden würde, wenn er in seiner Wachsamkeit auch nur für einen Moment nachließ. Archer konnte es ihm nachfühlen. Ihm erging es genauso.

Er fragte sich, was in Quinns Kopf vorging. Aber vermutlich war es zu erwarten, dass sie in einer melancholischen Stimmung war. Sie war immer noch sehr mitgenommen von dem gestrigen Angriff auf ihr Leben. Die Strapazen der vergangenen vierundzwanzig Stunden hatten deutliche Spuren hinterlassen. Rund um die Augen zeugten kleine Fältchen von der knochentiefen Müdigkeit, die sie empfand und den Schmerzen, die sie plagten.

Quinn überlegte gerade, wie sie den Abend durchstehen sollte, wenn schon die Fahrt im Truck eine Tortur war. Vielleicht würde sie doch ein paar von den Schmerztabletten nehmen, die ihr die Ärztin, Kristina hatte sie geheißen, im

Krankenhaus mitgegeben hatte. Andererseits wurde sie von denen völlig plemplem. Egal. Hauptsache, die Schmerzen hörten auf. Vor allem ihre Arme, Rippen und Handgelenke machten ihr Probleme. Die unnatürliche Position, in der sie sich so lange befunden hatte, war eine große Belastung für all ihre Sehnen und Bänder gewesen. Die Schnitte hingegen spürte sie fast nicht. Ihr Oberkörper war fest bandagiert. Kristina war zuversichtlich, dass fast keine Narben zurückbleiben würden. Aber erst die Zeit würde zeigen, ob sie mit ihrer Vermutung richtig lag. Immerhin verdiente sie ihr Geld nicht als Badeanzugmodel, dachte sie mit einem Anflug von Humor. Den Bären und Elchen war es egal, wie sie unter ihren Kleidern aussah. Sie warf Archer einen verstohlenen Blick zu. Ob ihm die Narben auch egal wären? Und spielte die Antwort auf diese Frage überhaupt eine Rolle? Sie hatte schließlich keine Ahnung, ob und für wie lange er überhaupt noch hierbleiben würde. Der Gedanke deprimierte sie.

„Gleich sind wir zu Hause", startete er den Versuch eines Gesprächs.

„Zu Hause", wiederholte Quinn überrascht und schenkte zum ersten Mal auf dieser Fahrt ihrer Umgebung ein wenig Aufmerksamkeit. Sie befanden sich unweit ihres Elternhauses. Nervös fingerte sie am Verband des linken Handgelenks. Das hier war nicht ihr Zuhause, stellte sie erstaunt fest. Das war es schon lange nicht mehr. Sie kaute auf ihrer Unterlippe und schaute zu Archer hinüber, der sie erwartungsvoll anschaute. Ihr Zuhause war dort, wo dieser wunderbare Mann war.

Sie räusperte sich und fragte: „Kann ich heute bei dir schlafen? Von mir aus nur für eine Nacht? Ich kann heute nicht hierbleiben."

Verblüfft erwiderte Archer ihren Blick.

„Klar. So lange und so viele Nächte, wie du willst. Ich hatte nur angenommen, du würdest dich vielleicht in deiner vertrauten Umgebung wohler fühlen."

Quinn schüttelte den Kopf. „Ich packe nur ein paar Sachen zusammen. Dann können wir zu dir weiterfahren."

„In Ordnung. Warte, ich helfe dir." Er stieg aus, ging um den Wagen herum und öffnete die Beifahrertür. „Du solltest allerdings wissen, dass ich ab sofort zwei neue, permanente Mitbewohner habe."

„Die Katzen?", fragte Quinn und ergriff dankbar die ausgestreckte Hand. Aussteigen war kein Vergnügen in ihrem aktuellen Zustand.

Archer nickte.

„Ich habe mich dem Unausweichlichen gebeugt und endlich akzeptiert, dass die beiden bei mir bleiben."

„Na endlich. Du warst auch der Einzige, der noch nicht wusste, dass das eine beschlossene Sache war. Hast du ihnen Namen gegeben?"

Archer räusperte sich verlegen.

„Noch nicht. Ich dachte, wir könnten vielleicht gemeinsam nach passenden Namen suchen."

Überrascht schaute Quinn ihn an. Freude stieg in ihr hoch und der kleine Vogel geriet völlig aus dem Häuschen. Gemeinsam Namen auszusuchen bedeutete doch bestimmt, dass er an die Zukunft dachte. Eine Zukunft, in der sie auch vorkam?

„Willst du nicht aufmachen?" Archer deutete auf die Tür.

„Ach ja. Klar." Umständlich fummelte sie mit ihren bandagierten Händen an ihrem Schlüsselbund herum. Schließlich hielt sie ihm das Bündel frustriert hin. „Mach du, bitte. Ich krieg das nicht hin. Es ist der mit dem blauen Ring."

Kurz darauf waren sie drin. Langsam wanderte sie durch den Flur zu ihrem Zimmer. Im Haus war es unnatürlich still. Fast so, als wüssten die Wände, dass die Bewohner nicht mehr zurückkommen würden. Quinn hoffte inbrünstig, dass das der Fall sein würde. Prompt fühlte sie sich schuldig. Keine pflichtbewusste Tochter würde versuchen, ihre Eltern abzuschieben.

Zu was machte sie das also? Zu dem egoistischen, undankbaren Miststück, als das ihre Mutter sie immer betitelte? Es waren solche Momente, in denen sich Quinn inständig wünschte, dass Eric noch lebte. Dann könnte sie die Verantwortung mit ihm teilen. Oder sich zumindest absprechen. Schwermütig griff sie nach dem Foto, das auf ihrem Nachttisch stand. Es zeigte sie, Arm in Arm mit ihrem Bruder, einen winzigen Fisch an der Angel. Er hatte ihr das Angeln beigebracht. Das war der erste Fisch gewesen, den sie in ihrem Leben gefangen hatte. Natürlich hatten sie ihn nachher wieder in die Freiheit entlassen. Zum Essen war er noch viel zu klein gewesen. Spontan schob sie den Bilderrahmen zwischen ein paar T-Shirts, die sie in die Reisetasche gepackt hatte.

Im letzten Moment erinnerte sie sich an ihre Weihnachtsgeschenke und fügte sie zu ihrem Gepäck hinzu.

„Fertig?", fragte Archer, der mit Braveheart noch eine Runde gedreht hatte und erst jetzt hereingekommen war.

Sie schaute sich ein letztes Mal in dem Zimmer um.

„Für den Moment ja." Wenn sie definitiv auszog, musste sie noch den Rest holen. Doch bevor sie nicht wusste, wo sie landen würde, machte es keinen Sinn, sämtliche Sachen einzupacken. Ihre Outdoor-Ausrüstung hatte sie sowieso schon in der Wildtierstation deponiert. Alles andere konnte warten. Sie bückte sich und griff nach der Tasche.

„Lass mich das machen", sagte Archer brüsk und schob ihre Hand weg.

„He, ich bin durchaus in der Lage, mein Gepäck selber zu tragen!"

„Davon bin ich überzeugt – wenn du gesund bist. Bist du aber nicht."

Quinn schluckte ihren Protest hinunter. Leider hatte er recht. Argh! Wie sie es hasste, diese Hilflosigkeit. „Danke", erwiderte sie hölzern. „Und deine eigene Verletzung?"

Archers Lippen verzogen sich zu einem amüsierten Schmunzeln, doch er war schlau genug, die Situation unkommentiert zu lassen. Stattdessen sagte er nur: „Mach dir keine Sorgen. Der Schnitt an meinem Arm ist harmlos. Zudem reicht eine gesunde Hand durchaus, um deine Tasche zu tragen."

Er hob sie hoch und ächzte.

„Herrje, was hast du denn eingepackt? Dein ganzes Bücherregal? Ziegelsteine?" Er schüttelte den Kopf. „Und dann noch selber tragen wollen."

„Es sind Weihnachtsgeschenke, wenn du es genau wissen willst."

„Weihnachtsgeschenke?"

„Natürlich. Wir sind heute Abend auf der Lone Wolf Ranch eingeladen. Der morgige Tag ist für die Familienfeiern reserviert, heute ist Zeit für Freunde", erklärte sie ihm geduldig, als wäre er etwas schwer von Begriff.

„Das weiß ich alles auch", erwiderte er genervt und schwang ihre Tasche auf die Ladefläche seines Trucks. „Ich weiß nur nicht, wie du auf die Idee gekommen bist, dass du dahin gehen wirst."

Quinn verengte ihre Augen zu schmalen Schlitzen. „Wer sagt, dass ich nicht dahin gehen kann?"

„Ich."

„Du?", fragte Quinn perplex.

Archer trat zu ihr hin, stützte links und rechts von ihr eine Hand am Auto ab, sodass sie effektiv eingesperrt war, und funkelte sie wild an.

„Weißt du eigentlich, welche Ängste ich gestern um dich ausgestanden habe? Der Gedanke, zu spät zu sein, hat mich fast um den Verstand gebracht. Und als ich dann sehen musste, wie dieser Bastard dich quält …" Er brach ab und fuhr sich mit einer Hand übers Gesicht.

Fasziniert beobachtete Quinn, wie er ein paar Mal heftig blinzelte. Weinte er etwa?

Einen Moment später holte er tief Luft und hatte sich offensichtlich wieder einigermaßen im Griff. „Jetzt, wo du in Sicherheit bist, wirst du, verdammt noch mal, vernünftig sein und auf dich aufpassen, bis du wieder ganz gesund bist."

„Aber warum?"

„Warum was?"

„Warum hast du dir solche Sorgen gemacht?"

„Du meinst abgesehen von der Tatsache, dass es im Allgemeinen für mich kein besonders erheiternder Gedanke ist, wenn Freunde von mir Gefahr laufen, von einem Psychopathen abgeschlachtet zu werden?", fragte er sarkastisch.

Quinn zog schuldbewusst den Kopf ein. Wenn er es so formulierte …

„Weil ich dich liebe", flüsterte er harsch und küsste sie hart auf den Mund.

„Oh."

Überwältigt von dieser unerwarteten Offenbarung ließ sich Quinn widerstandslos ins Auto verfrachten. Stumm saß sie neben ihm und versuchte herauszufinden, was das nun bedeutete. Allerdings dauerte es nicht lange, bis ihre Erschöpfung siegte. Nach wenigen Minuten lullte sie das gleichmäßige Motorengeräusch ein, sodass sie den Rest der Fahrt verschlief.

*

Am Ende hatten sie sich auf einen Kompromiss geeinigt. Nachdem Quinn eingewilligt hatte, sich für zwei Stunden hinzulegen, hatte Archer nachgegeben und versprochen, mit ihr später zur Lone Wolf Ranch rauszufahren, um an der Weihnachtsfeier teilzunehmen.

Also hatte sie sich in sein bequemes Bett gelegt, sich an Braveheart und die immer noch namenlosen Kätzchen gekuschelt und prompt zwei Stunden tief und fest geschlafen. Wieder ohne die befürchteten Albträume. Langsam traute sie sich zu hoffen, dass sie ganz ausbleiben würden.

Jetzt war sie wach und versuchte, sich anzuziehen. Das gestaltete sich als ziemlich schwierig. Ihre Hände hatten nach wie vor nicht viel Kraft. Sie kam sich in etwa so stark vor wie ein neugeborenes Kätzchen. Kätzchen, dachte sie verächtlich. Normalerweise war sie stark wie ein Puma. Oder fühlte sich zumindest so. Nach zwei vergeblichen Versuchen, sich die Hosen über die Hüften zu ziehen, gab sie den Versuch, einen letzten Rest ihrer Würde zu bewahren, auf. Katze Nummer 1 blinzelte hochmütig, als mache sie sich über Quinns Bemühungen lustig, und kehrte ihr den Rücken zu. War vielleicht auch besser so, wenn sie sich hier gleich zum Affen machte. Je weniger Zeugen, desto besser, dachte sie griesgrämig.

„Archer?“, rief sie. Leider konnte sie nicht verhindern, dass ihre Stimme ziemlich kläglich klang. Richtig erbärmlich, ärgerte sie sich.

„Ja?“, rief er alarmiert.

„Ich könnte hier deine Hilfe gebrauchen.“

Unverzüglich stürzte er ins Zimmer, bereit, Quinn gegen einen Angreifer zu verteidigen. Kampfbereit sah er sich mit wildem Blick um.

Verwundert musterte sie ihn. Auch Braveheart, der nach wie vor auf dem Bett lag, hatte sich aufgesetzt und musterte ihn mit schräg gelegtem Kopf interessiert. Katze Nummer 2 hingegen setzte völlig unbeeindruckt ihre Putzsession fort.

„Archer? Alles in Ordnung?“

Als er sah, dass offenbar keine unmittelbare Gefahr drohte, ließ er seine angespannten Schultern fallen und stieß laut hörbar die Luft aus.

„Ja, ja. Alles in Ordnung. Einen Moment lang hatte ich befürchtet, dass ein neuer Angreifer den Weg zu dir gefunden hat.“

„Klar. Weil ich ja regelmäßig irgendwelche Psychos in mein Schlafzimmer einlade.“

„Was hätte ich denn denken sollen! Du bittest nie um Hilfe.“

„Das stimmt doch nicht“, protestierte Quinn bestürzt.

„Klar stimmt das. Das ist ja auch okay. Du bist eine extrem fähige und unabhängige Frau.“ Er zuckte mit den Schultern, als hätte er das bereits vor langer Zeit akzeptiert. „Zudem scheinen meine Nerven etwas angeschlagen zu sein“, fügte er hinzu.

„Das sieht ganz so aus.“ Sie trat einen Schritt zu ihm hin und berührte mit ihren Fingerspitzen leicht sein Gesicht. „Archer. Das, was gestern geschehen ist, war nicht deine Schuld.“

„Das sehe ich anders. Ich habe nicht alle Möglichkeiten in Betracht gezogen.“

„Niemand ist allwissend. Auch du nicht. Auf jeden Fall will ich nichts mehr von diesem Unsinn hören. Wir haben den Fall gelöst. Zusammen. Wie ich es wollte.“

Er lehnte seine Wange gegen ihre Handfläche. „Okay. Wenn du es sagst …“

Ganz überzeugt war er nicht, das war deutlich in seiner Stimme zu hören. Es würde wohl noch eine ganze Weile dauern, bis sie beide diesen Zwischenfall verarbeitet hatten, vermutete sie. Aber in der Zwischenzeit konnte er ihr vielleicht endlich in diese Hosen hinein helfen. Sie deutete auf ihre Jeans, die ihr um die Knie hingen.

„Kannst du mir vielleicht die Hosen über die Hüften ziehen?“

Vorübergehend abgelenkt durch den Anblick von Quinns sanft gerundeten Hüften und dem Höschen aus schwarzer Spitze, unterdrückte er ein Lachen.

„Untersteh dich, zu lachen“, wies sie ihn an, konnte aber auch nicht vermeiden, dass ihre Mundwinkel zuckten.

Er trat näher an sie heran, bückte sich ein wenig und zog das widerspenstige Kleidungsstück hoch.

„Wenn ich es mir recht überlege, habe ich gerade einen strategischen Fehler gemacht“, murmelte er in der Nähe ihres Ohrs. „Lieber hätte ich dir die Hosen ausgezogen.“

Quinns Magen zog sich lustvoll zusammen, als sein heißer Atem auf ihre Haut traf. Ein Schaudern überlief sie.

„Nun, ja“, erwiderte sie mit belegter Stimme, „später vielleicht. Jetzt müssen wir gleich los.“ Es war zwar unwahrscheinlich, dass sie später in der Lage sein würde, irgendetwas Produktiveres zu tun als zu schlafen. Trotzdem war es ein schönes Gefühl, zu begehren und begehrt zu werden. Vor allem, wenn es Archer war, der sie so ansah. Daran könnte sie sich glatt gewöhnen, dachte sie sehnsüchtig.

Er lächelte sie an. Belustigung, Zuneigung und Leidenschaft huschten dicht aufeinander durch die dunklen Tiefen seiner Augen.

„Spielverderber“, meinte er, doch er lachte dabei.

27

Nur wenig später waren sie unterwegs zur Lone Wolf Ranch, Braveheart wieder an seinem angestammten Platz auf der Bank zwischen ihnen. Quinn hoffte, dass er sich mit der Zeit wieder etwas entspannte. Zwei so überwachsame Männer konnten ganz schön anstrengend sein. So wie es aussah, würde sie in nächster Zeit nicht einmal allein zur Toilette gehen dürfen, dachte sie mit einem Anflug von Humor.

Als sie bei der Ranch ankamen, stand bereits eine große Anzahl Autos in der Einfahrt. Viele davon kannte sie, aber es waren auch ein paar fremde Fahrzeuge dabei.

„Es sieht ganz so aus, als hätte sich Lara selbst übertroffen", bemerkte auch Archer und öffnete die Tür. „Warte auf mich", wies er sie an, bevor er selbst ausstieg. „Ich helfe dir."

Ausnahmsweise befolgte Quinn seine Anweisung. Nach wie vor konnte sie sich nur sehr vorsichtig bewegen. Kein Wunder. Nicht einmal vierundzwanzig Stunden waren seit dem Angriff vergangen. Sie nahm an, sie sollte ihrem Körper gegenüber ein wenig nachsichtiger sein, doch es fiel ihr schwer. Während sie wartete, schaute sie Braveheart zu, der Archer nach draußen folgte. Überraschend elegant sprang er dreibeinig aus dem Auto. Die ehemals schwer verletzte Pfote heilte gut, doch sie würde nie mehr voll belastbar sein. Aber ihr Schützling schien sich mit den drei verbleibenden, funktionstüchtigen Pfoten problemlos zu organisieren. Darüber war sie sehr erleichtert. Hunde waren Lauftiere. Wie bei ihren Vorfahren, den Wölfen, war ihr Körper und ihr ganzes Wesen darauf ausgerichtet, lange Strecken zurückzulegen. Ein Hund, der sich nicht mehr bewegen konnte, war ein trauriger Hund. Aber so wie es aussah, musste sie sich darüber keine Sorgen machen.

„Quinn“, wurde sie von Rose und Nadine an der Tür begrüßt. „Wie schön, dich so schnell wieder auf den Beinen zu sehen!“

Sie lächelte. „Ich bin auch froh, dass ich es heute hierher geschafft habe. Ich hänge doch ziemlich an meinem Leben.“

„Verständlich.“ Nadine schmunzelte, während Rose sie in den Arm nahm.

„Ich wollte auf keinen Fall Laras Weihnachtsfeier verpassen.“

„Ich bin sicher, das ist der einzige Grund“, erwiderte Rose trocken.

„Du kennst Laras Weihnachtskekse nicht“, ließ sich Archer hinter ihr vernehmen.

„Genau. Allerdings muss ich zugeben, dass ich ein schlechtes Gewissen habe, dass ich den heutigen Abend nicht bei meinen Eltern verbringe.“

„Keine Sorge“, beruhigte Nadine sie. „Rose und ich waren heute Nachmittag für einen kurzen Besuch da. Dein Vater genießt die Vorteile des digitalen Fernsehens und deine Mutter ist in verschiedenen Gruppen aktiv.“

„Gruppen? Aktiv?“ Quinn traute ihren Ohren nicht. „Und ich dachte, sie sei todunglücklich und würde gleichzeitig jedem das Leben vermiesen, der sich in ihre Nähe traut.“

„Ganz im Gegenteil, meine Liebe. Aber das wirst du selbst feststellen können, sobald du dich fit genug fühlst, sie zu besuchen. Vielleicht morgen Mittag? Am Weihnachtstag?“ Bevor Quinn das alles verdauen konnte, fasste Rose sie vorsichtig am Arm. „Aber jetzt komm. Die anderen sind bereits in der Küche oder im Wohnzimmer.“

„Ich plädiere für die Küche“, schaltete sich Archer ins Gespräch ein. Braveheart schlängelte sich durch all die Leute, die im Flur rumstanden, und verschwand in Richtung Wohnzimmer.

„Du suchst ja nur einen möglichst direkten Zugang zum Essen“, murmelte Quinn.

„Er ist ja auch ein großer Junge“, kommentierte Rose, als würde das alles erklären.

Archer wurde tatsächlich rot.

„Ja, ja, immer auf die Kleinen. Dabei dachte ich, dass ich heute wenigstens einen Mitleidsbonus habe, mit meiner schlimmen Verletzung und so“, grummelte er.

Quinn biss sich auf die Innenseite ihrer Wange, um nicht laut zu lachen. Es war wohl schon eine ganze Weile her, seit jemand Archer als Jungen bezeichnet hatte.

Sie folgte ihrem Hund ins Wohnzimmer. Obwohl sie nichts gemacht hatte, war sie bereits wieder völlig erledigt. So bald würde sie sich nicht mehr entführen lassen, schwor sie sich. Das ging ja gar nicht, wenn sie sich anschließend so elend fühlte.

„Gibt es noch Platz bei euch auf dem Sofa?“, fragte sie, nachdem sie rundum Grußworte gemurmelt hatte.

Valentina, die gerade in ein Gespräch mit einer Frau mit dunklen Locken vertieft war, schaute hoch.

„Klar. Komm, setz dich zu uns. Paige hat unsere neue Apothekerin mitgebracht. Eine erneute Erfolgsgeschichte der VGI, wie es scheint.“

Die andere Frau drehte sich zu Quinn um und errötete prompt.

„Hallo, Zelda. Hast du bereits neue Abenteuer erlebt, seit wir uns das letzte Mal gesehen haben?“, erkundigte sich Quinn vergnügt.

„Abenteuer?“, hakte Valentina nach und zog fragend ihre fein geschwungenen Augenbrauen hoch.

Zelda verbarg ihr Gesicht hinter ihren Händen und stöhnte.

Valentina richtete ihren fragenden Blick auf Quinn. „Habe ich etwas Falsches gesagt?“

„Na, wenn, dann war das ich“, erwiderte Quinn besorgt. „Zelda?“

Zelda schielte zwischen ihren Fingern hervor. „Ihr wisst es nicht?“

„Was wissen wir nicht?“, fragten die beiden Frauen unisono.

„Die ganze Episode ist auf Facebook zu sehen.“

„Du meinst, ganz Independence weiß jetzt von deinem Versuch, eine neue Karriere als Elchflüsterin zu starten?“ Quinn konnte nicht verhindern, dass ihr ein leises Lachen entschlüpfte.

Zelda nickte unglücklich.

Valentina schüttelte ungläubig den Kopf. „Wer hat denn das Video gemacht?“

„Offensichtlich haben Shauna und Leslie die Erlaubnis erhalten, rund ums Diner Webcams einzurichten. Angeblich unter dem Deckmantel der erhöhten Sicherheit“, murmelte Zelda betrübt.

„Ist das denn überhaupt legal, dass diese Bilder auf Facebook verwendet werden?“, fragte Valentina zweifelnd.

Quinn hatte sich das damals auch gefragt, als sie davon erfahren hatte. Was sie herausgefunden hatte, war allerdings nicht sehr befriedigend gewesen.

„Sie haben beim Eingang einen Kleber angebracht mit dem Hinweis, dass das Diner einige Live-Webcams beherbergt. Nachdem die Bilder bereits im Live-Stream zu sehen sind, ist es anscheinend kein Problem, Ausschnitte davon auf Facebook zu verwenden. Keine Ahnung, wie ein Gericht die Sache beurteilen würde. Aber wo kein Kläger ist, ist auch kein Richter.“ Sie zuckte mit den Schultern und verzog gleich darauf das Gesicht. Solche unbewussten Bewegungen waren keine gute Idee.

„Ich nehme an, du wirst keine Anzeige erstatten?“, erkundigte sich Valentina bei Zelda.

„Anzeige erstatten? Gegen zwei Kinder? Wenn das Einzige, das verletzt wurde, mein Stolz ist?“ Sie zog eine Grimasse und schüttelte entschieden den Kopf. „Ich glaube nicht. Schließlich möchte ich gerne erfolgreich mein Geschäft führen."

Valentina betrachtete Zelda mit neuem Interesse. „Diese ganze Elch-Episode ist komplett an mir vorbei gegangen."

„Sag mal, hast du Winterschlaf gehalten?", fragte Quinn verwundert.

Jetzt war Valentina an der Reihe, zu erröten. Verlegen schaute sie zur Seite. Sie hatte in letzter Zeit ausgesprochen viel Zeit mit Big A verbracht. Allerdings war das ihrer beider bestgehütetes Geheimnis, da sie keine Lust hatten, als neuestes Opfer auf der Wettliste des Diners zu landen. Das konnte sie also nicht als Entschuldigung anbringen.

Zelda hatte Mitleid mit ihr und sagte hastig: „Mir ist es nur recht, ausnahmsweise jemanden zu treffen, der das Video noch nicht gesehen hat."

„Ich bin sicher, die Story mit dem Elch wird dir in den ersten Tagen einen stetigen Besucherstrom einbringen. Das ist die beste Werbung, die du kriegen konntest. Noch dazu umsonst."

Zeldas Miene hellte sich sichtlich auf.

„Aus diesem Blickwinkel hatte ich die Geschichte noch gar nicht betrachtet. Dann müsste ich dem Elch ja direkt dankbar sein." Sie überlegte einen Moment. „Mögen Elche Karotten?"

Quinn riss besorgt die Augen auf. „Ich bin mir nicht so sicher, dass das eine gute Idee ist", meinte sie vorsichtig. „Vielleicht solltest du dich von Elchen erst einmal fernhalten."

*

Jake lehnte sich zurück und legte den Arm um Jaz' Stuhllehne.

„Unsere ehrenwerten Kollegen vom FBI haben endlich einige Informationen herausgerückt. Soviel ich weiß, haben wir das dir zu verdanken." Er nickte Archer zu, der bescheiden den Kopf neigte.

„Das war das Mindeste, das sie tun konnten, nachdem wir den Fall für sie gelöst haben." Er schnitt eine Grimasse. „Auch wenn es ihnen lieber gewesen wäre, wenn es weniger Tote und mehr Lebende gegeben hätte."

„Tote sind relativ schwierig zu verhören", spekulierte Big A.

„Ich hatte auch den Eindruck, dass das ihre Hauptsorge war", antwortete Jake trocken. „Aber das ist nicht mein Problem. Mir geht es vor allem darum, dass hier in Independence endlich wieder Ruhe einkehrt."

„Ja, es war ein ziemlich bewegtes Jahr", stimmte Pat zu. Er saß neben seiner Freundin Tyler, auch eine von Jakes Schwestern. Tylers Schäferhund Ranger saß zwischen seinen Beinen und hatte den Kopf auf sein Knie gelegt. Abwesend kraulte Pat die Ohren des Hundes. „Dafür, dass Independence so eine kleine Ortschaft in den Bergen ist, tummeln sich tatsächlich ziemlich viele zwielichtige Gestalten in der Gegend."

„Vergiss nicht, vor nicht allzu langer Zeit war hier Grenzgebiet", erklärte Paige.

Ace, der Feuerwehrchef von Independence und Paiges Partner, stöhnte. „Nicht wieder diese alte Theorie."

„Ich bin sicher, sie hat tatsächlich auch heute ihre Gültigkeit. Du musst zugeben, dass die Polizei extrem unterbesetzt ist und gleichzeitig für riesige, nur schwer zugängliche Gebiete zuständig ist. Ganz zu schweigen von der Tatsache, dass mancher Gesetzeshüter lieber in die andere Richtung schaut und dafür einen Anteil kassiert."

„Nur, dass die Verbrecher an den Falschen geraten, wenn sie sich in Jakes Gebiet wagen", stellte Paula zufrieden fest. Sie hatte sich auf den Boden gesetzt und lehnte an der großen Neufundländerhündin namens Nessie, die zusammen mit ihrem Mann Nate und seiner Tochter Shauna zu ihrer Familie gestoßen war. Als Nate und sie zusammengezogen waren, war Nessie ein übermütiger Welpe gewesen, der mit großem Enthusiasmus sämtliche Schuhe, die er finden konnte, vertilgt hatte. Inzwischen war sie deutlich ruhiger geworden und hatte sich sehr gut in die große, aus vielen Menschen und Tieren bestehende Patchwork-Familie eingefügt.

Bevor die Diskussion noch mehr vom Thema abweichen konnte, ergriff Jake wieder das Wort.

„Zurück zum aktuellen Fall. Einer der drei Toten, die wir in der Hütte gefunden haben, war Bradley Koenig. Ein Geschäftsmann aus Denver, dem Verbindungen zu einem weltweit tätigen Schmugglerring nachgesagt werden. Offensichtlich hatte er sich mit seinen drei Handlangern, sprich Wilderern, getroffen, nachdem diese ihrer Aufgabe nicht zeitgerecht nachgekommen sind. Aufgrund einer Liste, die wir im Auto des Opfers gefunden haben, hatte er drei Pumafelle und Köpfe bestellt, so viele Kojoten wie möglich und noch einige andere Tiere. Bei diesem Treffen kam es offensichtlich zum Streit."

„Mein Kidnapper erschoss die anderen und nahm die Stelle seines Chefs ein", schlussfolgerte Quinn.

„Genau", bestätigte Jake. „Zumindest für ein paar Tage. Dann ist Hollister, so hieß er, offenbar aufgegangen, dass wir in der Zwischenzeit wohl die Toten identifiziert haben würden, und er ist abgetaucht."

„Immer blöd, wenn ein Toter seine Kreditkarte nutzt", pflichtete Avery ihm bei.

„Das war ihm anscheinend auch bewusst. Leider. Sonst hätten wir ihn vielleicht früher erwischt und die Ereignisse des gestrigen Tages verhindern können." Er warf Quinn einen entschuldigenden Blick zu.

Quinn stöhnte und warf die Hände in die Luft. Das bereute sie natürlich augenblicklich. Für einen Moment musste sie fest die Zähne zusammenbeißen, um den Schmerz auszuhalten. Als sie sich wieder im Griff hatte, schaute sie Jake streng an.

„Ich brauche nicht noch einen Mann, der in Schuldgefühlen ertrinkt, nur weil gestern etwas passiert ist, auf das niemand von uns Einfluss hatte. Ich wünsche mir auch, ich hätte ihn bereits im Wald in den Canyon geworfen. Leider ist mir das nicht gelungen. Punkt. Ich habe überlebt, Archer auch. Das ist das Einzige, was zählt.“ Sie ließ ihren Blick über jeden Einzelnen schweifen, der an den Ermittlungen beteiligt gewesen war. „Habe ich mich klar ausgedrückt?“

Archers Mundwinkel zuckte verräterisch. Natürlich änderte ihre leidenschaftliche Ansprache nichts an seinen Schuldgefühlen. Die würde er wohl noch eine ganze Weile mit sich herumtragen, ob es Quinn nun passte oder nicht. Doch er musste zugeben, dass ihn ihre vehemente Rede beeindruckte.

Alle nickten.

Zufrieden damit, wandte sich Quinn wieder an Jake. „Ich nehme an, dass Archer aus dieser Angelegenheit keine Probleme entstehen?“

„Auf keinen Fall“, erwiderte Jake mit Überzeugung. „Ein klarer Fall von Selbstverteidigung.“

Erleichtert ließ sich Quinn in ihrem Stuhl zurücksinken.

Jake wandte sich in der Zwischenzeit an Archer. „Wenn ich das richtig verstanden habe, ist somit dein Einsatz für das FBI als Berater beendet?“

Archer nickte.

Quinn beobachtete ihn aufmerksam.

„Weißt du schon, was du machen wirst? Gute Leute wie dich können wir immer gebrauchen.“

„Du meinst bei der Polizei?“, fragte Archer überrascht.

„Na klar.“

„He“, mischte sich Cole ein. „In unserer Sicherheitsfirma hast du bessere Arbeitszeiten und einen höheren Lohn.“

Quinn hielt den Atem an. Vielleicht würde Archer ja in Independence bleiben?

Doch er schüttelte den Kopf.

„Vielen Dank für eure Angebote. Aber ich habe vor langer Zeit entschieden, dass der Polizeidienst nichts für mich ist. Ich bin besser aufgehoben bei den Tieren.“

Quinns Hoffnung schwand. Auch der kleine Vogel in ihrer Brust, der gerade noch gespannt zugehört hatte, ließ traurig den Kopf hängen. Sie holte tief Luft und unterdrückte die Fragen ohne Antworten. Oder vielleicht hatte sie ihre Antwort auch schon.

*

Eine Weile später stand sie am Fenster und schaute den Männern zu, die im frisch gefallenen Schnee Football spielten. Der Hof war hell erleuchtet. Hank hatte mit der Motorsäge einige Abschnitte eines Baumstamms vertikal eingesägt und Fackeln angezündet. Der Effekt war fantastisch. Eben rangen Donovan und Archer um den Ball. Anscheinend verursachte Archer seine Verletzung tatsächlich keine nennenswerten Probleme. Oder er ignorierte die Schmerzen einfach. Besorgt streckte sie ihren Arm zum Fenster aus. Im letzten Moment hielt sie inne. Vermutlich würde er ihre Einmischung ebenso wenig schätzen wie sie die seine. Sie rief sich seine Worte in Erinnerung, die sie wie einen wertvollen Schatz nahe ihres Herzens versteckt hatte. Er liebte sie, hatte er gesagt. Ob das wohl tatsächlich stimmte? Ihr kleiner, gefiederter Freund reckte neugierig den Kopf, als er ihren beschleunigten Herzschlag vernahm, und verfiel in ein hoffnungsvolles Gezwitscher.

„Blödes Federvieh“, murmelte sie.

Anna, die leise neben sie getreten war, schaute sie verdutzt an. „Was hast du eben gesagt?“

Ertappt verzog Quinn das Gesicht zu einem selbstironischen Lächeln. „Hör nicht auf mich. Ich spreche nur zu mir selber.“

„Das kenne ich.“ Gemeinsam spähten sie aus dem Fenster auf ihre jeweiligen Männer. Nach einer Weile hakte sie nach: „Hattest du nicht einen Vogel erwähnt?“

Quinn warf ihr einen Seitenblick zu. „Kann sein … Warum?“

„Ach nur so. Bei mir scheint sich einer eingenistet zu haben."

„In deinem Kopf?"

„Eher in meiner Herzgegend", gestand Anna mit einem Seufzer. „Jedes Mal, wenn ich mich in unmöglichen Tagträumen verliere, gibt er seinen Kommentar ab. Ich hatte gehofft, ich sei nicht die Einzige. Andernfalls fange ich nämlich tatsächlich an, mir Sorgen um meine geistige Gesundheit zu machen."

Quinn prustete los. „Diese Sorge kann ich dir nehmen. So ein Exemplar beherberge ich auch." Sie rümpfte die Nase. „Allerdings meldet er sich auch zu Wort, wenn ich weniger, wie soll ich sagen, reine Gedanken habe. Küssen et cetera findet er toll. Immerhin hat er den Anstand, anschließend seinen Schnabel zu halten. Bis zur nächsten Gelegenheit natürlich."

Anna biss sich auf die Lippen, als könnte sie kaum glauben, was sie da hörte. „Vielleicht sollten wir eine Umfrage starten. Was, wenn noch andere Frauen an dieser Vogelkrankheit leiden?"

„Möglich, dass es am Wasser hier in der Region liegt", antwortete Quinn, doch sie wusste es besser. Ihr Vogel hatte genau mit einer einzigen Person zu tun. Und das war der unmögliche, wunderbare Mann, der gerade draußen auf dem Rücken im Schnee gelandet war.

*

Archer schaute von seiner unbequemen Position zum Nachthimmel und dann zum Haus. Quinn stand am Fenster und schaute hinaus. Plötzlich verspürte er den Drang, zu ihr zu gehen und sich zu vergewissern, dass es ihr gut ging. Seit dem Abendessen hatte sie seltsam abwesend gewirkt. Vielleicht war sie müde oder die Schmerzen plagten sie wieder, überlegte er. Er stand auf und klopfte sich den Schnee von den Kleidern.

„He, wo willst du hin?“, rief Pat, der sich gerade für einen Wurf an Archer aufgestellt hatte.

„Rein. Ich muss etwas erledigen.“

Pats Augen folgten Archers Blickrichtung. Ein wissendes Lächeln erschien auf seinem Gesicht.

„Mach das.“

*

Leise trat er ins Wohnzimmer. Quinn hörte ihn trotzdem. Verschiedene Hunderuten klopften freudig auf den Boden und gaben niemandem eine Chance, sich unentdeckt zu nähern.

Sie drehte sich um und schaute ihm entgegen. Anna war vorher in der Küche verschwunden, um Lara und Paula beim Aufräumen zu helfen. Sie waren ganz allein.

Neben dem großen Kamin, in dem immer noch ein Feuer brannte, blieb Archer stehen und streckte seine Hand nach Quinn aus. Zögerlich ging sie zu ihm. Kaum war sie in greifbarer Nähe, zog er sie sanft in seine Arme.

„Geht es dir gut?“, wollte er wissen.

Quinn nickte. Heute Abend wollte sie nicht über ihre Ängste und Hoffnungen sprechen. Dafür hatte sie definitiv zu wenig Energie.

„Dann komm mit raus. Es ist ein richtiges Märchenland da draußen. Auf der Veranda stehen Stühle. Decken gibt es auch.“

„Gute Idee“, stimmte Quinn zu, froh, einer näheren Befragung über ihren Zustand entgangen zu sein.

Archer packte sie in die dicken Decken und holte dann eine Tasse heiße Schokolade für sie aus der Küche. Natürlich hatte er auch an die Weihnachtskekse gedacht. Sie spürte, wie sich ihre Laune hob. Es brachte nichts, sich Sorgen zu machen. Lieber genoss sie den Augenblick, hier mit ihm.

„Weißt du, ich habe übrigens nachgedacht über deine Frage“, sagte er beiläufig, nachdem er neben ihr Platz genommen hatte.

„Meine Frage?“, wiederholte sie vorsichtig.

„Ja.“

„Was war denn meine Frage?“

Leider befürchtete sie, dass sie ganz genau wusste, welche Frage er meinte. Nur war sie sich nicht mehr so sicher, dass sie an einer Antwort interessiert war. Nicht jetzt. Nicht in diesem schönen Augenblick. Höchstwahrscheinlich wollte er sie taktvoll darauf hinweisen, dass seine Anwesenheit in Independence ihrem Ende zuging.

Bevor er noch etwas sagen konnte, hielt sie ihm den Mund zu. „Sag nichts. Heute ist kein Platz für Fragen oder Antworten.“

Archer wurde ganz still. Hatte sie es sich etwa anders überlegt? Wollte sie gar nicht, dass er in Independence blieb?

„Ich will lieber die noch verbleibende Zeit mit dir genießen, anstatt über Dinge zu sprechen, die sich nicht ändern lassen“, sagte sie leichthin.

Erleichtert ließ er den Atem, den er angehalten hatte, wieder entweichen. Das klang nicht so, als hätte sie es sich anders überlegt. Eher so, als wäre sie sich seiner Antwort nicht sicher. Behutsam drückte er sie enger an sich.

„Okay. Nicht heute“, stimmte er ihr zu.

Der kleine Piepmatz lauschte Archers Stimme und kam zur Überzeugung, dass ihr die Antwort gefallen würde, wenn sie sich dann endlich traute, die Frage noch einmal zu stellen. Ausnahmsweise war sie dankbar für seine Meinung.

Beruhigt kuschelte sie sich an ihn. Jetzt war sie frei, den Abend zu genießen.

Epilog

„Bist du sicher, dass du dir das antun willst?“

Quinn konnte sich nicht erklären, weshalb Archer darauf bestanden hatte, sie ins Altersheim zu begleiten. Ihr graute vor dem Besuch. Die scharfen Kommentare ihrer Mutter waren schon in der Privatsphäre des eigenen Zuhauses schwierig auszuhalten. In der Gegenwart einiger Dutzend Fremder würde es noch viel beschämender sein. Das alles hatte sie ihm am Vormittag in epischer Breite und Länge zu erklären versucht, doch er wollte nichts davon hören.

„Also gut, wenn das deine Vorstellung von einem schönen Weihnachtstag ist, will ich dir nicht im Wege stehen“, hatte sie irgendwann frustriert erwidert.

Archer hatte ihre Zustimmung zufrieden zur Kenntnis genommen.

Schlecht gelaunt und wie immer, wenn es um ihre Eltern ging, von widersprüchlichsten Emotionen geplagt, schaute sie aus dem Fenster. Als die Altersresidenz, wie das Altersheim in der Broschüre marketingtauglich genannt wurde, in Sicht kam, musste sie zugeben, dass zumindest der Ort einen ansprechenden Eindruck machte. Große Fenster gewährten einen Blick auf die umliegende Hochebene, die Bergspitzen der Rockies im Hintergrund. Ein großer, parkähnlicher Garten umgab das lange Gebäude. Zu dieser Jahreszeit war er menschenleer, doch an wärmeren Tagen bot die Anlage bestimmt eine willkommene Abwechslung.

„Du bist hier, also bin ich auch hier“, erklärte Archer ihr geduldig.

Als wäre das eine schlüssige Erklärung, dachte Quinn verwundert, sagte aber nichts dazu. Jetzt waren sie sowieso da.

Sollte er es sich plötzlich doch noch anders überlegen, musste er halt im Auto warten. Archer parkte in der Nähe des Eingangs.

Immerhin hatte sie sich über Nacht ein wenig erholt, stellte Quinn befriedigt fest. Sie schaffte es, ohne Archers Hilfe aus dem Truck zu steigen. Auch wenn sie die Nachwirkungen der durchgestandenen Tortur noch eine Weile spüren würde, waren die Schmerzen deutlich weniger geworden. Archers Arm verheilte auch gut. Davon hatte sie sich heute Morgen höchstpersönlich überzeugt, als sie darauf bestanden hatte, ihm dabei zuzusehen, wie er den Verband wechselte. Anscheinend hatte ihm nicht einmal das Footballspiel im Schnee geschadet.

Sie drehte sich um und schloss freundlich, aber bestimmt die Tür vor Bravehearts Nase. Dieser war gar nicht erfreut, als er merkte, dass er im Auto warten musste. Winselnd drückte er die Nase ans Fenster und schaute ihnen nach. Er tat ihr leid, doch das konnte sie jetzt nicht ändern. Sie hatte keine Ahnung, ob die Richtlinien des Altersheims überhaupt Tiere erlaubten. Doch da ihre Eltern sowieso keine Hundemenschen waren, spielte es auch keine Rolle.

Eine freundliche Empfangsdame begrüßte sie. Ein Namensschild wies sie als Charlotte Harolds aus.

„Herzlich willkommen im Sunny Peaks Resort. Wie kann ich Ihnen helfen?"

„Ich wollte meine Eltern besuchen. Mr. und Mrs. Davies. Sie sind eingezogen, als ich krank war", fühlte sie sich bemüßigt, zu erklären.

„Ich verstehe", antwortete Charlotte, als wäre das nichts Ungewöhnliches.

Quinn entspannte sich ein wenig. Vielleicht würde sie nicht geteert und gefedert von hier fort gejagt werden, weil sie ihre Tochterpflichten verletzt hatte. Zumindest nicht vom Personal, fügte sie im Stillen hinzu. Ihre Eltern waren ein anderes Thema.

„Wollen Sie zuerst zu Ihrem Vater? Oder möchten Sie zuerst Ihre Mutter besuchen?"

Überrascht schaute Quinn die Frau an. „Äh … Sind sie denn nicht zusammen?“

„Wie Ihnen sicher bewusst ist, leidet Ihr Vater an Demenz in fortgeschrittenem Stadium. Die meiste Zeit verbringt er zufrieden vor seinem Fernseher. Ihre Mutter hingegen ist eine sehr aktive Person.“

Zum zweiten Mal innerhalb vierundzwanzig Stunden nannte jemand ihre Mutter eine aktive Person. Lag hier etwa eine Verwechslung vor? Man hörte ja immer wieder von Alien-Entführungen. Entschieden stoppte sie die absurden Gedanken.

„Dann würde ich gerne meinen Vater sehen.“

„Sie finden ihn in unserem Memorytrakt. 1. Stock, wenn Sie aus dem Lift kommen links. Wenn sie anschließend Ihre Mutter suchen, finden Sie sie wahrscheinlich im Bridge-Zimmer im Erdgeschoss. Sämtliche Räume sind ausgeschildert.“

Wie ein Schlafwandler wanderte sie durch den Gang zum Lift. „Aktiv“, murmelte sie ungläubig.

Archer griff nach ihrer Hand und drückte einen Kuss auf ihren Handrücken.

„Klingt doch gut.“

„Auf jeden Fall. Ich habe nur ernsthafte Probleme, dieses Wort mit meiner Mutter in Verbindung zu bringen. Vielleicht machen sie hier auch Persönlichkeits-Transplante?“, setzte sie ihre Erklärungsversuche fort.

Archer lachte leise. „Du wirst es ja gleich herausfinden.“

Die geschlossene Abteilung des Memorytrakts war kreisförmig angelegt. So kamen die Bewohner immer problemlos wieder an ihrem Ausgangspunkt an, egal, in welcher Richtung sie begannen herumzuwandern. Das hatte Quinn eingeleuchtet, als sie die Beschreibung im Internet gelesen hatte. Überhaupt war sie überrascht, wie modern die ganze Einrichtung war.

Sie fanden ihren Vater im Wohnzimmerbereich. Er saß auf einem der großen Lehnstühle. Seine Beine waren in eine Decke gewickelt. Konzentriert starrte er auf den Fernseher. Vorsichtig ließ Quinn sich auf der Lehne nieder und berührte ihn leicht am Arm.

„Hallo, Dad“, begrüßte sie ihn. Keine Reaktion.

„Gefällt es dir hier?“, startete sie einen neuen Versuch.

Sekunden verstrichen, ohne dass er ihre Anwesenheit auf irgendeine Art zur Kenntnis genommen hätte.

„Ich bin's, Quinn.“

Ihr Vater wedelte mit einer zittrigen Hand, als wollte er eine Fliege verscheuchen.

„Nicht jetzt. Keine Zeit für Besuch“, murmelte er barsch.

Zutiefst verstört durch sein abwesendes Verhalten stand Quinn auf. Eine Schwester, die die Nicht-Kommunikation beobachtet hatte, trat zu ihnen hin.

„Keine Sorge. Es geht ihm gut. Die meiste Zeit verbringt er hier. Nur die Mahlzeiten nimmt er vorläufig unten mit seiner Frau ein“, erklärte sie, in dem Versuch, Quinn zu beruhigen, die sichtlich erschüttert war.

Quinn trat einen Schritt weg von ihrem Vater.

„Es ging ihm in letzter Zeit immer schlechter. Aber dass er mich nicht einmal zur Kenntnis nimmt …“ Ihre Stimme verlor sich und sie schluckte.

Archer fühlte sich hilflos und wusste doch, dass er Quinn im Moment nicht wirklich helfen konnte. In Ermangelung eines anderen Plans legte er ihr seinen Arm leicht um die Taille.

„Es kommt oft vor, dass sich mit einer Veränderung der Lebensumstände auch einmal mehr das Verhalten ändert. Es wird bessere und schlechtere Tage geben. Das Wichtigste ist, dass Sie seine Launen nicht persönlich nehmen.“

Quinn nickte stumm. Ihr Kopf verstand das alles. Emotional war es ein Abschiednehmen auf Raten, das sich gerade unerwartet beschleunigt hatte. Sie schluckte.

„Ich glaube, ich werde jetzt meine Mutter besuchen."

„Gute Idee. Was ich so gehört habe, mischt sie das ganze Bridge-Team auf, und das will was heißen."

Mit diesen Worten verabschiedete sich die Schwester. Gemeinsam verließen sie den Memorytrakt und machten sich auf den Weg ins Erdgeschoß. Entgegen ihren Willen war Quinn fasziniert von den Erzählungen über ihre Mutter.

„Es klingt fast so, als hätte sich meine Mutter einen ganz bestimmten Ruf erworben. Und das in wie viel? Zwei Tagen?" Sie schüttelte ungläubig den Kopf. „Meine Mutter, die Party-Löwin."

„Ich gebe zu, dass ich auch ziemlich gespannt auf die Begegnung bin. In deinen Erzählungen hat sie einen ziemlich sauertöpfischen Eindruck auf mich gemacht", bemerkte Archer trocken.

„Das war jetzt aber diplomatisch ausgedrückt", kicherte Quinn, die sich von der Begegnung mit ihrem Vater ein wenig erholt hatte. Sie studierte die Schilder. Schließlich hatte sie gefunden, was sie gesucht hatte.

„Hier entlang", sagte sie und zog Archer mit sich.

*

Eine halbe Stunde später standen sie wieder beim Auto. Quinn ließ Braveheart herausspringen, damit er sie gebührend begrüßen konnte.

„Diesen Besuch hatte ich mir anders vorgestellt", brummte sie und schob ihre Hände in die Manteltaschen. Ihre Mutter hatte sie überraschend freundlich begrüßt und sie sogar ihren neuen Freundinnen vorgestellt. Als sie ihre Mutter gefragt hatte, ob sie gemeinsam Mittagessen wollten, hatte sie jedoch abgewinkt.

„Das ist nicht nötig. Du hast bestimmt anderes zu tun. Meine Freundinnen und ich unterhalten uns hier hervorragend."

„Dann willst du also noch nicht nach Hause?“, hatte Quinn vorsichtig gefragt. Ihr war durchaus bewusst, dass sie mit dieser Frage ein Risiko einging, doch sie musste einfach Gewissheit haben.

„Nach Hause? Bevor ich meinen Aufenthalt hier richtig genießen konnte? Ich denke nicht. Wir“, sie zeigte auf die anderen Frauen, „haben noch viel vor. Zudem ist das Essen hier umsonst.“

Gegen diese Logik war nicht viel einzuwenden. Also hatten sie sich verabschiedet.

„Wie fühlst du dich jetzt?“, erkundigte sich Archer.

Quinn horchte in sich hinein. „Gut“, stellte sie überrascht fest. Mit der Erkenntnis, dass ihre Eltern hier gut aufgehoben waren, fiel eine große Last von ihren Schultern. Vielleicht, vielleicht ließen sich tatsächlich alle Probleme lösen. Klar, mit der Finanzierung musste sie sich noch auseinandersetzen. Doch sie war zuversichtlich, dass sich die Kosten mit dem Verkauf des Hauses decken lassen würden. Immobilien in der Nähe von Breckenridge waren sehr begehrt.

„Hast du Lust auf einen kleinen Ausflug?“, unterbrach Archer ihre Überlegungen.

Überrascht schaute sie ihn an. „Du willst einen Ausflug machen?“

„Nichts Anstrengendes“, beeilte sich Archer, ihr zu versichern.

„Klar. Warum nicht. Solange kein längerer Fußmarsch involviert ist …“ Sie hatte sowieso nichts Besseres zu tun. Und nachdem sie nach wie vor nicht wusste, wie lange ihr Archer noch erhalten bleiben würde, kam die Idee ihrem Plan entgegen, so viel Zeit wie möglich mit ihm zu verbringen. Der kleine Vogel in ihrem Inneren nickte begeistert. Sie lächelte schwach. Das war ja klar gewesen.

*

Archer fuhr mit dem Truck eine schmale Passstraße hoch. Das letzte Stück Weg war ziemlich unwirtlich. Er schaltete die Untersetzung des Allradantriebs ein und ließ das Auto mehr oder weniger seinen eigenen Weg suchen. Als sie oben ankamen, hielt Quinn den Atem an. Das Panorama war atemberaubend. Rechts hatte man einen freien Blick auf die Hochebene, auf der sich ein paar Meilen weiter auch Independence befand. Linker Hand erhob sich ein steiler Felsen. Die Kälte hatte den daraus entspringenden Wasserfall zu märchenhaften Eisskulpturen geformt.

„Archer, dieser Ort ist fantastisch!"

Er grinste zufrieden. „Freut mich, dass er dir gefällt. Warte hier. Ich muss noch etwas vorbereiten." Er stieg aus dem Auto und ließ Braveheart hinausspringen.

Neugierig drehte sie sich in ihrem Sitz um, um herauszufinden, was er vorhatte. Leider konnte sie nicht viel erkennen. Er schien ein Bündel von der Ladefläche zu nehmen. Sie setzte sich wieder bequem hin. Es hatte keinen Sinn, ihre geschundenen Knochen mit Verrenkungen zu belasten. Sie würde noch genug früh erfahren, was seine Überraschung beinhaltete.

Endlich erschien er wieder in ihrem Sichtfeld. Ungeduldig öffnete sie die Tür und wollte aussteigen.

„Warte", bat er sie.

Zögernd befolgte sie seine Anweisung. Einen Moment später hatte er sie in seine Arme gehoben, schob mit der Hüfte die Autotür zu und trug sie durch den Schnee.

„Was machst du da?", rief sie aus. „Ich bin sicher, du spürst auch noch die Nachwirkungen deines Kampfes. Du wirst dir noch wehtun, wenn du mich mit dir herumschleppst." Vage war sie sich bewusst, dass sie blödsinniges Zeug plapperte. Aber irgendwie konnte ihr Hirn nicht mit dieser überraschend romantischen Seite Archers mithalten.

Archer ignorierte sie. Er musste sich konzentrieren, um auf dem eisigen Boden nicht auszurutschen. Es würde seinem

Vorhaben einen ziemlichen Dämpfer verpassen, wenn er Quinn aus Versehen fallen ließ.

Auf einem dicken Baumstamm hatte er eine Decke ausgebreitet. Behutsam setzte er Quinn darauf ab. Mit einer zweiten Decke, die er ebenfalls mitgenommen hatte, wickelte er sie ein.

Wohlig kuschelte sich Quinn in die warme Wolle. Ihr ganzer Körper summte vor gespannter Erwartung.

„Bist du hungrig?"

Mit großen Augen begutachtete sie den Inhalt seines Picknickkorbs. „Wow. Du hast ja wirklich an alles gedacht. Hungrig bin ich im Moment nicht. Dazu bin ich zu … zu aufgeregt." Sie runzelte die Stirn. „Das ist allein deine Schuld", stellte sie fest und deutete auf die atemberaubende Kulisse.

Archer schmunzelte amüsiert. „Angst, dass ich dir einen Antrag mache?"

Sie zog eine Augenbraue hoch. „Hast du denn einen Antrag geplant?"

„Wer weiß …"

Quinn verdrehte die Augen. Das seltsame Gefühl, das sie verspürte, war Erleichterung. Das musste Erleichterung sein. Schließlich hatte sie überhaupt nicht vor, zu heiraten. Oder etwa doch? Um sich abzulenken, stellte sie die nächstbeste Frage, die ihr in den Sinn kam.

„Ist in der Thermoskanne Kaffee?"

„Nein."

„Oh." Enttäuscht ließ sie die Hand, die sie nach der Kanne ausgestreckt hatte, wieder fallen.

„Etwas viel Besseres. Heiße Schokolade." Er nahm die Thermoskanne und schraubte sie auf. Nachdem er einen der mitgebrachten Becher gefüllt hatte, reichte er ihn ihr. Dankbar nahm sie ihn entgegen.

Die nächsten fünf Minuten verbrachten sie aneinander gelehnt und in kameradschaftlichem Schweigen.

Schließlich räusperte er sich. „Bevor die Spannung ins Unermessliche steigt, fang ich besser mal an."

Ohne Grund zog sich Quinns Magen zusammen. Auch der Piepmatz legte besorgt sein Köpfchen schräg. Ein kleines, motivierendes Zwitschern wäre jetzt nicht verkehrt, ließ sie ihn im Stillen wissen. Der Vogel ignorierte ihren Einwand. Quinn gab es auf, ihren imaginären Freund erziehen zu wollen, und schenkte ihre Aufmerksamkeit Archer.

„Nachdem du gestern meiner Antwort auf deine Frage erfolgreich ausgewichen bist, habe ich mir gedacht, ich bringe dich hierher, da kannst du mir nicht davonlaufen."

Ein Lächeln spielte um Quinns Mundwinkel.

„Ziemlich frech. Als ob ich in letzter Zeit zu selten entführt worden wäre", witzelte sie.

„Ein Mann tut, was er tun muss. Wie sonst hätte ich dich dazu bringen sollen, mir zuzuhören?"

„Ja, ja. Dann spann mich wenigstens nicht länger auf die Folter und rück endlich mit der Sprache raus."

„Ist dir wieder eingefallen, was du mich gefragt hast?"

Quinn errötete leicht. „Ja."

Er fasste mit einer Hand leicht unter ihr Kinn. „Ich habe meine Kündigung eingereicht. Bis auf ein paar einzelne Vorlesungen bin ich meinen Job am Institut der Universität los."

„Was?"

„Du hast schon richtig gehört. Ab dem neuen Jahr arbeite ich ausschließlich für das Wildreservat der Lone Wolf Ranch. Als wissenschaftlicher Mitarbeiter, versteht sich."

Freude stieg in Quinn auf. „Das ist ja großartig."

„Wirklich?", vergewisserte sich Archer erleichtert.

„Natürlich." Sie brach ab und musterte ihn misstrauisch. „Außer, du offenbarst mir gleich, dass mit mir zu schlafen nur deiner Undercover-Aktion gedient hat."

„Natürlich nicht!“, entrüstete er sich. Frustriert fuhr er sich mit der Hand übers Gesicht. „Das hätte ich mir denken können, dass du es mir nicht einfach machen wirst.“

Quinn kicherte und kuschelte sich dichter an ihn. „Tut mir leid, erzähl weiter.“

„Quinn, ich liebe dich“, sagte er nur.

Völlig überrumpelt starrte sie ihn an. Er liebte sie! Er liebte sie? „Du liebst mich?“

„Das habe ich doch eben gesagt. Und zwar nicht das erste Mal. Ich muss schon sagen, es wäre ganz nett, wenn du mir auch sagen könntest, was du für mich empfindest.“

Quinn lächelte und fiel ihm um den Hals. „Ich liebe dich schon lange.“

Archer atmete erleichtert auf. „Gott sei Dank. Für einen Moment hatte ich mir schon Sorgen gemacht.“ Er schloss die Augen und drückte sie fest.

„Dann ziehst du bei mir ein?“, wollte er ein wenig später wissen.

„Klar. Mich gibt's allerdings nur im Doppelpack. Braveheart kommt auch mit.“

„Das hoffe ich doch“, antwortete er. Dann senkte er den Kopf und küsste sie.

*

Liebe Leserin, lieber Leser

Falls Dir das Buch gefallen hat, würde ich mich sehr freuen, wenn Du Dir die Zeit nimmst, eine kurze Rezension auf Amazon zu schreiben und all Deinen Freunden davon erzählst. So hilfst Du mir und diesem Buch, ein wenig sichtbarer zu werden.

Vielen, vielen Dank für Deine Unterstützung!
Liebe Grüße, Virginia

Anmerkungen der Autorin

Liebe Leserinnen und Leser. Dank eurer Begeisterung für die Rocky Mountain-Serie fiel mir das Weiterschreiben der Serie sehr leicht. Wahnsinn. Jetzt sind es bereits neun Bände, der zehnte ist in Vorbereitung. Die Einwohner von Independence haben noch viel vor. Die Serie wird also noch eine ganze Weile weitergehen.

Ein paar Hintergründe zur Serie für diejenigen unter euch, die neu dabei sind: Mit der Rocky Mountain-Serie kehre ich in eine Gegend zurück, in der ich während meiner Teenagerjahre eine erlebnisreiche Zeit verbracht habe. Der amerikanische Bundesstaat Colorado besticht durch seine abwechslungsreichen und atemberaubenden Landschaften. Von steppenähnlichen Gegenden bis hin zu den beeindruckenden Gipfeln der Rockies, die selbst auf knapp dreitausend Metern ü. M. bewaldet sind, ist alles dabei. Kein Wunder, dass Colorado für sein riesiges Angebot an Outdoor-Aktivitäten bekannt ist.

Independence ist eine fiktive Kleinstadt in der Nähe der bekannten Skiorte Breckenridge, Aspen und Vail und liegt ungefähr 2.900 Meter ü. M. Es hat großen Spaß gemacht, die Kleinstadt zu bevölkern. Ich bin sicher, die Einwohner werden uns noch lange gut unterhalten.

Endlich erfahrt ihr Quinns und Archers Geschichte. Wieder spielen Hunde und viele andere Tiere neben den beiden spannenden Menschen eine große Rolle.

Mein Dank geht an meine Familie und an meine Freunde, die mich selbst dann unterstützen, wenn ich wieder einmal gedanklich für Stunden in den Rockies verloren gehe. Meine Mutter war wie immer meine erste Betaleserin und strengste Kritikerin. Meine unglaublich tolle PR-Frau Tanja Rörsch kümmerte sich um alles, was mein Schriftstellerleben leichter macht, während Juliane Schneeweiss für das wunderschöne Coverdesign verantwortlich war. Mit der Hilfe meiner Lektorinnen Monika Popp und Stefanie Rick konnte ich den Fehlerteufel in seine Schranken verweisen. Nicht zu vergessen mein wunderbarer Mann, der vollstes Verständnis für meine Deadlines hat und mich selbst in unseren Ferien unterstützt, wenn ich meine Zeit vor dem Computer anstatt am Strand verbringe. Vielen Dank euch allen.

Aber mein allergrößter Dank geht an euch, meine Leserinnen und Leser. Ihr seid meine tägliche Motivation zum Schreiben. Über eine Rezension auf Amazon würde ich mich sehr freuen. Mit einer Rezension unterstützt ihr aktiv mein Schreiben und meine Bücher, da es für mich als Indieautorin eine der wenigen Möglichkeiten ist, auf die Bücher aufmerksam zu machen. Mitglieder meines Rezensenten-Teams erhalten zudem kostenlose Rezensionsexemplare. Alle Infos zur Bewerbung findet ihr auf meiner Webseite.

Den persönlichen Kontakt zu meinen Lesern schätze ich sehr. Besucht mich auf Facebook oder schreibt mir direkt eine E-Mail – ich freue mich!

http://virginiafox.com

mail@virginiafox.com

http://www.facebook.com/authorvirginiafox

Weiter geht es mit Band 10, *Rocky Mountain Gold*, der Geschichte von Zelda und Cruz (bestellbar auf Amazon, Veröffentlichung: März 2017).

Ich wünsche euch viel Spaß beim Lesen der Previews *Rocky Mountain Gold*, Band 10 der Rocky Mountain-Serie und *Das Drachenmädchen* (die langersehnte Fortsetzung der Drachenschwestern-Serie).

Im Anhang findet ihr wieder einige Rezepte aus Independence.

*

Ihr kennt meine Drachenschwestern-Serie noch nicht? Band 1 – 4 sind auf Amazon erhältlich. Am Ende dieses Buches findet ihr das erste Kapitel von Band 1, *Die Drachenschwestern.*

*

Miss Daisys Rezepte

Die Rezepte sind jeweils für vier Personen berechnet, außer es ist anders vermerkt. Neben Miss Daisy haben diesmal auch Quinn, Lara und Archer Rezepte beigesteuert.

Quinns Bannockbrot

(ideal auch beim Campen über dem Feuer zu machen)

400 g Dinkelmehl, hell
2 TL Trockenhefe
1 TL Zucker
1 TL Meersalz
2 dl Wasser, lauwarm
4 EL Bio-Rapsöl
Frische Kräuter (Schnittlauch, Petersilie, Frühlingszwiebeln)
Crème Fraîche und Magerquark oder Frischkäse
Cayenne-Pfeffer
Kräutersalz
Paprika
Speck, geräuchert (zum roh Essen oder zum Anbraten)

Mehl, Backpulver, Hefe, Zucker und Salz mischen. Wasser und zwei Esslöffel Öl dazu geben. Alles zu einem glatten Teig verkneten. An einem warmen Platz ca. 20 Minuten aufgehen lassen.
Einen Esslöffel Öl in eine flache Pfanne geben (Beim Camping tut's auch der Deckel eines großen Kessels. Das haben wir damals bei den Pfadfindern so gemacht). Die Hälfte des Teigs

in die Pfanne geben und zu einem ca. 1 cm dicken Fladen drücken.
Pfanne auf den Herd oder übers Feuer stellen. Bei mittlerer Hitze beidseitig ca. fünf Minuten backen, bis er goldbraun ist.
Dasselbe mit der anderen Hälfte vom Teig.
In dieser Zeit die Kräuter hacken, mit dem Frischkäse oder dem Crème Fraîche/Magerquark-Mix vermischen und mit Salz, Pfeffer und Paprika abschmecken. Speck, falls gewünscht, knusprig anbraten.
Bannockbrot noch warm servieren und mit Frischkäse und dem Speck genießen. Ein tolles Frühstück oder ein einfaches Abendessen, zum Beispiel begleitet von einem gemischten Salat.

Laras Cottage-Pie

Ein wärmendes Gericht, das auch am nächsten Tag noch gut schmeckt.

800 g Bio-Rinderhackfleisch
4 Karotten, geschält und in Würfelchen geschnitten
3 Selleriestangen, in Würfelchen geschnitten
3 Schalotten, gehackt
2 Knoblauchzehen, gehackt
1 EL Tomatenmark
1 Glas Rotwein
1 Glas Gemüsebrühe
3 EL Worcestersoße
2 Zweiglein Thymian
2 getrocknete Lorbeerblätter
2 EL Mehl
Salz, Cayenne-Pfeffer
Bio-Olivenöl
1,5 kg Kartoffeln, geschält und in Würfel geschnitten
1,5 dl Milch
50 g Butter
Pfeffer, Muskat
200 g Käse, z.B. Gruyère, Cheddar, geraffelt

Ofen auf 200 Grad vorheizen.
Etwas Olivenöl in einen Bräter geben und das Gemüse andünsten. Nach ein paar Minuten den Knoblauch hinzugeben.

Sobald der Knoblauch duftet, das Fleisch beigeben und anbraten. Anschließend Mehl darüberstreuen und das Tomatenmark daruntermischen.
Mit Wein und Gemüsebrühe ablöschen, aufkochen lassen und anschließend die Hitze reduzieren. Die Kräuter beigeben und mit Worcestersoße abschmecken. Auf kleiner Flamme 45 Minuten köcheln lassen. Wenn die Soße gegen Ende der Kochzeit noch zu dünnflüssig ist, 5 – 10 Minuten ohne Deckel weiterköcheln lassen.
In der Zwischenzeit die Kartoffeln in Salzwasser weich kochen. Wasser abgießen und die Kartoffeln mit einem Kartoffelstampfer zerstoßen. Währenddessen Milch und Butter zusammen aufkochen und anschließend unter die zerdrückten Kartoffeln mischen. Mit Muskatnuss abschmecken.
Eine Gratinform ausbuttern, die Fleisch-Gemüsemischung darin verteilen und mit dem Kartoffelstock bedecken.
Den Käse darüberstreuen und im auf 200 Grad vorgeheizten Backofen ca. 30 Minuten backen, bis der Pie goldgelb ist. Mit Salat und einem Glas Guinness servieren.
Für eine vegetarische Variante das Fleisch durch Dosentomaten ersetzen (ohne Saft!) und den Anteil an Karotten und Stangensellerie erhöhen. Die Tomaten zusammen mit dem Gemüse andünsten und ansonsten gleich verfahren.

Archers Burger

Das Grundrezept stammt von Archer und beschränkt sich ziemlich auf die Basics wie Fleisch, Käse, Ketchup, Brot. Ach ja, und natürlich Coleslaw, der amerikanische Krautsalat. Am Ende des Rezepts findet ihr noch einige Varianten von Quinn.

6 Hamburger-Brötchen

800 g Bio-Rinderhackfleisch

Bio-Olivenöl

Kräutersalz

Cayennepfeffer

Petersilie, gehackt (frisch oder getrocknet)

Majoran, gehackt (frisch oder getrocknet)

2 Zwiebeln, 1 x gehackt, 1 x in Ringe geschnitten.

6 Salatblätter

Senf, Ketchup, Mayonnaise, BBQ-Soße oder auch Remoulade

Käse, in Scheiben geschnitten (z.B. Cheddar oder Gruyère)

Das Coleslaw-Rezept kommt als Nächstes.
Die gehackten Zwiebeln zusammen mit der gehackten Petersilie in ein wenig Olivenöl andünsten. Zur Seite stellen und auskühlen lassen.
Hackfleisch mit Salz und Pfeffer würzen und großzügig Majoran hinzufügen. Gehackte Zwiebeln hinzufügen. Alles vermischen. Falls die Mischung etwas trocken ist, ganz wenig Milch darunter mischen. Zu Hamburgern in der gewünschten Größe formen und zur Seite stellen oder gleich auf dem Grill oder in der Pfanne in ein wenig Öl anbraten. Dauer ist ca. 12 – 15 Minuten, je nach Dicke der geformten Hamburger. Wer

Käse auf seinem Burger möchte, den Käse einfach gegen Ende der Bratzeit auf das Fleisch legen, damit der Käse Zeit hat, zu schmelzen.
In der Zwischenzeit die Zwiebelringe andünsten.
Die Brötchen in einem Toaster-Grill oder überm Feuer etwas rösten.
Das fertig gebratene Fleisch mit der gewünschten Soße (z.B. Ketchup) bestreichen und zusammen mit dem Coleslaw und den Zwiebelringen in die Brötchen füllen.
Quinn fügt gerne Avocado oder Paprikastreifen zu ihrem Burger hinzu. Eurer Fantasie sind keine Grenzen gesetzt. Alles, was schmeckt, geht.

Miss Daisys Coleslaw

Dieser Salat schmeckt am zweiten Tag um Welten besser. Deshalb versuche ich immer, ihn schon am Vorabend zu machen und über Nacht im Kühlschrank ziehen zu lassen.

1 Rotkohl, klein, in dünne Streifen geschnitten

1 Weißkohl, klein, in dünne Streifen geschnitten

4 Karotten, groß, in dünne Streifen geschnitten (à la Julienne)

3 Frühlingszwiebeln, schräg in dünne Ringe geschnitten

2 EL Rapsöl

1 EL Sahne

2 EL Apfelessig

2 EL Weißer Balsamico

2 TL Senf

1 EL Akazienhonig

Kräutersalz

Das Gemüse entsprechend der Anleitung vorbereiten. Aus den restlichen Zutaten die Salatsoße zubereiten.
Gut vermischen und über Nacht (mindestens 12 Stunden) stehen lassen. Passt hervorragend zu Fleischgerichten jeglicher Art.

Miss Daisys Brownies

Ein Klassiker unter den Nachspeisen. Brownies gehen immer, zu jeder Tages- und Nachtzeit und eignen sich hervorragend zum Mitnehmen, da praktisch unzerstörbar.

100g dunkle Schokolade

100g Butter

50g Kakaopulver

80g Vollrohrzucker

1/2 Päckchen Vanille-Rohrzucker

1 Prise Salz

3 Eier, verquirlt

Ofen vorheizen auf 175 Grad.
Butter und Schokolade zusammen im heißen Wasserbad schmelzen. Zucker und Kakaopulver hinzufügen. Etwas auskühlen lassen.
Die verquirlten Eier gut unterrühren. Schnell arbeiten, sonst stocken die Eier in der warmen Schokoladenmasse.
Eine Gratinform fetten und die Schokoladenmasse hineingeben.
20 – 30 Minuten bei 175 Grad backen. Das Rezept ist für einen Umluftbackofen geschrieben. Bei einem Backofen mit Ober- und Unterhitze verlängert sich die Backzeit unter Umständen nochmals um 10 Minuten.
Mit weißen Schokoladen-Perlen, M&Ms, Baumnüssen oder auch gebrannten Mandeln lassen sich die Brownies individuell aufpeppen.

Preview
Rocky Mountain Gold

(Band 10 der Rocky Mountain-Serie)

Kapitel 1

Zelda Chastain huschte mit eingezogenem Kopf durch die Gänge des Mini-Markts. Gott sei Dank war Winter. Zumindest hier, mitten in den Rocky Mountains, hatte das kalte Wetter auch den März fest im Griff. Sie zog den Kragen ihrer dicken Daunenjacke ein wenig höher, bis sie bis zur Nasenspitze eingepackt war. Leider konnte sie hier im Laden schlecht noch die Kapuze über den Kopf ziehen. Zu schade. Dann wären ihre verräterischen, dunklen Locken nicht zu sehen. Auch wenn sie hier aufgewachsen war, hatten sie die letzten Jahre, die sie in Arizona verbracht hatte, offensichtlich verweichlicht. Dementsprechend war sie die Hälfte des Jahres wie ein Polarforscher gekleidet.

An Tagen wie diesen, wo sie an jeder Ecke über wohlmeinende Bekannte zu stolpern drohte, war sie über die Tarnmöglichkeiten voluminöser Winterkleidung allerdings sehr froh. Ganz egal, wie sehr sie in diesem Aufzug einem Michelin-Männchen ähnelte.

Zugegeben, in den letzten Tagen war ein verhältnismäßig warmer Wind aufgekommen. Überall taute es. Die Böden waren nicht mehr länger gefroren. Gestern erst hatte sie, in einem Anfall voreiligem Enthusiasmus für das schon fast freundlich zu nennende Wetter, Blumensetzlinge für ihren Garten gekauft.

Vermutlich würden sie nicht überleben. Doch sie brachte es einfach nicht über sich, es unversucht zu lassen.

„Zelda? Bist das wirklich du?", erklang hinter ihr eine weibliche Stimme.

Zelda seufzte und schielte zur Kasse, die weiter vorn sichtbar war. Sollte sie einfach so tun, als hätte sie die Frau nicht gehört und die Flucht nach vorn antreten? Sie warf einen Blick in ihren noch fast leeren Einkaufswagen. Allerdings brauchte sie dringend etwas zu essen. In ihrem Kühlschrank befand sich genau ein Glas Essiggurken. Definitiv nicht genug, um eine Frau mit ihrem Appetit zu ernähren. Ihr Magen grummelte zustimmend. Sie gab ihre kindischen Fluchtgedanken auf und stellte sich dem, was ziemlich sicher das nächste Kreuzverhör war.

Mit einem aufgesetzten Lächeln drehte sie sich um. Als sie erkannte, wer hinter ihr stand, verwandelte sich dieses in ein echtes Lächeln. Bei der Sprecherin handelte es sich um eine der ältesten Einwohnerinnen der Stadt: Eve Lartimer. Die Frau war bereits fünfundneunzig Jahre alt und ein richtiges Original. Wie immer war sie tadellos gekleidet. Pinkfarbener Lippenstift zierte ihre Lippen. Auf ihren silbernen Haaren thronte ein vorwitziges Hütchen. Sie strahlte von Kopf bis Fuß Eleganz aus. Immer noch bewegte sie sich so leichtfüßig, wie sie es jahrzehntelang als Tänzerin getan hatte. Wenn die Gerüchteküche stimmte, hatte sie sich inzwischen auf Yoga verlegt und besuchte regelmäßig Jaz Carters Yoga-Studio. Dort lehrte sie sämtlichen anderen Schülern das Fürchten. Über die verschiedenen, deutlich jüngeren Liebhaber Eves, über die gemunkelt wurde, dachte sie lieber gar nicht erst nach. Es war ziemlich deprimierend festzustellen, dass eine über Neunzigjährige ein aktiveres Sozialleben hatte als man selber.

„Eve", rief sie aus und ergriff die Hände der älteren Frau. „Wie schön, dich zu sehen. Irgendwie verpassen wir uns immer."

„Kein Wunder, ich bin ja immer gesund“, antwortete Eve trocken.

Zelda führte neuerdings die einzige Apotheke in Independence. Es war eine Anfrage der Vereinigung der Geschäftsfrauen von Independence, kurz VGI genannt, gewesen, die sie zurück nach Independence geführt hatte. Was hieß Anfrage. Es war die Aussicht auf eine eigene Apotheke gewesen, die sie ihre Vorbehalte hatte in den Wind schießen lassen. Nach mehr als zehn Jahren, in denen sie für ihre Eltern gearbeitet hatte, war ihr das wie ein Geschenk des Himmels erschienen. Ob ihre impulsive Entscheidung so klug gewesen war, musste sich erst zeigen. Vor allem, da sie nicht alle Fakten gehabt hatte, dachte sie grimmig.

„Aber was ist mit dir, Kindchen? Du siehst ein wenig blass aus um die Nase. Und dann diese dicke Jacke! Hast du nicht bemerkt, dass der Frühling Einzug gehalten hat?“ Fragend zog Eve beide Augenbrauen hoch. Kälte war in Eves Augen kein Grund, auf Stil zu verzichten. Ihr Gesichtsausdruck machte deutlich, dass Zeldas Aufzug dieses Kriterium nicht erfüllte.

Zelda zog eine Grimasse. „Na, ob ich das bereits Frühling nennen würde … Ich weiß nicht so recht. Bestimmt schneit es nächste Woche wieder.“

„Papperlapapp. Das ist noch lange kein Grund, sich so zu verstecken.“

„Ach weißt du, verstecken klingt zurzeit ziemlich gut.“ Zelda sah sich um und vergewisserte sich, dass sonst niemand in der Nähe war. „Immer, wenn ich nicht aufpasse, drängt mich irgend so ein besorgter Einwohner in die Ecke und will wissen, wie es mir geht und …“

„… und ob du Cruz schon getroffen hast“, beendete Eve den Satz für sie. Ein wissendes Lächeln huschte über ihr Gesicht. „Und? Hast du?“

Zelda stöhnte. „Nicht du auch noch!“

„Immer gleich so melodramatisch. Fehlt nur noch, dass du dir an die Brust fasst und zu Boden sinkst, wie Cäsar bei der letzten Schulaufführung. Also. Was ist jetzt mit Cruz?"

„Nein. Ich bin ihm bisher nicht begegnet. Und ich habe es auch nicht vor", antwortete sie, einen störrischen Zug um den Mund.

„Kein einfaches Unterfangen in einer so kleinen Stadt", stellte Eve unverblümt fest.

„Wem sagst du das", pflichtete ihr Zelda frustriert bei. Sie biss sich auf die Unterlippe. „Das war so nicht geplant."

„Das kann ich verstehen", meinte Eve schelmisch. „Ganz schön mühsam, wenn die Toten nicht tot bleiben. Unverschämt, so etwas!"

*

Genau das war es, sinnierte Zelda wütend über Eves letzten Satz nach, während sie enthusiastisch den harten Boden mit ihrer kleinen Hacke bearbeitete. Wut und die Frustration über diese klitzekleine Tatsache, die die Vertreter der VGI bei ihren vielen Gesprächen geflissentlich vergessen hatten zu erwähnen, verliehen ihr ungeahnte Kräfte. Das machte hoffentlich wett, dass ihr Werkzeug völlig inadäquat war, um die ihm zugedachte Aufgabe zu erfüllen.

Wieso war Cruz nicht tot? Er hatte gefälligst tot zu bleiben, nachdem sie diese traurige Tatsache endlich akzeptiert hatte, dachte sie und malträtierte die spröde Erde, dass ihr die Dreckklumpen nur so um die Ohren flogen. Es war wirklich nicht fair. Erst hatte sie jahrelang um den Mistkerl getrauert, nur um ihm jetzt, wo sie endlich das Gefühl gehabt hatte, über ihn hinweg zu sein, wieder zu begegnen.

Ihre Psychologin, zu der sie lange Jahre gegangen war, hätte ihre helle Freude, wenn sie von dieser Entwicklung erfahren würde. Vermutlich würde sie auf die dringende Notwendigkeit weiterer fünf Jahre Therapie hinweisen. Nachdem ihre Eltern sich nicht mehr zu helfen gewusst hatten mit einer Tochter, die völlig passiv und uninteressiert durchs Leben glitt, hatten sie sie dorthin geschickt. Bei ihr hatte sie gelernt, dass sie ihre Jugendliebe, überschattet durch die Tragödie ihres plötzlichen und gewaltsamen Todes, ins Unermessliche hochstilisiert hatte. Laut ihrer Therapeutin war das der Grund, weshalb kein anderer Mann je eine Chance gehabt hatte, ihr nahezukommen.

Verständlich. Schließlich war es verdammt hart, mit einem Geist zu konkurrieren. Vermeintliche Tragödie, korrigierte sie sich grimmig. Schöner Geist, der nicht einmal den Anstand hatte, tot zu bleiben. Sie attackierte den unschuldigen Boden weiter und stellte sich dabei vor, es wäre Cruz. Ob es wohl strafbar war, einen vermeintlich Toten erneut um die Ecke zu bringen? Dann wäre wenigstens der Status quo wiederhergestellt, dachte sie mürrisch. Immerhin sah das Loch vor ihren Knien langsam tatsächlich wie ein Loch aus, stellte sie fest. Wenigstens ein kleiner Lichtblick, auch wenn es gerade erst groß genug war für einen Zwerghamster.

*

Cruz Ruis verabschiedete sich nach einer sehr zufriedenstellend verlaufenen Sitzung vom Bürgermeister. Mr. Wilkinson hatte seinen Vorschlag, ein weiteres Komitee für Start-ups zu gründen, sehr wohlwollend entgegengenommen. Cruz hatte nichts anderes erwartet. Im Gegensatz zu dem Programm, welches die Stadt selber ins Leben gerufen hatte, um angehende Unternehmen in die Region zu locken, und das ausschließlich mit Steuergeldern finanziert wurde, beinhaltete sein Vorschlag auch die Mitarbeit privater Investoren. In dem momentanen zinsschwachen Umfeld eine Win-win-Situation für alle Beteiligten. Seine Firma würde sich gegen eine prozentuale Beteiligung um die Auswahl der geeigneten Kandidaten kümmern und so die Gemeinde zusätzlich entlasten.

Cruz vermutete, dass das Ganze noch einen viel persönlicheren Grund hatte. Einige Geschäftsfrauen in Independence hatten sich zusammengefunden und eine private Vereinigung auf die Beine gestellt, die Unternehmerinnen die Möglichkeit bot, in Independence Fuß zu fassen. Das Angebot richtete sich ausschließlich an Frauen, die den Schritt in die Selbstständigkeit wagen wollten. Im Gegensatz zu den Bemühungen des Bürgermeisters legte die VGI Wert darauf, dass die neuen Geschäfte einen Mehrwert für das Leben in Independence boten. Obwohl sie später gestartet waren, hatten sie bereits einige Erfolgsgeschichten vorzuweisen. Unter anderem existierte seit Neuestem ein Spa im Bed & Breakfast der Disney Sisters. Eine Buchhandlung hatte ihre Pforten geöffnet, und endlich gab es eine Apotheke in der Stadt.

Durch die Tatsache, dass die Einwohner von den Bemühungen der VGI direkt profitierten und die Veränderungen mit eigenen Augen mitverfolgen konnten, war die VGI in aller Munde. So hatte sich ein richtiger Wettbewerb zwischen der Gemeinde und der VGI entwickelt. Vermutlich hatte das nicht zuletzt auch damit zu tun, dass Miss Minnie, eines der Gründungsmitglieder der VGI und eine der Besitzerinnen des Diners, Mr. Wilkinsons langjährige Hin-und-wieder-Geliebte war.

Ihm war das egal. Solange es ihm einen Vorteil in seinen Verhandlungen mit dem Bürgermeister bot, war ihm das nur recht.

Er wollte eben das Sitzungszimmer verlassen, als Mr. Wilkinson beiläufig fragte: „Waren Sie schon in der Apotheke?"

Cruz hätte am liebsten die Augen gerollt, als er die Frage hörte, die offenbar sämtlichen Einwohnern der kleinen Stadt auf der Zunge brannte. Jetzt also auch dem Bürgermeister. Stattdessen zwang er sich zu einem möglichst unbeteiligten Gesichtsausdruck.

„Nein. Ich hatte keinen Anlass dazu, nachdem ich mich bester Gesundheit erfreue."

„Bester Gesundheit. So, so. Erfreulich zu hören, nehme ich an. Ich dachte nur, Sie würden sich vielleicht freuen, Zelda zu sehen."

„Sie und alle anderen 1467 Einwohner der Stadt", murmelte er.

„Was haben Sie gesagt?"

„Nichts. Ich höre in den nächsten Tagen von Ihnen?", erkundigte er sich betont höflich, in dem Versuch, den Fokus wieder aufs Geschäftliche zurückzusteuern.

„Auf jeden Fall", antwortete Mr. Wilkinson zerstreut. Offenbar war er mit seinen Gedanken schon beim nächsten Punkt auf seiner To-do-Liste.

Zufrieden mit dem Gesprächsende verließ Cruz das Büro. Den Mantel über den Arm gelegt, die Aktentasche in der Hand, blieb er einen Moment stehen und genoss den warmen Chinook, der von den Bergen wehte. Unschlüssig schaute er auf die Uhr an seinem Handgelenk. Sollte er ins Diner gehen, etwas essen? Sein Blick fiel auf das neu errichtete Schild an der Kreuzung, das auf die Apotheke hinwies. Ungewollt stieg vor seinem inneren Auge eine lang vergessene Erinnerung auf. Ein hübsches Mädchen mit dem zauberhaftesten Lachen, das ihm je begegnet war, Wildblumen, die er extra für sie gepflückt hatte und der alte Pick-up seiner Tante. War er wirklich einmal so jung gewesen?

Zelda. Natürlich wusste er, dass sie wieder da war. Nur hatte er bis jetzt tatsächlich keinen Anlass gehabt, sie aufzusuchen. Andererseits, brauchte er einen? Schließlich waren sie einmal Freunde gewesen. Wieder tauchte ein Schnappschuss aus der Vergangenheit in seinem Kopf auf. Ein heißer Sommerabend am Fluss. Nackte Haut. Heiße Küsse. Okay. Freunde traf es vielleicht nicht ganz. Vor allem, wenn man bedachte, wie dramatisch sich kurz darauf ihrer beiden Leben verändert hatte.

Es hatte ihm leidgetan, als er das volle Ausmaß der Gerüchte bei seiner Rückkehr vor ein paar Jahren erfahren hatte. Das konnte nicht leicht gewesen sein für sie. Wenn er sich richtig erinnerte, hatte sie zu den braven Mädchen gehört. Zumindest an der für alle sichtbaren Oberfläche. Nur ihm hatte sie eine andere Seite von sich gezeigt. Er lächelte bei der Erinnerung.

Trotzdem sprach nichts dagegen, sie aufzusuchen und Guten Tag zu sagen. Dann hatten sie das hinter sich und das Leben konnte wieder seinen normalen Gang gehen. Vielleicht hörte dann endlich die elendige Fragerei auf. Ihr erging es bestimmt auch nicht anders, so, wie er seine netten, aber unglaublich neugierigen Mitbürger kannte.

Als Erstes schaute er bei der Apotheke vorbei. Dort traf er jedoch nur ein junges Mädchen an, das die Vertretung über Mittag machte. Auf seine Frage, wo er denn die Apothekerin finden würde, zuckte sie nur unbeteiligt mit den Schultern und ließ ihre Kaugummiblase platzen. Das einzig Positive war, dass sie offensichtlich zu jung war, um seine und Zeldas Geschichte zu kennen.

Nachdem er so unauffällig wie möglich, aber leider erfolglos, das Diner, die neue Pizzeria mit der dazugehörigen Spielhalle und das Café Sweets abgesucht hatte, beschloss er, es bei ihr zu Hause zu versuchen. Dank des allgegenwärtigen Klatschs und Tratschs in Independence wusste er, dass sie ein kleines, ebenerdiges Haus nicht weit vom Stadtpark entfernt gemietet hatte. Die Anlage mit den kleinen, dicht nebeneinander gebauten, einzelnen Häusern war erst letztes Jahr gebaut worden. Viele der Neuzuzügler hatten dort ein Zuhause gefunden.

Als er durch die Parkanlage schlenderte, an spielenden Kindern und Hunden vorbei, fragte er sich, wie Zelda jetzt wohl aussah. Ob sie einen überraschenden Besuch aus der Vergangenheit überhaupt schätzte? Erstaunt über den seltsamen Mix an Emotionen in seinem Inneren schüttelte er, amüsiert über sich selber, den Kopf. Ganz untypisch für ihn machte er aus einer ganz simplen Geschichte etwas Kompliziertes. Wenn er es nicht besser wüsste, könnte er glatt zur Annahme kommen, er sei auf dem Weg zu einem Date. Besser gesagt, dem ersten Date seines Lebens. Zu irgendeinem Zeitpunkt war sie das sogar gewesen. Nur zu gut erinnerte er sich noch an diesen Tag. Das war damals gewesen und jetzt war jetzt, rief er sich in Erinnerung. Inzwischen waren mehrere Jahre vergangen, und sie waren beide erwachsen geworden. Ein Grund mehr, diese unmögliche Situation endlich zu bereinigen und Zelda zu begrüßen. Er war sich nicht sicher, was es war, das er fühlte. Doch er kam nicht umhin, einen erwartungsvollen Elan bei sich zu entdecken, als er seinen Weg fortsetzte.

*

„Was auch immer es ist, das du umbringen willst, ich bin sicher, es ist jetzt tot“, erklang eine amüsierte und leider für immer in ihrer Erinnerung gespeicherte Stimme über den Zaun.

Zelda schaute ertappt und vor allem ungläubig auf. Das Blut schoss ihr ins Gesicht, war es doch die Erinnerung an ihn und seinen vermeintlichen oder noch bevorstehenden Tod, je nachdem, wie man es betrachtete, gewesen, die sie so vehement auf den Boden einhacken ließ.

„Du!“, rief sie anklagend aus und strich sich eine widerspenstige Locke aus dem Gesicht, bevor sie sich wieder ihrer Gartenarbeit zuwandte. Sie hatte ihm absolut nichts zu sagen. Gar nichts. Zumindest versuchte sie, sich das einzureden.

Bei dieser Begrüßung wurde seine eigene Begeisterung über sein Vorhaben merklich schwächer. Es war ganz offensichtlich, dass Zelda nicht sehnsüchtig darauf gewartet hatte, ihn endlich wiederzusehen, stellte er selbstironisch fest. Das hinderte ihn allerdings nicht daran, festzustellen, dass die vergangenen Jahre ihr gut getan hatten. Sie war zu einer interessanten Frau herangewachsen. Aus dem Mädchen war eine attraktive Frau mit Rundungen an den richtigen Stellen geworden. Offensichtlich gehörte sie nicht zu denen, die sich nur von Salat ernährten. Ungeniert setzte er seine Musterung fort. Ihre Haare waren noch genau so, wie er sie in Erinnerung hatte. Lang, wild und ungebändigt. Sie war keine schöne Frau in klassischem Sinne. Dafür war sie zu klein und auch zu rundlich. Es war nur so, dass ihm rundlich und lebhaft viel besser gefiel als der aktuelle Trend zu mager und langweilig. Die Intelligenz, die hinter ihren Brillengläsern aufblitzte, fügte eine weitere Schicht hinzu, die er nur zu gern ergründen wollte. Seine Libido war derselben Meinung, wenn er dem Zusammenziehen seines Körpers Glauben schenkte.

„Vergiss es", wies er seine diversen, überenthusiastischen Körperregionen an. Bevor auch nur der Hauch einer Chance bestand, dort anzuknüpfen, wo sie vor rund zehn Jahren aufgehört hatten, musste er sich erst durch mehrere Schichten Feindseligkeit kämpfen. Die negativen Schwingungen waren unverkennbar.

Er begegnete ihrem Blick und wich unwillkürlich einen Schritt zurück.

Zeldas dunkle Augen funkelten gefährlich. Er hatte zwar keine Ahnung, womit er das verursacht hatte, schließlich war er eben erst angekommen, doch er merkte, wie seine Neugier von Neuem erwachte.

Angewidert riss Zelda ihre Aufmerksamkeit von dem unverschämt gut aussehenden Geist aus ihrer Vergangenheit, der so unverhofft außerhalb ihres Gartenzauns gelandet war, los. Hatte sie nicht eine Aufgabe zu erledigen? Schlecht gelaunt betrachtete sie ihren nach wie vor recht kläglichen Fortschritt. Kritisch beäugte sie das kleine Loch. Leider sah es nicht so aus, als würde es ihr in nächster Zeit als Versteck dienen können. Zu schade, hätte sie doch am liebsten Vogel Strauß gespielt. Dann wäre ihr wenigstens Cruz' Anblick erspart geblieben.

Wo blieb eigentlich die Gerechtigkeit auf dieser Welt? Wenigstens eine Glatze und eine Wampe hätte er in der

Zwischenzeit bekommen können. Aber nein, er sah als Geist mindestens so gut aus wie früher. Wenn nicht sogar besser. Zumindest in ihren Augen.

Obwohl sie nur einen ganz kurzen Blick auf ihn geworfen hatte, war ihr das sofort ins Auge gesprungen. Cruz hatte ihr immer schon gut gefallen. Wie sie war er nicht sehr groß, besaß aber einen soliden, muskulösen Körperbau, ohne dick zu wirken. Er hatte sie immer an einen athletischen Bären erinnert. Seine schwarzen Haare waren kurz geschnitten und bildeten einen deutlichen Kontrast zu seinen grün-braunen Augen. Eine Narbe am Kinn verlieh ihm ein leicht gefährliches Aussehen. Trotzdem hatte sie sich in seiner Nähe immer sicher gefühlt.

Das Leben hatte definitiv einen seltsamen Sinn für Humor. Er sah aus, als würde er gerade aus einem Businessmeeting kommen, während sie sich für die Gartenarbeit natürlich ihre ältesten Jeans und einen alten Wollpullover übergezogen hatte. Sie wusste zwar, dass es Frauen gab, die elegant im weißen Kleid mit einer kleinen Schaufel ihre Blumen pflanzten und dabei sexy aussahen, ohne einen Fleck abzukriegen. Traurigerweise gehörte sie nicht in diese Kategorie. Sie hatte dafür andere Qualitäten, tröstete sie sich im Stillen. Auch wenn ihr momentan keine einzige in den Sinn kam.

„Geh weg", schnauzte sie ihn an, als sie das Schweigen nicht mehr aushielt.

„Weggehen?", fragte er überrascht. „Wieso denn das? Ich bin eben erst gekommen", fügte er ungläubig hinzu. „Gibt es ein Problem?"

Suchend schaute er sich nach einem Problem um. War vielleicht ihr Freund oder Mann im Haus? Einer von der eifersüchtigen Sorte? Er hatte zwar nichts Dementsprechendes gehört, aber man wusste ja nie.

„Du solltest tot sein", entfuhr es ihr. „Das ist das Problem!"

Preview
Die Drachenschwestern

(Band 1 der Drachenromane)

Kapitel 1

„Mist, verdammter!“, rief Kaja aus und trat zornig das Gaspedal durch. Doch es half alles nichts. Mit einem letzten Röcheln kam der kleine graue Peugeot zum Stehen und machte keinen Mucks mehr. Zorro, Kajas dreijähriger Husky-Schäfermischling, kläffte aufgeregt.

„Sei still, Zorro! Ich kann jetzt nicht auch noch dein Gebell brauchen, ich habe auch so schon keine Nerven mehr…“, schimpfte Kaja entnervt. Was war bloß mit Zorro los?, schoss es Kaja durch den Kopf. Seit ihrem überstürzten Aufbruch von Zuhause war der Hund nicht zu beruhigen und hatte auf der ganzen Fahrt aufgeregt gewinselt. Kaja konnte sich keinen Reim darauf machen. Klar, sie war selbst angespannt und erschöpft, doch Zorro begleitete sie überallhin und war an ihr chaotisches Leben gewöhnt – das konnte es also nicht sein. Müde lehnte sie sich im Sitz zurück und versuchte, sich die Anspannung aus dem Gesicht zu reiben. Prompt schob Zorro aufgeregt seine nasse Schnauze in ihr Ohr und versuchte, Kajas Aufmerksamkeit zu bekommen. „Was ist denn, mein Großer? Willst du ein Stück von meinem Müsliriegel?“ Automatisch hatte sie zu ihrer Notfallverpflegung, einem Müsli-Schokoladeriegel, gegriffen – sie war der festen Überzeugung, dass Schokolade weniger ungesund war in Kombination mit Getreide – und biss heißhungrig ein Stück ab. Gleichzeitig bot sie ihrem tierischen Gefährten etwas davon an. Doch zu ihrer

Überraschung ignorierte der Hund diesen sonst so heißgeliebten Leckerbissen und fing wieder an zu fiepen. Ratlos beobachtete Kaja Zorro und begann, sich ernsthaft Sorgen zu machen, dass mit dem Hund etwas nicht stimmte. Unmittelbar danach fiel ihr allerdings wieder ein, in welcher Situation sie sich befand, und ihre Gedanken schweiften ab.

„Du brauchst dich nicht aufzuregen, du kleines Fellbündel, sie sieht mich nicht. Auch wenn ich hoffe, dass sich das bald ändert."

Zorro ließ sich von dieser Aussage jedoch nicht beruhigen und fing an zu knurren: „Was soll das heißen, sie sieht dich nicht? Mich sieht sie doch auch. Verstehen tut sie mich auch die meiste Zeit!"

„Aber jetzt hört sie dir ja auch nicht zu. Sie hat zu viele andere Dinge im Kopf. Deshalb hört und sieht sie nicht richtig hin." Der Drache schien das ganze Auto auszufüllen. Zorro heulte nochmals auf, in dem verzweifelten Versuch, Kaja auf das Ungetüm aufmerksam zu machen, und rollte sich dann resigniert ganz nah bei der Tür zusammen, möglichst weit weg von den glänzenden blauen Schuppen.

Kaja versuchte inzwischen, möglichst nüchtern ihre Situation zu analysieren, um nicht laut loszuschreien. Sie saß hier mitten in der Pampa in Südfrankreich fest, mit nur noch drei Müsliriegeln und einem Hund, der offensichtlich seinen Verstand verloren hatte. Die gute Nachricht war, dass es nur noch ca. 5 km bis zum Dorf ihrer Oma waren. Die schlechte Nachricht allerdings war, dass sie nach der durchwachten Nacht und der langen Autofahrt wirklich keine Lust hatte, eine Wandertour zu unternehmen. Dazu kam, dass unterdessen ein für diese Region typischer Nieselregen eingesetzt hatte und die grauen Wolken nicht unbedingt dazu beitrugen, ihre Stimmung zu verbessern. Aber es half alles nichts. Im Auto herumzusitzen brachte sie auch nicht weiter. Kaja stopfte den Rest ihrer Notfallration in ihre ausgebeulte Reisetasche, die sie heute

Morgen in aller Hast völlig kopflos gepackt hatte. Sie hatte keine Ahnung, ob sie einen Regenschutz mitgenommen hatte. Sie vermutete, eher nicht. Das Einzige, was sie mit Bestimmtheit sagen konnte, war, dass Zorros Futter, sein Fressnapf und seine Schlafdecke mit dabei waren. „Naja, wenigstens dem Hund fehlt es an nichts“, musste sie innerlich schmunzeln. Sie zog sich die Kapuze ihres Pullovers über den Kopf und ihre Jacke darüber. Schließlich öffnete sie die Autotür, stieg aus und zerrte die Tasche vom Beifahrersitz. Zorro flitzte wie der Blitz über die Mittelkonsole zur offenen Tür hinaus und Kaja knallte, ihrer Stimmung entsprechend, die Autotür des klapprigen Peugeots heftig zu.

„Autsch!“

Kajas Kopf schnellte herum. „Was war das denn? Zorro? Alles in Ordnung mit dir?“ Aufgeregt begann der Hund an ihr hochzuspringen, in der festen Überzeugung, Kaja hätte den blinden Passagier endlich entdeckt – doch Fehlanzeige. Kaja kraulte nur sein Ohr und meinte: „Ich muss wirklich übermüdet sein – jetzt dachte ich schon, ich hätte dich sprechen gehört.“ Geistesabwesend packte sie ihre schwere Tasche auf die Motorhaube und begann, das Durcheinander darin nach einem Regenschutz zu durchsuchen.

Der Drache grinste Zorro an, der ihn wütend ansah. „Ich hab’s dir doch gesagt, Kleiner – das dauert noch ein Weilchen, bis sie mich sieht.“

Zorro knurrte zurück: „Nenn mich nicht Kleiner. Und überhaupt, was schreist du dann ‚Aua‘, wenn du weißt, dass sie dich nicht hören kann!“

„Na hör mal, sie hat meinen Schwanz in der Tür eingeklemmt! Auch wir Drachen schätzen es, wenn man uns die Tür aufhält“, entrüstete sich der Drache.

„Scheint ja überflüssig zu sein“, meinte der Hund, „schließlich bist du jetzt trotzdem draußen.“

„Klar, ich als höhere Energieform brauche keine Türen – aber bequemer ist es allemal. Und überhaupt, wenn ich mich darauf einstelle, durch eine Tür zu gehen und die dann plötzlich zu ist, ist das sehr unangenehm“, lamentierte der Drache und fing an zu schmollen. Zorro wurde es jetzt definitiv zu blöd, mit diesem schillernden, blauen Etwas zu diskutieren, und er beschloss, es Kaja gleichzutun und den Drachen erst mal zu ignorieren.

Kaja hatte inzwischen ihre Tasche fertig inspiziert, leider wenig erfolgreich. Der Regen war stärker geworden, und so schloss sie ihre Windjacke bis zum Hals und versuchte sich einzureden, dass Regen ja bekanntlich schön machen sollte. „Wer sich das ausgedacht hat, muss zu dieser unausstehlichen, ewigen Positiv-Denker-Vereinigung gehören“, schimpfte sie leise vor sich hin. „Ich würde gerade liebend gern hässlich und dafür trocken bleiben.“ Plötzlich musste sie trotz allem grinsen. Wenn sie es genau betrachtete, ging es ihr in diesem Moment besser als all die Wochen zuvor in Zürich. Sie hatte keinen Stress, niemand war da, der ihr sagte, sie müsse sich beeilen und bitte an die nächste Deadline denken. Die Luft roch nach feuchter Erde und sommerlich nach frischen, nassen Kräutern und Gras, und Zorro schien sich auch beruhigt zu haben. In eindeutig gehobener Stimmung schulterte sie ihre schwere, alte Tasche und pfiff Zorro zu sich, der keine Zeit verloren hatte, die Wiese am Straßenrand auf der Spur einer der zahlreichen Feldmäuse umzugraben.

„Los, Zorro, wir machen uns auf den Weg zu Mémé. Dort warten schon die Mäuse im Garten auf dich“, rief Kaja und fing an, die Straße entlangzulaufen. Der Name ‚Mémé‘ für ihre Oma stammte aus ihrer Kindheit. Sie hatte als kleines Mädchen das Wort ‚Grandmère‘ einfach nicht hingekriegt, und so war es bis heute bei Mémé geblieben. Zorro warf einen letzten wehmütigen Blick auf sein aktuelles Mauseloch und beeilte sich dann, sein Frauchen einzuholen. Allerdings nicht ohne im

Vorbeirennen noch schnell den verhassten Drachen anzuknurren, der sich ebenfalls anschickte, mit ihnen mitzugehen. Offensichtlich plante der Drache, ein Weilchen zu bleiben.

*

Preview
Das Drachenmädchen

(Band 4 der Drachenromane)

Kapitel 1

Luna-Maie keuchte, als sie über die Wiese rannte. Ein schneller Blick über die Schulter verriet ihr, dass sie ihren Vater fürs Erste abgeschüttelt hatte. Nicht, dass ihr das viel nützen würde. Sie konnte ihm nicht für immer aus dem Weg gehen. Wollte sie auch gar nicht. Er hatte nur einen äußerst ungünstigen Moment gewählt, um mit ihr über die aktuellen Schulnoten zu sprechen. Sie verstand, dass er ihre Noten besorgniserregend fand. Ihr passte es auch nicht, dass sie die letzten zwei Prüfungen dermaßen verhauen hatte. Leider hatten sich andere Ereignisse, die ihre Aufmerksamkeit erforderten, in den letzten Wochen dermaßen überschlagen, dass sie einfach keine Zeit gehabt hatte zu lernen. Genau, wie sie heute keine Zeit gehabt hatte, mit ihrem Vater in Ruhe ein Gespräch zu führen.

Endlich bei dem Aussichtspunkt auf dem Hügel angekommen, wo der uralte Apfelbaum stand, streifte sie sich ungeduldig ihren Anhänger über den Kopf, den sie an einem langen Lederband um den Hals trug, und atmete tief durch.

Luna-Maie, erklang eine besorgte Stimme in ihrem Kopf.

Nicht jetzt, gab sie erbost und ebenso lautlos zurück. Hatte sie denn nie ihre Ruhe? Zwischen ihren Eltern und den anderen Freunden und Verwandten, die mit ihnen in einer Hofgemeinschaft auf dem Randen wohnten, ganz zu schweigen von den drei Drachen, die sich überall einmischten, war es manchmal wirklich schwierig, ein wenig Privatsphäre zu finden. Ein deutliches Hindernis für ihre Mission, die sie neuerdings verfolgte.

Sie breitete die Arme aus und ließ dabei den Anhänger in ihrer Hand achtlos zu Boden fallen. Ein kurzes Stoßgebet an die zuständigen Drachengötter murmelnd, schloss sie die Augen und sprang.

Für einen bangen Moment, der wie eine Ewigkeit zu dauern schien, befürchtete sie, dass heute der Tag war, an dem die seltsame Drachenmagie, die sie ihr Leben lang begleitet hatte, ihren Geist aufgab. Erleichtert nahm sie das Prickeln wahr, das jede Wandlung begleitete, und streckte ihre Flügel aus. Wie immer verspürte sie eine überbordende Euphorie, als sie die Winde nutzte und auf ihnen in Richtung Tal segelte. Die rosa- und silberfarbenen Schuppen, die ihren langen Nacken entlang verliefen, sträubten sich. Sie reckte ihren Hals und erhaschte einen Blick auf ihren Vater, der neben dem Apfelbaum stand.

Zum Glück konnte er sie nicht sehen, beruhigte sie sich. Sie konnte nur hoffen, dass er ihre fadenscheinige Erklärung, die sie sich erst noch ausdenken musste, akzeptieren würde.

Nach fünfzehn Jahren konnte sie ihm schließlich schlecht offenbaren, dass seine Tochter eigentlich ein Drache war. Zumindest die Hälfte der Zeit. Irgendwie hatte sie das unangenehme Gefühl, dass er diese Neuigkeit nicht sehr gut aufnehmen würde.

*

Das Herz schlug Mathias bis zur Brust, als er die kleine Anhöhe bis zum alten Apfelbaum hinauf sprintete. Er hatte seine Tochter zwischen dem Obstgarten und der Pferdeweide aus den Augen verloren, bis er sie endlich dort oben entdeckt hatte. Als er sah, wie sie die Arme ausbreitete, als wollte sie in die Tiefe springen, blieb ihm fast das Herz stehen. Verzweifelt rief er ihren Namen, doch der Schreck reduzierte seine Stimme zu einem Krächzen. Er blinzelte und verlangsamte seine Schritte. Wo war sie hin? War sie tatsächlich gesprungen? Eiseskälte breitete sich in seiner Brust aus und drohte ihn zu lähmen. Er riss sich zusammen und schüttelte die aufsteigende Panik ab. Sicherlich hätte er gesehen, wenn sie tatsächlich gesprungen wäre. Probeweise blinzelte er ein paar Mal, um sicherzugehen, dass seine Augen noch funktionierten.

Endlich hatte er den höchsten Punkt erreicht. Aufs Schlimmste gefasst, riskierte er einen Blick in die Tiefe. Erleichtert stellte er fest, dass Luna-Maies Körper nirgends zu sehen war. Aber irgendwo musste sie doch sein? Irritiert über die Kapriolen des Teenagers suchte er prüfend die Umgebung ab. Wo zum Teufel war sie nur hin? Als sein Blick über das hohe Gras streifte, blendete ihn etwas. Er bückte sich nach dem glänzenden Gegenstand, auf dem das Sonnenlicht reflektierte.

*

Ramiro, der grüne Drache, der eigentlich für Sierra, Luna-Maies Tante, zuständig war, inoffiziell aber die Aufpasser-Rolle für die kleine Luna-Maie übernommen hatte, trat schleunigst den Rückzug an, als er sah, was Mathias da in die Hände gefallen war. Rein theoretisch hieß es, dass Männer nicht in der Lage waren, Drachen wahrzunehmen. Drachenstein hin oder her. Doch im Zusammenhang mit den Drachenschwestern schienen einige der bislang geltenden Drachenregeln ihre Richtigkeit verloren zu haben, sodass er lieber kein Risiko eingehen wollte. Seine Drachenfreunde wären bestimmt stolz auf ihn, wenn sie wüssten, wie umsichtig er sich verhielt.

Das wundert mich gar nicht. Du warst immer schon gut darin, deine eigene Haut zu retten, drang prompt Lance' Stimme an sein Ohr.

„Das ist wieder einmal typisch, dass mir sofort niedere Beweggründe unterstellt werden“, protestierte Ramiro laut und materialisierte sich in einem grünen Funkenregen neben Lance auf dem Aussichtsturm.

„Ich hätte es auch hilfreicher gefunden, wenn du geblieben wärst“, ließ ihn Maxi spitz wissen. Die violette Drachin saß auf dem Geländer und ließ ihren langen, violetten Schwanz ungeduldig hin und her schnellen. „Dann wüssten wir jetzt wenigstens, auf welches Desaster wir uns einstellen müssen. So sitzen wir im Ungewissen, bis Luna-Maie am Abend heimkommt.“

„Falls sie überhaupt wieder kommt“, antwortete Ramiro betont düster.

Ihre mit langen, schwarzen Wimpern umrandeten reptilienhaften Augen weiteten sich erschreckt.

„Was willst du damit andeuten? Ist sie etwa in Gefahr?“

Es war so einfach, die Alten aus der Ruhe zu bringen, dachte Ramiro und verdrehte gelangweilt die Augen.

„Hör nicht auf ihn. Er will dir nur Angst einjagen“, erklärte Lance und faltete seine blau schillernden Flügel enger an den Körper. Die Autorität des älteren Drachen war deutlich hörbar.

Ramiro knirschte mit den Zähnen.

„Können wir uns endlich dem dringenden Thema zuwenden?“

„Welchem denn?“, fragte Lance und hob provozierend eine Augenbraue.

Diese Mimik hatte er im Laufe seines langen Drachenlebens perfektioniert. Wie immer verfehlte sie ihre Wirkung nicht und ärgerte den jüngeren Drachen kolossal. Er zwang sich jedoch, der Verlockung, dem Älteren ins Gesicht zu springen, zu widerstehen.

„Ich glaube wirklich, dass die Gefahr besteht, dass Mathias uns Drachen sehen kann, wenn er den Stein anfasst.“

„Papperlapapp! Jeder frisch geschlüpfte Drache weiß, dass Männer nicht in der Lage sind, Drachen zu sehen“, mischte sich Maxi ein.

„Völlig ausgeschlossen“, stärkte ihr Lance den Rücken.

„Aber wenn ich es doch sage!“

„Hast du irgendeinen Beweis für diese ungeheuerliche Behauptung?“, wollte Lance wissen.

„Ähm, nein. Nicht wirklich. Es war nur so ein Gefühl, das ich hatte, als Mathias den Drachenstein aufgelesen hat.“

„Ein Gefühl“, kicherte Maxi, während Lance ihm überheblich den Arm tätschelte.

„Das sind die Hormone, Jungchen. Such dir besser mal wieder ein Drachenweibchen zum Spielen.“

Ramiro stieß einen orange und grün gefärbten Feuerball aus. „Bleibt mir bloß vom Leib. Wenn ihr nicht auf mich hören wollt, ist das euer Problem. Aber ihr müsst nicht meinen, dass ihr später zu mir kommen könnt mit eurem Gejammer, wenn es sich herausstellt, dass ich recht habe.“

Wutentbrannt wirbelte er herum und erhob sich dramatisch in die Lüfte.

Eingebildetes Pack!, dachte er. Aber denen würde er es schon noch zeigen.

Das haben wir gehört, ließ ihn Maxi telepathisch wissen.

Verächtlich schnaubend stieß er die Luft aus. Grüngoldene Rauchschwaden strömten aus seinen Nüstern. Er hatte jetzt keine Zeit für einen verbalen Wettstreit. Luna-Maies Sicherheit stand auf dem Spiel. Und vielleicht sogar die gesamte Drachenexistenz, fügte er in einem Anflug von Melodramatik hinzu.

Unter ihm schauten ihm die zwei anderen Drachen besorgt nach.

„Was ist, wenn er recht hat?“, wollte Maxi wissen.

„Lass dich von ihm nicht verrückt machen. Er will sich nur wichtig machen. Die Aussagen in den alten Schriften sind ganz eindeutig.“

Maxi sagte nichts mehr, auch wenn sie das ungute Gefühl hatte, dass es nicht ganz so einfach sein würde, wie Lance es darstellte. Sie erinnerte sich deutlich daran, dass beim Schreiben der neuen Drachengesetze einige alte Legenden geflissentlich unter den Tisch fallen gelassen worden waren. Über einige davon waren sie bereits gestolpert. Die Drachenschwestern und die Existenz des Drachenkinds waren der lebende Beweis dafür.

*

Neugierig griff Mathias nach dem glänzenden Objekt in der Wiese. War das nicht Luna-Maies Anhänger? Der, den sie immer, ohne Ausnahme trug, seit sie ein kleines Kind war? Behutsam fuhr er mit dem Daumen über die weiß glänzende Oberfläche. Seltsam. Das Lederband war gar nicht gerissen. Es sah ganz danach aus, als hätte seine Tochter den Stein bewusst abgelegt. Unmittelbar, bevor sie vom Erdboden verschwunden war.

Den Anhänger in der Hand, warf er noch einmal einen Blick in die Tiefe, um sicherzugehen, dass sie nicht doch irgendwo bewusstlos auf den Felsen lag. Erleichtert stellte er fest, dass sein erster Eindruck ihn nicht getrogen hatte. Von Luna-Maie war keine Spur zu sehen. Das beantwortete nur leider nach wie vor nicht die Frage, wo sie denn steckte. Weiter unten, schon fast im Tal, erregte eine Bewegung seine Aufmerksamkeit. Was war denn das? Ein Raubvogel? Der Größe nach musste es sich fast um einen Bartgeier handeln. Obwohl ihm bekannt war, dass die Auswilderungsprogramme der letzten zwanzig Jahre erfolgreich gewesen waren, war ihm nicht bewusst gewesen, dass die Vögel so weit von ihrem natürlichen Lebensraum, den Alpen, abschweiften. Unwillkürlich verstärkte er den Griff um den Stein in seiner Hand. Augenblicklich wurden die Umrisse des vermeintlichen Vogels klarer, als hätte jemand eine Linse scharf eingestellt. Fast hätte er den Halt unter den Füßen verloren, so schockte ihn der Anblick. Was dort durch die Lüfte segelte, war definitiv kein Geier, sondern eine ganz andere Kreatur. Ein mittelalterlicher Drache, der direkt aus Grimms Märchen entsprungen schien. Obwohl er noch nie in seinem Leben ein solches Tier gesehen hatte – bis vor zwei Sekunden hätte er sogar überzeugt behauptet, dass Drachen ins Gebiet der Mythologie, sprich der Fantasie gehörten – kam ihm etwas an dem mystischen Wesen seltsam vertraut vor.

Bevor er jedoch die Gelegenheit hatte, diese seltsame Tatsache näher zu betrachten, wurde er abgelenkt. Ein unvermittelter Schmerz in seiner Handfläche beanspruchte seine ganze Aufmerksamkeit. Der Anhänger in seiner Hand schien plötzlich eine ungewöhnliche Hitze zu entwickeln und brannte sich in die Haut. Fluchend ließ er den Stein fallen und wedelte hektisch mit der Hand in der kühlen Herbstluft, um den Schmerz zu lindern. Immerhin war so wenigstens die Frage beantwortet, ob er träumte, dachte Mathias grimmig, denn diese Möglichkeit war ihm vorhin bei seiner unglaublichen Entdeckung kurz durch den Kopf geschossen. Doch der leuchtend rote, ovale Fleck, wo der Stein seine Haut versengt hatte, sprach eine deutliche Sprache. Wie hielt seine Tochter das nur aus? Auf sie schien er offensichtlich nicht dieselbe Wirkung zu haben.

Apropos Luna-Maie. Wo steckte sie nur? Das wusste er immer noch nicht. Intuitiv schaute er sich abermals nach dem fantastischen Anblick des Fabelwesens um. Doch außer eines vagen Schattens, der genauso gut von einem großen Vogel stammen konnte, sah er nichts Ungewöhnliches. Er blinzelte ein paar Mal und schüttelte leicht den Kopf, als könnte er so das Gefühl der Unwirklichkeit loswerden. Geistesabwesend strich er sich mit der Fingerspitze des Mittelfingers über die immer noch leicht brennende Handfläche. Was es nur mit diesem Stein auf sich hatte? Von einer plötzlichen Ahnung geplagt bückte er sich erneut nach der Kette und hob sie vorsichtig am Lederband auf. Ein Blick ins Tal verriet ihm, dass der vage Schatten gerade noch zu sehen war. In ein paar Sekunden wäre er ganz verschwunden. Beherzt griff er abermals nach dem Stein.

Diesmal wusste er, was ihn erwartete. Solchermaßen vorbereitet war er in der Lage, das Brennen zu ignorieren und sich ganz auf seine Beobachtungen zu konzentrieren. Wieder wurde der Schatten augenblicklich scharf. Silber und rosa glänzende Schuppen reflektierten die herbstliche Nachmittagssonne. Schillernde Flügel bewegten sich majestätisch im Wind. Ein eleganter, mit Hörnern besetzter Kopf bildete den Abschluss eines langen, beweglichen Halses. Eine rosa und hellblond gefärbte Mähne flatterte im Wind. Ein langer, spitz zulaufender Schwanz vervollständigte den fantastischen Anblick. Leider machte das Tal an dieser Stelle einen scharfen Knick, sodass der Drache aus seinem Blickfeld entschwand.

Bedächtig fasste er nach dem Lederband und ließ das Schmuckstück in der Luft baumeln. Er würde den verdammten Stein keine Sekunde länger als unbedingt nötig anfassen. Nachdenklich betrachtete er ihn. Ein spurlos verschwundenes Mädchen. Ein altbekanntes Schmuckstück, das plötzlich ein Eigenleben und außergewöhnliche Eigenschaften zu besitzen schien. Eine unerklärliche Beobachtung. Er weigerte sich, das Ding beim Namen zu nennen. Schon nur die theoretische Formulierung des Satzes „ich habe einen Drachen gesehen" ließ ihn an seiner geistigen Gesundheit zweifeln. Doch er kam nicht umhin festzustellen, dass die Ereignisse der letzten halben Stunde einige Fragen aufwarfen. Er war fest entschlossen, die zugehörigen Antworten zu finden. Wenn das hieß, dass er die nächsten Stunden hier auf diesem Hügel verbringen musste, dann war das eben so.

Ein kleiner, langhaariger Hund sprang durchs Gras auf ihn zu.

„Nepomuk. Was machst du denn hier?"

Der kleine Chihuahua wedelte begeistert und ließ seine rosafarbene Zunge heraushängen. Er war schon alt. Kurz vor Luna-Maies Geburt hatte seine Schwester ihn in einer Mülltonne gefunden und ihn seiner Frau Miri geschenkt. Seither war der kleine Charmeur nicht mehr aus ihrem Leben wegzudenken. Inzwischen verbrachte er die meiste Zeit neben dem alten Kater Chili auf der warmen Ofenbank. Doch manchmal packte ihn die alte Abenteuerlust und er wagte sich nach draußen.

Mathias ließ sich auf der verwitterten Holzbank neben dem Apfelbaum nieder und klopfte einladend auf den Platz neben sich.

„Komm. Du kannst mir Gesellschaft leisten, bis Luna-Maie endlich aufgibt und aus ihrem Versteck auftaucht. Ich kann nämlich genauso stur sein wie sie. Von irgendjemandem hat sie das ja“, fügte er nicht ohne väterlichen Stolz hinzu.

Mit einem erstaunlich agilen Satz hüpfte Nepomuk auf die angedeutete Stelle und rollte sich prompt neben ihm zusammen. Er bezweifelte zwar, dass Mathias mit seiner Strategie Erfolg haben würde. Doch wenn er eins in seinen langen Hundejahren gelernt hatte, dann war es, dass Menschen selten auf die Meinung eines Chihuahuas hörten.

*

Oje, dachte Ramiro, als er sah, wie es sich Mathias auf der Bank gemütlich machte. Es sah ganz so aus, als würde der Vater beabsichtigen, an Ort und Stelle auf seine abtrünnige Tochter zu warten. Das konnte nur ins Auge gehen. Es war an der Zeit, Hilfe zu holen. Diesmal versuchte er sein Glück lieber bei den Menschen. Die beiden anderen Drachen hatten ihm ja deutlich zu verstehen gegeben, was sie von seiner Theorie hielten.

Smaragdgrüne Funken sprühten, als er sich lautlos in Luft auflöste.

*

Bei Dragonbooks von Virginia Fox auch erhältlich:

Die Rocky Mountain Serie:

(Genre: Liebesroman/Spannung)

Band 1 – Rocky Mountain Yoga
Band 2 – Rocky Mountain Star
Band 3 – Rocky Mountain Dogs
Band 4 – Rocky Mountain Kid
Band 5 – Rocky Mountain Secrets
Band 6 – Rocky Mountain Fire
Band 7 – Rocky Mountain Life
Band 8 – Rocky Mountain Race
Band 9 – Rocky Mountain Lion
Band 10 - Rocky Mountain Gold
Band 11 - Rocky Mountain Crime
Band 12 - Rocky Mountain Heat
Band 13 - Rocky Mountain Snow
Band 14 - Rocky Mountain Horses
Band 15 – Rocky Mountain Kiss (Juni 2018)
Band 16 – Rocky Mountain Games (September 2018)
Band 17 – Rocky Mountain Love (Dezember 2018)

Drachenromane:

Die Drachenschwestern Trilogie

(Genre: Frauenromane mit einem Hauch Fantasy)

Band 1 - Die Drachenschwestern
Band 2 - Das Drachenkind
Band 3 - Das Drachenpferd

Das Drachenmädchen

(Genre: Jugend-/Fantasy)

Band 4 - Das Zeichen des Drachen
Band 5 - Die Drachen der Neuen Welt

Alle Neuerscheinungen und Preisaktionen werden unter virginiafox.com oder auf FB (authorvirginiafox) angekündigt.